MARIEKE HANSEN
Friesenfrische

Weitere Titel der Autorin:

Seehundsommer

Über die Autorin:

Umgeben von Natur und Tieren wuchs **Marieke Hansen** in einem kleinen Dorf im Oberbergischen Land auf. Heute lebt sie selbst auf einem Pferdehof, trainiert ihre Tiere und reitet Turniere. Ihre Liebe zum Meer erwachte durch zahlreiche Urlaube in ihrer Kindheit. Nun lebt sie selbst nahe der Küste und ist vertraut mit Wind und Wellen. Wenn sie nicht schreibt, genießt sie mit ihren Pferden ausgedehnte Spaziergänge am Strand.

Marieke Hansen

Friesen frische

Roman

lübbe

Dieser Titel ist auch als E-Book erschienen.

Die Bastei Lübbe AG verfolgt eine nachhaltige Buchproduktion. Wir
verwenden Papiere aus nachhaltiger Forstwirtschaft und verzichten
darauf, Bücher einzeln in Folie zu verpacken. Wir stellen unsere
Bücher in Deutschland und Europa (EU) her und arbeiten mit den
Druckereien kontinuierlich an einer positiven Ökobilanz.

MIX
Papier | Fördert
gute Waldnutzung
FSC® C014496

Originalausgabe

Dieses Werk wurde vermittelt durch die litmedia.agency, Germany.

Copyright © 2023 by Bastei Lübbe AG, Köln
Textredaktion: Anne Schünemann, Schönberg
Titelmotive: © Cornelia Dörr/HUBER IMAGES
© Shutterstock: Omar Alqaisy | Pawel Kazmierczak | n_n Chothip |
RUNGSAN NANTAPHUM | Matusciac Alexandru | Julia August |
Mrs. Opossum | Marie Charouzova | ThomBal | Art Stocker | emka74
Umschlaggestaltung: Kirstin Osenau
Satz: hanseatenSatz-bremen, Bremen
Gesetzt aus der Adobe Garamond Pro
Druck und Verarbeitung: GGP Media GmbH, Pößneck
Printed in Germany
ISBN 978-3-404-18954-0

2   4   5   3

Sie finden uns im Internet unter:
luebbe.de
Bitte beachten Sie auch: lesejury.de

Für Layla

Deine Mähne weht hoch über den Wolken im Wind,
und leise höre ich deinen Galopp, wenn
ich nachts in den Himmel schaue.

In den Schatten der Bäume auf deiner Weide sehe ich dich
in Erinnerung grasen, und wenn ich die Augen schließe,
spüre ich, wie dein Atem meinen Nacken streift.

Du bist tief in meinem Herzen und ein Teil
von mir. Ich werde dich nie vergessen.

Kapitel 1

In der Ferne zuckte ein Blitz, kurz darauf krachte es. Der Wind bog die Äste der Weiden in dem Garten, in dem Maje mit ihren Freundinnen die letzten drei Stunden getöpfert hatte. Dicke Wolkenkissen schoben sich zusammen und türmten sich auf, dimmten das Licht und ließen die Möwen tiefer kreisen. Bisher hatten die jungen Frauen sich nicht von dem rauen Wetter abschrecken lassen, ganz im Gegenteil. Verträumt schaute Maje auf, genoss den Wind auf ihrem Gesicht. Wie hatte sie ihre Heimat vermisst! Die Stürme, den Regen, den Wind, das Meer. Diese wechselhafte und raue Stimmung hatte ihr in den letzten Jahren in Köln mit seinem milden Klima gefehlt. Ein dicker Tropfen platschte auf ihre Wange, dann folgte ein zweiter.

»Wir sollten in den Schuppen umziehen!«, rief sie Emma zu, die bereits nach der Töpferscheibe griff und in Richtung des kleinen Bungalows hastete. Auch Janine packte zusammen. Gewissenhaft wie sie war, sortierte sie selbst in der Eile die Werkzeuge und Tonsachen ordentlich in ihre Werkzeugbox.

Maje zögerte, atmete tief ein und vergaß für einen Moment alles andere. Es roch nach Salz, Algen, Torf, diesem einzigartigen Duft Rysums, der nur noch vom vertrauten Stallgeruch des Neßmersieler Hofs überboten wurde. Wieder tropfte es, dieses Mal auf das Tonwerk vor ihr.

»Och nee«, murmelte sie mit einem Blick auf die freche Möwe, die über ihr kreiste. Der Tropfen war kein Regen gewesen …

»Wo bleibst du?«, fragte Emma und bemerkte dann den weißen Flatschen auf dem Tonstück. »Blixem«, rief sie grinsend, »das war meine Vase! Ich habe die ganze Zeit geahnt, dass diese Möwe es faustdick hinter den Ohren hat. Die hat mich eben schon so hinterlistig umkreist, als ich mein Krabbenbrötchen gegessen habe.«

»Du hättest ihr wohl besser etwas abgegeben, das ist schließlich keine humorvolle Lachmöve, sondern eine todernste friesische Silbermöwe«, scherzte Maje.

»Jepp.« Emma hob das hübsche Tongebilde hoch, das sie kurz zuvor liebevoll geformt hatte. »Aber dass sie sich ausgerechnet an meiner Vase rächen muss, hätte keiner vorhersehen können. Na gut, kann man ja abwischen.« Sie legte ihre Vase in den Korb, in dem Maje die anderen unfertigen Werke des Tages verstaut hatte. Dann hasteten sie zum Bungalow – gerade noch rechtzeitig, bevor der Himmel sich öffnete und ein Sturzregen losbrach. Drinnen empfingen sie die angenehme Wärme des Ofens und das Licht einiger Kerzen, die Janine hervorgezaubert hatte. Viel Platz gab es in dem kleinen Häuschen nicht. An den Wänden drängten sich Regale aneinander, die vollgestopft waren mit Tonblöcken, bunten Glasurdosen, Pinseln, Ausstechformen und einer Menge bizarr geformter Werkzeuge, die man benötigte, um den Ton zu bearbeiten.

»Kommt, wir machen es uns richtig gemütlich!«, rief Janine und deutete auf die Kissen, die in einer Ecke auf dem Boden lagen. »Tee ist schon aufgesetzt. Nicht, dass wir uns alle eine Erkältung holen.«

Wie auf ein Stichwort öffnete Emma eine Schublade und fischte eine Flasche heraus. »Schaut mal, den Rum habe ich für den Notfall versteckt. Und das hier ist eindeutig ein Notfall. Tee mit Rum, das stärkt und wärmt! Ich hoffe, ihr habt nichts dagegen?«

»Ich habe heute nichts mehr vor«, sagte Maje gedankenverloren. In Köln hatte sie nur Kaffee getrunken – Café au Lait, Caffè Latte, Latte Macchiato, Espresso … alle erdenklichen Spezialitäten, die man sich nur wünschen konnte, aber keine Kaffeevariante reichte an einen echten Friesentee heran. Außerdem war Köln Vergangenheit – Kreaktivum hatte Arbeitsplätze abgebaut, und obwohl sie das Standbein der Abteilung für Inneneinrichtung war, hatte man ihr verkündet, dass ihre Anstellung beendet war. Als einzige ledige Unter-Dreißigjährige des Teams hatte ihr Arbeitgeber sie am einfachsten vor die Tür setzen können.

»Rum? Daar kummst d' van d' Wall in d' Sloot«, meinte Emma lachend, die immer dann in Platt verfiel, wenn sie entweder tiefenentspannt oder besonders aufgeregt war. Heute war Ersteres der Fall – nichts konnte sie aus der Fassung bringen, weder Möwe noch Regenschauer. »Ich habe zwar heute Abend einen Termin zum Frisieren eines Pudels in Pewsum, aber das ist lange hin«, fügte sie etwas ernster hinzu. »Die Kundin kann leider immer nur spätabends. Aber das mit den nervigen Arbeitszeiten kennst du ja.«

Janine seufzte. »Allerdings. Ich weiß gar nicht mehr, wann ich zuletzt ausgeschlafen habe. Meist bin ich schon auf den Beinen, bevor der Gartenrotschwanz sein Morgenlied anstimmt.«

Janine hatte nach dem Schulabschluss den Schein zur Wattwanderführerin gemacht und begleitete fast jeden Morgen Touristen nach Baltrum oder Norderney. Emma schaute sie belustigt an. »Dafür ist dein Ruf legendär. Niemand kann Priele so gut lesen und seinen Weg durch Seenebel so sicher finden wie du.«

Janine lächelte, und ein rosiger Schimmer trat auf ihre Wangen. »Und egal wie oft ich die Strecken laufe, der Zauber des Watts geht nie verloren.«

Kurz darauf hockten sie gemeinsam in ihrer Kissenecke, drei dampfende Tassen vor sich. Der Regen trommelte mit einer Heftigkeit aufs Dach, als wollte er den Bungalow in einen Schweizer

Käse verwandeln. Maje trank einen Schluck. Der Rum brannte in der Kehle, aber hinterließ ein wohlig warmes Gefühl im Bauch.

»Dat regent, dat 't gütt«, seufzte Emma, die Augen geschlossen. »Der Tee ist richtig gut.« Sie lehnte ihren Kopf an Majes Schulter. »Schön, dass du wieder hier bist, ich habe dich richtig vermisst, Sonnenschein.«

Maje lächelte. Sie hatte vergessen, wie schön es war, mit Freunden zusammen zu sein, mit denen sie schon als Kind im Sandkasten gebuddelt hatte. Nichts gegen ihre Kollegen bei Kreaktivum in Köln, aber mit Janine und Emma fühlte sich einfach alles eine Nummer entspannter an. Auch wenn sie es sich nicht ausgesucht hatte, sich eine Auszeit zu nehmen, konnte sie die Situation vielleicht nutzen, um etwas zu entschleunigen. Im letzten Jahr war es so stressig gewesen, dass sie fast jede Nacht von Albträumen geplagt worden war, die ihre wenige Schlafzeit noch verkürzten.

»Bleib doch etwas länger bei uns. Irland läuft dir nicht weg«, schlug Emma vor, und Janine schob hinterher: »Ich denke ohnehin, du solltest nicht jetzt im Frühling auswandern, wo es in Irland wunderschön ist, sondern im Winter. Wenn du Irland nämlich von seiner unangenehmen Seite erlebst, dunkel, kalt und mit monatelangem Nieselregen, dann weißt du erst, ob du da wirklich langfristig leben möchtest. Irisches Wetter kann ganz schön unangenehm sein.«

»Woher weißt du das denn?«, fragte Emma mit zusammengekniffenen Augen. »Du bist doch noch nie aus Ostfriesland herausgekommen.«

Janine ignorierte den Seitenhieb. »Aber ich lese viel und gucke jede Menge Dokus.«

Wie auf ein Stichwort hoben die beiden Freundinnen ihre Tassen und riefen im Singsang: »In Oostfreesland is t am besten, aver Freesland geit der nix.« Dann stießen sie an, dass es klirrte, und fuhren fort: »War sünt woll de Wichter mojer, war de Jungens woll so fix?«

Emma kicherte, Janine untersuchte ihre Tasse, die nun oben eine Kerbe aufwies.

»Das ist alles nicht so einfach.« Maje seufzte. »Ich brauche einen neuen Job und möchte mir etwas aufbauen, das Bestand hat.« Liebevoll strich sie Emma über die Haare, die sich eng an sie kuschelte. »Ich habe so viel Energie in Kreaktivum gesteckt, unzählige Überstunden und Botengänge gemacht, weil ich Karriere machen wollte. Dabei habe ich Köln überhaupt nicht gemocht. Jetzt kommt mir das Ganze wie eine Zeitverschwendung vor.« Ohne darüber nachzudenken, griff sie nach einem der Ornamentroller und spielte damit. Der Roller trug ein verschlungenes Blumenmuster, in das winzige Herzchen eingebunden waren. Damit hatte sie in Schulzeiten einen Teller verziert, der ihre Kunstlehrerin begeistert hatte.

Draußen donnerte es ohrenbetäubend. Das Gewitter hatte sie mit voller Stärke erreicht und brachte den Boden zum Beben. Ein Schauer lief ihr über den Rücken, als es laut krachte. Irgendwo in der Nähe musste ein Baum vom Blitz getroffen worden sein. Der Bungalow stand inmitten eines Wäldchens, ein paar Kilometer außerhalb von Rysum.

Gerade als sie sich vorbeugte, um nach der Kluntjeszange zu greifen, schwang unerwartet die Tür auf und ein großer dicker Schatten flog auf sie zu. Ehe sie reagieren konnten, stand ein riesiger Hund zwischen ihnen und schüttelte sich. Die Freundinnen schrien auf, Janine versteckte sich hinter einem besonders großen Kissen, und Maje verschüttete ihren Tee.

»Was …?« Emma riss die Augen auf, sie war über und über mit Schlamm bedeckt. Maje sprang hoch. Das nahm der Berner Sennenhund zum Anlass, um schwanzwedelnd zu ihr herüberzutrotten. Freundlich rieb er seinen riesigen Kopf an ihrer Jeans und schaffte es binnen weniger Sekunden, auch sie komplett einzusauen. Aber der Hund war so vertrauensselig, dass Maje lachen musste. Er schaute sie nun so unschuldig und gleichzeitig erwartungsvoll an, als wäre er geradewegs in einen Delikatessenladen für treue Haustiere getapst.

»Na, du bist mir aber einer«, sagte sie schmunzelnd, während sie seinen feuchten Nacken streichelte. Der Hund trug bestimmt ein Halsband mit einem Anhänger, der seinen Besitzer auswies. »Wo kommst du denn her?« Berner Sennenhunde kannte sie vor allem aus den Alpen – hier ins flache Ostfriesland passten sie so gut wie eine Fischschule in die Sahara.

Wieder ging die Tür auf, wehten Regen und Wind herein, und die Silhouette eines Mannes erschien im Türrahmen.

»Urs?«, fragte eine tiefe Stimme. Ihr warmer Klang weckte in Maje Erinnerungen an gemütliche Adventsabende vor dem Kamin, an denen der Radiosprecher Weihnachtsgeschichten vorlas. Der Berner Sennenhund versuchte, sich hinter ihr zu verstecken. Anscheinend ahnte er, dass er etwas angestellt hatte.

Der Fremde hob den Blick und schaute entsetzt auf das Chaos, das Urs angerichtet hatte. Zerwühlte Kissen und Decken, die arme durchnässte Emma, Majes umgeworfene Teetasse.

»Ach du Schande«, presste der Mann hervor und trat nun so weit ein, dass Maje ihn im Kerzenschein besser erkennen konnte. Seine dunklen, vom Wind zerzausten Haare hatten dieselbe Farbe wie seine kastanienbraunen Augen, die äußerst besorgt dreinblickten. »Das tut mir so leid!«

»Ach, das macht doch nichts«, verkündete Emma munter und stand auf, um ihm eine schlammige Hand zu reichen. »Ich bin Hundefriseurin und werde mindestens einmal am Tag von einem sich schüttelnden Vierbeiner erwischt. Und die olle Tasse, die hatte ohnehin schon einen Sprung. Willkommen im Keramikreich Drei Hasen.« Ihre Augen funkelten übermütig, als sie dem Mann ihre patschnasse Hand hinhielt, der sie zögernd schüttelte.

Maje hingegen war wie versteinert. Irgendetwas hatte der Fremde an sich, das sie faszinierte. Waren es die erstaunlich großen Hände mit den langen Fingern, die er unsicher knetete, oder

der zerknirschte Ausdruck, der so gar nicht zu seinem ansonsten eher aufgeweckten Aussehen zu passen schien?

»Keramikreich Drei Hasen?«, fragte er. Ein amüsierter Ausdruck trat in seine Miene. »Und ich nehme an, ihr seid die drei Hasen?«

»Richtig erkannt!«, flötete Emma und schlug sich auf die Brust. »Ich bin Hase eins, das ist Hase zwei – darf ich vorstellen, Janine – und unser verlorengeglaubtes Häschen Nummer drei, unsere kreative Maje, die sich endlich mal wieder zu uns gesellt hat.«

»Hm«, machte Maje und versuchte, ihren Körper wieder unter Kontrolle zu bekommen.

»Hi«, meldete sich nun auch Janine mit einem Räuspern zu Wort. »Möchtest du einen Tee?« Dabei hielt sie die Kanne demonstrativ hoch.

»Sehr freundlich, aber ich möchte nicht weiter stören. Ich bin übrigens Bente. Meinen Hund Urs habt ihr ja schon kennengelernt. Leider hört er nicht besonders gut. Mein Auto steht nicht weit von hier. Er sollte eigentlich nur kurz mal das Bein heben, hat sich dann beim Donner erschrocken und ist getürmt. Auch wenn er nicht so aussieht, er ist ein richtiger Angsthase.« Sein Blick wanderte durch den Raum und blieb dann auf Maje liegen. Seine Pupillen weiteten sich, und etwas an seiner Haltung änderte sich. Eben hatte er noch reumütig ausgesehen, jetzt wirkte er angespannt, fast aufgeregt.

Majes Herz klopfte heftig, so etwas hatte sie noch nie erlebt … Dieser Mann schaffte es, ihre Knie binnen weniger Sekunden in Gummigelenke zu verwandeln. In diesen tiefbraunen Augen kann man sich verlieren, dachte sie und spürte, wie ihr Mund trocken wurde. Sie fokussierte sich auf Bentes durchweichte Sneakers, unter denen sich eine Pfütze gebildet hatte.

»Kommst du, Urs?«, fragte dieser, ohne sich von ihr abzuwenden. Der Berner Sennenhund duckte sich hinter Maje. »Er scheint dich zu mögen«, stellte Bente belustigt fest. »Das ist ungewöhnlich, eigentlich ist er sehr schüchtern. Auch wenn man das bei seiner Größe kaum glauben kann, aber er braucht meist eine Weile, um aufzutauen. Hast du einen Hund?«

»Äh«, entgegnete Maje, in deren Kopf eine Waschmaschine zu stecken schien, die im Schleudergang lief und es ihr unmöglich machte, einen klaren Gedanken zu fassen. Sie räusperte sich, aber brachte nur ein leises »Nein« heraus, das viel zu heiser klang. Hitze stieg ihr in die Wangen. Manche Dinge ändern sich nie, dachte sie verlegen und senkte den Kopf. Sie konnte einfach nicht vernünftig mit Männern reden, die ihr gefielen. Das war schon immer so gewesen und würde wohl auch immer so sein.

»Wohnst du in der Gegend?«, fragte Janine neugierig und fügte erklärend hinzu: »Ich bin Wattführerin, deswegen begegne ich vielen Touristen früher oder später. Du wärst mir bestimmt aufgefallen.«

»Nee, ich komme nicht von hier. Aber ich bin in Rauderfehn geboren, das liegt etwa –«

»Eine Stunde entfernt«, fiel Emma ihm ins Wort. »Da wohnt ein Kunde von mir. Der hat drei Langhaardackel und einen drei Kilo schweren Chihuahua namens Mochi mit einem Ego so groß wie der Kilimanjaro. Vielleicht kennst du Ubbo Hansen? Nein?« Sie lachte. »Mochi freut sich immer riesig, wenn ich komme, weil ich ihm getrocknete Hühnchenstreifen mitbringe.«

»Das war doch der kleine Teppichporsche, der so stark mit dem Schwanz gewedelt hat, dass man schon befürchten musste, er würde wie ein Propeller abheben.« Maje war es gelungen, ihre Sprache wiederzufinden. Sie hatte ihre Freundin beim letzten Heimatbesuch vor drei Jahren zu einigen Terminen begleitet. Mann, war das schon wieder lange her!

Emma nickte. »Genau. Und der fand dich auch erstaunlicherweise nett. Ich musste mir sein Vertrauen erkaufen, aber bei dir ist er geschmolzen wie Butter auf einem gebratenen Kabeljau. Hunde mögen dich einfach.«

Bente lächelte Maje freundlich an. Wieder floss ein wohliges Gefühl wie warmer Ahornsirup ihren Rücken hinunter.

»Bist du sicher, dass du da wieder raus willst? Du kannst ruhig bleiben«, bekräftigte Janine noch einmal. »Die meisten Regengüsse dauern nicht lang.«

»Wenn du Glück hast, hält Maje dir auch einen ihrer legendären Vorträge über Ästhetik«, warf Emma ein. Sie kicherte. Maje schaute sie entsetzt an. Ja, sie redete gern über die schönen Dinge des Lebens, aber nur unter Freunden. Das war typisch Emma, die hatte schon als Kind frech drauflosgeplappert und Maje stets offen geneckt. Aber gerade diese offene Art machte sie liebenswürdig und authentisch, und Maje nahm es ihr nicht krumm.

Bente schüttelte den Kopf. »Das würde ich zwar gern erleben, aber ich habe leider einen wichtigen Termin in Pewsum.«

In Majes Kopf rasten die Gedanken. Sie wollte etwas Witziges sagen – oder einfach herausfinden, in welcher Pension er untergebracht war. Aber wie immer in solchen Situationen brachte sie kein Wort über die Lippen.

Er schaute sie wieder an, dieses Mal mit einer hochgezogenen Augenbraue. Erst jetzt bemerkte sie, dass sie ihn die ganze Zeit angestarrt hatte. Peinlich berührt senkte sie den Blick.

Während sie wie versteinert dastand, tippte Bente sich an die Stirn, nickte und bedankte sich, dass sie Urs' Auftritt mit Gelassenheit genommen hatten. Dann zog er den Hund hinter ihr hervor und legte ihn an die Leine. Die Tür öffnete und schloss sich. Maje seufzte, als die Starre von ihr abfiel. Janine kicherte und stupste sie in die Seite. Emma hingegen faltete die Hände und ließ die Knöchel knacken, ihre Augenbrauen waren skeptisch zusammengezogen. »Was ist denn mit dir los, Maje? Hast du gerade eine grün schimmernde Geistersilhouette um den Typen herum gesehen, die uns allen entgangen ist, oder hast du Hitzewallungen?«, spöttelte sie. Dann legte sie den Arm um Maje: »Du bist nämlich knallrot im Gesicht.«

Es dauerte eine Weile, bis Majes Herzschlag sich beruhigt hatte und sie den süßen Tee wieder schmecken konnte. Nur der Geruch von nassem Hund hing noch im Bungalow, als die drei Freundinnen in ihrer Kissenecke lagen und sich auf Majes Handy Fotos von ihrem Leben in Köln anschauten.

»Und wer ist das?«, fragte Emma und deutete auf einen blonden Mann, der ihr einen Strauß Blumen überreichte. »Hast du etwa einen neuen Freund?«

»Ehrlich gesagt, habe ich keine Ahnung, wer das ist. Ich habe eine Auszeichnung für die Inneneinrichtung der Empfangshalle des Schwanenhotels bekommen. Dafür gab es die Blumen und eine Urkunde.«

»Also keinen Freund?«, bohrte Emma nach.

»Nee, dafür habe ich gar keine Zeit. Seit der Sache mit Egge bin ich Single.«

Janine schüttelte den Kopf. »Oh Maje, du bist jetzt sechsundzwanzig. Und das mit Egge ist knapp zehn Jahre her. Irgendwann musst du da mal drüber hinwegkommen. Das war eh ein Bullerjan, der dich nicht verdient hat.«

»Wohnt er noch hier?«, fragte Maje unsicher. Klar war es lange her, seit sie sich von ihm getrennt hatte, aber die Erinnerung tat immer noch weh.

Janine und Emma schauten sich an. »Jaa …«, sagte Emma gedehnt. »Wie du weißt, hat er als Jockey auf einer Rennbahn in Hamburg gearbeitet. Aber seit einem halben Jahr wohnt er wieder bei seinen Eltern. Jetzt krieg aber bitte keine Panik …«

»Oh Mann.« In ihrem Magen kribbelte es unangenehm. Egges Eltern wohnten am Warfenlandschloot, an dessen östlichem Ende auch der Neßmersieler Hof lag. Seit ihrem Wegzug hatte sie ihn nicht wiedergesehen, aber früher oder später würde sie ihm bestimmt über den Weg laufen … Gut, dass sie nur ein paar Tage in Rysum blieb!

»Aber dafür lebt Hannah in Emden. Ihr Papa hat ihr dort eine

16

Wohnung gekauft. Das ist zwar nicht weit weg, aber seit ihrem Auszug hat sie Rysum nicht mehr betreten.«

Maje verzog das Gesicht. Anderthalb Jahre war sie mit Egge zusammen gewesen, bevor Hannah alles ruiniert hatte. Der Liebeskummer hatte so wehgetan, dass sie sich geschworen hatte, nie wieder einen Mann so nah an sich heranzulassen. Und bisher hatte sie auch einfach niemanden kennengelernt, der einen neuen Versuch wert gewesen wäre.

»Mach dir keine Gedanken«, fügte Emma aufmunternd hinzu. »Was vorbei ist, ist vorbei.«

Maje nickte. »Ja, natürlich, ich möchte nach vorne schauen. Jetzt konzentriere ich mich erst mal auf Irland, einen neuen Job und alles, was zum Auswandern dazugehört.«

»Anmeldeformulare, Wohnungssuche, Versicherung, Autokauf, Telefonvertrag …«, zählte Janine auf. »Nach all dem Stress mit Kreaktivum solltest du dich wirklich ein wenig erholen. Du hast dunkle Ringe unter den Augen und siehst überhaupt sehr ausgemergelt aus. So toll Köln für deine Karriere gewesen sein mag, dir hat es nicht gutgetan.«

Auch wenn das schmerzte, wusste Maje, dass Janine recht hatte, denn sie fühlte sich ausgelaugt und erschöpft.

Wieder ging die Tür des Bungalows auf, und sie riss hoffnungsvoll den Kopf hoch. Doch statt Bente und seinem lustigen Hund stolperte ihr Bruder Thies herein – in übergroßem Friesennerz mit passenden gelben Gummistiefeln.

»Moin!«, rief er in die Runde. »Wusste ich doch, dass ich euch hier finde. Alles klar bei euch hübschen Tontauben?«

»Thies, du alte Zuckerrübe, schnapp dir eine Tasse und setz dich zu uns«, rief Janine erfreut. Die beiden waren früher erst in derselben Kindergartengruppe und dann in einer Schulklasse gewesen.

»Hi, Flinnerke«, sagte Maje schlicht. Sie freute sich zwar, Thies endlich mal für ein paar Minuten zu Gesicht zu bekommen, aber sie hätte ihn gern für sich gehabt. Seit ihrer Ankunft am gestrigen Abend hatten sie kaum Zeit füreinander gefunden. Flinnerke nannte sie ihn, weil er sich mit achtzehn heimlich ein Schmetterlingstattoo auf den Rücken hatte stechen lassen. Ihr Vater wusste bis heute nichts davon.

»Hi, Maje. Ich bin gerade auf dem Weg nach Pewsum, und es könnte länger dauern. Aber ich wollte dich unbedingt vorher sprechen.«

Was ist denn heute in Pewsum los, dass alle unbedingt dorthin müssen?, wunderte sie sich.

Er schaute in die Runde, kratzte sich dann am Kinn. Maje verstand – das Gespräch ging nur sie beide etwas an. Aber draußen regnete es in Strömen, und hier drinnen gab es keine ungestörte Ecke.

»Ach, was soll's«, sagte Thies und schälte sich aus Regenmantel und Stiefeln. Janine goss ihm Tee ein, und er schnappte sich ein übergroßes Kissen, das er an eine Box lehnte, um es sich bequem zu machen. Er wirkte abgespannt, aber das konnte auch an seinen Medikamenten liegen. Maje hatte gestern Abend im Badezimmer die Packung Antidepressiva gefunden, die er ganz hinten im Spiegelschrank versteckt hatte.

»Um was geht es denn?«, fragte sie ihren Bruder, der seufzend am Tee nippte. Zu Schulzeiten hatte er viel Wert auf sein Äußeres gelegt, aber jetzt trug er eine abgewetzte Jeans mit Holzfällerhemd und müffelte nach alter Wolle. Seine langen Haare waren seit Ewigkeiten nicht mehr geschnitten worden und mit einem Gummi lieblos zu einem Zopf gebändigt, was ihm das Aussehen eines Vagabunden verlieh.

»Es geht um den Hof. Und um dich und mich und – ich weiß gar nicht, wo ich anfangen soll.« Für einen Moment schloss er die Augen, und sofort tat er Maje leid. Auch für ihn waren die letzten Jahre nicht einfach gewesen. Nach seinem BWL-Studium hatte er Paps auf dem Neßmersieler Hof geholfen, und darum beneidete sie ihn nicht. Der Hof war in keinem guten Zustand und ihr Vater ein unverbesserlicher Dickkopf, der keine Veränderung zuließ.

»Ich habe ein Job-Angebot in Singapur bekommen«, sagte Thies leise, fast entschuldigend. »Es handelt sich um ein Infrastruktur-Projekt bei Sintech, das etwa drei Monate dauert. Mein Professor hat mich vorgeschlagen, weil meine Master-Arbeit die Verwaltungsoptimierung im asiatischen Straßenbau behandelt hat und die jemanden suchen, der Deutsch spricht.«

»Jaa ...?«, fragte Maje gedehnt und hoffte, dass ihre Vorahnung nicht stimmte.

»Na ja, ich würde den Job gern annehmen. Das ist eine große Chance, um mich weiterzubilden und eine gute Referenz in dem Bereich zu bekommen. Normalerweise hätte ich abgelehnt, aber da du gerade auch zwischen den Arbeitsstellen und Wohnorten stehst, dachte ich, ich frage dich mal, ob du nicht so lange den Neßmersieler Hof für mich führen könntest. Papa muss jeden Tag ins Büro, und körperliche Arbeiten schafft er mit seinem kaputten Rücken schon lange nicht mehr.«

Maje verzog das Gesicht. »Warum interessiert dich das Job-Angebot überhaupt? Du wirst den Hof in ein paar Jahren ganz übernehmen, da brauchst du so eine Referenz doch eigentlich nicht.«

Thies atmete langsam aus und sah sie an. Sie spürte, wie wichtig ihm die Sache war, erkannte die Sehnsucht in seinen Augen. »Maje, ich will einfach mal raus aus Rysum. Etwas von der Welt entdecken. Das ist vielleicht meine letzte Chance. Sobald ich den Hof übernehme, komme ich nie mehr weg. Denk nur an Papa – der hat Ostfriesland auch nie verlassen.«

Bevor sie antworten konnte, mischte Emma sich ein. »Das wäre doch super, Maje! Dann hätten wir dich ein wenig länger hier, und wie gesagt, Irland läuft nicht weg. Wir könnten gemeinsam zum Yoga gehen, töpfern, im Hafenkieker Cocktails trinken und einfach nur gemeinsam chillen. Wie in den alten Zeiten!«

Auch Janine schaute sie hoffnungsvoll an. »Das klingt nach

einer guten Gelegenheit, dich zu erholen und neu auszurichten, bevor du dich auf das nächste Abenteuer einlässt.«

»Ich weiß nicht«, sagte sie unsicher. Die Sache reizte sie – nicht nur, weil sie gern Zeit mit Emma und Janine, Papa und Opa Heinrich verbringen würde, sondern auch, weil ihr die Pferde gefehlt hatten. Das aus Mähnenhaar geflochtene Armband hatte sie täglich an ihre Heimat erinnert, wenn sie unter künstlichem Licht arbeitete und von Heuwiesenduft und dem Wiehern der Pferde nur träumen konnte. Andererseits hatte sie keine Ahnung von der Verwaltung und Organisation eines Reiterhofes. Auch wenn sie auf dem Hof aufgewachsen war, so hatte sie sich nur für die Pferde interessiert, nicht für die ganze langweilige Bürokratie.

»Ich habe alles vorbereitet, die Tagesabläufe aufgeschrieben und dir Unterstützung besorgt. Jemanden, dem ich zu hundert Prozent vertraue. Du musst keine Angst haben, dass die Arbeit dich überfordert.«

»He!«, fuhr sie auf. »Du traust mir wohl gar nichts zu. Das bisschen Reiterhof krieg ich schon gemeistert.« Dann erst merkte sie, dass sie gerade ihr Einverständnis gegeben hatte. Sie runzelte die Stirn und dachte nach. Weit kam sie nicht, weil Emma ihr um den Hals fiel.

»Das wird spitze, Maje. Wir helfen dir natürlich, wo wir können! Willkommen zu Hause.« Übermütig drückte sie ihr einen Kuss auf die Wange. Maje lächelte, dann fiel ihr etwas ein.

»Hast du schon mit Papa gesprochen? Ist es ihm recht?«

»Ähm«, nuschelte Thies, »das wird noch geregelt.«

»Also nicht.«

»Ich mache es heute Abend. Es sollte aber kein Problem sein.« Sie sah ihm an, dass er seinen Worten selbst nicht glaubte. »Ich muss jetzt auch los«, schob er hastig hinterher. »Wir sprechen uns später. Danke, dass du das für mich tust, Schwesterchen. Das bedeutet mir viel.« Er stand auf und schlüpfte wieder in seinen Mantel und die Gummistiefel.

Sobald er die Tür hinter sich geschlossen hatte, sprang Emma auf und zog Maje hoch. Janine stellte ihre Lieblingsplaylist mit Party-Popsongs an. »Das müssen wir feiern!«, rief sie.

Der Nachmittag verflog schnell. Zum Töpfern kamen sie nicht mehr, aber immerhin beruhigte sich das raue Aprilwetter. Der Regen versiegte, und die Wolken rissen auf. Leicht beschwipst stieg Maje abends auf ihr Fahrrad und fuhr die paar Kilometer zum Neßmersieler Hof, der verträumt im Dunkeln lag. Nur im Erdgeschoss des Hauses brannte Licht, und in Opas Einliegerwohnung lief der Fernseher. Die ständigen Bildwechsel tauchten sein Wohnzimmer in unterschiedliche Farben, was so aussah, als würde er gerade eine Privatdisko veranstalten. Gern hätte Maje bei ihm geklopft, doch sie wollte ihn nicht bei einem seiner heißgeliebten Krimis stören.

Bevor sie ins Haus ging, schaute sie bei Matteo vorbei. Er war der Zuchthengst des Hofes und Papas ganzer Stolz. Vierundzwanzig Jahre war er nun schon alt, also gerade mal zwei Jahre jünger als Maje – doch für ein Pferd war das ein stattliches Alter. In der Scheune stieg ihr der vertraute Geruch von Heu, Stroh und Pferden in die Nase.

»Hi, mein Süßer«, begrüßte sie den Friesen, der friedlich kauend in seiner Box stand. Neben der Schiebetür hing sein abgenutztes Halfter – ihr Vater hatte es notdürftig mit Klebeband repariert, weil es auseinanderzufallen drohte. Der Hengst hob den Kopf und schnaubte leise. Maje schlüpfte in die Box und streichelte ihm den Hals. »Ich habe dir etwas mitgebracht.« Sie holte die zwei Möhren hervor, die sie auf dem Weg hierher aus dem Futtersack stibitzt hatte. Matteo schnüffelte kurz daran, dann biss er gierig in eine hinein. Kaum hatte er die erste verschlungen, suchte er nach der zweiten. Mit seinen weichen Nüstern schnoberte er an Majes Jacke, bis er ihre Tasche fand. Dann verharrte er, die Oberlippe gierig nach vorn gezogen. Maje lachte. »Ey, du Nimmersatt, du kriegst wirklich nie genug, was? Hier ist die zweite.«

In der Nachbarbox scharrte es, dort stand Matteos beste Freundin Ilka, eine prächtige alte Stute, die die schönsten Fohlen hervorgebracht hatte. Jetzt war sie zu alt zum Züchten und durfte ihre letzten Jahre auf dem Hof in Ruhe verbringen. In dieser Hinsicht war ihr Vater eigen – während andere Zuchtbetriebe ihre alten Pferde ausrangierten, gewährte er seinen Tieren das Gnadenbrot. Er liebte jedes einzelne Pferd und hätte sie niemals grundlos einschläfern oder sie gar zum Schlachter bringen lassen.

Matteo schubberte seinen riesigen Kopf sanft an Majes Schulter. Er war dabei ganz vorsichtig und hörte sofort auf, als sie den Bereich um seine Ohren herum kraulte. Früher war der Hengst pechschwarz gewesen, jetzt verrieten grauweiße Stichelhaare sein Alter. Maje seufzte und grub ihr Gesicht in seine Mähne. Das hatte sie von klein auf getan, und es beruhigte sie jedes Mal. So gern sie wieder auf dem Hof war – der Gedanke, für längere Zeit hierbleiben zu müssen, war unheimlich. Auf der Krummhörn tickten die Uhren anders, alles fühlte sich langsamer und manchmal auch etwas zäh an.

»Es sieht so aus, als würden wir demnächst viel Zeit miteinander verbringen«, flüsterte sie Matteo zu, der ganz still stand und die Nähe ebenso zu genießen schien wie sie. »Ich hoffe nur, dass es Papa recht ist, wenn ich auf dem Hof mithelfe. Du kennst ihn ja. Er ist stur wie ein Esel und hält nicht viel von Kooperation.«

Der Hengst hob den Kopf und spitzte die Ohren. War da ein Geräusch gewesen? Doch Maje war in Gedanken versunken und achtete nicht weiter darauf. »Ich habe Rysum so vermisst, das kannst du dir gar nicht vorstellen. Aber ich hätte in der Krummhörn keine Karriere machen können. Das verstehst du sicher«, erzählte sie Matteo weiter. »Hier würde ich beruflich nie Fuß fassen. Und außerdem habe ich keine Lust, Egge über den Weg zu laufen.« Für einen kurzen Moment hielt sie inne und überlegte.

»Vor allem, weil ich nicht mal einen neuen Partner vorweisen kann. Es würde mich wirklich wurmen, ihm als Single gegenüberzutreten.«

»Mien Leev, beter um een as mit een verlegen«, ertönte eine heisere, wohlbekannte Stimme aus der Stallgasse. Maje zuckte erschrocken zusammen, da erschien das blasse Gesicht ihres Opas vor den Gitterstäben der Box.

»Hallo, Opa, komm rein«, begrüßte sie ihn und schob die Tür einen Spalt weit auf. Bei jedem anderen wäre es ihr unangenehm gewesen, hätte er ihr Gespräch mitangehört, aber ihrem Opa gegenüber war ihr nichts peinlich. Die beiden hatten schon immer eine besondere Beziehung gehabt – es gab keine Geheimnisse zwischen ihnen.

»Das stimmt wohl, dass es manchmal besser ist, keinen Partner zu haben, als jemanden, der nur Probleme macht«, fuhr sie fort. In Gedanken fügte sie hinzu: Und es ist auch besser, keine Arbeit zu haben als eine, die einen unglücklich macht.

»Da bist du nun also hier«, stellte er fest, während er einen Apfel aus seiner tiefen Strickjackentasche hervorzauberte und Matteo hinhielt. Begeistert biss der Hengst ein Stück ab.

»Ja.«

»Und? Wie geht es dir damit?« Er musterte sie mit zusammengekniffenen Augen. Das mochte am Zwielicht im Stall und seiner Sehschwäche liegen, aber Maje erkannte auch einen besorgten Ausdruck in seinem Gesicht.

»Thies hat dir von seinem Jobangebot erzählt, richtig?«

»Natürlich. Er meinte, dass du ihn so lange vertrittst. Er spricht gerade mit deinem Vater, na, wie das läuft, kannst du dir ja denken. Ich wollte eigentlich nach Manuka schauen.«

»Manuka?«

»Ja, hat Thies das nicht erwähnt? Das ist die einzige Stute, die dieses Jahr trächtig ist. Matteo bringt es nicht mehr als Zuchthengst, aber dein Vater will das nicht hören.«

Er lehnte sich an die Wand und stellte seinen Gehstock neben sich. Interessiert betrachtete Maje den geschnitzten Knauf in Form einer Robbe. »Oha, der ist dir gut gelungen«, sagte sie begeistert und fuhr mit dem Finger über das Holz. »Kastanie?«

»Genau. Ich freue mich darauf, wieder gemeinsam mit dir schnitzen zu können. Dem Hof wird ein wenig frischer Wind guttun.« Er brummte und räusperte sich dann wieder. »Und dein Vater wird sich auch daran gewöhnen«, fügte er leiser hinzu.

Maje nickte unglücklich. »Meinst du, es ist ihm recht, wenn ich hier mitarbeite? Papa lässt sich so ungern helfen.«

»An Thies hat er sich nach seinem Bandscheibenvorfall auch gewöhnt. Außerdem kann er selbst nicht mehr einspringen, wie sollte das gehen? Er sitzt den ganzen Arbeitstag im Büro in Emden.«

An den Gedanken, dass ihr Vater nun einen Schreibtischjob hatte, konnte Maje sich kaum gewöhnen. Nach dem Bandscheibenvorfall hatte er bei der Stadtverwaltung in Emden angefangen und hoffte darauf, bald verbeamtet zu werden.

»Gefällt ihm die Arbeit dort mittlerweile?«

»Ja, ich denke schon. Zugeben würde er es allerdings nie. Zu seinem Glück wurde er in die Abteilung für Brand- und Katastrophenschutz versetzt, das ist genau sein Ding. Da kann er sich austoben und den ganzen Tag lang neue strenge Richtlinien entwickeln, die seine Vorgesetzten in den Wahnsinn treiben.«

»Das klingt ganz nach Papa.« So chaotisch er auf dem Neßmersieler Hof war, so genau nahm er es mit Regeln, die andere betrafen.

»Wie du weißt, war es nie wirklich sein Hof. Erst war es meiner, dann der deiner Mutter. Arne hat den Hof nach dem Tod deiner Mutter nur nicht verkauft, weil er euch Kindern nicht das Zuhause wegnehmen wollte. Hach, meine Annika hat den Hof und die Pferde so geliebt! Wenn sie geritten ist, haben ihre Wangen rot geleuchtet und ihre Augen grüner gefunkelt als das Gefieder des Grünspechts, der in der dicken Eiche neben der Scheune nistet. Aber als Arnes Rücken dann nicht mehr mitspielte und Thies alt genug war, um den Hof zu übernehmen, war er dankbar, dass er sich zurückziehen und in einem Büro arbeiten konnte.«

Es tat Maje weh, den Namen ihrer Mutter zu hören. Und dass ihr Vater den Hof nur für sie und Thies erhalten hatte, war ihr neu. Sie war immer davon ausgegangen, dass er genauso am Hof hing wie sie.

»Zumindest hat Thies mir Unterstützung besorgt«, sagte sie, vor allem, um das Gesprächsthema von ihrer Mutter abzulenken. »Bestimmt hat er jemanden ausgewählt, der sich gut mit Reiterhöfen auskennt.«

»Mit Sicherheit. Außerdem kannst du immer auf mich und meinen Rat zählen.« Bedeutungsvoll wedelte er mit seinem Stock. »Ich kenne mich hier gut aus, verlass dich auf mich. Auf jedem Schiff, ob's dampft, ob's segelt, gibt's einen, der die Sache regelt.«

Maje lächelte ihn dankbar an. »Danke, Opa. Das weiß ich sehr zu schätzen.« Immerhin waren es nur drei Monate – zu verlieren hatte sie auch nicht viel. »Ich werde mir alle Mühe geben. Thies war in den letzten Jahren so deprimiert, und als er von Singapur erzählte, habe ich ihn zum ersten Mal wieder zuversichtlich gesehen. Ich mache das für ihn. Irgendwie werde ich das Boot schon rocken.«

Opa Heinrich drückte sie an sich und gab ihr einen Kuss auf die Wange. »Das ist mein Mädchen.«

Maje atmete tief ein und sog seinen unverwechselbaren Duft nach Zedernholz, Pfeffer, Muskat und einem Hauch Anis in sich auf. Die Anspannung fiel von ihr ab. Wer weiß – vielleicht würde ihr die Pause auf dem Hof guttun, und mit Opa, ihren Freundinnen und Matteo um sich herum würde die Zeit sicher schnell verfliegen.

Doch im nächsten Augenblick kamen die Zweifel wieder auf, denn Opa fügte hinzu: »Thies kann dich morgen früh noch schnell einweisen. Sein Flieger geht erst am Nachmittag. Aber mach dir keine Sorgen – dein Helfer kommt wohl zur selben Zeit. Ihr werdet viel zu tun haben.«

Maje erstarrte. »Wie bitte? Davon, dass es bereits morgen losgeht, hat Thies mir nichts erzählt.« Sie schluckte, und jetzt wurde ihr klar, dass ihr statt eines Urlaubs drei arbeitsreiche Monate bevorstanden.

Kapitel 2

»Warum hast du mir nicht gesagt, dass du heute schon losmusst?«, fragte Maje mit roten Flecken im Gesicht. Sie war bereits jetzt außer Atem, denn ihr Bruder bewegte sich mit seinen langen Beinen so schnell über den Hof, dass sie kaum mithalten konnte. Der morgendliche Dunst verlieh den Gebäuden etwas Mystisches, die aufgehende Sonne tauchte das Gehöft in ein orangerotes Licht, aber Maje konnte das gerade nicht genießen.

»Was meinst du denn?«, fragte Thies ruhig. Ihr fiel auf, dass er frisch rasiert war und in seinem Gesicht ein friedlicher Ausdruck lag. Er schien sich wirklich auf den Trip nach Asien zu freuen.

»Hm«, seufzte sie, »vermutlich, weil ich es mir dann zweimal überlegt hätte, hier einzuspringen.«

Thies hielt inne, und fast wäre sie in ihn reingerannt. »Genau, Schwesterherz. Du bist nicht gerade besonders spontan.«

»Hey«, empörte sie sich. »Was soll das denn heißen? Ich bin superflexibel. Frag mal meinen ehemaligen Chef.«

»Ja, du bist flexibel. Und kreativ und ein Wirbelwind und Neuem gegenüber aufgeschlossen. Aber du magst Routine ebenso wie Papa und ich. Das liegt in der Familie.«

»Hmpf«, antwortete Maje. Wo er recht hatte, hatte er recht.

»Und ehrlich gesagt, kam der Anruf von meinem Professor erst vor ein paar Tagen, und anfangs habe ich das Angebot gar nicht ernst genommen. Es schien mir unrealistisch, schließlich kann ich den Hof und die Tiere kaum allein lassen.« Er öffnete die Stalltür und lief den Gang entlang, an dessen Seiten sich die Boxen aufreihten. »Ich habe nur einmal Urlaub gehabt, seit ich Papa hier helfe«, fügte er zerknirscht hinzu. »Und da war ich in Berlin. Das Projekt in Singapur ist zwar kein Urlaub, aber ich freue mich einfach total, mal etwas anderes zu sehen als Stroh und Pferdeäpfel. Hier in der Box steht Manuka. Hab ein gutes Auge auf sie, sie ist hochträchtig. Es ist ihr zweites Fohlen, das erste war eine Totgeburt.«

»Oh, das tut mir leid. Opa sagte, sie ist die einzige Stute, die ein Fohlen bekommt?«

»Ja. Wie du dir denken kannst, ist das nicht besonders glorreich für den Zuchtbetrieb. Wir werden junge Pferde dazukaufen müssen. Oder einen neuen Hengst.«

»He, und was passiert dann mit Matteo?«

Thies schaute sie vielsagend an. »Na, was wohl? Keine Sorge, ich würde ihn nie zum Schlachter bringen. Aber er würde dann zusammen mit Ilka auf die Bachkoppel mit dem Außenstall kommen und dort seine Rentenjahre verbringen. Weit weg von einem neuen Hengst, wir wollen hier schließlich keine Pferdekämpfe austragen.«

Der Gedanke gefiel Maje nicht besonders, denn die Koppel war klein und steinig und der winzige Stall bedrückend dunkel. Aber daneben war ein eingezäunter Obstgarten, und wenn sie den Zaun öffnete, konnte sie seine Weide erweitern und ihn und Ilka als natürliche Rasenmäher einsetzen …

Staub wirbelte auf, als Thies die Richtung wechselte und in einen kleinen Raum trat, in dem sich Säcke stapelten.

»In der Futterkammer kennst du dich ja aus. Verändert hat sich hier nichts in den letzten sieben Jahren, seit du ausgezogen bist. Auf der Kreidetafel steht der Futterplan für die Pferde. Morgens und abends wird gefüttert, es sei denn, ein Pferd benötigt eine Extra-Mahlzeit. Du bist dafür zuständig, die Pferde auf die Weiden zu bringen, die Halle zwischen den Reitstunden zu kontrollieren und dafür zu sorgen, dass der Reitbetrieb läuft und die Einsteller glücklich sind. Genau wie früher zieht unser Reitlehrer Tamme sein eigenes Ding durch. Reitstunden finden vor allem am späten Nachmittag und am Wochenende statt. Tamme hat in letzter Zeit etwas abgebaut, aber er schmeißt den gesamten Schulbetrieb, und dafür bin ich ihm dankbar. Günstige Stallplätze für Pferde gibt es auch in Campen und Wybelsum – aber einen guten Reitlehrer vor Ort zu haben macht einen entscheidenden Unterschied. Ich hoffe, dass er uns noch lange erhalten bleibt.«

Maje nickte. Tamme war schon alt gewesen, als sie mit ihrem roten Hüpfball über den Hof gesprungen war. Trotzdem wusste sie wenig über den wortkargen Mann, der eigentlich nur redete, wenn er eine Unterrichtsstunde gab. Und selbst dann reduzierte er seine Anweisungen auf ein Mindestmaß mit Klassikern wie »Hacken runter«, »Rücken gerade« und »Blick nach vorne«.

»Die Einsteller sind eigentlich alle in Ordnung. Thobe, Katja, Meike, Greta, Nils und Anna – einige davon kennst du bestimmt von früher.« Er zückte einen USB-Stick, den er ihr mit dramatischer Geste überreichte. »Hier ist mein Handbuch für alle Eventualitäten. Darin werden die meisten Fragen beantwortet. Falls nicht, bin ich nur eine E-Mail entfernt. Der Zeitunterschied nach Singapur beträgt sieben Stunden, und in den ersten Tagen bin ich gut beschäftigt mit der Einarbeitung. Das heißt, es kann dauern, bis ich antworte.«

Sie betraten die Waschküche, deren mangelhafte Beleuchtung nicht davon ablenken konnte, in welch schlechtem Zustand sie sich befand. Der Boden war dreckig, der Wäschekorb in der Mitte gesprungen und mit Pferdedecken und Handtüchern überladen. Ein Spinnennetz zog sich vom Wäschestapel hin zur Waschmaschine. Thies lachte. »Mann, was bin ich froh, hier mal rauszukommen. Wie du siehst, ist Waschen nicht meine Stärke.«

Maje drehte die leere Waschmittelpackung um. »Das ist nicht zu übersehen.«

»Opa kümmert sich um den Garten, dank ihm haben wir immer frisches Gemüse, Kräuter und Beeren. Papa geht ihm dabei manchmal zur Hand, aber er darf nichts Schweres mehr heben, und die Arbeit im Stall und mit den Pferden hat der Arzt ihm untersagt. Sprich ihn aber nicht darauf an, er leidet sehr darunter. Meistens –« Er brach ab und zuckte zusammen, als ihr Vater im Türrahmen erschien und direkt vor ihm stehen blieb.

»Da seid ihr ja.« Arnes mächtiger Schnurrbart wippte unruhig auf und ab – das war kein gutes Zeichen. Im Gegensatz zu Majes und Thies' grünen hatte er blaue Augen, die immer ein wenig unzufrieden wirkten. Auch jetzt sah er äußerst missgestimmt aus, und als die müde Funzel über ihm flackerte, verschränkte er die Arme und brummte: »Mhm, die muss ausgetauscht werden. Ich steige mit Sicherheit nicht auf die Leiter.«

Maje beobachtete, wie Thies' Schultern heruntersackten. Obwohl er einen Kopf größer war als sie, wirkte er nun schmaler und gebeugter.

»Das mache ich gern«, warf sie schnell ein, um ihrem Bruder zu Hilfe zu kommen.

»Soso. Du meinst das also wirklich ernst«, sagte Arne, ohne den Blick von Thies zu nehmen.

»Das haben wir doch alles besprochen, Papa. Maje wird sich gut um alles kümmern. Du weißt doch, wie zuverlässig sie ist.«

»Versteh mich nicht falsch, ich finde es gut, wenn du dich weiterbildest. Aber Singapur? Da gibt es die Prügelstrafe, und wenn man seinen Abfall auf den Boden wirft, bekommt man saftige Geldstrafen aufgebrummt, falls man nicht gleich im Knast landet. Das ist eine andere Kultur mit anderen Werten.«

Thies starrte auf einen Fleck auf dem Boden vor sich. Maje atmete tief aus, um Kraft zu sammeln. Aus irgendeinem Grund hatte ihr Bruder sich nie gegen ihren Vater durchsetzen können. Instinktiv griff sie nach Thies' Hand und drückte sie.

»Ach, Paps, es sind doch nur drei Monate«, sagte sie. »Singapur ist toll! Da gibt es –« Sie brach ab und dachte kurz nach. »Unzählige kultige Cafés, das Marina Bay Sands mit seiner einzigartigen Architektur, den wunderschönen Park auf dem alten Expo-Gelände, das Riesenrad, alte Tempel – einfach unglaublich viel zu sehen. Ich freue mich für Thies, das ist bestimmt spannend für ihn! Und ehrlich gesagt freue ich mich auch, Zeit mit dir und Opa verbringen zu können. Mir war gar nicht klar, wie sehr ich euch vermisst habe.« Sie strahlte ihn an und sah, wie die Härte in seinem Gesichtsausdruck schmolz. Arne meinte es nicht böse, er hatte sich nur immer schon viele Sorgen um Thies und sie gemacht – kein Wunder, denn nachdem ihre Mutter früh gestorben war, hatte er sich allein um Haus, Hof und Familie kümmern müssen. Opa Heinrich hatte den Hof früh an ihre Mutter übergeben und war dann jahrzehntelang mit dem Krabbenkutter durch die Nordsee und später mit größeren Pötten über die Ozeane geschippert. Jetzt plagten ihn Rheuma und Arthritis, und er verbrachte seine Rentenjahre auf dem Hof.

Bevor Arne antworten konnte, zog sie Thies aus der Waschküche heraus und hinter sich her, bis sie den Stall verlassen hatten und vor dem Misthaufen standen, auf dessen Spitze der Hahn Harald stolzierte.

»Lass dich von Paps nicht unterkriegen. Du bist neunundzwanzig Jahre alt, Thies. Du entscheidest, wie dein Leben auszusehen hat.«

»Ja, ich weiß. Es ist nur …« Er zupfte einen Strohhalm aus dem Misthaufen und zerbrach ihn in kleine Stücke.

»Ja?«

»Ach, keine Ahnung. Ich komme einfach nicht gut klar, Maje. Ich bin nicht glücklich auf dem Hof und habe deswegen ein schlechtes Gewissen. Und Papa merkt das natürlich, aber ich kann es nicht ändern.« Er drückte sie an sich und gab ihr einen Kuss auf den Kopf. »Wenn was ist, meldest du dich bei mir, okay? Ich kann jederzeit in einen Flieger springen und das Projekt abbrechen.«

Maje nickte. Aber sie wusste auch, dass sie das um jeden Preis vermeiden würde. Thies sollte seine Auszeit haben.

»Wer ist eigentlich dieser mysteriöse Helfer, der mir unter die Arme greifen soll?«, fragte sie neugierig.

»Ein Freund von mir aus Berlin. Er ist sehr nett, ihr kommt bestimmt gut miteinander klar. Erfahrung mit Pferden hat er keine, aber er ist ein harter Arbeiter.«

»Und er hilft dir einfach so?«, fragte sie ungläubig. Wer konnte es sich denn bitte schön leisten, mal eben so seine Arbeit stehen und liegen zu lassen?

»Nein, er glaubt, dass er mir einen Gefallen schuldet, auch wenn das Blödsinn ist. Das ist eine lange Geschichte. Er kann sich wohl für einen Monat freinehmen. Aber ich denke, bis dahin hast du eine gute Routine etabliert.«

Er schaute auf die Uhr. »Wir müssen uns beeilen. Komm, wir gehen ins Büro und ich gehe mit dir die wichtigsten administrativen Dinge durch, bevor ich losmuss.«

Maje folgte ihm ins Haus. Bisher war der Hof ihr Zuhause gewesen, ihr Spielplatz und Rückzugsort. Gemeinsam mit Thies und ihren Freundinnen hatte sie früher Höhlen in den Strohballen gebaut und die Katzen gefüttert, die dort lebten. Jetzt wurde er zum Arbeitsplatz, und das fühlte sich merkwürdig an.

Zwei Stunden später winkte sie dem Taxi hinterher, das Thies nach Emden bringen würde. Von dort aus würde er gemeinsam mit seinem Professor nach Hamburg fahren, um am selben Abend nach Singapur zu fliegen.

Ihr Vater stand mit leerem Blick neben ihr. Er hatte Thies zum Abschied auf den Rücken geklopft, für seine Verhältnisse war das eine zärtliche Geste. Er schien mit sich zu kämpfen, um seine Haltung zu wahren. Thies war sein Standbein gewesen, sein Junge, auf den er sich immer verlassen konnte. Thies konnte anpacken, schwere Dinge heben, die Pferde versorgen. Dass es ihm schwerfiel, ihn ziehen zu lassen, konnte Maje gut verstehen.

»Soll ich uns einen Kaffee machen?«, fragte sie ihren Vater leise. »Dann können wir besprechen, wie wir weiter vorgehen.«

Er schüttelte den Kopf. »Ich habe gleich meinen Termin bei der Physiotherapie. Könntest du die Pferde auf die Weide bringen, die in den Boxen stehen? Der Hufschmied war da, deshalb sind die noch nicht draußen.«

»Klar.« Maje schlug die Hände zusammen. »Kein Problem.«

Leider war diese Aufgabe doch nicht so einfach wie gedacht, denn die krakelige Schrift auf der verschmierten Kreidetafel war kaum zu entziffern. Hinzu kam, dass Reitlehrer Tamme heute mit einer Stute zur Sattelprobe gefahren war und ihr nicht weiterhelfen konnte. Die Ponys Benji und Karl sollten gemeinsam auf die hintere Weide am alten Tief, das konnte sie lesen, aber was war mit Pico und Sunny? Beide gehörten Einstellern, die sie nicht kannte und deren Telefonnummern nirgends notiert waren. Sie kniff die Augen zusammen und entschied dann, dass Pico auf die Apfelwiese hinter die Scheune sollte und Sunny auf die große Gruppenweide gehörte. Der freundliche Haflinger Sunny war ihr gestern bereits aufgefallen, bestimmt war er gut in die Herde integriert. Bei den hauseigenen Friesenpferden wie Matteo, die zur Zucht ihres Vaters gehörten, war die Sache schon einfacher, denn es gab eine Hengstweide, die Matteo sich mit Wallach Nico teilte, und die anderen Stuten standen abgesehen von Manuka gemeinsam auf einer größeren Koppel neben dem Reitplatz.

Matteo ließ sich brav von ihr nach draußen führen, und Maje nahm sich kurz Zeit, ihn anzubinden und zu putzen. Der Hengst drückte sich genüsslich gegen den Striegel und ließ die Unterlippe entspannt nach unten hängen.

»Das gefällt dir, ich weiß«, raunte Maje ihm zu. So eine Massage könnte ich auch mal wieder gebrauchen, dachte sie. In letzter Zeit hatte sie häufig Rückenschmerzen vom vielen Sitzen im Büro gehabt. All die Überstunden und Wochenendschichten machten sich bemerkbar.

Als sie das Gatter zu Matteos Weide öffnen wollte, musste sie Gewalt anwenden, denn das Scharnier hatte sich verzogen, und das Gatter schleifte über den Boden. Maje schüttelte den Kopf, sie hätte das schon längst repariert.

»Oha«, sagte sie an Matteo gewandt, als sie verstand, dass das nun ihre Aufgabe war. Kurze Zeit später klopfte sie an Opa Heinrichs Tür, der sogleich öffnete, eine Meerschaumpfeife im Mundwinkel, aus der Rauch aufstieg. Das Licht der Lampe über ihm spiegelte sich in seiner Halbglatze und ließ seine ohnehin große Hakennase noch größer erscheinen.

»Wie repariert man ein Scharnier?«, fragte sie ihn, ohne zu zögern. »Das Gatter zu Matteos Weide klemmt.«

Opa Heinrich fuhr sich über den langen Vollbart. »Das ist völlig verbogen und muss ausgetauscht werden. Da kann ich mich gern drum kümmern. Es dauert aber ein paar Tage, bis ich ein neues bestellt habe.«

»Danke. Ich werde mir eine Notlösung für die Zwischenzeit überlegen.« Sie lief zum Gatter zurück, schaute sich alles genau an und holte sich dann eine Schaufel aus dem Geräteschuppen. Damit grub sie eine Vertiefung im Boden, sodass das Gatter wieder frei schwingen konnte.

»So!«, sagte sie stolz und schaute in Richtung Matteo, der friedlich graste. »Das wäre geschafft!«

Zufrieden lehnte sie sich auf ihre Schaufel. Von hier aus konnte man die hübschen Gebäude des Hofes, die sich eng aneinanderschmiegten, gut überblicken. Sie atmete tief durch. Nach all den Jahren in der Enge der Großstadt erfüllte sie die Schönheit des Ortes, der leichte Duft nach Salz und Meer, den der Wind in sanften Brisen herantrug.

Sie marschierte zurück zum Hof und entdeckte dort Opa, der zwischen einigen Lavendelbüschen Unkraut zupfte.

»Ha! Hab ich dich erwischt!«, rief er empört und hielt triumphierend eine Schnecke hoch. »Schau dir das mal an, Maje – Ungeziefer, und das trotz meines Abwehrsystems. Man muss da immer hinterher sein!«

Suchend schaute sie sich um. »Welches Abwehrsystem?«

»Na, der Lavendel, den habe ich zur Schneckenbekämpfung angepflanzt.« Er legte die Schnecke auf einen Stein und hob die Hacke.

»Nicht!«, rief Maje und griff nach der Schnecke. »Das erledige ich.« Sie joggte über das Grundstück und kletterte durch den Zaun, der an eine Wiese grenzte. Zwischen einigen niedrigen Büschen fand sie eine geschützte Stelle. Dort setzte sie die Schnecke auf ein Blatt. Hoffentlich hatte niemand sie gesehen – kaum jemand würde Verständnis dafür aufbringen, dass sie gerade einen Gemüseschädling gerettet hatte. Sie beobachtete, wie die Schnecke die Fühler ausfuhr, und atmete zufrieden aus, bevor sie zurückeilte.

Als Nächstes ging sie in die Sattelkammer, in der heilloses Durcheinander herrschte. Die alten Spinde wurden schon lange nicht mehr genutzt, da sie nicht viel Platz boten und viele Türen sich nicht mehr schließen ließen oder ganz fehlten. Daher hatte sich ein Haufenprinzip eingestellt – das hieß, jeder warf seine Sachen auf einen Haufen, der je nach Reiter mehr oder weniger ordentlich zusammenlag. Nur die Sättel und Trensen hingen ordentlich an der Wand.

Maje atmete tief aus. »Puh«, seufzte sie. »Dann mal los.«

Sie stakste zwischen zerschlissenen Führstricken und Decken hindurch, bis sie zu dem großen Haufen in der Ecke kam, in dem sich das Equipment der Pferde befand, die zum Neßmersieler Hof gehörten, und fing an, alles zu sortieren. Halfter auf einen Stapel, Putzzeug auf einen anderen. Alles, was kaputt war, kam direkt in einen alten Kartoffelsack, den sie hinter einem Spind hervorzog. Alles andere wurde weiter sortiert. Decken packte sie in eine Schubkarre, die würde sie später waschen, Putzzeug kam ordentlich in eine Kiste. Danach schaute sie sich die Trensen an. »Die müssen dringend gereinigt und gefettet werden«, murmelte sie. Aber bevor sie die erste vom Haken nehmen konnte, stürmte ein Mädchen mit hochrotem Kopf in die Sattelkammer.

»Hast du Thies gesehen?«, rief der Teenager atemlos und hielt dann inne. »Maje?«

Maje stand auf und legte den Kopf schief. Sie hatte keine Ahnung, wer da vor ihr stand. »Ja?«, fragte sie deshalb zurückhaltend.

»Maje! Dich habe ich ja Ewigkeiten nicht mehr gesehen! Erinnerst du dich nicht an mich? Ich bin's, Anna.«

»Anna …« Der Name kam ihr vage bekannt vor. »Moment mal … Anna! Du bist die Tochter von Bäckermeister Anton und gehst auf die Grundschule in –« Sie unterbrach sich. Nee, auf die Grundschule ging sie sicherlich schon lange nicht mehr. Maje lachte. »Was kann ich für dich tun? Ist was passiert?«

»Wir müssen die Polizei rufen. Sunny ist weg. Mein Akku ist alle, sonst hätte ich das selbst gemacht.«

»Sunny?«, fragte Maje ungläubig. Sie hatte den Haflinger eben selbst auf die Weide gebracht. »Bist du sicher?«

Anna nickte aufgebracht. Tränen standen ihr in den Augen. »Ja. Er ist ein schöner, reinrassiger Wallach. Bestimmt wurde er geklaut.« Sie schluchzte. »Jetzt ist er sicher bereits über alle Berge, und ich werde ihn nie wiedersehen.«

Maje zückte ihr Handy. Aber bevor sie die Nummer der Polizei tippte, hatte sie noch ein paar Fragen. »Ich habe ihn erst vor zwei Stunden auf die Koppel gebracht. Könnte er vielleicht ausgebrochen sein? Hast du dir den Zaun angeschaut?«

»Der Zaun ist in Ordnung.«

»Und was ist mit den anderen Pferden auf der Weide?«

»Was für andere Pferde? Du meinst die Shettys, richtig?«

Die beiden schauten einander verwirrt an. Gerade wollte Maje zu einer Erklärung ansetzen, da kam Arne in die Kammer gelaufen. »Was ist denn hier los? Ich habe dich rufen hören, Anna. Ist alles in Ordnung?«

»Sunny ist entführt worden«, schluchzte Anna hemmungslos. »Dabei braucht er täglich seine Asthma-Medikamente.«

Arne schaute von Anna zu Maje. Sie war mittlerweile puterrot geworden, weil sie ahnte, was passiert war.

»Hast du das Gatter zur Koppel geschlossen?«, fragte er gelassen.

»Jaja«, sagte sie schnell. »Komm mal mit, Anna, ich habe da so eine Vermutung. Ich glaube, das ist alles nur ein Missverständnis.«

Ihr Vater hob die rechte Augenbraue, doch bevor er etwas sagen konnte, stürmte Maje schon hinaus, gefolgt von Anna, die schniefend hinter ihr herlief. Zwei Minuten später standen sie vor der Gruppenweide, auf der die Pferdeherde friedlich graste. Manuka hob als Erste den Kopf und schaute in ihre Richtung. Ihr schwarzes Fell funkelte in der Sonne, was ihren prallen Bauch noch runder wirken ließ. Neben ihr stand Sunny, der sich genüsslich an ihrem Hinterteil schubberte.

Anna riss die Augen auf. »Was macht Sunny denn hier? Der steht doch bei den Shettys.«

Maje zuckte gleichzeitig erleichtert und schuldbewusst mit den Schultern. »Tut mir leid, das ist meine Schuld. Ich konnte die Schrift auf der Tafel nicht richtig entziffern und dachte, er steht auf der Gruppenweide. Na ja, er scheint sich zum Glück ganz wohlzufühlen.«

Sunny hob den Kopf, als er seine Besitzerin entdeckte. Langsam setzte er sich in Bewegung und kam auf sie zu. Jetzt liefen die Tränen in Strömen Annas Gesicht hinunter, und sie umarmte ihren Wallach, als er den Hals über den Zaun reckte.

»Oh Sunny, mein lieber Sunny«, brachte sie schluchzend hervor.

Maje rieb sich unsicher die Hände und überlegte, was sie sagen sollte. Eine Minute verstrich, dann noch eine. »Ähm«, stammelte sie schließlich, »das kommt nicht mehr vor ... Jetzt weiß ich ja, wo er normalerweise steht.«

Anna reagierte nicht, sondern bedeckte stattdessen die Nase ihres Pferdes mit Küssen. Also ging Maje zurück zur Sattelkammer, in der ihr Vater gerade den mühsam aussortierten Inhalt des Kartoffelsacks zurück auf den Haufen kippte.

»Das kann man alles noch reparieren«, brummte er, die Zornesfalte zwischen seinen Augen wirkte tiefer als sonst. Maje betrachtete fassungslos die kaputten Sachen, unter denen sich von Mäusen zernagte Schabracken und zerrissene Führstricke befanden. Hitze wallte in ihr auf, nahm ihr die Kraft zur Gegenwehr. Sie musste dringend raus und eine Pause einlegen.

»Ich bin mal kurz weg!«, rief sie und machte auf dem Absatz kehrt.

Maje eilte die Kiebitzstraße entlang, die sie direkt zum Deich brachte. Erst als sie dessen Krone erreichte und der Wind ihr die Haare in die Stirn wirbelte, hielt sie inne und atmete auf. Der graue Himmel ging am Horizont nahtlos in das ebenfalls graue Meer über, dessen Wellen sich unruhig auftürmten, bereit, mit der beginnenden Flut das Deichvorland zurückzuerobern, das sie sechs Stunden zuvor aufgegeben hatten. Binsen bogen sich im frischen, kalten Wind. Maje löste das Haargummi aus ihrem Zopf. Sie liebte es, wenn ihre wilden blonden Locken Teil des rauen Naturschauspiels wurden, das sie durch ihre Kindheit und Jugend begleitet hatte. Klar, Ostfriesland war wunderschön an sonnigen Tagen, an denen sich der blaue Himmel endlos weit über den

Leuchttürmen und den idyllischen Ziegelsteinhäusern der Dörfer erstreckte. Aber Maje war das raue Wetter lieber, wenn es stürmte und sich Strandgut an der Uferlinie sammelte, wenn es nach Algen roch und die Gischt hochschlug. Dann fühlte sie sich lebendig und eins mit der Natur. »Ist das schön«, murmelte sie und reckte ihr Gesicht schräg nach oben, um dem Wind mehr Fläche zu bieten. Die Anspannung fiel von ihr ab, und sie atmete tief ein, um ihre Lungen mit der kühlen Seeluft zu füllen.

War es ein Fehler gewesen, für ihren Bruder einzuspringen? Ihr Vater schien nicht gerade begeistert von ihrem Einsatz zu sein, und dass er sich nicht von seinen kaputten Sachen lösen konnte, war typisch für ihn. »So ein Kontrollfreak«, wisperte sie in den aufkommenden Sturm. Die grauen Schlieren, die sie eben noch in der Ferne gesehen hatte, erreichten sie – binnen weniger Augenblicke hatte der Regen sie bis auf die Haut durchnässt.

Aus dem Augenwinkel sah sie einen großen Hund, der über die Deichkrone spurtete, seine Leine schleifte auf dem Boden hinter ihm her. Maje fuhr herum und kniff die Augen zusammen. Der Hund, dem die Zunge seitlich aus dem Maul hing, kam ihr ungeheuer bekannt vor.

»Urs!«, rief sie und ging in die Hocke. Der Rüde legte eine Vollbremsung hin, schielte sie begeistert an und schleckte ihr dann mit der Zunge über das ganze Gesicht.

»He!«, rief Maje lachend. Suchend blickte sie den Weg hinunter, den der Berner Sennenhund entlanggestürmt war. Niemand zu sehen. Kurz darauf drang ein Fluchen an ihr Ohr, und sie sah Bente, der die Binnenböschung hochkletterte. Er war über und über mit Matsch bedeckt, als hätte er gerade eine Runde Schlamm-Wrestling hinter sich gebracht. Obwohl er ihr ein klitzekleines bisschen leidtat, musste sie sich die Hand vor den Mund schlagen, um ihr Grinsen zu verstecken – er sah einfach zu komisch aus. In der nächsten Sekunde sprang sie aber auf und eilte ihm entgegen, Urs' Leine fest in der Hand.

»Hi«, rief sie, »ist alles in Ordnung bei dir?«

In diesem Augenblick rutschte Bente aus und landete auf dem Hosenboden. Maje beugte sich nach vorn und reichte ihm eine Hand. »Nicht dein Tag heute, was?«

Zu ihrer Überraschung wirkte er eher belustigt als verärgert. Das überraschte sie, denn sie hätte zumindest eine Portion Selbstmitleid erwartet.

»Häschen Nummer drei des zauberhaften Ton-Künstlerinnentrios!«, rief er erfreut und ließ sich von ihr hochziehen. »Na, das ist ein Zufall!« Eine braune Schliere zog sich quer über seine Stirn und gab ihm den Anschein, als hätte er eine einzige, dicke Augenbraue, wie Bert aus der Sesamstraße. »Und meinen frechen Ausreißer hast du auch wieder eingefangen. Danke dafür. Er hat sich vor einer Windbö erschreckt und war schneller weg, als ich reagieren konnte.«

Maje grinste. Sie tastete ihre Taschen ab und zog ein zugegebenermaßen nasses, wenn auch sauberes Taschentuch aus ihrer Jacke. »Hier«, sagte sie und reichte es ihm.

Bente wischte sich über das Gesicht, mit dem Ergebnis, dass der Schmutz nun gleichmäßig verteilt war. »Besser?«, fragte er.

»Nee, nicht wirklich. Aber steht dir.«

»Na, das ist doch mal ein Kompliment. Ich habe ganz vergessen, wie rau und unberechenbar das Wetter in Ostfriesland ist. Das bin ich echt nicht mehr gewohnt.« Auf seiner linken Wange hatte sich ein Grübchen gebildet.

»Stimmt, du bist ja als Kind weggezogen.« Kurz dachte sie daran, dass auch sie die letzten Jahre in der Großstadt verbracht hatte. Obwohl Ostfriesland ihr immer noch sehr vertraut vorkam, war es ihr gleichzeitig fremd geworden.

»Genau.« Er schaute seinen Hund strafend an, der sich brav neben ihn gesetzt hatte. Urs' Fell war völlig vom Wind zerwühlt und mit schmutzigen Sprenkeln übersät.

»Oje, was soll ich nur mit dir machen, Urs? Mein armes Auto,

40

das hab ich erst gestern innen gereinigt.« Dann sah er wieder zu Maje und reichte ihr das tropfnasse Taschentuch zurück. »Danke dafür. Weißt du, ich habe ihn als Welpen an einer Autobahnraststätte gefunden. Seine Vorbesitzer haben offenbar keinen Wert auf Erziehung gelegt.« Liebevoll streichelte er dem tropfenden Hund über das Fell, dann wandte er sich wieder Maje zu. »War nett, dich wiederzusehen.«

Regen rann seine Wangen hinunter, einzelne Wassertropfen hingen in seinen Lidern. Das gab ihm etwas Unwirkliches, nahezu Verwunschenes, als wäre er einer Fantasy-Geschichte entsprungen, in der Wasserwesen über die Erde wandelten. Sein enges Shirt klebte an seinem Körper, betonte seine athletische Figur und brachte Maje noch mehr in Verlegenheit. Wieder suchte sie nach Worten – sollte sie ihn fragen, wie lange er in der Gegend blieb? Sie konnte ihm anbieten, seinen tollpatschigen Riesenhund gelegentlich spazieren zu führen, denn anscheinend mochte der sie ganz gern. Schüchtern biss sie sich auf die Lippen.

»Mhm«, machte sie. Bente schaute sie fragend an, und sie gab sich einen Ruck. »Bei der dritten Begegnung gebe ich dir einen aus«, versuchte sie es zaghaft und knetete dabei die Finger. Ihre Stimme hatte so hoch geklungen, dass sie fast gequietscht hatte, aber zu ihrer Erleichterung ging er auf ihr Angebot ein.

»Klar. Aber ich hätte dann gern keinen Drink, sondern ein Stück klassische Ostfriesentorte. Habe ich schon seit meiner Kindheit nicht mehr gegessen.«

Maje lächelte. »Mein letzter Backversuch endete in einem Desaster. Der Kuchen war verbrannt, und der Rauch hat den Feueralarm ausgelöst. Aber es klingt nach einem fairen Deal. Immerhin ist das schon unverschämt von mir, dir zweimal ungefragt über den Weg zu laufen.«

Bente starrte sie an, dann hob er belustigt den Mundwinkel. »Du bist echt witzig.« Gönnerhaft fügte er hinzu: »Vanillepudding wäre auch okay. Der geht immer.«

Eine besonders heftige Bö kam auf, und Urs jaulte. Bente gab sich einen Ruck, tippte sich an die Stirn und verabschiedete sich mit einem »Howdy«. Kurz darauf kletterte er mit Urs im Schlepptau die Deichwand hinunter. Maje blieb stocksteif stehen und verfolgte die beiden mit dem Blick, bis sie schließlich hinter einer Wand aus Regen und Nebel verschwanden. Dann erst zog sie ihr Handy heraus und tippte auf Emmas Nummer. Ihre Freundin hob sofort ab.

»Hi, Süße!«, flötete sie in den Apparat.

»Hi«, sagte Maje und überlegte kurz. »Glaubst du an das Schicksal?« Es schien ihr äußerst unwahrscheinlich, ausgerechnet Bente hier draußen am menschenleeren Deich zu begegnen.

»Wie meinst du das? So allgemein, oder ist gerade etwas passiert, das dich zum Nachdenken bringt?«

»Nee, so allgemein«, behauptete Maje und spürte, wie ihr Herz schneller schlug.

»Also, an das Schicksal glaube ich nicht«, erklärte Emma, aber ihre Stimme klang belustigt. »Ist nur doof, wenn das Schicksal an dich glaubt.« Sie kicherte. »Schieß los, Maje, da steckt doch was dahinter.«

»Erinnerst du dich an den Typen, der im Regen in unsere Töpferrunde reingeplatzt ist?«

»Benjamin?«

»Fast. Bente heißt er. Ich bin ihm gerade am Meer begegnet.«

»Was machst du denn bei dem Wetter am Meer?«, fragte Emma misstrauisch. »Lief es nicht gut auf dem Hof?«

Maje seufzte. »Nach einem Tag kann man das noch nicht so genau sagen. Aber ja, es war kein einfacher Start. Ich habe die letzten Jahre immer einen Plan gehabt, alles war gut organisiert und übersichtlich. Auf dem Hof ist alles chaotisch.«

»Echt jetzt? Also die Maje, an die ich mich erinnere, ist auch total chaotisch. Und verrückt und steckte immer voller Ideen …«

»Es ist viel passiert, Emma.« Ein Blitz zuckte über den Himmel, kurz darauf grollte der Donner. »Ich rufe dich später wieder an, hier bricht gerade ein Gewitter los.« Sie legte auf und schlug hastig den Weg zurück nach Rysum ein. Der Regen hatte sie bis auf die Haut durchnässt, und jetzt kam die Kälte durch. Zitternd erreichte sie den Neßmersieler Hof, der bei jedem Blitz in grelles Licht getaucht wurde. Stroh wehte über den Hof, tiefe Pfützen hatten sich auf der ausgetretenen Einfahrt gebildet. Die Weiden waren leer, jemand hatte die Pferde bereits in die Ställe gebracht. In Opa Heinrichs Einliegerwohnung brannte kein Licht, also entschied sie, direkt ins Hauptgebäude zu laufen. Aber als sie den Schlüssel in das Schloss der Eingangstür schob, passierte nichts.

»Mist«, fluchte sie. Wahrscheinlich steckte bereits ein Schlüssel von innen. Fest klopfte sie gegen die Tür. »Hallo?«, rief sie. »Papa, kannst du mich hören?« Der Regen schwoll an und prasselte laut auf das winzige Vordach, das kaum Schutz bot. Endlich öffnete sich die Tür, und Maje stolperte an ihrem verdutzt dreinblickenden Vater vorbei in den Flur.

»Wo kommst du denn her?«, fragte er und bugsierte sie sanft in Richtung Jackenständer.

»Vom Meer«, brachte sie zähneklappernd heraus. Ihr Vater reichte ihr ein Handtuch, und sie rubbelte sich damit ab. Dann bemerkte sie, dass der Fußboden bereits feuchte Flecken aufwies.

»Gut, dass du zurück bist. Ich mache dir einen Tee, und du kannst dich derweil um deinen Besuch kümmern. Keine Sorge, der ist erst vor ein paar Minuten gekommen.«

»Welchen Besuch?« Ein Blick in den Spiegel zeigte ihr, dass sich ihre Locken wild auf ihrem Kopf auftürmten, als hätte sich dort ein großer Vogel niedergelassen und ein Nest gebaut. Ihr Make-up war verschmiert, ließ die Augen groß und dunkel wirken wie bei einem Panda, allerdings einem mit blondgelockter Perücke.

»Na, der Freund deines Bruders. Der uns hier den nächsten Monat unterstützt.«

»Oh, den hab ich ganz vergessen.«

»Geh nur, er wartet im Wohnzimmer auf dich.«

Sie schlüpfte in ihre Hausschuhe und bemerkte das große, durchweichte Paar Wanderschuhe, das in einer Ecke stand. Dann schnüffelte sie. Roch es hier nicht nach Hund? Im nächsten Moment hörte sie ein Bellen, und es raste tatsächlich ein Hund um die Ecke.

»Urs!«, rief sie erfreut und kniete nieder, um ihn zu umarmen. Sein Fell war handtuchtrocken, aber er roch fürchterlich. In seinem Maul steckte ein pinker Tennisball, den er nun vor ihr fallen ließ. »Aber das ist doch … Das heißt …« Sie hob den Blick und sah Bente, der sie ebenso überrascht anschaute.

»Du?«, fragte er.

Maje grinste, als sie erkannte, dass Bente der von Thies versprochene mysteriöse Helfer war, der sie die nächsten Wochen begleiten würde.

»Sieht so aus, als gäbe es morgen Ostfriesentorte zum Frühstück«, sagte er lachend und hielt ihr die Hand hin. »Mit einer ordentlichen Menge Sinbohntjesopp bitte.«

Kapitel 3

Als Maje die Tür zum Gästezimmer aufschob, bekam sie einen Schreck. Der Boden war mit Gerümpel bedeckt, das Bett nicht gemacht. Anscheinend hatte Thies vergessen, es auf Vordermann zu bringen. Peinlich berührt kratzte sie sich am Hinterkopf.

»Ich richte dir das noch her«, entschuldigte sie sich, aber Bente schüttelte den Kopf.

»Wenn du mir einfach eine Ladung Bettwäsche und Handtücher bringst, mache ich das alles selbst. Und ein Besen wäre gut.« Er wischte mit dem Finger über den verstaubten Schreibtisch, woraufhin sich seine Fingerspitze schwarz färbte. »Und ein Lappen.«

Sie nickte und verschwand, um kurz darauf mit den gewünschten Sachen zurückzukommen. »Es tut mir leid, ich bin davon ausgegangen, dass alles für dich vorbereitet ist.«

»Kein Ding.« Er lachte. »Typisch Thies. Dein Bruder ist echt eine Nummer. Verpeilt, aber liebenswert.«

»Ihr kennt euch schon lange, nicht wahr?«

»Wir waren als Jugendliche gemeinsam boßeln.« Er hob einen zerbrochenen Stuhl hoch. »Wo kann der hin?«

Gemeinsam trugen sie das Gerümpel nach draußen in die Garage. Dann fegte Maje das Gästezimmer, während Bente mit dem Staubwedel zugange war. Urs hatte seinen großen Kopf auf die Pfoten gelegt und beobachtete sie interessiert.

Bente zog einen alten einäugigen Teddy unter der Matratze hervor.

»Oh, das ist meiner«, sagte Maje schnell und griff nach ihrem alten Kuscheltier. Sie hatte gar nicht gewusst, dass es Wuffels noch gab. Allerdings hatte sie ihn größer in Erinnerung. Sie setzte den Teddy vor die Tür und arbeitete weiter. In der Ecke über dem Bett saß eine Spinne, die Bente besorgt ansah. Maje hielt den Atem an – hoffentlich tat er ihr nichts zuleide. »Warte, ich hole einen Becher und bringe sie raus«, bot sie an, aber Bente schüttelte den Kopf.

»Keine Angst«, sagte er freundlich zur Spinne. »Ich tue dir nichts. Du kannst gern hierbleiben, dann habe ich Gesellschaft. Nichts gegen dich, Urs.« Er tätschelte seinem Hund den Kopf. »Und dich, liebe Spinne, taufe ich Mathilda.«

Majes Herz machte einen Hüpfer. Diese freundliche Geste einem kleinen Tier gegenüber rührte sie. Auch wenn sie kein Spinnenfreund war – es war schön zu sehen, dass Bente sie als neuen Untermieter akzeptierte. »Willkommen, Mathilda«, begrüßte Maje den achtbeinigen Gliederfüßer. Kurz musste sie an die Schnecke denken, die sie vor Opas Hacke gerettet hatte.

»Das war bisher eure Rumpelkammer, richtig?«, fragte Bente.

»Ja, richtig«, gab sie zu. »Aber der Raum wurde ursprünglich als Reuterkammer angelegt, es ist also nur passend, ihn als Gästezimmer zu nutzen.«

»Wie bitte, was?«, fragte er verwirrt.

»Hast du noch nie davon gehört? Früher waren die Bauern verpflichtet, einem berittenen Soldaten, also einem Reuter, eine Kammer zur Verfügung zu stellen.«

»Oh, ich wäre ein denkbar schlechter Soldat – dafür bin ich viel zu pazifistisch veranlagt.«

»Aber reiten lernen kannst du hier, wenn du magst.«

»Mal sehen«, sagte er und schüttelte ein Kissen auf, das nicht so recht seine Form behalten wollte. »Um ehrlich zu sein, hatte ich bisher nicht viel mit Pferden zu tun. Versteh mich nicht falsch, ich mag Tiere, aber ich fürchte, ich bin ein richtiges Stadtkind. Urs ist mein erstes Haustier, und ich gebe mir zwar echt Mühe, aber du hast ja selbst erlebt, wie schlecht er hört. Er hat sogar den Trainer in der Welpenschule in den Wahnsinn getrieben.«

»Was hat er denn gemacht?«, fragte sie neugierig.

»Ja, nichts. Er hat den Trainer einfach nur angeschaut und den Kopf dabei schräg gelegt. Der meinte zu mir, ich solle mal seine Ohren untersuchen lassen, weil sämtliche Überzeugungsversuche an ihm abgeprallt sind.« Er lachte verlegen, und sie lächelte ihm aufmunternd zu.

»Das wird schon noch mit Urs, der braucht bestimmt einfach etwas länger.« Dann schaute sie sich im Zimmer um, das jetzt um einiges wohnlicher aussah. »Hast du alles, was du brauchst?«

Urs hatte es sich in einer Ecke auf einer dicken Wolldecke inmitten einiger ausrangierter Kissen bequem gemacht. Er hatte sich auf den Rücken gerollt, und seine Beine zeigten wie wollige Antennen nach oben. Ein muffiger Geruch von nassem Teppich strömte von ihm aus.

»Jep, alles gut, hier lässt es sich aushalten. Danke für deine Hilfe.« Bente strahlte sie so freundlich an, dass sie das Gefühl hatte, jemand hätte eine Heizung in ihrem Bauch angeknipst.

»Äh. Gut. Ich geh jetzt duschen und dann schlafen. Wir können morgen früh beim Frühstück alles Weitere besprechen.« Sie trat zur Tür und drehte sich dann noch einmal um. Auf ihrem Gesicht lag eine zarte Röte. »Willkommen auf dem Neßmersieler Hof!«

Am nächsten Morgen roch es in der Küche nach Teig, Vanille und Branntwein. Maje schlug die Sahne steif, strich sie auf den untersten Biskuitboden und legte einen zweiten darauf. Dann verzierte sie die Torte rundherum mit der Sahne und streute oben Schokoladenblättchen und kandierte Mandelscheiben drauf. Natürlich hatte Bente das mit der Ostfriesentorte nicht ernst gemeint, aber sie wollte ihn trotzdem damit überraschen. Sie naschte ein wenig von der süßen Sahne. »Mhm«, machte sie zufrieden und schleckte genüsslich ihren Finger ab. Der Tag war früh losgegangen – zunächst hatte sie die Pferde mit Heu versorgt und sich dann an die teilweise recht aufwändigen Futtermischungen gewagt. Anschließend hatte sie die Hühner gefüttert und ein paar Schnecken im Gemüsegarten abgesammelt, bevor Opa Heinrich sie erwischte. Alles, um die Ostfriesentorte rechtzeitig fertig zu bekommen.

»Moin«, begrüßte sie ihren Opa, der über seiner Cordhose und dem Karohemd eine dicke braune Strickjacke trug.

»Duftet gut hier. Gibt es etwas zu feiern?«

Maje dippte einen Holzlöffel in die Sahne und reichte ihn an ihren Opa weiter – der liebte Süßes ebenso wie sie.

»Nee, das mache ich einfach nur so«, behauptete sie – die Sache mit Bente zu erklären wäre zu kompliziert gewesen … »Als eine Art Einstand für den neuen Helfer.«

»Das ist lecker«, verkündete Opa Heinrich, auf dessen Oberlippe sich ein weißes Bärtchen gebildet hatte. Ächzend ließ er sich auf die Bank in der Sitzecke fallen. »Ich habe etwas für dich.« Er fingerte ein schmutziges und ziemlich zerknittertes Blatt Papier aus seiner Jackentasche.

»Was ist das?«

»Ich habe Thies' Tagesablauf aufgeschrieben. Thies ist ein guter Junge, aber ich kenne ihn – er geht bestimmt davon aus, dass du genau weißt, was zu tun ist. Aber nur, weil du hier aufgewachsen bist, heißt es noch lange nicht, dass du weißt, wie die Routine im Betrieb abläuft.«

Dankbar nahm Maje den Zettel entgegen. Opas krakelige Schrift war kaum lesbar, aber die Liste würde ihr trotzdem helfen. Gestern hatte sie improvisiert, ab heute musste alles in geordneten Bahnen verlaufen. »Das ist lieb. Thies hat mir alle wichtigen Informationen auf einem USB-Stick gespeichert«, sagte sie und versuchte fieberhaft, sich daran zu erinnern, was sie damit gemacht hatte. Ach ja, sie hatte ihn in ihre Jeanstasche gesteckt. Die Jeans hatte sie abends ausgezogen und … »Oh nein!«, rief sie und stürmte aus der Küche. Hastig lief sie den Gang entlang, bog ab und stoppte abrupt in der Waschküche. Sie riss die Tür der Waschmaschine auf und wühlte in ihren frisch gewaschenen Klamotten. Da war ihr Unterhemd, dort die Jeans – und darin der tropfnasse USB-Stick. »Mist!«, fluchte sie. Ob der noch funktionierte? Falls nicht, musste sie Thies anrufen, aber der befand sich jetzt irgendwo auf dem Weg nach Singapur.

Als sie die Küche wieder betrat, entdeckte sie ihren Vater, der gerade ein Messer hob, um die Torte anzuschneiden.

»Nein!«, quietschte sie und sprang mit einem gewaltigen Satz nach vorne, um ihn zu stoppen. Er hielt erschrocken inne und ließ das Messer sinken, an dem bereits Schokoladenblättchen klebten. Ihr Puls ging so heftig, dass sie das Klopfen in ihren Ohren hörte. Keuchend winkte sie ab.

»Warte, Papa«, brachte sie hervor, dann musste sie erst mal tief Luft holen.

Derweil war Bente aufgetaucht, und Maje kniff die Augen zusammen, weil sie ihn kaum wiedererkannte. Nicht nur, weil sie zu Atem kommen musste, sondern auch, weil er so trocken und sauber war. Seine mittellangen Haare hatte er in einer sportlichen Welle zur Seite gegelt, sein Dreitagebart war frisch gestutzt, und seine Augen sprühten vor Tatendrang. Heute trug er ein graues T-Shirt mit einem abstrakten Muster und eine Bluejeans, die ihm hervorragend stand. »Moin!«, rief er in die Runde, dann erst bemerkte er Maje, die mit hochrotem Gesicht vor ihrem Vater stand, der immer noch das Messer hielt. Er ließ seinen verwunderten Blick hinüber zu Opa Heinrich gleiten, der vergnügt die Rührschüssel ausschleckte, das Gesicht über und über mit hellbraunen Teigsprenkeln bedeckt. Maje schloss kurz die Augen. War das peinlich!

Sie atmete tief durch, fing sich wieder und trat auf Bente zu. »Auch dir einen guten Morgen!« Mit einem zaghaften Lächeln deutete sie auf die unversehrte Ostfriesentorte auf dem Tisch. »Wie versprochen, dein Kuchen! Ich hoffe, du hast Appetit.«

»Aber ...«, setzte Bente an, dann zuckte er mit den Schultern und sagte lässig: »Super – und was esst ihr?«

Kurz darauf waren sie um den Tisch versammelt. Maje hatte noch ein Brot, Butter, Käse dazugestellt und Tee aufgebrüht. In einer Schublade fand sie weiße Servietten und eine Kerze, die ein angenehm warmes Licht verbreitete.

Bente schob sich ein Riesenstück Torte in den Mund und reckte anerkennend den Daumen hoch.

»Wo ist eigentlich Urs?«, fragte Maje ihn, teils aus echtem Interesse, teils, um Bente zu necken – denn mit vollem Mund konnte er kaum antworten. Aber seine Augen funkelten belustigt, anscheinend durchschaute er ihre Absicht.

»Gibt viel zu tun heute«, brummte Arne. »Um neun Uhr wird neues Heu geliefert, alle Pferde müssen entwurmt und die Weiden auf der Südseite abgeäppelt werden. Ich habe mir heute freigenommen und fahre zum Agrarhandel, um neues Weidezaunband und Isolatoren zu besorgen. Das brauchen wir, um die Stutenweide in zwei Bereiche zu unterteilen. Katja, Meike und Nils zahlen heute die Stallmiete, Thies hat dir sicherlich gezeigt, wie wir die Rechnungen ausstellen?«

Maje schüttelte den Kopf. »Zahlen die etwa bar?«

»Ja.«

»Oh. Warum? Wäre es nicht einfacher, wenn –«

»Nein, wäre es nicht. Die haben schon immer bar bezahlt, und wir haben da ein System. Nimm einfach das Geld entgegen und füll die Belege in der obersten Schublade des Schreibtischs im Büro aus. Ist ganz einfach. Kriegst du das hin?«

Sie nickte unglücklich. Die Zurechtweisung vor Bente war ihr unangenehm und trieb ihr die Hitze in die Wangen. Sie machte sich innerlich Notizen, um nichts von der Aufzählung ihres Vaters zu vergessen.

Der Kuchenberg auf Bentes Teller war verschwunden, und er schielte bereits auf das nächste Stück, das Maje ihm großmütig auflud.

»Danke«, sagte er vergnügt und wandte sich dann an Arne. »Ehrlich gesagt, weiß ich gar nicht, wie ich mich hier genau einbringen soll. Mit administrativen Dingen kenne ich mich etwas aus, aber ich habe überhaupt keine Erfahrung mit Pferden. Ich war auch noch nie auf einem Reiterhof. Aber ich kann alles lernen und freue mich, euch zu unterstützen.«

»Kannst du mit Schaufel und Mistgabel umgehen?«, fragte Arne, im selben Moment, in dem Maje verwundert nachhakte: »Du warst noch nie auf einem Reiterhof?«

»Keine Ahnung, ich versuch es. Und nein, Maje – ich mag Tiere, aber Pferde waren für mich bisher nur große, nach Heu duftende Fellberge mit ungefähr vier Beinen.«

Sie kicherte bei seiner Beschreibung, ihr Vater musterte ihn hingegen streng. Dennoch entgegnete er höflich: »Was nicht ist, kann ja noch werden. Meine Tochter kann dir sicherlich alles zeigen. Richtig, Maje?«

Verlegen kratzte die sich am Kopf. »Äh, klar.« Gern hätte sie entgegnet, dass sie selbst Zeit brauchte, um zu verstehen, worauf es ankam, und erst mal in Ruhe ein System zu schaffen und eine Routine zu etablieren. Als Innenarchitektin hatte sie in einem stark abgegrenzten Bereich gearbeitet, in dem sie sich auskannte. Hier war sie etwas verloren. In diesem Moment fühlte sie sich Thies verbunden, der es unter der Aufsicht ihres Vaters sicherlich nicht leicht gehabt hatte.

Nach dem Essen begleitete Bente sie in Thies' trist wirkendes Büro. Auf dem Sechzigerjahre-Schreibtisch stand ein uralter Computer, der das neue Jahrtausend nur knapp verpasst hatte.

Auch Bente schaute entsetzt auf den kantigen Kasten. »Der hat jetzt aber nicht noch ein Diskettenlaufwerk, oder?«

Maje schüttelte den Kopf. »Thies hat garantiert einen modernen Laptop – aber den hat er sicherlich nach Singapur mitgenommen.« Sie fuhr den Computer hoch, dessen Bildschirm farbenfroh flackerte. »Oje. Ich würde sagen, wir schauen, was hier Brauchbares drauf ist, und nutzen ansonsten meinen Computer. Ich richte einfach einen zweiten Desktop ein, dann ist das kein Problem.«

Maje holte den USB-Stick hervor und schob ihn in den dafür vorgesehenen Schlitz. Dabei stieß sie innerlich ein Stoßgebet aus – leider umsonst. Der USB-Stick hatte den Ausflug in die Waschmaschine nicht überstanden.

»Na gut«, sagte sie, »dann schauen wir mal, was wir so finden.«

Gemeinsam durchforsteten sie die Ordner auf dem Rechner, denen ein Namenssystem fehlte. »Reitbetrieb« hieß der Ordner für sämtliche Dokumente, die mit der Reithalle und dem Platz zu tun hatten, aber die Unterlagen für den Schulbetrieb befanden sich in »Personal«. Die meisten Dateien waren alt und nicht mehr aktuell.

»Deshalb hat Thies mir bestimmt den Stick gegeben – weil alle wichtigen Dokumente auf seinem Rechner sind. Egal, wir kriegen das auch so hin.«

»Du lässt dich nicht so leicht unterkriegen, wie?«

Jetzt erst merkte Maje, wie nah er bei der Arbeit an sie herangerutscht war. Er saß direkt neben ihr, seine Körperwärme strahlte zu ihr herüber, sein Duft nach Eichenmoos, Kardamom und Sandelholz umhüllte sie. Er roch wie ein ganzer Sommerwald in voller Blüte. Und irgendwie auch wie ein wärmendes Schaumbad im Winter. Sofort veränderte sich ihre Haltung, ihre Schultern sackten nach vorn, als wollten sie im Schaumbad versinken. Auch ihr Atem ging schneller, der Gedanke war zu reizvoll.

»Alles klar mit dir?«, fragte Bente besorgt, dem die Veränderung nicht entgangen war. Die Hitze in ihrem Gesicht trieb ihr Schweißperlen auf die Stirn. Meine Güte, warum musste dieser Mann nur so verdammt attraktiv sein?

»Nee, alles gut«, keuchte sie. »Ist nur furchtbar warm hier?« Wieso hatte sie die Feststellung als Frage formuliert? Ruckartig stand sie auf, ihr Stuhl kippte hintenüber. Sie machte einen Satz zum Fenster und riss es weit auf. In der Ferne läutete die Turmuhr der alten Rysumer Kirche.

»Eigentlich ist es eher kühl –«

»Oh nein, es ist neun Uhr! Die Heulieferung. Komm!«, unterbrach sie ihn.

»Was …?«, fragte er verdutzt.

Aber sie war schon auf dem Weg nach draußen. Dort parkte – pünktlich auf die Minute – Bauer Klaas Hansen mit seinem Traktor und Anhänger. Maje kannte ihn aus Kindheitstagen, er hatte sich kaum verändert. Sein Bart war ein Stückchen länger, die Falten um die Augen tiefer, aber ansonsten hatte der alte Mann der Zeit ein Schnippchen geschlagen.

»Moin«, begrüßte sie ihn und sah zu, wie er geschickt aus dem Traktor kletterte.

»Moin«, antwortete er heiser. Dann hob er die Hand, als er Opa Heinrich entdeckte, der auf sie zukam. »Hein!«, sagte er kurz angebunden.

»Klaas«, gab Opa Heinrich zurück, als wäre damit alles geklärt. Maje wusste, dass die beiden schon in der Schule befreundet gewesen waren. Jaja, große Redner sind wir Ostfriesen nicht, dachte sie amüsiert.

Der Anhänger war bis oben hin mit Heuballen beladen, die einen frischen Duft nach Kräuterwiese ausströmten.

»Komm rein, Klaas. Ik mook uns eben en Koppke Tee. Die jungen Leute räumen aus.«

Gemeinsam stiefelten die beiden Senioren in Richtung Opa Heinrichs Einliegerwohnung.

»En Koppke Tee un dat mit Free«, reimte Bente, wurde kurz darauf aber wieder ernst. »Sag mal, Maje, ich nehme an, ihr habt irgendeine Maschine, um die ganzen Ballen da runter und in euren Schuppen zu bringen?«

»Nee, soweit ich weiß, setzen wir den Traktor nur für Rundballen ein. Das hier ist manuelle Arbeit – dafür liefert Klaas das beste Heu auf der ganzen Krummhörn.« Sie seufzte, aber als sie Bentes erschrockenen Gesichtsausdruck sah, strömte neue Energie durch sie hindurch. Es waren wirklich eine Menge Ballen, aber zu zweit würde es bestimmt schneller gehen als gedacht. Nur Urs, der schwanzwedelnd neben Bente stand, schien sich aus unerfindlichem Grund zu freuen. Seine Zunge hing ihm wieder mal seitlich aus dem Maul heraus, und er sabberte, was das Zeug hielt.

Beherzt griff Maje nach dem ersten Ballen und ächzte.

»Geht es?«, fragte Bente und wollte ihr helfen, aber sie schüttelte den Kopf.

»Alles gut. Dann wollen wir mal.«

Bente krempelte bereits seine Hemdsärmel hoch und zog den zweiten Ballen vom Hänger. Die Muskeln unter seinem Hemd spannten sich an, und sie staunte, wie leicht es ihm zu fallen schien. Ob er einen praktischen Beruf hatte, bei dem er viel zupacken musste?

»Wie bitte?«, fragte er. Vor Schreck rutschte Maje der Ballen aus der Hand, und Urs sprang mit einem Bellen zur Seite. Mist, sie hatte die Frage laut ausgesprochen.

»Oh, ich meinte, du siehst sportlich aus. Hab mich nur gewundert.«

Sie bückte sich, um den Ballen wieder aufzuheben. Den Weg zur Scheune hatte sie irgendwie kürzer in Erinnerung. Aber alles besser als unbezahlte Überstunden, sagte sie innerlich ihr Mantra auf. Die hatte sie in Köln regelmäßig gemacht, und die würden ihr nicht fehlen. Sie hatte die Überstunden in Kauf genommen – in der Hoffnung auf eine Beförderung. Und was hatte sie jetzt davon? Ein standardisiertes Arbeitszeugnis, das einen Tippfehler in ihrem Namen vorwies, und eine flackernde Lava-Lampe, die man ihr zum Abschied überreicht hatte.

»Ich arbeite als Lebensmittelfotograf bei einer größeren Marketingagentur. Das ist tatsächlich eine praktische Arbeit, aber nicht wirklich körperlich anstrengend. Allerdings treibe ich viel Sport, vor allem Basketball und Fußball. Und ich jogge gern«, erzählte er.

»Ich liebe es zu joggen! Wenn du magst, kann ich dich morgens mal mitnehmen. Die Gegend um Rysum herum ist wunderschön.«

»Gern.«

»Ich muss dich aber warnen – ich laufe sehr schnell und rede dabei ununterbrochen.«

»Oje. Schnell laufe ich auch – aber das Reden? Kann man das abstellen?«

»Ich befürchte, leider nicht. Nach einer Laufrunde mit mir weißt du alles über meinen Beruf, meine Schulzeit und meine Hobbys.« Sie lachte, während sie den Heuballen endlich in der Scheune zu Boden gleiten ließ. Dann rieb sie ihre Schulter, die bereits jetzt schmerzte. »Nein, ganz so schlimm bin ich nun auch wieder nicht. Ehrlich gesagt, ist das auch nur einmal vorgekommen, als ich nach einer durchgearbeiteten Nacht eine ganze Kanne Kaffee allein getrunken hatte.«

Sie holten die nächsten Ballen, und mit jedem Weg schien sie sich mehr an das Gewicht der rechteckigen Heubündel zu gewöhnen. Nach einer halben Stunde war sie durchgeschwitzt und machte eine kurze Pause, um etwas zu trinken. Auch Bente war die Anstrengung anzusehen, dunkle Flecken hatten sich unter seinen Armen auf dem grauen Shirt gebildet. Und Urs, der brav hinter ihnen her getappt war, sah so erschöpft aus, als wäre er einen Marathon gelaufen.

»Hier, trink auch etwas«, sagte sie und hielt Bente die Flasche hin. Er nahm einen großen Schluck, dann zog er sich sein Hemd über den Kopf und stand im Tanktop vor ihr. Maje starrte auf seine muskulöse Brust und trat instinktiv einen Schritt zurück. Verdammt, sah er gut aus. Unanständig gut.

Als sie mit geröteten Wangen aufblickte, bemerkte sie, dass ein schlaksiger Typ auf sie zukam. Neben ihm tänzelte der beeindruckende Warmblutwallach Heigo, der allerdings nervös den Spatz beäugte, der um ihn herumflatterte.

»Hi«, sagte der junge Mann. »Ich bin Thobe, und du bist Maje, nehme ich an? Eigentlich wollte ich ausreiten, aber wenn ihr Unterstützung braucht, binde ich Heigo kurz an und helfe mit.«

Das war ein verlockendes Angebot, aber Maje verneinte, denn der Wallach sah aus, als würde ihm ein Ausritt guttun. »Das ist wirklich lieb, aber wir schaffen das schon. Trotzdem danke.«

»Man sieht sich.« Damit setzte Thobe seinen Weg fort.

Maje richtete den Blick wieder auf Bente. »Und was machst du sonst so?«, fragte sie, um davon abzulenken, dass in ihrer Magengegend gerade kleine Schmetterlinge schlüpften und mit den Flügeln schlugen. Als Bente sie freundlich anlächelte und dabei den Kopf schief legte, stieg ein Schmetterling besonders hoch und drehte sich fröhlich im Kreis. Verschämt bückte sie sich, um Urs' Wasserschale nachzufüllen und ihr rotes Gesicht dabei zu verstecken.

»Na ja, das Übliche. Mit Freunden ausgehen, Musik hören, Fachzeitschriften lesen«, antwortete Bente.

Als Maje sich wieder aufrichtete, schaute er mit verträumtem Ausdruck in die Ferne. »Ansonsten bin ich viel mit meiner Lara unterwegs«, redete er weiter. »Wir machen oft Landpartien, Brandenburg hat einiges zu bieten. Und Lara ist echt klasse – dank ihr habe ich tolle neue Ecken entdeckt. Sie ist mein Ein und Alles.«

Der Schmetterling vollführte eine Bruchlandung. Mist, damit

hatte sie nicht gerechnet. Aber natürlich – ein Mann wie Bente war nicht Single. Der konnte sich vor potenziellen Partnerinnen wahrscheinlich gar nicht retten – oder musste sie in einer Fernsehshow um sich kämpfen lassen. Damit hätte sich dieser Plan zumindest erledigt. *Moment, welcher Plan?* Die Gedanken in ihrem Kopf schienen immer schneller zu kreisen, während sich ihr Magen wie eine schrumpelige Pflaume zusammenzog.

»Aha, interessant. Ist bestimmt schön«, sagte sie daher schnell und stellte die Wasserflasche weg. »Komm, lass uns weitermachen. Wir haben noch viel zu tun.« Die Enttäuschung ließ einzelne Muskeln an ihren Wangen zucken, und sie hoffte, dass Bente es nicht bemerkte.

Der schaute sie verdutzt an, bevor er ihr über den Hof folgte. Urs blieb dieses Mal zurück, rollte sich einmal über den Boden, blieb auf dem Rücken liegen und war sofort eingeschlafen. Als Maje kurz darauf wieder an ihm vorbeikam, hatte er ein Bein gerade nach oben ausgestreckt, als wäre er vom Blitz getroffen worden.

»Keine Sorge, Urs schläft immer in witzigen Stellungen«, erklärte Bente, der ihren besorgten Blick sah, und kickte Urs' heißgeliebten pinken Tennisball, der gerade wegzurollen versuchte, näher zu ihm hin.

Nachdem Bentes Beziehungsstatus geklärt war und Maje den ersten Schreck verdaut hatte, fiel es ihr gleichzeitig schwerer und leichter, sich auf die Arbeit zu konzentrieren. Ihr bisheriges Interesse an ihm schob sie in ein kleines Kästchen in ihrem Herzen, das sie sicher verschloss. Auch wenn es schmerzte – nach der Sache mit Egge hatte sie sich geschworen, ihre Gefühle besser zu kontrollieren und den nächsten Partner sehr genau auszuwählen. Nur war der passende Kandidat bisher noch nicht aufgetaucht, und sie spürte, wie ab und zu eine Welle der Enttäuschung über sie hinwegrollte, wenn sie den letzten hoffnungsvollen Anwärter beim Heustapeln beobachtete.

Nach einer Stunde war Klaas' Anhänger leer und die Scheune bis unters Dach gefüllt mit duftenden Ballen. Bente klopfte ihr anerkennend auf die Schulter, und Maje lächelte tapfer.

»Weiter geht's«, sagte sie und dachte an die endlose To-do-Liste, die heute noch auf sie wartete.

Gemeinsam entwurmten sie die Pferde. Bente, der noch nie einen Führstrick in der Hand gehabt hatte, hielt das Seil mit beiden Händen fest, als wollte er Tauziehen. Aber das lag nicht daran, dass er Angst hatte, sondern an seiner Ungeübtheit im Umgang mit Pferden. Innerlich war er entspannt, und das war gut, denn die Pferde spürten genau, was die Menschen um sie herum ausstrahlten.

Maje stellte die Spritze richtig ein und warnte Bente: »Bleib genau so neben Lominkas Schulter stehen. Sie mag die Paste nicht, und es kann sein, dass sie einen Satz nach vorn macht.« Bente nickte. Maje steckte der Stute die Spritze, die sie vorher vorsorglich in einen Becher Melasse getaucht hatte, um den Geruch zu übertönen, ins Maul und drückte ab. Lominka riss die Augen auf, leckte sich angewidert über die Lippen, kaute. Dann trat sie langsam zur Seite.

»Na, das lief doch prima«, befand Maje selbstzufrieden.

»Sind wir jetzt fertig?«, fragte Bente. »Das Pferd steht auf meinem Fuß.«

Entsetzt bedeutete Maje der Stute, den Huf zu heben.

»Keine Sorge, ist nichts passiert. Meine Quadratlatschen sind robuster als jeder Hobbitfuß«, witzelte Bente.

Nachdem Lominka wieder in ihrer Box stand, führte Maje ihn zu Manuka. Die hübsche Stute hob den Kopf und schaute sie aus treuen Augen an, während sie auf ein paar Heuhalmen kaute.

»Manuka bekommt bald ein Fohlen«, erklärte Maje und deutete auf den runden Bauch der Stute. »Wenn du siehst, wie sie unruhig oder nervös wird, dann ist es so weit. Es gibt noch andere Anzeichen: Die Zitzen und auch die Bauchform verändern sich,

Vormilch tritt aus und so weiter, aber das ist schwierig zu erkennen, wenn man es noch nie gesehen hat. Jede Stute ist anders, und manchmal kommt ein Fohlen auch ohne Vorwarnung. Für nachts haben wir einen Fohlenalarm, tagsüber müssen wir sie einfach im Auge behalten.«

»Klar.« Bente streckte die Hand aus und führte sie in Richtung des Pferdebauches. »Darf ich?«

Maje nickte, und er legte die Hand sanft auf Manukas Bauch ab. Die Stute drehte den Kopf, aber ließ sich nicht aus der Ruhe bringen.

»Das machst du super«, sagte er zu Manuka, während sie an seinem Ärmel schnupperte. Bente strahlte. »Pferde sind toll.«

Und auch Maje versetzte der Anblick des hochgewachsenen Mannes, der die Augen schloss und versuchte, das ungeborene Leben zu spüren, einen Stich ins Herz.

Kurz darauf brachten sie gemeinsam die Pferde auf die Weide – dieses Mal achtete Maje genau darauf, welches Pferd wohin gehörte. »Trakehnerwallach Weert und Kaltblut Alea teilen sich die Kleeweide«, sagte sie. »Ich nehme Weert, könntest du Alea holen? Wir treffen uns am Gatter.«

Bente reckte den Daumen in die Luft. Nach einer Minute hörte sie ihn rufen: »Maje?«

Sie ließ Weert in der Box stehen und eilte zu ihm. Bente hielt das Halfter verkehrt herum in der Hand. »Wo ist denn da oben und unten?«

Sie nahm ihm das Halfter ab und zeigte es ihm. Für sie war das eine Kleinigkeit, aber für Bente eine schier unlösbare Aufgabe. Es war leicht zu vergessen, wie kompliziert all die Vorgänge für einen Anfänger sein mussten. Sie nahm sich vor, ihm in Zukunft alles genau zu zeigen.

Zuletzt kam Matteo an die Reihe. »Warte, den nehme ich«, sagte sie, als Bente bereits zum Halfter griff, das vor der Box am

Haken hing. »Auch wenn unser grauhaariger Senior ein ganz Lieber ist – er ist immer noch ein Hengst.«

Bente lugte in die Box hinein. »Der sieht aber ganz freundlich aus.«

»Das ist er auch meistens. Aber wenn irgendwo eine Stute wiehert oder am Anbindeplatz eine rossige Stute steht, dann kann er auch ganz schnell zu einem unerträglichen Nervenbündel werden.«

Sie schob die Tür auf und schaute auf Matteos Hinterteil. »Hey, könntest du dich bitte mal umdrehen?«, fragte sie. Sofort folgte der Hengst ihrer Anweisung, drehte sich um und hielt ihr den Kopf hin.

»Wie? Der versteht, was du sagst?«, fragte Bente beeindruckt.

»Nee, aber das kennt er halt. Es ist ein Zeichen von Respekt, das Hinterteil abzuwenden.« Sie tätschelte dem Hengst über die Nase.

»Sorry, wie du weißt, habe ich von Pferden überhaupt keine Ahnung. Du könntest mir sonst was erzählen und ich würde es glauben. Alles, was ich über Pferde weiß, ist, dass sie in Herden leben und sich vor allem von Zuckerstückchen ernähren.«

Maje riss die Augen auf. »Wa–?«, setzte sie an, aber da sah sie das schelmische Funkeln in Bentes Augen.

»Du!«, rief sie und zwickte ihn spielerisch in die Seite. »Du bist ganz schön frech. Das merke ich mir. Ich hätte dir das fast abgekauft.«

»Nee, so naiv bin ich dann doch nicht. Das mit den Zuckerstückchen sind Elefanten. Hab ich bei *Benjamin Blümchen* gelernt«, behauptete er nun betont neutral.

»Oh, die Kassetten habe ich früher auch gern gehört«, sagte sie grinsend. »Ich mochte die Stimme von Benjamins Sprecher.«

Bente hob vorsichtig den Arm und strich über Matteos Stirn. »Er sieht hübsch aus. So treue Augen.« Matteo schnupperte an ihm, schien etwas zu suchen.

»Er scheint Hunger zu haben«, schlussfolgerte Bente. »Kann ich ihn mit irgendwas füttern?«

»Klar, wenn du möchtest.« Sie drückte ihm den Führstrick in die Hand. »Warte kurz.« Mit diesen Worten verschwand sie ein paar Meter weiter in der Futterkammer und kam kurz darauf mit einer Möhre heraus. »Hier. Aber lass dir nicht die Finger abbeißen, er ist ein kleiner Gierschlund.«

Bente hielt dem Hengst die Möhre hin, und als der Friese sie ihm sacht aus der Hand zupfte, fingen seine Augen an zu strahlen. »Die rocken richtig, was, Kumpel? Und voller Betacarotin, das schützt vor freien Radikalen.«

Entspannt kaute der Hengst auf seiner Möhre und ließ sich von ihm hinter den Ohren streicheln. Maje lächelte – Bente wusste nicht, wie schwierig Hengste sein konnten, und deshalb ging er unbefangen mit ihm um. Zum Glück sprang Matteo darauf an. Vielleicht liegt es an seinem gehobenen Alter, dachte sie. Früher war der Rappe unberechenbar gewesen, und ihr Vater und sie hatten zu den wenigen Menschen gehört, die gut mit ihm klarkamen. Wieder schwappte eine Frustwelle durch ihre Magengegend ... Wie schade, dass Bente vergeben war! Zum ersten Mal seit ihrer Beziehung mit Egge hatte sie in der Nähe eines Mannes dieses knisternde Gefühl im Brustkorb gespürt.

Sie führte Matteo aus dem Stall hinaus und auf den Hof.

»Das kann ich reparieren«, bot Bente an, als sie am Gartenschlauchabroller vorbeikamen, dessen Halterung nur noch teilweise im Putz der Hauswand steckte.

»Gern.« Sie betrachtete den Schlauch, der bereits an mehreren Stellen geflickt worden war. Vieles auf dem Hof war notdürftig repariert. Lag das daran, dass Thies kein Auge fürs Detail hatte, ihr Vater es hasste, Dinge auszutauschen, die noch funktionierten, oder war das Geld auf dem Hof knapp? Weder ihr Vater noch Thies hatten etwas über die Finanzen des Hofes verraten.

Den Rest des Tages arbeiteten sie Hand in Hand. Ihr Teamwork funktionierte gut, und Maje war dankbar, dass sie die Arbeit nicht allein erledigen musste. Ohne Bente hätte sie sich etwas verloren gefühlt.

Am späten Nachmittag kam Opa Heinrich vorbei, um ihnen zu zeigen, wo das Benzin für den Laubbläser versteckt war.

»Oh, die Sturmmaschine, ich möchte das machen!«, rief Maje begeistert, als Opa Heinrich ihr gezeigt hatte, wie man das Gerät bediente. Vor Begeisterung hüpfte sie auf und ab, bis sie sah, dass Bentes Mundwinkel zuckten. »Ähm, also ich meine, das übernehme ich gern.«

»Hast du immer noch Energie? Ihr habt viel geschafft heute. Alle Achtung«, fand Opa. Anerkennend klopfte er Bente auf die Schulter, was eine Anstrengung für ihn war, weil dieser ihn um zwei Köpfe überragte. »Se hebben good wat an de Sied sett.«

Bentes Wangen bekamen einen roten Schimmer, und seine Brust schien vor Stolz anzuschwellen. »Daar neet för!«, erwiderte er.

Maje beobachtete, wie in Opa Heinrichs Augenwinkeln Lachfalten wuchsen. Er liebte es, auf Platt angesprochen zu werden. »Junge, wir sollten uns duzen«, schlug er vor und hielt Bente die Hand hin. Ihr Opa hatte schon immer eine außerordentlich gute Menschenkenntnis bewiesen. Auch bei Egge – den hatte er nie gemocht. Egal, wie sehr Maje ihn bedrängt hatte, ihm eine Chance zu geben.

»De flietige Hand findt alltied hör Brood«, brummte er zufrieden, mit einer Stimme so tief wie ein Kontrabass.

»Ja, ein fleißiger Mensch hat immer sein Auskommen«, murmelte Bente und schielte zu Maje hin, die ihn freundlich anlächelte.

»Van nix kummt nix, Grootvader«, sagte Maje und wandte sich ihrem Opa zu.

»Mien Leev. Du bist wirklich ganz mein Mädchen.« Liebevoll tätschelte er ihren Arm, bevor er sich wieder an Bente wandte und die Augen zusammenkniff. »Lass dich nicht von ihr um den

Finger wickeln. Sie ist mittlerweile eine junge Dame geworden, aber sie war als Kind ein ungehobelter Frechdachs und ein unglaublicher Dickkopf.«

Maje klappte die Kinnlade herunter, aber Bente wirkte auf einmal ganz konzentriert. »Erzähl mir ruhig mehr davon, Heinrich. Ich interessiere mich für jedes Detail«, sagte er amüsiert und grinste Maje dabei provozierend an.

»Nee«, protestierte Maje, aber es war zu spät.

Opa Heinrich hieb seinen Stock in den Boden und sagte: »Junge, du gefällst mir. Wir gehen jetzt einen Tee trinken.«

»Und ich?«, fragte Maje beleidigt.

Ihr Opa klopfte mit seinem Stock gegen den Laubbläser. »Du wolltest doch unbedingt den Hof mit der Sturmmaschine sauber pusten, oder nicht?« Es zuckte um seine Mundwinkel, und Maje wusste, dass es ihm eine diebische Freude bereitete, sie zu necken. Das war in Ordnung, sie würde sich revanchieren.

Es duftete herrlich nach Geschmortem, Zwiebeln und Sahne in der Wohnküche des Neßmersieler Hofes.

»Zu Hause schmeckt es einfach am besten«, schwärmte Maje und schaufelte sich eine Portion Sniertjebraa auf den Teller.

»Das ist wirklich lecker«, bestätigte Bente zwischen zwei Bissen. »Ich liebe Schweinebraten.«

Maje fiel auf, dass er das gleiche Halstuch aus blauweißem Segeltuchstoff trug wie ihr Großvater. Da hatte Opa ihm wohl eins aus seiner Sammlung vermacht, die er in der Eichenkiste mit den schweren Verschlägen aufbewahrte.

»Möchtest du noch?«, fragte Bente und hielt Opa die Sauciere hin, die dieser dankbar annahm. Heute lag Urs unter dem Tisch, aber er war erstaunlich ruhig. Dann bemerkte Maje, wie Opa Heinrich unauffällig nach einem Bratenstück griff und es mit unschuldiger Miene unter den Tisch gleiten ließ. Kurz darauf ertönten Schmatzgeräusche.

Ihr Vater, der noch mit Schürze am Esstisch saß, blickte als Einziger in der Runde mürrisch drein. »Mhm«, brummte er, »könnte mehr Salz vertragen.«

»Nee, ich finde, es ist genau richtig«, sagte Maje. »Kommen die Senfkörner aus der Mühle in Ochtersum?«

Sie war ein wenig enttäuscht, dass ihr Vater schlechte Laune hatte. Nachdem sie so lange von zu Hause weg gewesen war, hatte sie sich eine harmonische Familienzeit erhofft und vielleicht auch ein klitzekleines bisschen Dankbarkeit dafür, dass sie half, das Tagesgeschäft aufrechtzuerhalten. Ihr Nacken spannte, der Rücken schmerzte – die Arbeit war härter als erwartet.

Arne antwortete nicht, und eine merkwürdige Stille breitete sich am Tisch aus. Die Gabeln klackerten, es klirrte, als Opa Heinrich aus Versehen sein Glas zu fest auf den Tisch stellte, die Küchenuhr tickte. Der Braten, der ihr eben noch so gut geschmeckt hatte, lag nun zäh in ihrem Mund.

»Ist Thies gut in Singapur angekommen?«, versuchte sie, die unangenehme Stille zu durchbrechen.

»Hat sich nicht gemeldet«, antwortete Arne einsilbig. Jetzt räusperte sich Opa Heinrich, und Maje spürte, wie er seinen Schwiegersohn unter dem Tisch mit dem Fuß anstieß. Das sollte wohl eine Aufforderung zur Kommunikation sein.

»Autsch!«, rief Arne und funkelte seinen Schwiegervater wütend an, der ihn aber ignorierte und seelenruhig die Pfeffermühle drehte.

Arne seufzte und legte sein Besteck zur Seite. »Wird wohl alles gut sein«, fügte er hinzu. Er wischte sich mit einer Serviette über den Mund. »Habt ihr die Stallmiete von Katja, Meike und Nils einkassiert?«

Maje schluckte. Sie hatte viel geschafft heute – aber das hatte sie vergessen.

In dieser Nacht schlief sie schlecht. Die Arbeit auf dem Hof verfolgte sie bis in den Traum, sie rotierte zwischen kaputten Halftern und schlecht lesbaren Anleitungen, improvisierte, räumte auf, bis sich die Bilder überschlugen und sie morgens schweißgebadet aufwachte. Gerade rechtzeitig, um den Wecker davon abzuhalten, laut zu bimmeln.

Beim Frühstück plagten sie Kopfschmerzen, aber nach einer Aspirin und einem Glas Wasser ging es ihr so gut, dass sie sich mit ihrem Vater und Bente hinsetzen und einen Plan ausarbeiten konnte. Heute würde alles strukturiert ablaufen.

»Mir ist aufgefallen, dass die meisten der kleineren Parzellen für Stuten und Fohlen in die Gruppenweide integriert wurden. Möchtest du aus der Zucht aussteigen, Papa?«

Arne verzog das Gesicht. Dann holte er tief Luft, suchte nach Worten. Es schien ihm schwerzufallen, über dieses Thema zu sprechen. »Matteo bringt es nicht mehr«, sagte er leise. »Und ich habe keine Alternative.«

Bente schaute Maje verwundert an, und sie erklärte es ihm. »Matteo ist schon etwas älter. Da funktioniert das mit dem Züchten nicht mehr so gut.«

Sie kratzte sich an der Stirn. Darauf hatte sie keine Antwort parat. Solange sie denken konnte, war Matteo das Standbein des Hofs gewesen – der erhabene Rappe mit dem exzellenten Exterieur und einem Stammbaum, der sich sehen lassen konnte. Die Hengstleistungsprüfung hatte er als Bester seines Jahrgangs bestanden, für seine Fohlen gab es lange Wartelisten. »Was steht denn sonst noch für heute an?«, fragte sie deshalb.

Aber die Sache ließ ihr keine Ruhe. Auch wenn ihr die Arbeit heute deutlich leichter von der Hand ging und ihr mit Bente nie der Gesprächsstoff ausging, lag eine bleierne Schwere auf ihren Schultern. Deshalb suchte sie ihren Vater nach Feierabend auf, um ihn für ein paar Minuten allein zu sprechen. Allerdings war er weder im Haus noch sonst wo auf dem Hof zu finden. Im Kühlschrank stand eine Auflaufform mit einem Zettel: *Abendessen – bedient euch.*

»Weißt du, wo Papa ist?«, fragte sie Opa Heinrich, der auf der blau gestrichenen Bank vor seiner Einliegerwohnung saß und schnitzte. Neben ihm lag Urs, der an einem Knochen nagte.

»Der ist vor einer halben Stunde losgezogen.«

Maje seufzte zerknirscht.

»Willst du mit ihm reden?« Sie nickte, und er schob hinterher: »Das ist eine gute Idee. Lass dir von ihm nicht die Laune vermiesen, er ist ein störrischer Esel, aber er liebt dich über alles. Versuch es mal am Knockster Tief.«

»Danke. Bitte gib Bente Bescheid, dass ich unterwegs bin und nicht weiß, wann ich zurückkomme. Falls er Hunger hat, kann er sich im Kühlschrank an der Lasagne bedienen.«

Sie lief in den Schuppen, um ihr Fahrrad zu holen. Urs sprang auf, wohl weil er sie begleiten wollte, aber Opa Heinrich bedeutete ihm, sich wieder hinzulegen. Fast erleichtert, machte es sich der große Hund wieder bequem und schaute ihr hinterher.

Der kurze Weg zum Knockster Tief führte sie an Schafweiden, Feldern und Windrädern vorbei, bis sie endlich vor dem dunklen Gewässer stand. Links von ihr lag der Campingplatz, rechts das Schöpfwerk Knock. Es war kühl, und sie fröstelte, als eine Bö aufkam. Sie zog ihre Jacke enger um sich und sah sich um. Unweit von ihr stand ein einsamer Pfosten am Wegesrand, an dem jemand lehnte. Es war ihr Vater, der mit angewinkelten Knien im Gras saß, den Kopf auf die Hände gestützt, den Blick aufs Wasser gerichtet. Hier leuchtete das Meer smaragdgrün, wog schwerfällig vor und zurück wie eine samtene Decke. Auch die Farben des Himmels wirkten unnatürlich intensiv, fast wie bei einem Ölgemälde.

Maje trat in die Pedale und fuhr zu ihrem Vater hinüber, legte das Rad auf den Boden und setzte sich stumm neben ihn. Früher hatte man hier vor allem den Wind und das Kreischen der Möwen gehört, nun kam auch das stetige Wummern der Windräder hinzu, das sich mit dem Rauschen der Brandung vermischte.

Arne kaute auf einem Grashalm, der ihm aus dem Mundwinkel hing. Seine Wangen waren blasser als die Segel eines Schoners, seine Haltung gebeugt, und selbst sein sonst so akkurat gekämmter Seitenscheitel saß heute windschief.

»Es ist schön, das Meer, nicht?«, versuchte sie es zaghaft. »Man kann es stundenlang betrachten, und es doch nie ganz verstehen, weil es immer in Bewegung bleibt, sich ständig verändert.« Gern hätte sie nach seiner Hand gegriffen, hatte aber Angst, dass er sich ihr entziehen würde. Irgendwie war da eine Wand zwischen ihnen, die sie nicht durchbrechen konnte.

»Ja. Vor allem ist es dem Meer egal, wer du bist«, brummte Arne, nahm den Grashalm aus dem Mund und warf ihn in Richtung Wasser. Maje beobachtete, wie er von einer Bö erfasst und weit hochgewirbelt wurde. »Du machst dir Sorgen um Thies, richtig? Du hast Angst, dass er nicht wiederkommt.«

»Es spielt keine Rolle, ob er wiederkommt oder nicht«, murmelte er leise. »Ehrlich gesagt, kann ich sogar verstehen, dass er abgehauen ist.«

»Ach, Papa, Thies ist nicht für immer weg, er kommt doch in drei Monaten wieder. Dann wird alles beim Alten sein. Und so lange bin ich doch da.«

Ihr Vater drehte sich zu ihr und sah sie direkt an. Die rote Abendsonne spiegelte sich in seinen Augen. Bedauern und Scham standen in seinem Blick. Hilflos hob er die Hand und ließ sie wieder sinken. »Es macht keinen Unterschied, Mädchen. Und dass du hier bist, macht es für mich noch schlimmer, weil ich dir das alles ersparen wollte. Nix blifft, as 't is. Der Neßmersieler Hof ist pleite.«

Kapitel 4

Maje brauchte ein paar Minuten, um die Nachricht ihres Vaters zu verarbeiten. Dass der Neßmersieler Hof renovierungsbedürftig war, gut, das hatte sie in der kurzen Zeit auch mitbekommen. Und dass Matteos Glanzzeit als Zuchthengst vorbei war, stellte sicherlich ein Problem dar. Aber dass der Hof unrettbar verloren sein sollte, konnte und wollte sie nicht glauben. Die Gebäude waren wunderschön und praktisch gebaut, der Hof hatte eine gute Lage, ihm fehlten nur etwas Liebe und Aufmerksamkeit. Ihre ganze Kindheit, so viele Erinnerungen waren an dieses Stück Land geknüpft. Genau wie Mamas Gedenkstätte mit dem Rosenbusch, die sich neben der alten Eiche befand. Eine Gänsehaut legte sich über ihren Arm, als ihr klar wurde, dass all das bald für immer verloren sein könnte.

»Wie kann das sein?«, flüsterte sie heiser. »Und seit wann läuft es so schlecht?«

Arne klopfte sich die Jacke ab, holte ein Taschentuch hervor und schnäuzte sich. Seine blassen Wangen hatten nun rote Flecken, die Schultern waren in sich zusammengesunken. So hatte sie ihn noch nie gesehen. Ihr Vater war ein unumstößlicher Fels, geformt von den rauen Winden der Nordsee, geschliffen vom salzigen Sand, der seinen Weg in alle Winkel fand. Bisher hatte er immer gewusst, was er wollte, und die Familie klar geführt. Jetzt saß er neben ihr wie ein verletzter Bär mit ergrautem Schnurrbart, der auf seinen letzten Winter wartete.

»Keine Ahnung, es geht schon seit ein paar Jahren bergab. Ich habe es wohl versäumt, mich dem Wandel der Zeit anzupassen – oder wie Thies immer sagt, innovativ vorwärtszudenken. Weißt du, dein Bruder hatte viele Ideen, die ich stets abgelehnt habe. Ich habe ihn immer ausgebremst, wollte, dass alles beim Alten bleibt. Es ist meine Schuld, dass er gegangen ist.«

Maje holte tief Luft, um ihm zu widersprechen, aber ihr Vater kam ihr zuvor. »Sag nichts! Ich glaube nicht, dass er zurückkommt. Thies war unglücklich, aber ich wollte das nicht wahrhaben. Ich dachte einfach, er neigt zu Depressionen. Er muss heilfroh sein, dass er ausbrechen konnte. Erst jetzt verstehe ich, was ich angerichtet habe.«

Sie schluckte, so viel Selbstreflektion war sie von ihrem Vater nicht gewohnt. »Und jetzt?«, fragte sie zaghaft. »Du willst den Hof doch nicht einfach aufgeben?«

Arne wischte sich über die Wange. Lief da etwa eine Träne aus seinem Augenwinkel? Das konnte nicht sein …

Dann räusperte er sich und sagte deutlich gefasster: »Ich denke, ich werde den Hof verkaufen. Interessenten gibt es sicherlich genug. Rysum wird immer mehr zum Touristenmagnet – man könnte ein Landhotel daraus machen, wenn man das nötige Kapital mitbringt.«

Majes Brust krampfte sich zusammen. »Nein!«, fuhr sie auf. »Es muss eine andere Lösung geben!«

Doch ihr Vater schien sie nicht zu hören. »Man muss der Realität ins Auge sehen, auch wenn sie einem nicht passt. Glaub mir, die Entscheidung fällt mir nicht leicht.«

Sie schüttelte betreten den Kopf.

»Lass uns nach Hause fahren, es ist spät«, sagte ihr Vater kraftlos und rappelte sich auf. »Wir sehen uns dann zu Hause, ich habe unten am Poldertief geparkt.«

»Ich bringe dich zum Auto«, erwiderte Maje und hob ihr Rad auf. »Aber das letzte Wort ist noch nicht gesprochen.«

Sie ging ein paar Schritte hinter ihm und betrachtete seine breite Silhouette. Jetzt ergab alles Sinn – Thies' Abreise, die chaotischen Abläufe im Betrieb. Ihr Bruder hatte den Hof längst aufgegeben, suchte nach anderen Karrieremöglichkeiten. Und sie konnte es ihm nicht verdenken. Aber dennoch: Solange Thies ihr diese Vermutung nicht bestätigte, bestand die Möglichkeit, dass er nach drei Monaten wiederkam und den Hof weiterführte.

Am Auto angekommen, nickte sie ihrem Vater zu und schwang sich aufs Rad. Gedanken rasten ihr durch den Kopf, ihr Herz war schwer. Als sie zu Hause ankam, parkte das Auto ihres Vaters bereits auf seinem Stellplatz, und der Hof lag im Stillen.

Gedankenversunken brachte sie ihr Fahrrad in den dunklen Schuppen, stellte das Nachtlicht aus, hängte den Helm an den Lenker und ging zu Matteo, der sie mit einem freudigen Grummeln begrüßte. Erst als sie ihren Kopf in sein seidiges Fell grub und Matteos warmen Körper dicht an dem ihren spürte, holte sie die Erkenntnis mit aller Wucht ein und sie ließ los … Die Tränen kullerten ihr unaufhaltsam die Wangen hinab, und sie schlang die Arme fester um den Hals des Hengstes. »Oh Mann«, schluchzte sie, »das darf nicht passieren, der Hof ist meine Heimat.«

Matteo blieb ruhig neben ihr stehen, als verstände er, dass sie jetzt seine Nähe brauchte. Nach einer Weile versiegten ihre Tränen, und ihre Arme wurden steif. Also lehnte sie sich stattdessen an seine Schulter und spielte mit seiner Mähne. »Weißt du, in Köln habe ich nie geweint, dafür hatte ich einfach keine Zeit«, vertraute sie ihm an. »Ich glaube, das musste ich gerade nachholen. Es ist einfach gerade alles etwas viel.« Zu ihrer Angst, den Hof zu verlieren, kam auch die Frustration hinzu, mit sechsundzwanzig ohne Job dazustehen. Als Single. Wenn sie nur nicht so furchtbar allein wäre …

»Der einzige Mann, der mich interessiert, ist vergeben«, gestand sie Matteo. Daraufhin drehte der Hengst den Kopf und schaute sie mit seinen treuen Augen an. Die einzige Glühbirne im Stall warf ein gespenstisches Licht auf sein langes Gesicht, aber Maje erkannte in seinem Blick nichts als Loyalität und Aufmunterung. »Und manche Menschen behaupten, Pferde hätten gar keine Mimik«, raunte sie dem Hengst zu, der das als Aufforderung sah, den Kopf zu senken und an ihrer Tasche zu schnuppern. »Suchst du etwas zum Futtern, du Vielfraß? Da hast du aber lange durchgehalten. Wirst du auf deine alten Tage etwa geduldig? Sorry, ich habe keine Möhren dabei. Dafür kriegst du morgen aber zwei, versprochen.« Nebenan wieherte es, und Maje grinste. »Du kriegst natürlich auch eine, Ilka!«

Zum Abschied strich sie Matteo über die Kruppe und verließ die Box. Sie musste unbedingt mit Opa sprechen. Auf dem Weg zu seiner Einliegerwohnung blieb sie vor einem alten Spind stehen, dessen Tür halb offen stand. Darin hing ein vergilbter Spiegel, der ausreichte, um sich die Haare zu richten und die verschmierte Mascara wegzuwischen. Kurz musste sie lächeln – auch das war eine Angewohnheit, die sie aus Köln mitgebracht hatte: Morgens schminkte sie sich immer, egal, was der Tag brachte. Und das hatte sie bisher auf dem Hof auch nicht abgelegt. Sie nahm sich vor, das zu ändern.

Zu ihrer Überraschung drang Jazz-Musik aus Opas Wohnung. Ein Saxofon spielte ein Solo, das von Gelächter unterbrochen wurde. Sie zögerte – das war eindeutig eine Frauenstimme! Durfte sie jetzt stören? Zu spät – die Tür ging auf, und eine adrette ältere Frau in einem rot-weiß gestreiften Kostüm stand vor ihr. Sie strahlte über das ganze Gesicht, das leicht gerötet wirkte, aber als sie Maje erblickte, richtete sie sich auf und musterte sie konzentriert.

»Guuten Aabend«, sagte sie gedehnt. »Maje, richtig? Ich bin Nele.« Sie schwankte leicht von einer Seite zur anderen. »Ja, bestimmt bist du Maje. Du siehst aus wie deine –« Sie unterbrach sich und schlug die Hand vor den Mund. »Es tut mir leid, ich wollte nicht …« Sie seufzte und schaute betreten, was ihr mit den glühenden Wangen kaum gelang.

»Schon gut«, gab Maje zurück und trat einen Schritt zurück, denn von der Frau mit den hellblauen Augen, die sich nun am Türrahmen festhielt, ging ein starker Rotweinduft aus. »Ja, ich bin Maje. Auch Ihnen einen guten Abend.«

»Wolltest du zu deinem Großvater? Ich hatte … Geschäftliches mit ihm zu besprechen. Hicks. Nicht wahr, Heinrich, den Blumenkasten mit den Nanrun… Tankun… Ranunkeln bringe ich morgen vorbei!« Den letzten Satz hatte sie deutlich betont und ein wenig zu laut gerufen.

Maje verkniff sich ein Grinsen. Die angetrunkene Dame torkelte an ihr vorbei und auf das Taxi zu, das soeben auf den Hof fuhr. Jaja, ihr Großvater war halt immer noch ein attraktiver Mann.

»Maje?«, meldete sich ihr Opa, der ebenso beschwipst wirkte wie seine Besucherin. Sein normalerweise akkurat gerichteter Hemdkragen saß schief, weil die obersten Knöpfe offen standen, und obwohl es in seiner Wohnung ungefähr so warm wie in einer finnischen Sauna war – was hatten die beiden nur getrieben? –, trug er seinen braunen Filzhut. In der Hand hielt er eine Weinflasche. »Komm rein, möchtest du auch ein Glas?«

Maje zog die Augenbrauen zusammen. »Nein, danke. Wer war das denn eben?«

Opa Heinrich drehte die Weinflasche auf den Kopf, aus der ein einzelner Tropfen herauslief. »Ist eh leer. Nele ist Floristin in Pewsum. Sie hat mich in, ähm, Gartenangelegenheiten beraten. Ich kenne sie schon mein Leben lang, sie –« Stirnrunzelnd brach er ab und schaute Maje an. »Das ist eine lange Geschichte. Moment.« Sie kamen in seinem Wohnzimmer an, und er griff nach einem Glas Wasser, um es in einem Zug zu leeren. »Ah, besser. Was kann ich denn für dich tun? Du wirkst unglücklich.«

»Eigentlich wollte ich mir bei dir Rat einholen, aber ich komme anscheinend ungelegen«, druckste sie herum.

Opa Heinrich winkte ab. »Ach, das bisschen Wein haut mich nicht vom Hocker. Lass mich eben ein wenig Ordnung schaffen, und dann bin ich für dich da. Setz dich!« Er riss ein Fenster auf, und angenehme Kälte strömte herein.

Dankbar ließ Maje sich in einen der knautschigen Sessel sinken, griff nach einem Kissen und umarmte es. Sie schaute sich um. Die Wohnung war vollgestopft mit Erinnerungsstücken und anderen Gegenständen, die wild durcheinander- und übereinanderlagen. In der Zimmerecke stapelten sich vergilbte Zeitungen, aus der Schublade einer Kommode quollen Schuhe. Dicker Staub lag auf allen Oberflächen, auf dem Klavier stand schmutziges Geschirr vom Abend. Währenddessen räumte Opa Heinrich eine Schüssel mit Keksresten, Weingläser, eine Packung Chips und eine DVD weg, deren Cover Maje nicht erkennen konnte. In ihrer Brust pochte es laut. Ihr war mehr als unwohl, aber sie brauchte jetzt jemanden zum Reden – und dafür kam nur Opa infrage.

Kurz darauf zog er einen weiteren Sessel heran, um sich ihr genau gegenüberzusetzen. »Erzähl.«

Maje schniefte. Jetzt wusste sie nicht, wo sie anfangen sollte.

»Hattest du keinen guten Tag? Gefällt es dir hier nicht?«, hakte er nach.

»Nee. Ich habe mit Papa gesprochen. Er hat mir verraten, dass es dem Hof finanziell nicht gut geht. Dass er darüber nachdenkt, ihn zu verkaufen.«

»Oh.« Opa Heinrich zauberte ein Taschentuch aus seiner Brusttasche hervor und wischte sich damit über die Stirn. »Ja, das ist nicht schön. Mach dir deshalb aber keine Schranken.«

»Wie bitte?«

»Was?«

Hatte Opa gerade »Schranken« statt »Gedanken« gesagt? Egal,

sie hatte gerade andere Sorgen. »Wieso sollte ich mir deshalb keine Gedanken machen?«, fuhr sie auf, damit kämpfend, die Tränen zu unterdrücken.

»Na, na«, sagte Opa Heinrich und tätschelte ihr liebevoll den Arm. »Das betrifft dich doch gar nicht. Du hast schon lange dein eigenes Leben. Du bist weggezogen, weil dir die Krummhörn zu klein vorkam und die Menschen zu engstirnig, weißt du das nicht mehr? Und für Thies war der Hof eine Last. Arne und ich werden uns schon woanders einrichten. Hier.« Er drückte ihr ein Taschentuch in die Hand, gerade rechtzeitig, als ihr die erste Träne die Wange hinunterkullerte.

»Ich möchte das nicht, Opa. Ich hänge am Hof und verbinde so viele Erinnerungen damit. Papa hat mir früher oft erzählt, wie glücklich Mama auf dem Hof und bei den Pferden war und dass sie den schönsten Blumengarten in Rysum hatte. Auch wenn ich hier nicht mehr wohne, ich will nicht, dass der Hof an irgendwelche Investoren verscherbelt wird. Ich weiß genau, wie kühl und berechnend Großfirmen vorgehen ...« Bei ihren Worten musste sie an Kreaktivum denken und daran, wie gleichgültig die Personalchefin ihr nach all den Jahren gekündigt hatte, weil sie letztlich nur eine Nummer im Firmenbuch gewesen war.

»Deine Erinnerung kann dir keiner nehmen, das ist mal sicher.« Opa Heinrich lehnte sich zurück. »Aber wenn du den Verfall des Hofes nicht akzeptieren willst, musst du es auch nicht.«

Sie schaute ihn durch ihren Tränenschleier an. »Wie meinst du das?«

»Du bist ganze drei Monate hier, das ist eine lange Zeit. Entwickle Ideen, wie der Hof besser laufen könnte, optimiere die Abläufe, bring Schwung in die Bude. Wer weiß – vielleicht kannst du den richtigen Weg einschlagen, um den Hof wieder profitabel zu machen, und vielleicht bringt das Thies dazu, ihn mit neuen Augen zu sehen.«

»Ich?«, fragte Maje erstaunt. Auch wenn sie bei Kreaktivum selbstständig Projekte geleitet hatte, war sie in der Firma nur ein Rädchen im großen Getriebe gewesen. »Ich weiß ehrlich gesagt nicht, ob ich das kann, Opa.«

»Klar kannst du das. Ich kenne niemanden, der so aufgeweckt ist wie du.« Er lachte und zog dabei eine Augenbraue hoch. »Und so dickköpfig, wenn er etwas wirklich will.«

Eine Stunde später lag Maje auf ihrem Bett, ihr altes Stofftier Wuffels im Arm und eine Tafel Zartbitterschokolade neben sich. »Ich sehe das genauso wie dein Opa«, sagte Emma gerade durchs Handy. »Du hast nichts zu verlieren, und wo du schon mal da bist, kannst du zeigen, was du draufhast. Das ist nämlich eine Menge, mein Schatz!«

»Was ist, wenn Papa das nicht zulässt? Wo soll ich das Geld hernehmen? Wo soll ich anfangen?«

»Geh einfach einen Schritt nach dem anderen. Was anderes bleibt dir eh nicht übrig. Schau dir alles in Ruhe an, mach dir Notizen, und ich bin mir sicher, dann wird dir früher oder später etwas einfallen.«

Kurz flackerte das Bild von Opas Wohnung vor Majes innerem Auge auf – sie musste dafür sorgen, dass sie wieder wohnlicher wurde. Das war ein Anfang, hatte aber wenig mit dem Reitbetrieb an sich zu tun.

»Am besten unterhalte ich mich mal mit den Einstellern«, sagte sie. »Die kennen den Hof schließlich gut.«

»Das stimmt, vor allem haben sie eine Kundenperspektive, die neue Impulse einbringen könnte. Oh, du, ich muss los. Ich habe noch einen Termin.«

»Um diese Uhrzeit?«

»Ja, leider schon. Ein Bobtail braucht ein ausgiebiges Bad und einen Kurzhaarschnitt. Er hat es wohl heute beim Toben im Wald übertrieben.«

»Du weißt schon, wie spät es ist?«

»Ja, natürlich. Aber die haben so nett gefragt, da wollte ich mal nicht so sein.«

Am nächsten Morgen stand Maje eine Stunde früher auf. Sie hatte sich viel vorgenommen, und außerdem wollte sie es vermeiden, gemeinsam mit ihrem Vater am Frühstückstisch zu sitzen. Seine resignierte Haltung sollte ihren Enthusiasmus nicht bremsen. Hinzu kam, dass sie wie so oft schlecht geschlafen hatte, weil sie Albträume plagten und sie jetzt Ruhe zum Nachdenken brauchte. Bente hinterließ sie eine Nachricht im Büro – sie bat ihn, nach Emden zu fahren, um Einkäufe zu erledigen, sobald er mit seiner Morgenroutine fertig war. Kurz hielt sie inne. Ja, fand sie, das ist ihm zuzutrauen. Bente schien sowohl in Ordnung als auch vertrauenswürdig zu sein. Allerdings war er auch ein Fremder für sie – ob sie ihm offen von der Situation des Neßmersieler Hofes berichten konnte? Zwar war er mit ihrem Bruder befreundet, aber wie eng war die Freundschaft und wie weit ging seine Hilfsbereitschaft?

Im Eiltempo fütterte sie die Pferde, schaute nach Manuka und fegte die Stallgasse, als Katja und Meike im Stall eintrudelten, um nach ihren Pferden zu sehen.

»Moin!«, rief Katja so laut, dass es in der Gasse hallte, und schritt in Richtung ihrer Kaltblutstute Alea, die ebenso kräftig gebaut war wie ihre Besitzerin. Von dem Foto an Aleas Box wusste Maje, dass Katja in ihrer Freizeit wrestlete. Sie war das optische Gegenteil der zierlich gebauten Meike, die einen Kopf kleiner war als sie. Trotzdem schienen die beiden sich gut zu verstehen, zumindest waren sie bisher immer gemeinsam auf dem Hof aufgetaucht.

Maje entschied, sich zuerst Meike vorzunehmen. »Moin«, sagte sie und deutete auf ihren Trakehnerwallach Weert. »Dein Großer hat anscheinend nicht viel Appetit?«

Der Trog in seiner Box war noch halb mit Kraftfutter gefüllt – alle anderen Pferde waren längst mit dem Frühstück fertig.

»Leider ist er kein guter Esser«, antwortete Meike unglücklich. »Er frisst unglaublich langsam und lässt meistens die Hälfte liegen.«

Maje begutachtete den Fuchs – Trakehner waren von Natur aus recht schlank gebaut, aber bei Weert konnte man bereits die Rippenbögen erkennen.

»Mhm«, sagte sie. »Hast du seine Zähne überprüfen lassen? Vielleicht haben die Oberkieferbackenzähne scharfe Kanten entwickelt, die zu Druckstellen in der Backenschleimhaut geführt haben?« Ein ähnliches Problem hatte ihr Shetlandpony Bobbels mal gehabt ... Meine Güte, damals war sie acht Jahre alt gewesen, war das lang her!

»Das ist eine gute Idee, ich werde Doktor Krasselt anrufen und ihn bitten, sich sein Maul genauer anzuschauen.« Unsicher hob sie die Hand, um ihrem Pferd über die Nase zu streichen, aber das trat einen Schritt zurück und entzog sich der Geste. Resigniert ließ sie den Arm sinken, und ein Ausdruck der Enttäuschung stand in ihren Augen. »Ich habe Weert erst seit einem halben Jahr. Er war mein Traumpferd – zumindest dachte ich das. Aber wir kommen nicht besonders gut zurecht«, gab sie zu. »Er vertraut mir einfach nicht.«

»Das wird bestimmt noch. Gute Dinge brauchen ihre Zeit«, sagte Maje, obwohl sie selbst nicht recht an ihre eigenen Worte glaubte – wie sollte sie auch, wenn sie gerade selbst daran zweifelte, dass Geduld ein guter Wegweiser war.

Nun kam Katja zu ihnen herüber. »Na, ihr Tüdelbüdel!«, rief sie ein paar Dezibel zu laut. »Was schnackt ihr hier? Geht es um etwas Interessantes?«

Meike biss sich auf die Lippen und senkte den Blick. Das Thema mit Weert war ihr anscheinend unangenehm, obwohl – oder vielleicht, gerade weil – sie mit Katja befreundet war.

»Reitet ihr bei dem guten Wetter heute aus?«, lenkte Maje ab. »Die Halle ist laut Plan noch bis mittags mit Reitstunden belegt.« Sie lächelte. »Sieht so aus, als wären Tammes Reitstunden stark nachgefragt.«

Meike und Katja wechselten einen Blick. »Ja, sieht so aus, als würde er kurz vor dem Ende noch mal richtig loslegen«, sagte Katja, während Meike betreten zu Boden schaute.

»Was?«, fragte Maje erstaunt. »Wie meint ihr das?«

Meike schwieg und kratzte am abblätternden Lack einer Harke, die an der Wand lehnte. Katja hingegen kratzte sich am Kopf und seufzte. »Du hast es nicht von uns gehört, okay? Meine Mutter ist mit Tammes Frau Vola im Kirchenchor, und Vola hat ihr unter dem Siegel der Verschwiegenheit erzählt, dass sie und Tamme demnächst für ein halbes Jahr nach Spanien gehen. Sie haben sich eine Finca in Katalonien gekauft.«

Majes Magen zog sich zusammen, als sie verstand, was das bedeutete. Instinktiv lehnte sie sich an Weerts Boxentür, da ihr Gleichgewicht ihr gerade einen Streich zu spielen schien. Oder schwankte der Boden tatsächlich? Sie holte tief Luft, bevor sie fragte: »Heißt das, Tamme möchte in Rente gehen?« Der Neßmersieler Hof war ohne den alten Reitlehrer nicht vorstellbar. Er gehörte dazu wie die Plüschsessel im Reiterstübchen und die Hortensien in den Kübeln neben der Eingangstreppe zum Haus.

Katja nickte. »Tut mir leid«, sagte sie. »Ich hoffe, ihr findet bald einen neuen Reitlehrer. Dann wandte sie sich an Meike. »Wie sieht es aus, kommst du mit auf einen Ausritt, oder bleibst du lieber auf dem Platz?«

»Ich bleib auf dem Platz. Weert ist noch nicht so weit, dass er sich draußen wohlfühlt«, entgegnete Meike leise und verschämt. Ihre Miene war ein Ausdruck des Elends. Katja schien das nicht zu bemerken, denn sie drehte sich auf dem Absatz um mit einem fröhlichen: »Okay, Süße, dann sehen wir uns später! Tschüss, Maje!«

Bedröppelt blieb Maje mit Meike zurück, die ihrem Wallach

nun das Halfter anlegte und sich anschickte, ihn aus der Box zu führen. Weert stemmte die Hufe in den Boden und weigerte sich beharrlich.

»Darf ich?« Maje übernahm den Führstrick und schnalzte mit der Zunge. »Komm«, sagte sie bestimmt, und der Wallach trat zu Meikes Erstaunen aus der Box.

»Wie hast du das gemacht?«, fragte sie perplex.

»Pferde wissen, wie ernst man es meint«, antwortete Maje und drückte ihr den Führstrick wieder in die Hand. Dann marschierte sie aus dem Stall, allerdings mit deutlich weniger Energie, denn ihr war schwindelig und ihre Knie fühlten sich schwammig an.

Die Nachricht, dass Tamme sich demnächst vom Neßmersieler Hof verabschieden würde, war zu viel für sie. Finanzielle Probleme, Verfall – damit hatte sie umgehen können. Aber den einzigen Reitlehrer zu verlieren, das war eine andere Nummer. Tamme war zwar hölzern und streng, aber er hatte einen exzellenten Ruf, und wie ihr Vater schon angemerkt hatte: Er hielt die Einsteller in Rysum. Sobald Tamme seine Reitstunden heute beendete, musste sie mit ihm reden und mehr über seine Pläne herausfinden.

Jetzt holte sie erst mal Urs aus dem Haus, der sie mit wedelndem Schwanz begrüßte. Aufgeregt tänzelte der schwere Hund um sie herum und kriegte sich gar nicht mehr ein vor Freude.

»Na, du hast ja gute Laune«, sagte Maje und beschloss, die düsteren Gedanken zu verdrängen. Emma hatte gesagt, sie solle einen Schritt nach dem anderen gehen, und jetzt war Urs dran. Der Hund konnte schließlich nichts für all die Hiobsbotschaften.

»Wer ist meine Lieblingsfellnase?«, rief sie und wuschelte dem Hund durchs Fell. »Du bist aber auch ein Feiner – ein feiner Flohbeutel!« Es war kaum möglich, dem Berner Sennenhund sein hellblaues Halsband anzulegen, weil er einfach nicht stillsitzen konnte. Immer wieder riss er ungeduldig den Kopf zur Seite, nur um sie dann beleidigt anzuschielen, weil sie von vorne ansetzen musste. Er meinte es nicht böse, ihm fehlte einfach die Geduld.

»Puh, in puncto Erziehung war Bente wohl nicht so streng, was?«, fragte sie den sabbernden Hund, der gerade beim Zappeln ihre Hose beschlabbert hatte.

Endlich saß das Halsband, und sie führte Urs nach draußen. Runter vom Hof und raus aus Rysum. Vorbei an den platten Wiesen und Feldern, auf denen der Wind laut pfiff und die Köpfe der letzten Schneeglöckchen umknickte, und entlang der artenreichen Wallhecken, die die Böen abfingen. Sie lief in Richtung Leuchtturm Campen, der etwa eine Stunde zu Fuß entfernt lag. Es ging gut voran, denn Urs zog hochmotiviert an der Leine, sodass Maje schnell ins Schwitzen geriet. »Hey, du Rennrambo, stell mal einen Gang runter! Puh.« Als er besonders heftig an der Leine riss, reichte es ihr. Abrupt hielt sie an und brachte damit auch den Hund zum Stehen, der sich verdutzt zu ihr umdrehte.

»Wuff?«, machte er.

»So, ab jetzt ist Schluss damit«, sagte sie ruhig. »Du gehst jetzt brav neben mir, und basta.«

Als sie losging, wollte Urs sofort an ihr vorbeischießen. Erneut stoppte sie. Das Spielchen wiederholte sich etwa ein Dutzend Mal, bis Urs irgendwann genug hatte und sie aufmerksam beobachtete, als sie weiterging. Eine Weile lief er brav neben ihr, bis eine im hohen Gras versteckte Ringelgans plötzlich neben ihnen aufflatterte und gackernd davonstob. Urs wollte losstürmen, aber Maje blieb stehen, die Leine fest im Griff.

»Nee, nee, Urselschatz. So nicht.«

Es dauerte etwa eine halbe Stunde, dann hatte der Berner Sennenhund begriffen, was Maje von ihm wollte, und gab seine Fluchtversuche auf. »Braver Wuffel«, sagte sie und schaute sich um. Nur Kuhweiden, weit und breit kein Mensch zu sehen. Hinter dem Zaun lag die Weide von Bauer Aalf, bei dem sie früher jeden Freitag Milch geholt hatte. In einer Metallkanne mit Henkel. Die Erinnerung weckte warme Gedanken – wie schön war es gewesen, in den Stall zu marschieren, in dem es herrlich nach

Stroh und Heu roch, das Muhen der Kühe und das rhythmische Summen und Pumpen der Melkmaschinen zu hören – und zu warten, bis Aalf die Milch abfüllte, während sie sich ein Bonbon aus dem Glas neben der provisorischen Kasse herausfischte. Ob es den direkten Milchverkauf im Stall noch gab? Und die leckeren Karamellbonbons, die auf der Zunge schmolzen?

Heute war die Weide leer, aber selbst der auffrischende Wind konnte den Kuhgeruch nicht vertreiben. Maje sah sich um. Das Gras war kurz, die Büsche spärlich, daher gab es kaum Nistgelegenheiten für Vögel. Sie entschied, Urs kurz von der Leine zu lassen, denn sie hatte seinen pinken Tennisball dabei, den sie ein paarmal für ihn werfen wollte, damit er sich austoben konnte.

»Sitz!«, sagte sie, und Urs folgte brav. Schwanzwedelnd beobachtete er, wie sie den Tennisball hervorholte. »Und los!« Sie warf den Ball den Weg hinunter, den sie gekommen waren. Der Wind trug ihn weiter als erwartet, aber Urs schoss ihm so schnell hinterher, als stecke ein Windhund in seinem Stammbaum. Der Tennisball hüpfte auf den Boden, einmal, zweimal, dann war Urs schon bei ihm und schnappte ihn aus der Luft. Triumphierend drehte er den Kopf, sah Maje an, schien nachzudenken – und entschied sich dann, rechts unter dem Stacheldraht durch auf Aalfs Kuhweide abzudrehen.

»Neein!«, rief Maje, aber es war zu spät. Selbstzufrieden rollte sich Urs im erstbesten Kuhfladen, den er entdecken konnte.

Fluchend kletterte sie durch den Zaun hinterher, riss sich am Stacheldraht ihre Windjacke auf und rutschte dann auf dem von Urs mittlerweile gut verteilten Kuhfladen aus. Händerudernd versuchte sie, nach seinem Halsband zu greifen. »Du bist ein elender Frechdachs! Schau dich mal an, du siehst aus wie … wie ein Marshmallow, der in Schokolade getunkt wurde. Nur dass du bei Weitem nicht so gut riechst!«, schimpfte sie.

Urs schien sich keiner Schuld bewusst zu sein. Ganz im Gegenteil, er freute sich offenbar darüber, dass Maje mit ihm toben wollte. Erst auf dem Rückweg, als sie ihn ignorierte und stumm neben ihm herging – ohne ihm eine Schnupperpause an den von Bienen umkreisten Blüten der Butterblumen zu gönnen –, sanken sein Kopf und seine Rute immer tiefer.

Zurück auf dem Hof band Maje den Hund an einem Pfosten an, um den alten Waschzuber aus dem Schuppen zu zerren. Der hatte Thies und ihr früher im Sommer als Schwimmbadersatz gedient. Sie stellte den Zuber mitten auf den Hof und holte den Schlauch, um ihn volllaufen zu lassen. Dann eilte sie ins Haus, holte Schwamm und Shampoo. Letzteres goss sie großzügig in den Zuber, bis das Wasser kräftig schäumte.

»Und jetzt rein mit dir«, sagte sie zu Urs, der sich flach auf den Boden legte. Mit Wasser hatte er es anscheinend nicht so. »Nee, nee, wer sich schmutzig macht, muss auch baden.« Sie rüttelte ihn an den Schultern, aber Urs blieb flach liegen. Also versuchte sie, seinen Bauch anzuheben. »Uff«, machte sie, der Hund war zu schwer, um ihn ins Bad zu heben. Aber er drehte die Augen verunsichert nach oben.

»Wie jetzt? Hast du etwa Angst vor dem Wasser? Oder dem Schaum?« Maje seufzte und sah an sich und ihrer schmutzigen, stark müffelnden Kleidung herunter. »Was soll's«, sagte sie, zog die Schuhe aus und stieg in den Zuber, ohne dabei die Leine loszulassen. Das Wasser war kühl und trieb ihr eine Gänsehaut auf die Beine. »Siehst du, ganz einfach. Und jetzt du.« Zaghaft sah sie sich um, auf dem Hof war niemand zu sehen, aber hatte sich die Gardine vor Opas Wohnzimmerfenster gerade bewegt?

Testweise zog sie an der Leine. Tatsächlich erhob sich der Berner Sennenhund und kam mit kleinen Schritten an den Zuber. Er öffnete das Maul und roch probeweise am Wasser. Dann machte er einen Satz und landete direkt neben Maje im Zuber. Die fing sich nach dem ersten Schreck und seifte ihn mit dem Schwamm ein. Das ging eine Minute lang gut, bis der zuvor wasserscheue Urs Gefallen an seinem Bad fand und anfing, sich im Kreis zu drehen. »Wuff!«, machte er und schnappte nach seinem eigenen Schwanz. Maje blieb unbeeindruckt, sie hatte nur eine Mission: diesen riesigen, stinkenden Hund zu reinigen. Sie schrubbte, rubbelte und knetete, bis das Wasser braun war und Urs' natürliche Fellfarben – Schwarz, Braun, Weiß – wieder zum Vorschein kamen. Zwischendurch sah sie, wie Katja mit ihrem Kaltblut Alea von ihrem Ausritt wiederkam und erstaunt in ihre Richtung blickte. Auch das war Maje egal, denn ihr Ehrgeiz war geweckt. Sie würde diesen Hund auf Hochglanz polieren.

Irgendwann beruhigte sich Urs, vielleicht war er auch einfach nur erschöpft. Jedenfalls setzte er sich hin und hechelte. Maje nutzte die Gelegenheit, um ihm einen frischen Eimer Wasser über den Kopf zu gießen. Zum Abschluss setzte sie ihm eine Schaumkrone auf. »Eure Majestät – mein Werk ist vollendet«, scherzte sie. »Ihr könnt nun wieder Eurer königlichen Wanne entsteigen.«

»Hi, Maje«, sagte eine vergnügte Stimme hinter ihr. »Hätte ich gewusst, dass heute Badetag ist, hätte ich mich in Emden beeilt.«

Sie fuhr herum und starrte Bente an, der voll beladen mit Einkaufstüten vor ihr stand und so breit grinste, dass es aussah, als würde ihm eine Banane quer im Mund stecken.

Kapitel 5

»Schlammpackungen sollen ja gesund für Haut und Seele sein«, fuhr Bente fort.

Ja, das Wasser im Zuber hatte eine tiefbraune Farbe angenommen. Verlegen hob Maje den Blick und starrte Bente an. Er sah umwerfend aus in seinem legeren Outfit, das aus einem leichten olivgrünen Kragenshirt und einer hellbraunen Khakihose bestand.

»Äh«, sagte sie und schaute an sich herunter. Auf einmal fühlte sie sich schrecklich unwohl in ihrer eingerissenen Jacke mit den braunen Flatschen, der alten Jeans und den löcherigen Socken. Unsicher wischte sie mit dem Ärmel über ihre tropfnassen Wangen. Heute hatte sie sich zum ersten Mal seit Ewigkeiten nicht geschminkt. Dann straffte sie die Schultern und sagte fest: »Dein Hund braucht unbedingt eine bessere Erziehung. Er hört überhaupt nicht.«

Vorsichtig kletterte sie aus dem Zuber, um nicht auszurutschen. Da stand sie nun vor ihm, pitschnass, verlegen und nur unwesentlich besser duftend als vor dem Bad. Bente schien das allerdings nichts auszumachen – ganz im Gegenteil. Er schaute sie freundlich an, stellte die Tüten ab und hob die Hand. Erschrocken versteifte Maje sich, als er ihr eine Strähne aus dem Gesicht strich.

»Deine Locken sind genauso wild und verrückt wie du«, sagte

er leise. »Die machen einfach, was sie wollen, und lassen sich nicht unterkriegen.«

Er kam noch einen Schritt näher, und der Kuhfladengeruch wurde von seinem unwiderstehlichen holzig-würzigen Aftershave überlagert. Sie sog die Luft ein und schnupperte.

»Du riechst immer so gut«, sagte sie leise und erschrak gleich daraufhin. Was war nur in sie gefahren? So etwas sprach man nicht aus! Sofort ging ihr Puls hoch, und das Blut schoss ihr in die Wangen. Aber in Bentes Blick lag so viel Zärtlichkeit, dass alles in ihr zu zittern begann. Abstand halten, mahnte Majes innere Stimme, aber das schien unmöglich ...

»Du duftest viel besser, fast nach Weihnachten. Zimt, Mandarine, Sternanis, Nelken und ein Hauch von Vanille. Nur jetzt im Moment, da riechst du eher wie –« Weiter kam er nicht, denn Urs, der bis dahin geduldig im Zuber gewartet hatte, sprang nun hinaus, direkt vor ihre Füße, und schüttelte sich. Wasser flog in alle Richtungen. Bente und Maje schrien gleichzeitig auf und rissen die Arme schützend hoch – zu spät! Bente stand tropfnass vor ihr, seine Kinnlade klappte herunter. Und Urs sah aus, als hätte er seine Schnauze in eine Steckdose gesteckt. Sein Fell stand in alle Richtungen ab, selbst am Kopf. »Wuff!«, bellte er und drehte sich einmal im Kreis.

»Ich glaube, er möchte abgetrocknet werden«, sagte Maje heiser. Die Hundedusche hatte sie aus der Trance gerissen. Auch Bente sah nun wieder fokussiert – und etwas entsetzt – auf die nassen Einkaufstüten. Aus einer lugten Schokoriegel hervor – Majes Lieblingsmarke. Die steckten zum Glück in einer wasserdichten Packung. Sofort rumorte ihr Magen. Eine kleine Zwischenmahlzeit würde nicht schaden.

»Ich kümmere mich um Urs und komme gleich danach ins Haus. Dann mache ich uns einen Tee«, schlug sie vor. »Wir müssen reden. Oh, und die Schokolade brauchst du gar nicht erst in den Kühlschrank zu räumen.«

Eine Viertelstunde später saßen sie gemeinsam am Küchentisch, schlürften Tee und futterten die Schokolade. Das hieß, Maje stopfte sie in sich hinein, während Bente genüsslich auf einem Stück Käse kaute. »Ich bin eher der herzhafte Typ«, behauptete er, aber Maje hegte den Verdacht, dass er ihr die Schokolade nicht wegessen wollte. Urs hatten sie in Bentes Zimmer gebracht, wo der Hund sich sofort eingerollt und müde die Augen geschlossen hatte.

Im Radio lief ein ruhiges französisches Lied, die Kerze auf dem Tisch flackerte, und die Schokolade schmeckte unglaublich gut. Wie auch im Rest des Hauses hatte sich in der Küche seit ihrer Kindheit kaum etwas verändert. Im Gegensatz zu Opas Wohnung war es hier deutlich sauberer und ordentlicher. Auf der breiten Bank mit dem rot-weiß karierten Sitzkissen hatte sie früher schon mit Emma und Janine gesessen und das antike Geschirr bestaunt, das gegenüber in der Vitrine stand. Es stammte von Oma Janne, die lange vor Majes Geburt gestorben war. Das Service bestand aus einer Teekanne, einem Milchkännchen, einer Zuckerdose, Tassen und Untertassen. Alle zeigten ostfriesische Landschaftsszenen in Admiralsblau.

»Worüber wolltest du denn reden?«, fragte Bente, bevor er an seiner Tasse nippte. Das riss Maje aus ihren Träumereien. Die urgemütliche Wohnküche, die so viele von ihren Erinnerungen umfasste, ebenso wie der Rest des Hauses und der gesamte Hof – das alles konnte bald schon Geschichte sein. Sie schluckte, bevor sie weitersprach. »Auch wenn wir uns nur kurz kennen, ich weiß, dass mein Bruder dir vertraut. Deshalb möchte ich ganz ehrlich zu dir sein, Bente.«

»Ja, bitte«, sagte der unvermittelt. »Geht es um Urs? Es tut mir echt leid, dass er so schlecht erzogen ist. Ich habe einfach keine Ahnung von Hunden. Oder von Tieren im Allgemeinen. Aber er ist noch jung und eigentlich ganz pfiffig.« Entschuldigend schaute er sie an. Dabei blickte er so reuevoll, dass ihr ganz warm ums Herz wurde. Aber nur kurz, dann legte sich wieder ein dicker Kranz aus Eis um sie herum, der sie zu erdrücken schien, wenn er sie nicht zuerst erfrieren ließ. Reiß dich zusammen, dachte sie. »Nein, es geht nicht um Urs. Der Hof, ich meine, Thies, oder eher mein Vater –«

»Ja?«

Die Worte wollten ihr nicht über die Lippen kommen. Hilflos starrte sie Bente an, spürte, wie sich alles in ihr zusammenzog.

»Der Hof …«, versuchte sie es wieder und ignorierte den Kloß in ihrem Hals. »Er ist, also er ist …«

»Pleite?«, kam Bente ihr zu Hilfe.

Überrascht öffnete sie den Mund und schloss ihn wieder. »Ja, genau. Woher weißt du das?«

Er rührte nachdenklich in seinem Tee. »Habe ich geraten. Aber ehrlich gesagt wundert es mich nicht. Thies hat in den letzten Jahren öfter solche Anmerkungen gemacht. Reden wollte er aber nie über seine Arbeit. Jetzt verstehe ich auf jeden Fall, warum er das Projekt in Singapur machen wollte. Er muss an seine Zukunft denken, falls der Hof keinen Gewinn mehr abwirft oder dein Vater auf den Gedanken kommt, ihn zu verkaufen.« Er trank einen Schluck, schaute ihr dann direkt in die Augen. »Du hast es gerade erst erfahren, richtig?«

Maje nickte.

»Und der Gedanke gefällt dir nicht?«

Wieder nickte sie stumm. Es fiel ihr schwer, sich zu öffnen. Ihm zu erklären, was der Hof ihr bedeutete und dass sie in all den Jahren in Köln immer das Gefühl gehabt hatte, wie ein Hovercraft über dem Wasser zu schweben, ohne Anker, ohne Halt. Hier hatte sie ihre Wurzeln, es war wichtig, dass sich nichts daran änderte und sie einen Ort hatte, an den sie jederzeit zurückkehren konnte. Das war ihr alles so selbstverständlich vorgekommen.

»Weißt du, ich habe keine Ahnung, wie das ist, wenn man ein richtiges Zuhause hat. Aber ich stelle mir das schön vor, wenn man einen Großteil seiner Erinnerungen mit einem Ort verbindet.«

Jetzt horchte sie auf. »Ich dachte, du kommst aus Rauderfehn?« Das hatte er zumindest erzählt, als er während des Gewitters in die Töpferwerkstatt gestolpert war. »Das ist doch quasi um die Ecke.«

»Ja, da bin ich geboren. Meine Mutter war sehr jung und überfordert mit der Vorstellung, allein ein Kind großzuziehen. Deshalb habe ich die ersten Jahre bei meiner Tante Bille in Ramsloh gewohnt, dann bei Pflegeeltern in Papenburg, und schließlich habe ich den Rest meiner Kindheit bei meinen Adoptiveltern in Lorup verbracht. Aber ein echtes Zuhause war das nicht. Die beiden haben sich zwar große Mühe mit mir gegeben, aber leider hat es in ihrer Ehe so stark gekriselt, dass ich möglichst viel Zeit außer Haus verbracht habe. Oder auf Billes Schlafcouch übernachtet habe.«

»Oh, das tut mir leid.« Bentes Offenheit kam überraschend, und seine Geschichte berührte sie. Ganz selbstverständlich war sie davon ausgegangen, dass er mit seiner selbstbewussten Ausstrahlung aus einem gutbürgerlichen und sehr normalen Elternhaus kam, dass er nie Verlust hatte erleiden müssen und sorgenfrei zwischen Wetter und Gezeiten aufgewachsen war wie die meisten Kinder hier.

»Meine Mutter ist gestorben, als ich drei Jahre alt war. Eine schwere Grippe, es kam ganz unerwartet«, sagte sie leise und vermied es dabei, Bente anzuschauen. Über dieses Thema hatte sie viele Jahre geschwiegen – niemand in Köln hatte davon erfahren. Es war zu persönlich, schmerzte zu sehr. »Ich weiß, wie sich das anfühlt, wenn man sich alleingelassen fühlt.«

Sie war in einem reinen Männerhaushalt groß geworden, in dem es oft rabiat zuging und in dem sie häufig das Gefühl gehabt hatte, etwas zu verpassen, das sie selbst nicht begreifen konnte. Natürlich hatten Papa und Opa gut auf sie aufgepasst, und auch

Thies war ein guter großer Bruder gewesen, aber für viele Wünsche und Bedürfnisse hatten sie einfach kein Verständnis gehabt. Keiner der drei hatte sich vorstellen können, wie unangenehm es ziepte, wenn sie ihr die unbändigen Locken kämmten, wie sehr sie sich Lackschuhe wünschte, um sonntags im Kindergottesdienst nicht mit ihren ausgelatschten Turnschuhen aufzufallen, und warum es wichtig war, dass das Haus ordentlich und sauber war, wenn Janine und Emma sie besuchten. Die Trauer stieg wie ein großer Ball in ihr auf, den sie nicht beiseiteschieben konnte. »Ich habe nur wenige Erinnerungen an meine Mutter, trotzdem fehlt sie mir«, murmelte sie, während sie mit den aufwallenden Gefühlen kämpfte. Auch Bentes Augenwinkel glänzten leicht, aber er hatte sich im Griff.

»Immerhin hatte ich Papa, Opa und Thies«, redete sie weiter. »Die haben mir Halt gegeben, gerade, wenn ich Mama besonders vermisst habe. Wie es ist, wenn man ganz ohne Familie aufwächst, kann ich mir kaum vorstellen.«

»Zuerst hatte ich ja noch meine Tante, aber nachdem sie mich abgegeben hat, war unser Kontakt nur sporadisch. Sie war zwar immer gut zu mir, aber ich habe immer gespürt, dass sie meine Mutter mehr beschützen wollte als mich, und das habe ich nicht verkraftet.«

»Oh.«

»Ja. Als Kind war das schwierig – ich habe alle Phasen des Verlusttraumas hinter mir. Die Verdrängung, den verspäteten Schock, die Wut, die Verarbeitung. Als Teenager war es besonders schlimm, mittlerweile habe ich aber meine Mechanismen gefunden, mit der Sache umzugehen. Meine Adoptiveltern sind inzwischen geschieden, Paps lebt in München, Mama in London. Aber ich kann mich jederzeit an Tante Bille wenden.« Er sagte das ruhig und gefasst, aber Maje spürte, dass es ihm so ging wie ihr – der Schmerz über den Verlust würde nie ganz verblassen.

Er lehnte sich nach vorn und griff sanft nach ihren Handgelenken. Ein Schauer lief ihr über den Rücken, als er seine großen Hände über ihre legte, und sie fühlte sich ihm tief verbunden. »Ich habe die Gedenkstätte deiner Mutter gesehen«, sagte er leise. »Ich verstehe, warum der Neßmersieler Hof mehr für dich ist als eine Ansammlung von Gebäuden und Weiden. Soll ich dir helfen, um den Hof zu kämpfen?« Die Wärme seiner Hände gab ihr Halt, und in seinen Augen stand ehrliche Anteilnahme. Langsam, wie in Zeitlupe, nickte sie.

Von neuer Hoffnung erfüllt, räumte Maje das Reiterstübchen auf, das im Laufe der Zeit immer mehr zum Lagerraum verkommen war. Sie sortierte und entsorgte, wischte die Möbel ab und rückte sie zurecht. Es freute sie, dass Bente ihr helfen wollte, den Hof wieder wirtschaftlich zu gestalten. Zwar hatten sie beide keine Idee, wie das geschehen sollte, aber ein Ziel vor Augen zu haben war immerhin schon mal etwas. Thies sollte einen Ort vorfinden, der ihm Freude bereitete und ihn neu motivierte.

Gerade klopfte sie ein Kissen aus, als Opa den Raum betrat und sich stumm auf die Bank setzte.

»Hi«, sagte sie und arbeitete weiter. Das Reiterstübchen sah endlich wieder einladend aus.

Plötzlich sprang Opa auf und starrte sie an. »Wo ist mein Tee?«, fragte er und schaute sich um.

Maje hob die Augenbrauen. »Welcher Tee?«

»Harrijasses! Mein Tee, der stand eben noch hier.« Er drehte sich im Kreis, blieb stehen. Dann ließ er die Schultern sinken. Maje eilte zu ihm, aber er machte eine wegwischende Handbewegung und schlurfte aus dem Reiterstübchen. Sie hörte, wie er sich fluchend verzog.

»Okay …«, sagte sie und ging zum Fenster. Sie beobachtete, wie Opa in seine Einliegerwohnung eilte und die Tür so fest hinter sich zuschlug, dass das Willkommensschild daran herunterfiel. »Was ist denn mit dem los?« Gerade wollte sie sich umdrehen, da sah sie Bente, der mit Tamme aus der Reithalle kam. Hinter ihnen führte Greta ihre verschwitzte Stute Bendine hinaus.

Maje biss sich auf die Lippen, denn sie wusste, was das bedeutete – Bente versuchte, mehr über Tammes Zukunftspläne herauszufinden. Neugierig presste sie die Nase an die Scheibe, die im Laufe der Jahre immer stumpfer geworden war. Tamme kratzte sich niedergeschlagen am Kopf, aber Bente sagte etwas und legte ihm dabei aufmunternd die Hand auf die Schultern. Gern hätte sie das Gespräch gehört, aber die beiden waren zu weit entfernt.

Maje schnappte sich den Eimer mit den Putzmitteln und lief aus dem Reiterstübchen hinaus auf den Hof und zu Greta hinüber, die gerade Bendines Trense in einen Wassereimer tauchte, um sie zu reinigen.

»Hi, Maje, na, testest du ein neues Outfit?«, begrüßte Greta sie und kicherte. Maje grinste – die Kombination aus ellenbogenlangen pinken Gummihandschuhen, ihrer Blumenschürze und den grünen Gummistiefeln sah in der Tat witzig aus.

»Ich habe gerade das Reiterstübchen aufgeräumt und geputzt, es ist jetzt richtig gemütlich dort«, erzählte sie der Einstellerin.

»Ja? Das ist toll, ein Ort zum Chillen hat echt gefehlt. Und, na ja, das Reiterstübchen war echt siffig.« Greta schüttelte die Trense einmal aus und kramte dann in ihrer Putzbox, aus der sie ein altes Hufeisen hervorzauberte. »Hier«, sagte sie. »Das ist von Bendine. Du kannst es über dem Eingang zum Reiterstübchen aufhängen, das bringt Glück.«

»Danke. Wenn du weitere Ideen hast, was auf dem Hof optimiert werden kann oder was fehlt, gib mir einfach Bescheid. Ich bin offen für alles.«

Nach Feierabend suchte sie Bente, der allerdings nirgends zu finden war. Ratlos schlenderte sie in das Wohnzimmer, wo sie ihren

Vater mit einer Tasse Tee vorfand. »Bente ist mit Nils zum Boßeln gegangen«, erklärte er und deutete auf den leeren Sessel neben sich.

Maje setzte sich zu ihm. »Boßeln? Zu dieser Jahreszeit?«

Arne zuckte mit den Schultern. »Nils boßelt immer. Der ist ehrgeizig und will am Jahresende beim Greetsieler Boßelturnier alle Preise abräumen.«

»Aha. Und wie kommt Nils auf Bente?«

»Die kennen sich wohl über Thies. Der Bente scheint ja generell ein umgänglicher Typ zu sein und recht gesellig.« Er trank einen Schluck und wärmte die Hände dabei an seiner Tasse. Maje fühlte sich unwohl bei dem Gedanken an das, was jetzt kam, aber es führte kein Weg dran vorbei. Es war das erste Gespräch zu zweit, seit ihr Vater ihr von den finanziellen Sorgen des Hofes erzählt hatte.

»Wusstest du, dass Tamme bald als Reitlehrer aufhört?«, fragte sie ohne Umschweife.

Ihr Vater lehnte sich weit nach hinten in die Polsterung des Sessels und stieß die Luft aus. »Nein, das wusste ich nicht. Es ist aber überfällig, er ist gerade zweiundsiebzig geworden.« Er rieb sich mit beiden Händen über das Gesicht, in dem sich rote Flecken bildeten. Dann schaute er Maje an und straffte die Schultern. »Mach dir keine Gedanken. Das ist nur ein weiteres Zeichen, dass die Ära des Neßmersieler Hofes vorbei ist. Ich weiß, dass dir das nicht recht ist, aber du quälst dich nur damit, wenn du es nicht akzeptierst. Ändern kannst du es genauso wenig wie ich. Behalt den Hof lieber in schöner Erinnerung, als dir die Erinnerung durch deinen jetzigen Aufenthalt kaputtzumachen. Flieg am besten gleich nach Irland, und suche dort dein Glück! Ich werde morgen ins Immobilienbüro Erenst fahren, um herauszufinden, was der Hof wert ist. Thies wird es nur recht sein, wenn ich ihm diese Entscheidung abnehme, und falls nicht – offiziell ist das immerhin noch mein Hof.«

»Das ist typisch für dich, Papa«, sagte Maje, setzte sich ruck-artig auf und funkelte ihn an. »Wieder einmal versuchst du, mich zu beschützen, und sprichst mir damit jegliche Handlungsfähig-keit ab. Das war schon immer so. Erinnerst du dich noch daran, wie du mir verbieten wolltest, in den Sommerferien ein Prak-tikum in der Seehundstation in Norden zu machen, weil es für dich zu weit weg war? Und dass du mich nicht nach Köln gehen lassen wolltest, weil du dir zu große Sorgen gemacht hast? Ich bin sechsundzwanzig und durchaus in der Lage, meine eigenen Ent-scheidungen zu treffen. Und ich werde jetzt nicht gehen, sondern versuchen, den Hof wieder profitabel zu machen.«

Sie sprang auf, stemmte die Hände in die Hüften. »Du wirst schon sehen, was ich draufhabe, Papa.« Außerdem habe ich Bente und Opa Heinrich an meiner Seite, dachte sie. Und auf Emma und Janine kann ich mich auch verlassen, wenn ich Hilfe brau-che.

Arnes Schnurrbart wippte auf und ab, zwischen seinen Au-gen stand eine Zornesfalte. Offensichtlich gefiel ihm Majes klare Ansage nicht. Nachdenklich schweigend schaute er sie an. Maje stellte sich seinem Blick. Seine einst dunklen Haare waren mit grauen Strähnen durchzogen, auf der Stirn zeigten sich tiefe Fal-ten, und auch die Tränensäcke unter seinen Augen wirkten plum-per als bei ihrem letzten Besuch vor einem Jahr. Er wird langsam alt, dachte sie und fühlte sich darin bestätigt, ihm jetzt die Stärke zu zeigen, die ihm gerade fehlte.

Nach ein paar Minuten räusperte er sich. »Ich hätte dich gern aus der ganzen Misere rausgehalten, Mädchen. Aber ich respek-tiere, dass du selbst herausfinden möchtest, wie schwierig es ist, einen Reiterhof heutzutage rentabel zu führen. Ich werde trotz-dem mit dem Immobilienbüro sprechen, um zu wissen, wo ich stehe. Aber solche Sachen brauchen Zeit, und wenn du einen Weg findest, den Hof zu retten, bin ich offen dafür.« Das war ein größeres Zugeständnis, als Maje sich erhofft hatte, und sie lockerte die mittlerweile verkrampften Finger an ihren Hüften, die trotz ihres Sweatshirts kleine Dellen in ihrer Haut hinterließen. »Aber das bleibt unter uns – kein Wort zu Thies.«

»Danke, Papa«, sagte sie, zögerte und ging dann zu ihm, um ihm einen Kuss auf die Stirn zu drücken.

Lächelnd lief sie hinaus, um Opa Heinrich zu suchen. Vielleicht konnte sie mit ihm quatschen und nebenher seine Wohnung putzen. Aber als sie vor seiner Tür stand, lief drinnen wieder laute Jazz-Musik, und Maje lugte erst durch das winzige runde Fenster in der Tür. Im Flur standen zwei rosafarbene Damenschuhe. Sie entschied daher, stattdessen Matteo zu besuchen. Der lag bereits in seiner Box und blieb auch liegen, als sie den Riegel zurückschob und zu ihm hineintrat. Sie lächelte – ein Pferd brauchte großes Vertrauen zu einem, um nicht ruckartig aufzustehen, wenn man es beim Liegen überraschte.

»Hi, mein Hübscher«, flötete sie dem Hengst zu und hockte sich zu ihm. Als er sie mit dem Kopf anstieß, schmiegte sie sich ganz nah an seinen Hals und umarmte ihn. »Du bist und bleibst der Beste«, sagte sie. Lange blieb sie neben ihm sitzen, dachte nach, suchte nach Ideen. Erst als der Mond hoch über den alten Eichen stand, die den Neßmersieler Hof umgaben, und die Sterne sich im kleinen Froschteich hinter dem Gemüsegarten spiegelten, schlich sie wieder hinaus. Müde war sie nicht. Bente war anscheinend noch unterwegs, zumindest stand sein Auto nicht wie sonst auf dem Parkplatz. Also zückte sie ihr Handy und wählte erst Emmas Nummer, und als die nicht ans Telefon ging, versuchte sie es bei Janine. »Hi Süße«, sagte sie, als eine schläfrige Stimme sich meldete. »Bist du wach?«

»Ja, jetzt wieder. Was gibt es?«

Maje schaute auf die Uhr. »Oh, tut mir leid, ich wollte dich nicht wecken …«

»Zu spät. Ist was passiert? Du klingst bedrückt.«

Sie holte tief Luft und erzählte Janine von den finanziellen

Schwierigkeiten des Hofs. »Papa ist damit einverstanden, dass ich mir überlege, wie man den Hof aus der Misere holen könnte. Hast du eine Idee, wo ich anfangen soll? Das ist alles außerhalb meines Kompetenzbereichs. Mein einziger Plan ist es, einen Plan zu entwickeln. Aber die entscheidende Idee fehlt mir. Ich meine, Thies hat an der Uni gelernt, wie man einen Betrieb führt, ich nicht.«

»Ja, das mag ja sein, aber Thies hatte auch keine praktische Erfahrung, als er auf dem Hof anfing. An der Uni lernt man vor allem Theorie und Konzepte. Ich wette, es ging ihm am Anfang ebenso wie dir. Hat er dir eigentlich nie erzählt, dass es finanzielle Probleme gibt?«

»Nein. Ich meine, wir stehen uns zwar nahe, aber wir haben uns nie über solche Dinge unterhalten. Thies hatte viele eigene Probleme, es ging ihm in den letzten Jahren mental nicht so gut.«

»Ja, das war nicht zu übersehen. Er war zwar immer freundlich und aufgeschlossen, wenn ich ihn im Dorf getroffen habe, aber er sah nicht glücklich aus. Und, na ja, einmal stand ich hinter ihm in der Apotheke, als er seine Antidepressiva abgeholt hat. Die haben anscheinend aber nur bedingt geholfen, denn ich habe ihn öfter abends allein in der Mühlenkneipe sitzen sehen. Es ist ein kleines Dorf, hier bekommt jeder alles mit. Tut mir leid.«

Maje stieß die Luft zwischen den Zähnen aus. Sie hatte gewusst, dass Thies unter Depressionen litt, aber wie sehr, war ihr nicht klar gewesen. Wenn sie zu Besuch gekommen war, hatte Thies sich immer gefreut und meist gute Laune gehabt. Andererseits hatte sie ihm im Gegenzug auch verschwiegen, dass sie sich bei Kreaktivum immer etwas verloren vorgekommen war. Manchmal möchte man andere mit seinen Problemen verschonen und schafft damit nur Distanz, dachte sie.

»Weißt du was, Maje? Was hältst du davon, wenn ich dir in den nächsten Tagen auf dem Hof helfe? Ich habe bis zum Wochenende keine Wanderungen geplant, und etwas Abwechslung würde mir guttun. Außerdem freue ich mich so sehr, dass du wieder hier bist, dass ich gern so viel Zeit wie möglich mit dir verbringen würde. Ich habe dich echt vermisst.«

Das Angebot nahm Maje gern an. »Oh, das klingt toll, danke«, sagte sie und spürte, wie das Gewicht, das auf ihren Schultern lag, etwas leichter wurde. »Du hast mir auch gefehlt.«

Tatsächlich erschien Janine am nächsten Morgen pünktlich um sieben Uhr auf dem Hof. Urs entdeckte sie zuerst – er schnupperte gerade an ein paar lilafarbenen Stiefmütterchen, als er den Kopf hochriss, sich umdrehte und auf Janine zustürmte, nur um direkt vor ihr abzubremsen und hechelnd auf eine Begrüßung zu warten. »Moin«, sagte sie und tätschelte dem großen Hund unsicher den Kopf. Anscheinend erinnerte sie sich noch gut an ihre letzte Begegnung mit dem ungestümen Tier.

»Moin. Magst du Tee oder Kaffee?«, rief Maje aus dem geöffneten Küchenfenster. »Bringst du Urs mit rein? Er ist durch die Hintertür entwischt.«

Auch Bente lehnte sich neben ihr durch das kleine Fenster hinaus. »Moin, Keramikhase zwei! So schnell sieht man sich wieder! Es gibt frische Kruudstuutjes nach meinem Geheimrezept.«

Maje hörte nicht, was Janine antwortete, denn Bentes Kopf war so nah an ihrem, dass sie jedes Detail seines Gesichts überdeutlich wahrnehmen konnte. Die kleine Narbe an seinem Ohr, die ersten Bartstoppeln, die sich nach seiner gestrigen Rasur bemerkbar machten, die langen Wimpern, die seinem Aussehen etwas Weiches verliehen. Sein Deo roch nach frischer Meeresbrise und Salz.

»Alles in Ordnung mit dir?«, fragte er und drehte sich ganz langsam zu ihr um, sodass sich ihre Nasenspitzen nun fast berührten.

Majes Kehle war staubtrocken, ihr Herz schlug schneller. »Mhm«, machte sie und sah ihm in die Augen. Der äußere Rand seiner Iriden war braun, aber nach innen hin nahmen sie einen goldenen Honigton an, der von einzelnen dunklen Sprenkeln durchbrochen wurde. In ihnen standen Ehrlichkeit und eine herzliche Freundlichkeit, wie Maje es noch bei keinem Mann beobachtet hatte. Ihr Herz wummerte nun so heftig, dass sie glaubte, Bente müsste es hören. Reiß dich zusammen, Maje, sagte sie sich ihr Mantra innerlich auf.

»Wenn die Kruudstuutjes keine Kohlekruste haben sollen, müssen sie jetzt aus dem Ofen!«, rief Opa Heinrich ihnen von der Sitzecke zu.

Langsam löste Bente den Blick von ihr und schüttelte kaum merklich den Kopf, als müsste er einen Tagtraum loswerden. Dann marschierte er zum Ofen, zog die Backhandschuhe über und holte die duftenden Brötchen hervor. »Verratet Janine aber nicht, dass ich das Geheimrezept erst heute Morgen gegoogelt habe«, scherzte er vergnügt.

Maje atmete mehrfach tief ein und aus, bevor sie das Fenster schloss und sich neben Opa setzte, der sie mit einem seltsamen Blick bedachte. Ihr Vater hingegen hatte sich hinter einer Zeitung versteckt, die er anscheinend hochkonzentriert las.

Nun kam Janine herein, Urs im Schlepptau. »Das sieht ja toll aus! Ich muss mir nur kurz die Hände waschen, Urs hat nicht nachgelassen, bis ich ihn einmal ordentlich durchgestrubbelt habe.« Lachend hob sie die Hände. »Er saß einfach da und hat mich so lieb angeschaut, dass ich nicht anders konnte. Der ist wirklich sehr speziell, dieser Riesenhund.« Zur Bestätigung wedelte Urs mit dem Schwanz und bellte einmal laut.

»Hat Tamme dir verraten, wie lange er hier noch arbeiten wird?«, fragte Maje Bente, der gedankenverloren sein Brötchen kaute.

»Nein, ich schätze, das möchte er mit euch persönlich klären.

Aber er hat mir erzählt, dass es seiner Frau nicht gut geht. Sie leidet unter Rheuma und ist wohl sehr wetterfühlig. Das raue ostfriesische Klima macht ihr zu schaffen.«

»Danke, Bente. Ich werde mal das direkte Gespräch mit ihm suchen.« Nachdenklich rührte sie in ihrem Kaffee.

»Also, was soll ich heute machen?«, fragte Janine, nachdem sie zwei Brötchen mit Johannisbeermarmelade verschlungen hatte.

»Ich habe einen Tagesplan für heute geschrieben. Zu dritt sollte uns die Arbeit leicht von der Hand gehen.« Maje senkte die Stimme. »Aber ich möchte euch bitten, dass ihr euch Notizen macht, wenn ihr Dinge seht, die nicht funktionieren, die renovierungsbedürftig sind oder ausgetauscht werden müssen. Oder auch, wenn ihr Ideen habt, wie man Prozesse optimieren oder Kosten sparen könnte.«

Arnes Zeitung raschelte, und sie schielte zu ihm hinüber, aber sein Gesicht blieb versteckt. Das beruhigte sie, denn insgeheim hatte sie befürchtet, dass er sich über ihren Vorschlag beschweren würde, denn er hasste es, Geld für eine Sache auszugeben, die notdürftig geflickt werden konnte.

Bente reichte ihr eine Serviette, und als sie ihn verdutzt anschaute, deutete er auf ihre Mundwinkel. »Du hast da Marmelade kleben. Nicht, dass die Bienen dich mit einer leckeren Blüte verwechseln.«

Janine prustete in ihren Kaffee hinein, aber Maje war die Situation unangenehm. Dann aber entdeckte sie einen Klecks Marmelade an Bentes Kinn, streckte den Zeigefinger aus und rief triumphierend: »Ha! Du auch!«

Bente grinste, als sie die Serviette in zwei Hälften riss und ihm eine davon zurückgab. Sobald sie sich von der Marmelade befreit hatte, klatschte sie in die Hände und verkündete aufmunternd: »So, genug geschnackt – lasst uns mit der Arbeit beginnen.«

Während Janine und Bente die Ställe ausmisteten, brachte Maje zunächst die Pferde nach draußen und füllte anschließend Matteos Wassertrog auf, weil die automatische Tränke, die ansonsten seine Weide versorgte, über Nacht kaputt gegangen war. Der Schlauch reichte nur zwanzig Meter weit, und sie musste die schweren Eimer einmal quer über den Hof tragen, aber die Arbeit ging ihr leicht von der Hand. Mit Janine und Bente gemeinsam würde alles gut werden. *Handwerker für die Tränke anrufen, Zaunlinie von Unkraut befreien*, notierte sie sich im Geiste, *Buchshecke auf der Ostseite stutzen.* Ob Janine diese Arbeit übernehmen konnte? Der benzinbetriebene Trimmer war allerdings schwer, vielleicht sollte sie lieber Bente bitten, sich um die Hecke zu kümmern. Sie summte ein Lied vor sich hin, dann noch eins. Neue Energie strömte durch ihren Körper.

»Wir brauchen einen längeren Schlauch«, informierte sie Janine eine Weile später, aber die hatte eine andere Idee.

»Ich habe im Schuppen einen zweiten Schlauch gesehen. Mit einem Adapter könnte man die beiden miteinander verbinden. Das spart Geld.«

»Das ist eine gute Idee«, antwortete Maje und beobachtete dabei, wie Bente sich in einiger Entfernung mit der schüchternen Meike unterhielt, die in seiner Gegenwart lockerer zu wirken schien. Dabei sah er umwerfend aus, lehnte lässig an der Stallwand, eine Hand in der Hosentasche.

»Er kommt gut mit Menschen klar«, flötete Janine ihr von hinten ins Ohr, sodass Maje vor Schreck den Hammer fallen ließ, den sie in den Werkzeugschuppen zurückbringen wollte.

»Ähm, ja. Sieht so aus«, erwiderte sie.

»Sag mal, bist du überhitzt? Deine Wangen sind so rot.«

»Was? Nein. Der Hammer ist nur so arg schwer.« Etwas Besseres fiel ihr auf die Schnelle nicht ein. Ungläubig starrte Janine auf den Gummihammer, den Maje sich nun an die Brust drückte. Dann schaute ihre Freundin wieder zu Bente, grinste und sagte: »Nee, ist klar. So ein Gummihammer wiegt ja einiges.«

Verlegen versteckte Maje den Hammer hinter ihrem Rücken und dachte fieberhaft über eine schlagfertige Antwort nach.

»Er ist wirklich sehr nett«, sagte Janine und bedachte sie mit einem merkwürdigen Blick. »Und so ganz anders als Egge.«

»Wie meinst du das? In welcher Hinsicht ist er anders?«

Janine nickte mit dem Kopf in Bentes Richtung. »Nun ja, zum einen ist er recht groß. Egge war etwa so groß wie du.«

»Er war ein guter Jockey, dafür muss man klein sein«, sagte Maje trotzig und fragte sich, warum sie Egge verteidigte, nachdem er ihr das Herz gebrochen hatte.

»Und Bente hat so etwas Liebes, Unschuldiges an sich. Und er ist verdammt sexy«, stellte ihre Freundin mit nüchternem Tonfall fest, in dem man etwa Brötchen in der Bäckerei oder Ziegelsteine beim Bauhandel bestellte.

Maje öffnete den Mund, um zu entgegnen, dass sie das ganz anders sah. Das Gespräch wühlte sie mehr auf, als ihr recht war. Bente war maximal ... interessant. Ja, genau. Und vor allem war er vergeben.

In dem Moment fuhr Tammes klappriger Golf die Einfahrt entlang. Schnell drückte sie Janine den Hammer in die Hand. »Könntest du den bitte für mich wegräumen? Ich muss dringend mit Tamme reden.«

»Ob ich den allein getragen kriege, weiß ich nicht. Der soll recht schwer sein!«, rief Janine ihr neckend hinterher.

Kurze Zeit später hockte Maje mit Tamme im Reiterstübchen und hörte sich an, was er zu sagen hatte.

»Es tut mir wirklich leid«, murmelte der alte Reitlehrer. »Ich liebe meinen Job, aber –« Er brach ab und schaute sie entschuldigend an. Es war ihm anzusehen, dass er es ernst meinte und die Entscheidung nicht auf die leichte Schulter nahm. Die Furchen in seinem Gesicht waren tiefer als die von Opa, obwohl er fünf Jahre jünger war. Er sah zwar topfit aus, aber Maje verstand, dass das täuschte.

»Ich verstehe schon, es ist an der Zeit, ruhiger zu treten und dein Leben vollends zu genießen«, sagte sie und lächelte ihm aufmunternd zu.

»Ich lasse euch wirklich ungern mit dem Hof allein, aber Vola kann auch nicht mehr so gut, und wir möchten ans Mittelmeer ziehen, solange wir noch die Kraft dazu haben.«

»Du brauchst dich nicht zu rechtfertigen, Tamme. Du hast so viele Jahre hier gearbeitet, und wir werden dich sehr vermissen. Wann immer du gehen möchtest, kannst du das tun, es ist in Ordnung. Sag nur rechtzeitig Bescheid, damit ich eine schöne Abschiedsparty organisieren kann. Es gibt viele Menschen und Tiere, die dir gute Wünsche mit auf den Weg geben möchten.« Während sie sprach, merkte sie, wie sich ihre Augen mit Tränen füllten, und als sie Tamme ansah, hatte auch er rotfleckige Wangen. Er hatte sie aufwachsen sehen, war immer irgendwo am Rumfuhrwerken, wenn sie über den Hof streifte.

»Danke, Maje«, sagte er heiser, »das bedeutet mir viel. Ich habe wirklich ein furchtbar schlechtes Gewissen zu gehen. Gerade jetzt, wo es um den Hof ohnehin so schlecht bestellt ist.«

Seine Worte hallten noch mehrere Stunden in ihrem Kopf nach. Tamme hatte also Bescheid gewusst. Sie seufzte. Ohne ihn würde dem Hof ein Stück Seele fehlen, und mindestens ebenso schlimm war, dass der Hof bald ohne Reitlehrer dastand. Bestimmt würden Einsteller gehen, um sich einen anderen Stall zu suchen, die Hallenmiete fehlte, es würde traurig und ruhig werden auf dem Hof. Aber wie sollte sie das Problem lösen? Im winzigen Rysum gab es keine weiteren Reitlehrer. Sie selbst war nur für drei Monate hier und konnte den Job nicht übernehmen, weil ihr dafür die Qualifikation fehlte. Unruhig schritt sie über den Hof, machte sich

Notizen in ihrem Heft, wenn ihr etwas auffiel, das repariert oder ersetzt werden musste. Janine und Bente hatten ebenfalls einen Block dabei. Zwischendurch gesellte sie sich zu Bente, der sich mit Nils über den Hof unterhielt. »Was würde den Hof für dich attraktiver machen?«, fragte er, und: »Hast du eine Idee, welche weiteren Dienstleistungen man anbieten könnte?«

Nils, der als Lehrer im benachbarten Loquard arbeitete, redete gern und viel – Maje kam kaum hinterher, sich seine Anmerkungen zu notieren. »Wie wäre es mit einem Getränkekühlschrank?«, schlug er vor und zählte dann die Vorzüge desselben auf und die Getränke, die er dort zum Verkauf bereitstellen würde. Bei dem Thema bekam Maje Durst, und sie holte für alle drei kühle Getränke.

Da sich das Gespräch zwischen Bente und Nils nun um Fußball drehte, setzte sie sich auf die Bank vor Opas Wohnung und entspannte für ein paar Minuten. Bentes lockere Art brachte die Menschen dazu, sich zu öffnen und zu reden, auf eine natürliche Weise. Es war schön, das zu beobachten, denn es war so ganz anders als die zweckorientierten Meetings in Köln, die so viele Jahre ihren Alltag dominiert hatten, bei denen Gespräche immer etwas Erzwungenes hatten, dem geschäftlichen Networking und beruflichen Informationsaustausch dienten. Sie atmete tief aus – vielleicht war es gut, dass ihre Zeit bei Kreaktivum ein Ende hatte. Obwohl der Neßmersieler Hof viele Probleme mit sich brachte und die Arbeit sie gut beschäftigt hielt, fühlte sie sich dennoch befreit von diesem ständigen Zugzwang, dem Planen jedes Schrittes für andere, dem Verbiegen für Manager, die sie nie zu Gesicht bekam. Auf dem Hof hingegen konnte sie sofort sehen, was sie geschafft hatte, und sie tat es, ja, für wen eigentlich? Für meine Familie und für mich selbst, entschied sie.

Ihr Opa kam die Einfahrt entlanggeschlendert, in der Hand eine Einkaufstüte. Maje runzelte die Stirn. Etwas war anders … Sie sprang auf und eilte ihm entgegen.

»Hi, Opa, lass mich dir mit der Tüte helfen.«

Verwirrt blickte er sie an, als bräuchte er einen Moment, um sie zu erkennen. Dann nickte er.

Sie trug ihm die Tasche bis zu seiner Wohnung und vermied den Blick auf seine Füße, die in flauschigen hellblauen Hausschuhen steckten.

»Danke, mien Leev.« Müde fummelte er seinen Schlüssel hervor. Schweiß stand auf seiner Stirn, als er mehrere Anläufe brauchte, bis er die Tür endlich aufbekam.

Maje ging mit hinein, räumte die Einkäufe in den Kühlschrank und brachte ihm ein Glas Wasser. »Geht es dir gut, Opa?«, fragte sie besorgt, als er sich wiederholt die Stirn abtupfte.

»Alles gut, ist nur ein heißer Tag.« Er nahm sein rot-gelb kariertes Halstuch ab, taperte ins Wohnzimmer und schlief kurz darauf in seinem Sessel ein. Maje nutzte die Gelegenheit, holte einen Wischmopp hervor und putzte seinen Flur. Dann machte sie den Abwasch, leerte den Müll und wischte Staub. Das war ein Anfang. Aber die Berge an Kram, die Opa im Laufe der Zeit angesammelt hatte, mussten abgebaut werden. Nicht, weil sie die überladene Wohnung störte, sondern weil sie Mäusekot und eine tote Kakerlake in einer Ecke gefunden hatte und einige der Sachen, die herumlagen, weit über ihrem Verfallsdatum waren. Niemand brauchte ein löchriges Dekokissen, das nach Schimmel müffelte.

Mit einem unguten Gefühl machte sie sich wieder an ihr Tagewerk. Die Zeit hatte nicht nur ihren Vater und Tamme mitgenommen, auch ihr Opa hatte deutlich abgebaut.

Abends lud sie Emma, Janine und Bente auf ein Glas Wein in der Mühlenkneipe ein. Diese lag, wie der Name verriet, neben der alten Mühle, einem dreistöckigen Galerieholländer aus Backstein, der vor Jahren in ein Museum verwandelt worden war. Maje gab vor, dass sie gemeinsam die Notizen durchgehen wollte, aber vor allem wollte sie ein paar Stunden weg vom Hof, um den Kopf freizukriegen.

»Die Idee mit dem Getränkekühlschrank finde ich gut, auch wenn es eine ganze Weile dauert, bis sich das rentiert. Wir müssen ja einen Kühlschrank dafür kaufen«, meinte Bente.

Maje stimmte ihm zu. »Es wäre mehr ein Service als ein Einkommen, aber prinzipiell machbar.«

»Anna hat vorgeschlagen, dass wir selbstgemachte Pferdeleckerlis verkaufen, aber das lohnt sich nicht bei den wenigen Einstellern«, sagte Emma.

»Was ist mit einem Tag der offenen Tür?«, schlug Janine vor. »Die Idee kam mir, als ich hinten im Schuppen die Bierbankgarnitur entdeckt habe. Wir könnten Kaffee und Kuchen verkaufen, Ponyreiten anbieten und eine Tombola veranstalten.«

Maje überlegte. Dann schüttelte sie den Kopf. »Das würde zwar für Aufmerksamkeit sorgen, aber es ist viel Arbeit für wenig Geld. Versteht mich nicht falsch, aber das sind bisher nur kleine Ideen. Was wir brauchen, ist etwas Großes, Langfristiges. Etwas, das den Hof transformiert und ihm ein neues Gesicht verleiht. Etwas, das –«, sie suchte nach den richtigen Worten, »das ihm ein richtiges Image gibt, etwas Außergewöhnliches, das die Leute anzieht wie Knüppeltorte die Wespen und das den Hof wieder in aller Munde bringt.«

In der Nacht schlief Maje wie so oft schlecht, weil ihr Ideen im Kopf umherwirbelten wie Blätter in einem Herbststurm. Am nächsten Morgen wachte sie schweißgebadet auf und war froh, endlich aufstehen zu können. Müde schlurfte sie in die Küche und öffnete das Fenster, um frische Luft in den stickigen Raum zu lassen. Morgens lag ein herrliches rosa Dämmerlicht über dem Hof, das ihm etwas bezaubernd Überirdisches gab. Auf dem Stalldach hockten ein paar Vögel, die ihre süßen Melodien zwitscherten. Und unten am Anbindeplatz stand Matteo.

Maje schüttelte ungläubig den Kopf, schloss die Augen und öffnete sie wieder. Jetzt entdeckte sie auch Bente, der gerade eine

Putzbox herantrug und anfing, den Hengst zu bürsten. Dabei sprach er mit dem riesigen Tier, das sich die Massage bereitwillig gefallen ließ. Matteo verlagerte sein Gewicht, sodass ein Hinterbein locker angewinkelt war – ein Zeichen tiefer Entspannung bei Pferden.

War das derselbe Bente, der noch nie etwas mit Pferden zu tun gehabt hatte und nicht wusste, wo bei einem Halfter oben und unten war? Sie kniff die Augen zusammen. Gut, er zog den Striegel nicht im Uhrzeigersinn durch das Fell, sondern teilweise gegen die Fellausrichtung, aber Matteo störte das nicht weiter. Ganz im Gegenteil, er streckte genießerisch den Kopf nach vorne. Bente legte ihm vertraulich eine Hand auf die Schulter und klopfte ihm mit der anderen auf den Hals. Es war ein schönes Bild, das sie mit Wärme erfüllte – zwei starke Jungs, die sich einig waren und gern Zeit miteinander verbrachten. Die einander nicht verstanden und sich dennoch vertrugen. Und endlich formte sich eine Idee in ihrem Kopf, wie sie den Neßmersieler Hof retten konnte.

Kapitel 6

»Wie jetzt?« Bente schaute sie ungläubig an, während er mit spitzen Fingern eine von Thies' dunkelgrünen Reithosen mit Ledervollbesatz in der Hand hielt.

»Du wolltest doch reiten lernen – das ist heute die ideale Gelegenheit. Wir machen einen geführten Ausritt im Schritt, das ist ein entspannter Einstieg, und du kannst dich an das Gefühl gewöhnen, auf einem Pferd zu sitzen. Es geht zum Wäldchen beim Hammrichschloot und wieder zurück. Du kannst Chenille reiten, das ist eine ganz Brave, die hat uns schon viele hübsche Fohlen geboren. Hier gibt es kaum Verkehr, und ich reite vor dir her.«

Bente verzog skeptisch das Gesicht, dann hielt er die Hose probeweise an seine Beine. Sie war ihm etwas zu kurz, aber Maje hatte bereits Thies' knielange Stiefel aus der Schuhkiste gefischt, die das kaschieren würden.

»Und warum? Ich wollte eigentlich noch Unkrautvernichter sprühen und mich mit dem verstopften Ablauf auseinandersetzen.«

»Nee, nee, das kann alles warten.« Bente sollte erfahren, wie unbeschwert man sich auf einem Pferd fühlte, wenn der Wind einem die Haare zerzauste und die Luft nach Freiheit schmeckte.

»Möchte Janine dich nicht lieber begleiten?«

Maje schüttelte den Kopf. »Janine mag Pferde – von unten.

106

Sie ist als Kind vom Pferd gefallen, und seitdem hält sie nichts mehr davon, auf einem zu sitzen. Und ich denke, dass es dir gefallen wird. Du arbeitest hier von früh bis spät – und zwar unbezahlt. Jaja, du schuldest meinem Bruder einen Gefallen, aber du sollst die Krummhörn auch genießen können.«

Auch Janine weigerte sich beharrlich, eine Bezahlung anzunehmen, aber das war etwas anderes, weil Maje ihr früher auch unzählige Male geholfen hatte und das auch jederzeit wieder tun würde. Sie zögerte und fügte hinzu: »Das wird nicht nur ein schöner Ausritt, sondern ein Test. Geführte Ausritte könnten eine wichtige Einnahmequelle für den Hof werden. Stell dir das mal vor – Ritte ans Meer, einschließlich Möwengekreische, Salzwiesenduft und Blick auf grasende Schafe. Beschaulicher wird's nicht mehr! Touristen kommen genug nach Rysum, aber es gibt kaum ein Unterhaltungsangebot vor Ort. Und viele würden bestimmt gern mehr über Ostfriesland und seine Natur lernen. Ich kann ihnen jede Pflanze und jedes Tier erklären, und wenn ich hier wieder wegmuss, könnte man einen Reitführer dafür einstellen –«

»Du hast dir das alles schon ziemlich detailliert ausgedacht«, unterbrach Bente sie. »Na gut, dann will ich mal das Versuchskaninchen sein.«

Er setzte eine resignierte Miene auf, aber Maje spürte, dass er sich auch ein bisschen freute. Es war ein perfekter Tag zum Ausreiten – am Himmel tanzten ein paar leichte Federwölkchen, die Luft war warm, und nur ein gelegentlicher Windhauch brachte Bewegung in die Grasspitzen.

Während Bente sich umzog, holte sie Chenille von der Koppel und band sie vor ihrer Box an. Die Stute war eine echte Schlaftablette und ließ sich von nichts und niemandem aus der Ruhe bringen. Perfekt für einen Anfänger! Dann dachte sie nach. Wen sollte sie selbst reiten? Diese Entscheidung war schon schwieriger, denn die Pferde der Einsteller waren tabu und die meisten anderen Zuchtstuten schon lange nicht mehr geritten worden. Kurzerhand entschied sie sich für Matteo. Der verstand sich gut mit Chenille und schien deutlich ruhiger zu sein als früher.

»Du wirst doch keinen Unsinn machen?«, fragte sie den Hengst und reichte ihm zur Bestechung eine Möhre. Der schnaubte, schielte auf die Möhre und bekam diesen glasigen Blick, wie immer, wenn er sich ganz auf ein Leckerli fokussierte.

Greta lief an ihr vorbei, gerade als sie Matteo neben Chenille anband. Sein glänzendes schwarzes Fell betonte seine muskulöse Brust – trotz seines Alters war Matteo ein beeindruckender Hengst.

»Krass, du willst den doch nicht reiten?«, fragte Greta überrascht.

»Eigentlich schon. Ich bin den früher oft geritten«, erwiderte Maje. Doch Gretas aufgerissene Augen verunsicherten sie. Es war lange her, dass sie auf seinem Rücken gesessen hatte. Doch sie würde ja nur im Schritt gehen. Das würde schon klappen.

Etwas surrte um sie herum und landete auf Gretas Arm.

»Ha!« rief die begeistert. »Es kann nichts schiefgehen. Das ist ein Maikäfer, der bringt Glück!«

Verwirrt schaute Maje auf das braune Insekt. »Oh, na dann ...«, sagte sie und beobachtete, wie der Käfer seine Flügel wieder entfaltete und weitersurrte.

»Na, reitest du aus?«, erklang Opa Heinrichs Stimme, der unbemerkt an sie herangetreten war.

»Ja«, antwortete Maje und stellte sich auf die Zehenspitzen, um den Sattel auf Matteos Rücken zu legen. Der Sattelgurt, der früher gerade so gepasst hatte, reichte nun locker um den Pferdebauch herum. »Matteo ist dünn geworden«, bemerkte sie. Auch seine Kruppe stach deutlicher hervor, weil sich sein Rücken über die Jahre abgesenkt hatte. Aus dem Augenwinkel betrachtete sie ihren Opa, der auch deutlich weniger wog als vor drei Jahren.

»Geh es ruhig an«, sagte er und lehnte sich auf seinen Stock. »Matteo ist lange nicht geritten worden.«

»Ich weiß.« Greta hatte eben etwas Ähnliches angedeutet.

»Wer reitet Chenille?«, fragte er und deutete mit dem Stock auf die Stute.

»Bente«, antwortete Maje und bereute es sofort, als sich ein schelmisches Lächeln in Opa Heinrichs Gesicht stahl. »Na dann«, brummte er, und es klang betont neutral, aber seine Miene verriet, dass ihn die Nachricht freute.

»Er muss auch mal rauskommen«, sagte Maje schnell, damit Opas Freude sich in Grenzen hielt. Nicht, dass er sich Hoffnungen machte, dass zwischen Bente und ihr ... Nein, solange Bente vergeben war, war das undenkbar.

»Natürlich. Ich mag den Jungen.« Ihr Opa beugte sich vor und gab ihr einen Kuss auf die Wange. Als er sich wieder aufrichtete, wirkten seine Augen feucht. »Viel Spaß euch beiden. Geh es langsam an, Annika.«

Dann schlurfte er weg und ließ sie mit offenem Mund zurück. Hat er mich gerade echt mit dem Namen meiner Mutter angesprochen?, dachte sie und schaute ihm nach.

Als sie die Pferde gebürstet und gesattelt hatte, trat Bente aus dem Haus. Ungläubig riss sie die Augen auf – die grüne Reithose, die eben wie eine abgewetzte Kleiderspende gewirkt hatte, und Thies' kniehohe Stiefel standen ihm hervorragend und ließen ihn regelrecht verwegen aussehen. Dazu trug er ein weißes Hemd, das er oben aufgeknöpft hatte – ein altmodischer Stil, aber Maje kam es vor, als wäre er direkt aus einem altenglischen Königsfilm entstiegen und würde im nächsten Moment um ihre Hand ... Was dachte sie da nur wieder für einen Unsinn! Sie riss sich zusammen und versuchte, ihr anerkennendes Lächeln zu unterdrücken.

»Ich wäre dann so weit!«, rief Bente vergnügt. »Janine kümmert sich in der Zwischenzeit um die Tränken. Ich habe ihr von deinem Plan erzählt, und sie war in der Tat heilfroh, dass du sie nicht wegen des Ausritts gefragt hast.«

»Sag ich doch«, meinte Maje und hielt ihm erst seinen Helm,

dann Chenilles Zügel hin. »Dahinten ist eine Aufsteighilfe. Führ sie direkt daneben, stell den Fuß in den Steigbügel, und schwing dich sanft in den Sattel. Schaffst du das?«

»Folgt auf Dienstag Mittwoch?«, fragte Bente verschmitzt.

»Häh?«

»Das sollte Ja heißen.« Er zwinkerte ihr zu, schritt selbstbewusst zur Trittleiter und stieg dann auf. Das dauerte eine Weile, denn sein Fuß wollte nicht in den Steigbügel gleiten. Endlich saß er oben und schaute Maje erwartungsvoll an. »Und was jetzt?«

»Nimm die Zügel auf, aber lasse sie ruhig etwas länger. Wir gehen kurz auf den Platz, und ich erkläre dir die Grundlagen.«

Nach einer halben Stunde hatte Bente verstanden, worauf es ankam. Sie schwang sich in Matteos Sattel und ritt nach rechts zur Einfahrt. »Bleib einfach entspannt sitzen, Chenille wird uns hinterherlaufen.«

Es ging vorbei an den dicht an dicht stehenden Häusern mit ihren roten Ziegeldächern, die alle zur Dorfmitte hin ausgerichtet waren, in der sich das alte Kirchengebäude befand – Rysum war ein Rundwarftendorf –, bis hin zum alten Tief.

Immer wieder drehte sich Maje um und kontrollierte, ob bei Bente alles in Ordnung war. Aber der hockte fröhlich auf Chenille, seine Beine baumelten entspannt am Pferdebauch herunter, den Rücken hielt er gerade. Hätte Maje es nicht besser gewusst, hätte sie schwören können, dass er schon eine Menge Reiterfahrung hatte. Seine natürliche Balance war beneidenswert. Und sie selbst genoss es auch, wieder im Sattel zu sitzen, das letzte Mal war viel zu lange her.

»Alles in Ordnung?«, fragte sie sicherheitshalber.

»Kann nicht klagen. Chenille ist ein Schatz.« Sie ritten unter den Rotbuchen durch, die vor einem Gulfhof standen. Die Straße war hier so breit, dass sie bequem nebeneinanderreiten konnten. Allerdings musste Maje Matteo zügeln, der nervös vorwärts tänzelte und mal nach links und mal nach rechts schwenkte.

»Hey Bente!«, rief ein junger Mann in Latzhose, der Kisten aus einer Sackkarre lud. »Sehen wir uns heute Abend?«

»Bin mir noch nicht sicher. Ich texte dir nachher!«, rief Bente zurück.

Maje wartete eine Minute und fragte dann: »Wer war das?«

»Du meinst Martin? Das ist der Sohn von Bauer Kruskopp, kennt ihr euch etwa nicht? Ich dachte, hier kennt jeder jeden.«

»Nein, nicht immer.«

»Aber seine Schwester Heike, die kennst du sicherlich, oder? Ihr seid im selben Alter.«

»Nein.« Betroffen nahm Maje die Zügel auf, um Matteo um einen Hydranten herumzulenken. Bente war schon nach wenigen Tagen mit Menschen in ihrem Dorf vertraut, die ihr völlig unbekannt waren. Natürlich gönnte sie ihm die Freundschaft, aber erst jetzt wurde ihr klar, dass ihr Dorf, ihre Heimat, ihr fremd geworden war.

Gut, sie hatte Emma und Janine und sie erinnerte sich an einige Bewohner, zumindest in einer jüngeren Version, aber viele von ihnen waren Nachbarn und Bekannte gewesen, niemand, mit dem Maje während ihrer Zeit in Köln Kontakt gehalten hatte. Nun, da sie darauf achtete, bemerkte sie auch, dass einige der Vorgärten neu bepflanzt worden waren und andere Gardinen in den Fenstern hingen. Das tat merkwürdig weh.

»Komisch«, sprach sie den Gedanken aus, »ich dachte immer, dass in Rysum die Zeit stillsteht und sich nichts verändert. Aber hier stand früher eine Reihe Eschen, und jetzt ist sie nicht mehr da. Wie weggezaubert.«

»Die Gemeinde Krummhörn hat die vor zwei Jahren fällen müssen, es gab wohl ein Eschentriebsterben, und das war Teil der Baumpflege.«

Maje schaute ihn überrascht an. »Und woher weißt du das?«

Bente lachte. »Ich war doch beim Boßeln. Das Dorf ist voller netter Typen. Komisch, dass du das noch nicht bemerkt hast.«

Er warf ihr einen neckenden Blick zu, aber Maje ging nicht darauf ein. Traurig schaute sie auf die Grasfläche, die nun baumfrei war.

»Da haben Spechte drin genistet. Und Fledermäuse«, gab sie zu bedenken. »Ich hoffe, die Gemeinde hat die Bäume vorher untersucht.«

»Bestimmt«, beruhigte Bente sie. »So, wie ich das verstanden habe, wird Naturschutz bei euch doch großgeschrieben.«

Das stimmte, zum Glück. *Zumindest war das früher so.* Früher. Sie war so glücklich hier gewesen, unbeschwert und sorgenfrei. Eine nahezu perfekte Kindheit, wenn ihre Mutter ihr nicht so gefehlt hätte. Maje atmete tief auf. Sie nahm sich vor, mehr über das Hier und Jetzt nachzudenken und Rysum wieder besser kennenzulernen. Plötzlich baute sich in ihr ein Druck auf, und sie machte »Hicks«.

»Oh nein, ein – hicks – Schluckauf«, sagte sie.

»Ich würde dich ja erschrecken, damit er weggeht, aber ich glaube, Matteo fände das nicht so gut«, antwortete Bente lachend. »Oder du hältst einfach die Luft an, das soll helfen.«

Maje versuchte es. Erst ging es ein paar Sekunden gut, dann spürte sie, wie ihre Wangen wärmer wurden und platzen wollten. Besorgt schaute Bente sie an. Dann hielt sie es nicht mehr aus und japste nach Luft. »Das – hicks – klappt nicht.«

»Dann hickse ich einfach mit dir um die Wette«, alberte er und machte demonstrativ »Hicks«.

Es dauerte nicht lange, bis sie die erste Weide erreichten, auf denen weiße Wattebäuschchen mit vier Beinen weideten. Zwischendurch hickste Maje weiter vor sich hin, bis Bente rief: »Schau mal!«, und mit dem Kinn in Richtung eines besonders kleinen Lammes deutete.

»Zuckersüß, ne?«, fragte Maje und schaute verliebt auf ein Lämmchen, das wackelig neben seiner wolligen Mutter stand. »Knautschig wie ein Marshmallow.«

»Ist das dein professioneller Ausritt-Kommentar für Groß-stadt-Cowboys wie mich?«, fragte Bente lachend.

Maje grinste. »Nicht ganz. Daran arbeite ich noch«, versprach sie.

»Aber hey, dein Schluckauf ist weg! Mein Ablenkungsmanö-ver hat funktioniert.« Er lachte, und sie stimmte mit ein.

Eine Ringelgans flatterte schnatternd am Wegesrand auf. Sofort sprang Matteo zur Seite, und Maje hatte alle Mühe, das Gleichgewicht zu halten. »Ho!«, rief sie dem Hengst zu, rutschte leicht aus dem Sattel und richtete sich wieder auf. Ihr Herz klopfte wild, das war gerade noch mal gut gegangen. Immerhin hatte Chenille sich von Matteos Satz nicht beeindrucken lassen. Die Stute hatte brav angehalten, ihre Augen wie zuvor halb ge-schlossen, als döse sie gleich ein. Verbotenerweise kaute sie auf einem Grashalm, den sie im Vorbeigehen abgerissen hatte.

Dafür schaute Bente sie besorgt an. »Matteo ist aufgeregt«, analysierte er folgerichtig. »Meinst du, der beruhigt sich wieder?«

»Mhm«, brummte Maje unglücklich. »Der war lange nicht mehr ausreiten, ich denke, er braucht einfach ein wenig Zeit, um sich aufzuwärmen und sich daran zu erinnern, wie das geht.«

Über seinem hellen Hemd trug Bente das blau-weiße Halstuch, das Opa Heinrich ihm vermacht hatte. Es war erstaunlich, wie gut Opa sich mit ihm verstand, denn eigentlich mochte ihr Großvater schon aus Prinzip keine Männer, die sich in ihrer Nähe aufhielten.

»Denkst du eigentlich viel über deine Mutter nach?«, fragte Bente sie unvermittelt.

Sie schaute ihn erschrocken an. »Wie kommst du darauf?«

»Na ja, dein Opa erzählt gern von ihr, und in eurem Flur hängt ein Foto von ihr. Sie sieht dir sehr ähnlich. Auch Thies hat sie öfter erwähnt.«

Das war eine schwierige Frage, die Maje nicht genau beant-worten konnte. »Ich vermisse sie, ja. Aber ich verbinde kaum Er-innerungen mit ihr, ich war noch so klein, als sie gestorben ist.

Aber ich weiß noch, wie sie die Arme ausgebreitet hat und ich auf sie zulief. Und wie sie mich dann festhielt und mir durchs Haar strich.« Sie hielt inne. Auch wenn all das lange her war, tat es weh, sich an Momente zu erinnern, die es so nie wieder geben würde. »Trotzdem habe ich das Gefühl, dass sie immer irgendwo in meiner Nähe ist. Als würde sie über mich wachen und aufpassen, dass mir nichts passiert. Verstehst du?«

Bente nickte. »Das ist schön«, sagte er und zupfte dabei sein Halstuch zurecht, das nie ganz mittig sitzen wollte. »Ich habe mit niemandem aus meiner Familie Kontakt außer Tante Bille. Gut, und meine Adoptiveltern rufe ich an den Feiertagen an. Ehrlich gesagt habe ich mich aus meiner biologischen Familie verstoßen gefühlt. Vor ein paar Jahren habe ich Recherche betrieben und herausgefunden, dass meine Mum nach Aurich gezogen ist und dort eine Ausbildung zur Krankenschwester gemacht hat. Sie hat keine weiteren Kinder bekommen, soweit ich weiß.« Er sprach leiser als sonst, mit einem wehmütigen Unterton in der Stimme. »Ich kann bis heute nicht verstehen, dass sie nicht wenigstens wissen wollte, was aus mir geworden ist. Und warum ich es ihr nicht wert war, mir zu erklären, warum sie mich weggegeben hat.« Er runzelte die Stirn. »Wenigstens jetzt, nach so vielen Jahren. Ich verstehe, dass es schwierig für sie gewesen sein muss, dass sie wahrscheinlich Probleme hatte. Aber was ist mit meinem Schmerz?«

»Bente«, sagte Maje sanft, »nicht jeder ist so stark wie du. Vielleicht fühlt sie sich einfach furchtbar schuldig und möchte sich nicht in dein Leben einmischen.«

»Ach, ich weiß auch nicht. Aber dass sie sich mir völlig entzieht, gibt mir das Gefühl, dass ich es nicht verdient habe, geliebt zu werden. Und dass ich alles, was mir nahe ist, auch wieder verlieren kann.« Wütend schaute er geradeaus, sein Blick hatte etwas Glasiges bekommen. Maje konnte seinen Schmerz gut nachvollziehen, aber was sollte sie ihm raten?

»Würdest du sie gern mal sehen? Vielleicht heimlich von Weitem? Wir könnten nach Aurich fahren und uns dort umschauen. Ich würde dich begleiten, wenn du möchtest.« Erst nachdem sie den Vorschlag gemacht hatte, fiel ihr auf, wie persönlich er war. Verlegen biss sie sich auf die Lippen und beobachtete seine Reaktion.

Aber er hob und senkte die Schultern resigniert, schüttelte den Kopf und murmelte: »Vielleicht irgendwann.« Er seufzte und fügte hinzu: »Nein, das stimmt nicht. Wenn ich ehrlich bin, würde ich sie sehr gern wiedersehen, wenigstens ein einziges Mal. Vielleicht Ende des Jahres. Jetzt möchte ich mich erst mal auf den Neßmersieler Hof konzentrieren.«

Er tat ihr so leid, dass sie am liebsten vom Pferd gestiegen wäre und ihn umarmt hätte. Bente war lieb, witzig, hilfsbereit und fleißig – er hatte es nicht verdient, so zu leiden. Niemand hatte das.

Dann aber atmete er tief aus und sagte: »Genau deshalb bin ich so froh, dass ich Lara habe. Mit ihr vergesse ich alles Trübselige, das in mir steckt. Egal ob im Job, privat, Aktuelles oder Vergangenes. Ich glaube, mit Lara geht es mir so wie dir mit deinen Pferden – mit ihr fühle ich mich frei und unbeschwert. Sie hilft mir, stark zu sein.«

Maje schluckte. Nicht nur, weil es wehtat, dass Bente von seiner Freundin schwärmte, sondern auch, weil es so klang, als wäre sie mit dem Hof verheiratet – natürlich liebte sie die Pferde, aber sie war vor langer Zeit von zu Hause ausgezogen, und wirklich frei fühlte sie sich, ja, wann eigentlich? Sie dachte an das Meer an einem windigen Tag, wenn es Salz und Gischt herantrug und die Luft mit Algengeruch und Brausen füllte. Das kam so einem Gefühl schon eher nahe. Und zugegebenermaßen genoss sie es auch, Matteo zu reiten.

Und warum nur, warum musste Bente so glücklich verliebt sein? Sie konnte und wollte es zwar nicht ändern, dass er eine Freundin hatte, aber ebenso wenig konnte sie an ihren Gefühlen drehen, die jedes Mal verrücktspielten, wenn sie ihn ansah. Und warum konnte Lara ihm nicht mit seiner Mutter helfen, wenn sie ihm so nahestand?

»Ich habe sogar ein Tattoo von ihr«, fuhr Bente fort.

»Von Lara?«

»Ja, genau.«

Maje kämpfte damit, ein Pokerface aufzusetzen. Ein Tattoo – das war ein Versprechen für die Ewigkeit. Unwillig schluckte sie die Trauer darüber hinunter. »Wo ist es denn?«

Bente lachte. »An einer privaten Stelle. Kann ich dir leider nicht zeigen.«

Maje verzog gequält das Gesicht. Die Zügel fingen an zu zittern, schnell legte sie die Hände auf dem Sattel vor sich ab, damit sie sich wieder beruhigten. Ob es irgendwo da draußen vielleicht noch einen Bente gab, der für sie reserviert war?

Sie ritten an einer Wiese vorbei, auf der Vögel nisteten. Leises Gezirpe aus den hohen Gräsern mischte sich mit Quaken und Pfeifen. Hier und da lugte ein gefiederter Kopf hervor, mal stieg ein Vogel auf und flog in den Himmel. Es war ein herrlicher Anblick, und Bente seufzte. »Es ist so idyllisch hier. Weißt du, ich wollte eigentlich Landschaftsfotograf werden. Mystische Wiesen im Morgennebel, Seen, in denen sich die Sonne bricht, Nahaufnahmen von Insekten im Moor. Mein Traum war es, mir ein kleines Studio auf dem Land aufzubauen und meine Werke dann an Zeitschriften und Online-Plattformen zu verkaufen. Stattdessen bin ich in Berlin gelandet und fotografiere Döner für Fast-Food-Buden.«

»Das kann ich nachvollziehen«, entgegnete Maje. Sie war Innenarchitektin geworden, weil sie Harmonie, Farbe und Kompositionen liebte. Aber in Köln hatte ein harter und trockener Arbeitsalltag auf sie gewartet, der ihr jegliche Möglichkeit der Selbstentfaltung genommen hatte. »Ich hatte mir meinen Job auch anders vorgestellt. Wollte Schönes schaffen, etwas, was anderen Freude bereitet. Das ist leider fehlgeschlagen.«

Bente bedachte sie mit einem sonderbaren Blick, den sie nicht deuten konnte, und sie schaute verlegen weg. Für eine Weile hingen sie beide ihren Gedanken nach. Aber als sie an dem Wäldchen vorbeikamen, das kurz vor dem Hammrichschloot lag, scheute Matteo wieder. Dieses Mal sprang er ohne Vorwarnung erst zur Seite und dann nach vorn. Maje, die sich gerade ihre Sonnenbrille zurechtgerückt hatte, wurde im Sattel herumgerissen. Erst verlor sie einen Steigbügel, dann den anderen. »Ruhig!«, rief sie erschrocken und versuchte, den Halt wiederzufinden. Aber Matteo war außer sich. Aus dem Augenwinkel sah sie kleine schwarze Schatten – Bienen!

»Reit weg!«, rief sie Bente zu. »Hier ist ein Bienennest.« Dann war sie auch schon wieder mit Matteo beschäftigt, versuchte, den linken Zügel so kurz zu fassen, dass der Hengst gezwungen war, in einem kleinen Kreis zu laufen. Normalerweise funktionierte der Trick super, aber heute riss Matteo den Kopf wild hoch und zog die Zügel wieder lang, die eine brennende Spur auf Majes Handinnenfläche hinterließen. Die Bienenwolke verdichtete sich, etwas stach ihr in den Arm. Der Hengst stieg und wieherte laut. Verzweifelt klammerte Maje sich an seinen Hals. Bente, der ein paar Meter weitergeritten war, kletterte unbeholfen von seiner Stute herunter und band sie an einem Ast fest. »Was kann ich tun?«, rief er.

»Bleib weg!«, schrie Maje und wurde heftig nach vorne gerissen, als Matteo krachend mit den Vorderhufen auf dem Boden landete. Staub und Erde flogen hoch, sie hustete. Dann galoppierte der Hengst los, direkt in das Wäldchen hinein. Sie kamen nicht weit, denn die Bäume standen dicht an dicht. Ein Ast raste auf Maje zu, sie riss die Arme hoch, versuchte, sich gleichzeitig zu bücken – zu spät. Für einen Moment spürte sie einen unglaublichen Schmerz an der Brust, dann wurde es dunkel.

Etwas Feuchtes lief ihr die Stirn hinunter, hinter der es heftig pochte. Sie versuchte, den Arm zu heben, aber ihr Körper wollte ihr nicht gehorchen.

»Maje?«

Etwas Weiches strich ihr beruhigend über die Wange, das half, um die aufsteigende Panik zu unterdrücken. Wo war sie? Es flackerte, dann schaffte sie es, die Augen ganz zu öffnen. Direkt über ihr schwebte Bentes besorgtes Gesicht, das blasser war als sonst. Stumm schaute sie ihn an, entdeckte ein winziges Muttermal an seinem Hals und versuchte, sich darauf zu fokussieren. Das war schwierig, denn es schien immer wieder verschwimmen zu wollen.

»Sie ist gerade aufgewacht«, sagte Bente mit heiserer Stimme in sein Handy und versuchte dabei, sie ermutigend anzulächeln. Er hörte zu, was sein Gesprächspartner antwortete, und entgegnete: »Gut, mache ich«, klemmte das Handy zwischen Ohr und Schulter und knöpfte sein Hemd auf. Langsam lichtete sich der Nebel in Majes Kopf, und sie erinnerte sich daran, wie der Ast sie mit voller Wucht getroffen und vom Pferd gerissen hatte. Bentes muskulöse Brust kam zum Vorschein, dann sein Bauch und die Arme. Er war direkt über ihr, und sie konnte nicht wegsehen, selbst wenn sie gewollt hätte.

»Bleib liegen, beweg dich nicht. Alles ist gut«, raunte er ihr zu, während er das Hemd über ihr ausbreitete. Sofort strömte ihr sein Geruch in die Nase, diese herrliche Mischung, die an eine einsame Hütte im Wald erinnerte, in der man sich vor dem Kamin einrollen und eine Tasse Kakao trinken wollte.

Eine Ameise biss Maje in den Hals, und sie zuckte zusammen, wollte den Arm heben, um das Insekt abzuwehren, aber Bente war schneller. Sanft drückte er ihren Arm hinunter und sammelte das kleine Tier von ihr ab, um es in sicherer Entfernung auf ein Blatt zu setzen.

»Es dauert nicht lange, der Rettungswagen ist gleich hier. Hab noch ein wenig Geduld«, sagte er leise, aber seine Augen waren grau vor Sorge.

Maje schmeckte Erde und Sand im Mund. Sie schmatzte und wollte ausspucken, um den Schmutz loszuwerden. Wieder war Bente bei ihr, wischte ihr vorsichtig mit dem Hemd den Mund ab, um ihr zu helfen.

»Danke«, murmelte sie. Ihr Kopf klärte sich, aber ihre Schulter tat weh. »Ich glaube, es ist alles in Ordnung«, behauptete sie und versuchte, sich aufzurichten.

»Nichts da«, bestimmte Bente und drückte sie nieder. »Du bleibst liegen, bis die Sanitäter dich untersucht haben.«

Maje starrte in die Baumkronen, sah, wie der Wind die Blätter bewegte, und dann spürte sie diesen Druck in der Brust. In so kurzer Zeit war so viel passiert – ihr Hof war in Gefahr, Bente vergeben, sie selbst war verletzt. Sie wollte kämpfen, aber würde das jetzt noch gehen?

»Weinst du etwa?«, fragte er überflüssigerweise, aber da rannen ihr schon die Tränen die Wangen hinunter. Er legte sich neben sie und schmiegte sich an sie, um sie in den Arm zu nehmen. Sein Körper strahlte Zuversicht und Wärme aus, die Berührung gab ihr Halt. »Alles ist gut, Maje. Nur ein kleiner Rückschlag. Wir schaffen das schon. Versprochen!«

Sie wagte es nicht, sich zu bewegen, denn seine Nähe überwältigte sie. Natürlich wollte er sie nur beruhigen, auf eine freundschaftliche Weise, aber für sie war es unglaublich, ihn zu spüren. Ihr Herz schlug laut und schnell, und ihr Atem geriet aus dem Rhythmus. Dennoch wollten die Tränen nicht versiegen, und so blieben sie gemeinsam liegen, bis die Sirene des Krankenwagens zu hören war. Bente rappelte sich auf. »Ich geh zur Straße, um ihnen den Weg zu zeigen. Bleib bloß liegen, hörst du?«

Maje schielte nach links, wo Chenille immer noch brav am Baum angebunden stand, ein Hinterbein angewinkelt.

»Wo ist Matteo?«, fragte sie besorgt.

»Um den kümmere ich mich nachher. Du musst jetzt erst mal ins Krankenhaus und durchgecheckt werden.«

Ihr Magen krampfte sich zusammen. »Ist er weggelaufen?«

Bente schüttelte den Kopf, dann gab er zu: »Ja, aber ich finde ihn schon wieder.«

Die Sirene des Krankenwagens heulte nun laut auf, er war ganz in der Nähe. Bente schaute sie mitleidig an und joggte dann zum Waldrand. Es dauerte nicht lange, und er kam mit zwei Sanitätern zurück, die eine Trage heranbrachten.

»Mir geht es wieder gut«, behauptete sie schwach, aber die Sanitäter verfrachteten sie auf die Trage, schnallten sie fest und stellten Bente allerlei Fragen. Es dauerte nur wenige Minuten, bis sie im Rettungswagen lag, der mit Martinshorn in Richtung Krankenhaus fuhr. Der jüngere Sanitäter saß neben ihr und beobachtete sie.

»Was passiert mit mir?«

»Der Arzt wird Sie untersuchen und eine Computertomografie vornehmen lassen. Danach wird entschieden, wie es weitergeht.«

Maje schloss die Augen. Hoffentlich würde Bente sich auf dem Neßmersieler Hof Hilfe holen und Matteo unverletzt wiederfinden. Die Idee mit den Ausritten für Touristen konnte sie auf jeden Fall abhaken – es fehlte an geeigneten Pferden, und die Sache war mit mehr Risiko verbunden, als sie auf sich nehmen wollte. Immerhin war sie vom Pferd gefallen und nicht Bente – das hätte sie sich nie verziehen.

Stoisch ließ sie die Untersuchungen im Krankenhaus über sich ergehen und beantwortete brav alle Fragen. Zwischendurch trank sie einen Liter Wasser, den ihr eine Schwester anbot. Mit jeder Minute, die verstrich, fühlte sie sich besser. Selbst die Kopfschmerzen gingen auf ein erträgliches Maß zurück, lediglich ihre Schulter schmerzte.

Zwei Stunden später kam der Arzt mit der Diagnose. »Sie

haben Glück, Frau Behrends«, sagte er, blätterte in seinen Unterlagen und zog ein Formular heraus. »Ihre Schulter hat einen festen Schlag abbekommen, aber es sind keine wichtigen Strukturen verletzt. Für die Schwellung und den Bluterguss verschreibe ich Ihnen eine Salbe. Außerdem haben Sie eine leichte Gehirnerschütterung, aber die können Sie zu Hause auskurieren. Gehen Sie die nächsten Tage ruhig an, und zögern Sie nicht, uns anzurufen, falls es Ihnen schlechter gehen sollte. Es können verspätete Komplikationen auftreten, alle wichtigen Informationen dazu können Sie in dieser Infobroschüre nachlesen.«

»Vielen Dank.« Maje beeilte sich, aus dem Krankenhaus zu kommen und sich ins nächste Taxi zu setzen. Während der Fahrt schaute sie aus dem Fenster und beobachtete das Treiben der Menschen auf den Straßen. Den Traktor, der ins Feld einbog, die Kinder, die auf einer Wiese im Matsch spielten. Ein paar Rentner, die sich vor einem mobilen Einkaufsladen aufgereiht hatten. Das Leben auf der Krummhörn war langsamer als das in Köln, entspannter und ganzheitlicher. Nach dem Abi hatte sie sofort weggewollt, jetzt kam ihr der Frieden hier äußerst attraktiv vor. Vielleicht sollte sie ihren Irlandaufenthalt verschieben und sich in der Nähe des Neßmersieler Hofes einen Job suchen. Irgendeine Arbeit würde sich schon finden, und sie könnte Thies im Notfall auf dem Hof aushelfen, sicherstellen, dass dieser weiterlief.

Die ihr vertrauten Eichen tauchten in der Ferne auf, und ihre Anspannung wuchs. »Fahren Sie die Einfahrt rein, und halten Sie direkt vor dem Haus«, bat sie den Taxifahrer. Sie reckte den Kopf, aber konnte weder ihren Vater noch Opa, Janine oder Bente erspähen. Nur Meike stand neben ihrem nervös wirkenden Trakehnerwallach, den sie aus etwa zwei Metern Entfernung mit dem Schlauch abduschte. »Danke.« Maje reichte dem Taxifahrer ein großzügiges Trinkgeld und stieg aus.

»Hallo, Meike, weißt du, wo Bente ist?«, fragte sie die Einstellerin.

»Nee, keine Ahnung. Was ist mit dir los? Du siehst schlimm aus.«

Maje winkte ab, sie hatte jetzt keine Kraft, die Geschichte zu erzählen. »Alles halb so wild«, sagte sie müde.

Als Weert Meike den Hintern zudrehte, sprang diese erschrocken zur Seite. Maje schüttelte den Kopf, denn es war offensichtlich, dass zwischen Pferd und Reiter kein Vertrauen herrschte und die Kommunikation nicht stimmte. Bei Gelegenheit würde sie Meike helfen, ihr Pferd besser zu verstehen.

Ein Schmetterling tanzte um sie herum, genoss den Sonnenschein und die Wärme, die der Mai mit sich brachte.

Maje seufzte und fasste sich an den brummenden Kopf. Dann hörte sie Hufe klappern. Sie spitzte die Ohren und folgte dem Geräusch. Es kam von der hinteren Zufahrt, die auf das Grundstück führte und kurz darauf in einen Feldweg überging. Ein völlig verschmutztes Pferd kam um die Ecke. »Matteo!«, rief sie erfreut und entdeckte Bente, der den Hengst stolz auf sie zuführte. Auch Urs war dabei und schlurfte in einiger Entfernung hinter seinem Herrchen her, dessen Wangen von einem Sonnenbrand gerötet waren. In Bentes Haar steckten kleinere Äste und Blätter, und sein weißes Hemd hatte dunkle Flecken und war eingerissen. Aber er strahlte über das ganze Gesicht.

»Maje!«, rief er. »Wie geht es dir?«

Ohne zu antworten, stürzte sie auf Matteo zu und legte die Arme um seinen Hals. Sofort tränkten sich ihre Ärmel mit Schlamm. »Ich bin so froh, dass du heil zu Hause bist«, flüsterte sie und steckte die Nase tief in sein Fell. Der kleine Sprint hatte ausgereicht, um Sternchen vor ihren Augen tanzen zu lassen.

»Das kann ich auch über dich sagen«, hörte sie Bente hinter sich. Sie schielte an Matteos Hals entlang und bemerkte, dass Bente ihm ein Halfter über die Trense gezogen hatte, das schief und krumm saß und eine Nummer zu groß war. Aber Matteo hatte sich trotzdem von ihm führen lassen. Erleichtert drückte sie dem Hengst einen Schmatzer auf die Mähne. Etwas kitzelte an ihrem Bein, dann spürte sie, wie sich etwas Feuchtes in ihre Kniekehle presste. Als sie an sich herunterschaute, sah sie Urs, der seine Nase an ihre Beine drückte.

»Krieg ich auch so eine Umarmung?«, fragte Bente frech, aber Maje hatte sich bereits von Matteo gelöst und fiel ihm um den Hals. Bente schaute sie verdutzt an, schüttelte leicht den Kopf und klopfte ihr unsicher auf den Rücken.

Maje löste sich von ihm. »Du hast Matteo zurückgebracht. Ganz allein«, sagte sie, immer noch verblüfft.

»Nee, ich war nicht allein – Urs hat mich begleitet. Zumindest bis zum Meer. Dort musste ich ihn kurzfristig anbinden, um Matteo einzufangen. Der ist nämlich direkt ins Watt gelaufen und hat sich dort ausgiebig gewälzt«, erklärte er. »Ich glaube, er hatte eine Menge Spaß. Aber der Sattel ist hin.«

In der Tat war der Hinterzwiesel eingedrückt, und die linke Knielage war halb herausgerissen. Sie winkte ab. »Einen Sattel kann man ersetzen. Danke, Bente. Ich meine das ernst. Danke, dass du dich erst um mich, dann um Matteo gekümmert hast.« Spontan drückte sie ihm einen Kuss auf die Wange und bereute es gleich wieder. Seine Haut war warm, und es fühlte sich viel zu gut an, ihn zu berühren. Sie wurde puterrot und hüstelte.

»Ist doch Ehrensache«, brummte er verlegen. Seine ohnehin schon roten Wangen leuchteten nun noch mehr.

Die Haustür öffnete sich, und Majes Vater stürmte auf sie zu. Dabei wippte sein Schnurrbart auf und ab, bis er ein paar Meter vor ihnen abbremste und die restlichen Meter langsam auf sie zuging, wahrscheinlich, um Matteo nicht zu erschrecken. Wortlos nahm er Maje in den Arm und drückte sie so fest, dass sie glaubte, keine Luft mehr zu bekommen. Seine blauen Augen wirkten wässrig, seine Bewegungen fahrig. Maje versuchte, sich der Umarmung zu entziehen, aber Arne gab nicht nach. Erst als sie sich räusperte und krächzte: »Hi, Paps, mir geht es gut, und ich habe dich auch lieb, aber könntest du mich bitte loslassen? Ich krieg keine Luft mehr«, lockerte sich sein Griff.

»Mach so etwas nie wieder«, schimpfte er und sah sie streng an. »Ich habe nur eine Tochter, und die würde ich gern behalten.« Dann bemerkte er das schief sitzende Halfter an Matteos Kopf, und seine Mundwinkel zuckten. Sein Blick wanderte zu Bente, der geduldig neben dem Hengst stand, den Führstrick in der Hand. »Gut gemacht, Bente«, sagte er und klopfte ihm mit seiner riesigen Pranke auf die Schulter. »Thies hat nicht zu viel versprochen, du bist ein Prachtjunge. Ich kümmere mich um Matteo und auch um Urs. Bring du bitte Maje ins Haus, und lass sie für den Rest des Tages nicht aus den Augen.«

Maje öffnete den Mund, aber schloss ihn gleich wieder. Sie mochte es nicht, wenn andere über ihren Kopf hinweg bestimmten, aber der Blick ihres Vaters ließ keine Widerrede zu, und sie war tatsächlich ziemlich angeschlagen.

Bente nickte, und sie folgte ihm ins Haus. »Das machst du jetzt aber nicht wirklich, oder?«, raunte sie ihm zu.

»Was meinst du?«

»Na, mich auf Schritt und Tritt verfolgen. Ich bin müde und würde mich gern etwas hinlegen.«

»Und ob ich das mache! Auch mit einer leichten Gehirnerschütterung ist nicht zu spaßen. Was ist, wenn du plötzlich einen Rückfall hast? Also, was kann ich dir bringen – Kamillentee, Wasser, Kaffee oder extra starken Rum?«

Sein freches Grinsen war kaum zu ertragen. Aber sie war heilfroh, dass er da war, auch wenn ihr der Gedanke unangenehm war, dass er sie beim Schnarchen erwischen könnte.

Doch zum Schlafen sollte sie erst einmal nicht kommen, denn sobald sie das Wohnzimmer betrat, sprangen Emma und Janine von der Couch auf. Janines Augen waren gerötet, und Emma hatte eine Grabesmiene aufgesetzt. Um sie herum lagen Berge von Taschentüchern, im CD-Player lief ein trauriges irisches Lied.

»Was macht ihr denn hier?«, fragte Maje verdutzt.

»Na, dein Vater hat uns angerufen.« Emma nahm sie in den Arm. »Wie geht es dir? Wie lautet die Diagnose?«

»Ich habe mir solche Sorgen um dich gemacht«, schluchzte Janine und schnäuzte sich gleich ins nächste Taschentuch.

Maje setzte sich auf den freien Platz zwischen ihren Freundinnen, die von beiden Seiten die Arme um sie legten. Entkräftet schloss sie die Augen, während sie von ihrem Befund erzählte. »Wie ihr seht, ist alles in Ordnung mit mir. Ich muss es die nächsten Tage nur langsamer angehen lassen.«

»Wir lassen dich nicht hängen«, versprach Janine und schaute Emma an, die gleich hinterherschob: »Wisst ihr was? Ich verschiebe meine Termine und komme morgen und übermorgen zum Aushelfen auf den Hof. Wir schaffen das, Maje! Stell einfach eine Glocke neben dein Bett und klingele, wenn du etwas brauchst.«

»Ihr seid die Besten«, hauchte Maje. Ihr lief ein warmer Schauer der Dankbarkeit über den Rücken. Es tat gut, nicht allein zu sein, Freundinnen zu haben, auf die sie bauen konnte. Wieder schloss sie kurz die Lider und sah, wie sie vor ein paar Monaten bei Graupelwetter am Rhein entlangspaziert war und sich unendlich einsam und verloren gefühlt hatte. Hier war sie zu Hause. Das Gespräch hatte sie erschöpft, hinter ihrer Stirn fing es wieder an zu hämmern. Sie gähnte, und sofort stand Janine auf.

»Genug geredet«, sagte sie sanft. »Komm, Bente, lass uns in die Küche gehen und besprechen, was heute alles ansteht.«

Doch er zögerte. »Könntet ihr bitte Tee aufsetzen? Ich komme gleich nach.«

Emma und Janine schauten einander bedeutungsvoll an und verschwanden. Bente hingegen hockte sich neben die Couch und schob Maje ein Kissen unter den Nacken.

»Das war ein großer Schreck«, sagte er sanft. »Aber bitte mach dir keine Vorwürfe deswegen. Es ist alles gut gegangen. Versuch zu schlafen.«

»Warum machst du das alles, Bente? Du hilfst wochenlang im Stall aus, bist dir für keine Arbeit zu schade, und es wird dir nie zu viel. Warum? Welchen Gefallen hat Thies dir getan?«

Er griff nach der karierten Decke, die neben ihm auf dem Sessel lag. Bedächtig faltete er sie auseinander und warf sie geschickt über ihren Körper. Sofort breitete sich eine wohlige Wärme in Maje aus. »Das war mehr als ein Gefallen. Aber darüber reden wir ein anderes Mal. Schlaf jetzt.«

Seine großen braunen Augen strahlten eine Zuversicht aus, die sie tatsächlich mit Ruhe erfüllte. Sie lächelte, betrachtete das Grübchen neben seinem Mundwinkel, das mittlerweile halb in einem Dreitagebart versteckt war, spürte, wie ihre Glieder schwer wurden, und schlief ein.

Den Rest des Tages ruhte sie sich auf der Couch aus. Ab und zu hatte sie das Gefühl zu schwanken, und ihr Kopf fühlte sich schwer an, aber insgesamt ging es ihr gut. Nur konzentrieren konnte sie sich kaum, und die Zeitschriften, die Emma für sie angeschleppt hatte, lagen unangetastet vor ihr. Dafür verschlang sie begeistert die Appetithäppchen, die Bente ihr zubereitet hatte. Mit Mozzarella, Tomate und Basilikum – lecker!

Durch die halb offen stehenden Gardinen erhaschte sie gelegentlich Blicke auf ihre Freundinnen, die Ställe ausmisteten und frisch gewaschene Pferdedecken falteten. Auch Bente tauchte immer wieder auf, schob in einem irren Tempo Schubkarren, trug Eimer und transportierte Werkzeuge von einem Ort zum anderen. Er bewegte sich schnell und mit einer Effizienz, die sie ihm nicht zugetraut hätte.

Nachmittags wurde die Müdigkeit übermächtig, sie verschlief den Abend und auch einen Großteil des nächsten Tages, bis eine laute Stimme sie weckte.

»Bente? Mist, Bente, kannst du mir helfen? Ich … Mist … komm mit!« Das war eindeutig Emma. Müde fuhr Maje sich über die Augen und die Stirn, um den Schlaf zu verdrängen.

Sie taperte zum Fenster und sah, wie Bente und Emma gemeinsam in den Stall eilten. Urs stand mitten auf dem Hof und bellte aufgeregt. Was war da los? Es gab doch wohl keinen Ärger mit irgendeinem Pferd? Schnell schlüpfte sie in ihre Schlappen und ging hinaus. Sie war immer noch wacklig unterwegs, aber ihre Knie schienen ihr zu gehorchen. Eilig lief sie über die Pflastersteine des Hofes, verlor einen Schuh, als sie stolperte, und brauchte ein paar Sekunden, um ihn wieder anzuziehen. Dann erreichte sie das zweiflügelige Tor des Stalles und schob es ein Stück auf, um einzutreten. Die Stallgasse lag verlassen vor ihr, die Pferde waren alle draußen auf den Weiden. Nur eine einzelne Schwalbe flog an ihr vorbei, um zu ihrem Nest im Gebälk zu gelangen. Aber am Ende des Ganges ertönten laute Stimmen und ein seltsames Rauschen, dem sie folgte.

Die Futterkammer auf der linken Seite war verschlossen, aber die Tür zum Umkleidezimmer stand offen. Das Rauschen von Wasser war nun gut zu hören. Maje trat in den Raum und erstarrte. Vor ihr standen Emma, die krampfhaft an die Decke schaute, und Bente, der beruhigend auf ihren Opa einredete. Der stand splitterfasernackt im alten Duschbecken, inmitten von eingelagerten Kisten und Tüten, und duschte. In einer Hand hielt er die Seife, in der anderen einen Waschlappen. Das Wasser prasselte auf die Kisten und spritzte weit über den Badezimmerboden, trug Schmutz, Staub und Plastikstücke fort in Richtung des schon lange verstopften Abflusses. Das Wasser dampfte nicht, und als ein Tropfen auf Majes Wange landete, wusste sie auch warum: Es war eiskalt. Auf den Deckel eines Metalleimers war ein Totenkopf gemalt – Rattengift.

»Oh Maje, es tut mir so leid«, sagte Emma unglücklich. Opas Blick war starr und uneinsichtig, und er hob abwehrend die Arme, als Emma endlich das Wasser ausstellte.

»Darf ich das bitte haben?«, bat Bente. Zögerlich übergab Opa ihm das Stück Seife und den Lappen in einer unbeholfenen Geste. Wie aus weiter Ferne beobachtete sie, wie Bente ihrem Opa den Arm auf die Schulter legte, etwas zu ihm sagte und ihm half, ein Handtuch umzuknoten.

»Wo ist mein Halstuch?«, rief Opa bange und schaute sich dabei suchend um.

Bente bückte sich, um es aus dem Wasser zu fischen. »Das müssen wir erst trocknen«, sagte er.

Emma wischte den Boden mit einer alten Decke trocken, um die gröbste Überflutung zu stoppen. »Du solltest dich ausruhen, Maje, wir machen das schon«, sagte sie, aber Maje hörte nicht zu.

Automatisch schüttelte sie den Kopf, versuchte gleichzeitig, zu verdrängen und zu verstehen, was sie vor sich sah. Wollte nicht wahrhaben, dass Opa Heinrich nicht nur Namen und Worte verwechselte, beim Ausgehen die falschen Schuhe wählte, sondern manchmal auch nicht wusste, wo er war und was er tat. Wie ihr Vater war auch er immer der Fels der Familie gewesen, mehr noch, der Kitt, der sie alle zusammenhielt. Und jetzt, so schien es, hatte das Alter ihn eingeholt.

»Komm, ich bring dich heim, Heinrich«, hörte sie Bente so gefasst sagen, als hätte er eine Ausbildung zum Altenpfleger absolviert.

Sie legte sich die Hand an den schmerzenden Kopf. Das Rennen hierher war zu viel gewesen, und ihr Gleichgewicht schien für einen Moment auszusetzen. Sie wankte aus dem stickigen Raum und lehnte sich an die Wand der Stallgasse, als Bente mit Opa Heinrich folgte und an ihr vorbeitrat.

»Er versteht nicht, dass er hier nicht duschen kann«, raunte Emma ihr zu, als die Flügeltür des Stalls sich wieder öffnete und das Licht sie für einen Moment blendete. Ein Mann trat ein, Maje kniff die Augen zusammen, um ihn gegen das Licht zu erkennen. Dann schloss sich die Tür, und die Silhouette nahm Form an. Blonde, zurückgegelte Haare, ein schlankes gebräuntes Gesicht, der Hals versteckt unter einem gemusterten Seidenschal – den Look kannte sie nur von einem Mann.

»Nein.« Maje sackte in sich zusammen und stützte die Hände auf die Knie. Ihre Kehle fühlte sich zugeschnürt an, instinktiv schnappte sie nach Luft.

»Scheiße«, murmelte Emma neben ihr. »Nicht noch das.«

Auch Bente blieb stehen, den spärlich bedeckten Opa Heinrich bei sich eingehakt.

Der junge Mann trat mit entgeisterter Miene, die nicht zu seinem schicken Outfit passen wollte, zu ihnen. »Hallo, Maje, wie ich sehe, komme ich ungelegen«, sagte er und hielt ihr einen roten Tulpenstrauß unter die Nase. »Die sind für dich. Ich habe gehört, dass du in Rysum bist, und wollte mit dir reden.« Er schaute zu Opa Heinrich, dann zu Bente und kniff die Augen zusammen. »Unter vier Augen. Offensichtlich komme ich ungelegen. Ich schaue morgen Abend wieder vorbei.«

»Egge«, flüsterte Maje, und sein Name schien von den Pferdeboxen widerzuhallen.

Sofort griff Emma nach ihrer Hand und drückte sie fest. Maje spürte Emmas Wut, war aber dankbar, dass sie schwieg und es ihr selbst überließ zu reagieren. Auch wenn sie nicht wusste, was sie jetzt sagen sollte. All die Jahre nach der Trennung von Egge – der immerhin ihr erster und einziger Freund gewesen war – hatte sie sich wertlos gefühlt, nicht gut genug für den Mann, in den sie so verliebt gewesen war. Der Betrug, der Schmerz, die Sehnsucht. All das hatte sie längst verarbeitet, aber nun, da Egge vor ihr stand und sie mit diesem charmanten Lächeln bedachte, das früher ihre Haut zum Glühen gebracht hatte, kamen die Gefühle wieder in ihr hoch und trafen ihr Herz mit einer Wucht, die es ins Wanken brachte. Er hatte sie für Hannah verlassen. Hannah, die in etwa so viel Tiefgang hatte wie das Bansmeer in der Moormarsch bei Emden. Der See war nämlich weitestgehend nicht mehr als einen Meter tief ... Aber Hannahs blonde Haare, die künstlichen langen Wimpern und die pinken Fingernägel, das alles hatte Egge attraktiv gefunden. An der Wand gegenüber hing ein staubiger Spiegel, der ihr eigenes Gesicht zeigte, ungeschminkt, mit wirrem lockigen Haar und ungezupften Augenbrauen. Verlegen senkte sie den Blick.

Egge drückte ihr die Tulpen in die Hand, und sie griff danach, damit der Strauß nicht auf den Boden fiel. Es war so still, dass man ein Pferdehaar hätte fallen hören können. Der stechende Geruch der Tulpen kitzelte sie in der Nase, und sie riss sich zusammen, um nicht loszuniesen.

Egge sah genauso gut aus wie früher, eigentlich hatte er sich äußerlich kaum verändert. Die modische Brille, über deren Rand er gern schielte, die Art, wie er seinen Schal locker um den Hals gebunden hatte – er trug bei jedem Wetter Schals, weil er das vornehm fand –, die hellen Golfhosen, das zartrosa Poloshirt, dessen Knöpfe offen standen, die manikürten Hände und der breite Goldring an seinem rechten Zeigefinger. Nur sein Bauchansatz war deutlicher zu sehen und wölbte sich leicht über dem Gürtel hervor. Und noch etwas war anders: Egge war etwa so groß wie sie, aber im Vergleich zum hochgewachsenen Bente, der gerade mehr schlecht als recht versuchte, Opas Handtuch festzuknoten, das immer wieder hinunterrutschen wollte, kam er ihr klein vor.

Opa riss sich los. »Smeerlapp, ik kann hum neet ruken!«, rief er mit kampfeslustiger, aber gleichzeitig verwirrter Miene. Seine Faust streckte er gen Himmel, als würde er sich ins Gefecht stürzen wollen.

»Ist gut, Heinrich, komm, lass mich mal ans Handtuch, und steh bitte still«, bat Bente ihn. Er schaffte es, Opas Arme herunterzudrücken und ihn zu beruhigen, indem er sich vor ihn stellte und ihm die Sicht auf Egge nahm.

Egge trat trotzdem sicherheitshalber einen Schritt von ihnen zurück. »Okay ...«, sagte er, sichtlich entsetzt. Mit einer Hand fuhr er sich über die zurückgekämmten Haare und drückte sie dadurch noch platter an den Kopf. Dann wandte er sich wieder an Maje und schaute ihr tief in die Augen. »Ich bin morgen um achtzehn Uhr wieder hier.« Dann drehte er sich auf dem Absatz um. Jetzt erst merkte sie, dass er leicht humpelte und bei jedem Schritt das rechte Bein nachzog, als würde sein Knie ihm nicht mehr ganz gehorchen.

»Ik seh lever sien Hacken as sien Töhnen«, murmelte Opa.

Erst als die Stalltür mit einem Krachen hinter ihm zufiel, räusperte sich Emma und zog Maje näher zu sich heran, wobei sie die Tulpen zerdrückte, die Maje mit ausgestreckten Armen hielt, um ihrem intensiven Geruch zu entgehen.

»Verdammt, Maje, alles klar?«

Sie nickte. »Schon«, murmelte sie. Ihre Wangen waren überhitzt, ihr Herz raste und tat weh, aber Egge hatte es nicht geschafft, sie in Panik zu versetzen, wie sie es jahrelang befürchtet hatte. Sie stieß einen Seufzer aus.

»Mann, der sah so ölig aus, als wäre er gerade aus einem Walhintern gekrochen«, entfuhr es Emma.

Bente hatte es endlich geschafft, das Handtuch so um Opas Hüften zu befestigen, dass es nicht gleich wieder herunterrutschte. Maje bemerkte die roten Flecken auf Bentes Wangen und dass er es vermied, sie anzusehen, als er leise sagte: »Ich bringe Heinrich ins Haus.«

»Danke, ich komme gleich nach und helfe dir«, versprach Emma, ohne Maje loszulassen. Diese gab dem furchtbaren Kribbeln in der Nase nach und nieste über die Schultern ihrer Freundin hinweg.

»Opa geht es nicht gut«, stellte sie sachlich fest, als sie allein waren, und rümpfte die Nase. Normalerweise roch es im Stall vor allem nach Stroh und Pferd – jetzt lag der süße Tulpenduft in der Luft, vermischt mit einem alpenfrischen Aftershave, das wohl auch von Egge stammte.

»Nein, das tut es nicht. Als ich ihn hier entdeckt habe, wusste er nicht, wo er ist und, ich glaube, auch nicht, wer er ist. Denkst du, es ist Demenz?«

»Vielleicht. Sieht ganz danach aus, aber ich habe keine Erfahrung damit. Ich werde mit Papa reden und dafür sorgen, dass Opa untersucht wird.«

»Und was ist mit dir – willst du dich wirklich allein mit Egge treffen, nach allem, was damals passiert ist? Ich habe nie verstanden, was du an dem findest. Ich meine, er hat dich nicht mal gefragt, ob es dir recht ist, ihn zu sehen. Er hat dich einfach vor vollendete Tatsachen gestellt.«

Maje seufzte. »Für solche Feinheiten hatte Egge noch nie ein Gespür. Aber er kann auch sehr charmant sein, glaub mir. Was er wohl von mir will?«

Emma sog scharf die Luft ein. Sie schob Maje von sich und schaute verächtlich auf die zerdrückten Tulpen. »Hast du ihn damals nicht so ungefähr tausendmal darauf hingewiesen, dass du Schnittblumen nicht magst und Tulpen am wenigsten? Hoffentlich will er sich nur bei dir entschuldigen und zieht dann seiner Wege.«

Kapitel 7

»Triff dich nicht mit ihm. Das reißt nur alte Wunden auf«, warnte Emma Maje am nächsten Tag, während sie den Löffel tief in die Packung mit der Vanilleeiscreme schob. Maje schaute aus dem Fenster, schielte dann mit glasigen Augen in Richtung der Küchenuhr. Es war bereits nach siebzehn Uhr, aber Bente war immer noch mit dem Rad unterwegs.

Müde fuhr sie sich über die Stirn. Nach dem gestrigen Abend und dem Schreck mit Opa hatte sie heute den größten Teil des Tages auf der Couch verbracht. Von da aus hatte sie telefonisch dafür gesorgt, dass er einen Termin im Krankenhaus bekam, hatte Thies eine E-Mail geschrieben und online Pferdefutter bestellt. Sie hatte ihrem Bruder von Opas Zustand erzählt und ihn um ein Telefonat gebeten. Zwischendurch war sie immer wieder eingeschlafen.

»Und du sollst dich schonen, hat der Arzt gesagt«, schob Emma hinterher. Sie hielt Maje einen Löffel hin, aber die schüttelte den Kopf. Ihr war nicht nach Essen zumute.

»Mir geht es schon viel besser. Mach dir keine Sorgen um mich, Emma. Ich will einfach wissen, was Egge von mir will, damit ich mit dem Thema abschließen kann. So schlimm wird das Treffen schon nicht werden.«

»Sicher, dass du kein Eis willst? Ist megalecker. Mit echter Vanille.« Ihre Freundin deutete auf die kleinen schwarzen Pünktchen in der Packung.

Maje winkte ab. »Ich habe wirklich keinen Appetit.« Wieder schaute sie aus dem Fenster. »Was ist eigentlich mit Bente los? Heute Mittag ist er mit dem Rad los, seither ist er nicht mehr aufgetaucht. Hoffentlich ist ihm nichts passiert.«

Emma verzog den Mund. »Nee, das glaube ich nicht«, sagte sie und konzentrierte sich einen Tick zu sehr auf die Eiscreme. Darauf fiel Maje nicht herein.

»Was ist passiert, Emma?«, fragte sie scharf und stemmte die Hände in die Hüften. Ihre Freundin leckte langsam den Löffel ab und schaute sie schuldbewusst an. »Jetzt erzähl schon.«

»Okay, ich wollte es eigentlich von dir fernhalten, weil du dir ohnehin schon viel zu viel aufgehalst hast für deinen Zustand, aber ich glaube, dein Vater und Bente hatten eine Meinungsverschiedenheit.«

»Wie bitte? Das kann nicht sein. Mit Bente kann man nicht streiten!«, rief sie empört. »Er rackert sich nicht nur jeden Tag auf dem Hof für uns ab, er verhält sich stets korrekt und diplomatisch.«

»Ich weiß das, aber er hat deinen Vater auf dem falschen Fuß erwischt. Erinnerst du dich daran, dass Arne dich heute Morgen nach Egge gefragt hat?«

»Ja? Was hat das damit zu tun?«

»Was hast du geantwortet?«

Maje biss sich auf die Lippen. Ihre Freundinnen und ihre Familie hatten gemeinsam gefrühstückt, und sie hatte nicht vor allen zugeben wollen, dass sie von Egges plötzlichem Auftauchen mehr als überrascht war, dass es ihr wehtat, ihn wiederzusehen. Sie spürte, wie ihr das Blut in die Wangen schoss. »Dass ich seit Jahren nicht an Egge gedacht habe und dass ich hoffe, dass es ihm gut geht. Ich muss ja nicht vor allen Leuten mein Herz ausschütten.«

»Nein, das geht nur dich etwas an, Süße. Aber dein Vater hat dir das abgekauft, der kann nicht so hinter die Fassade schauen wie ich. Und als Arne dann erzählt hat, dass er von Egges Vater weiß, dass Egge einen Unfall hatte und nicht mehr als Jockey arbeitet, was hast du da gesagt?«

»Na, dass er mir leidtut. Tut er auch. Meine Enttäuschung über unsere gescheiterte Beziehung und der damit verbundene Schmerz bedeuten nicht, dass ich rachsüchtig bin. Wir waren beide jung, und er hat halt einen Fehler gemacht, der mir mehr wehgetan hat als ihm. Ich habe ihm trotz allem gewünscht, dass er ein erfülltes Leben führt und beruflich seinen Weg geht.«

»Genau. Und darin liegt das Problem. Arne hat nämlich herausgefunden, dass Egge jetzt als Reitlehrer arbeitet. Und da Tamme aufhören möchte, hat er eine Gelegenheit gewittert und ihm einen Job angeboten.«

Majes Knie fingen an zu zittern. »Nein.«

»Doch. Sieh es mal aus seiner Perspektive: Du selbst hast ihm das Okay gegeben. Bente hat das Telefonat zwischen ihm und Egge mitbekommen und deinem Vater anschließend gesagt, dass er das für keine gute Idee hält. Daraufhin ist dein Vater laut geworden, na ja, du kennst sein Temperament doch. Er hat Bente vorgeworfen, dass er sich in Dinge einmischt, die ihn nichts angehen, dass er keine Ahnung von Reiterhöfen hat und er gehen kann, wenn es ihm nicht passt, wie sein Hof geführt wird.«

»Nein«, wiederholte Maje entsetzt, aber die Augen ihrer Freundin blickten ernst und traurig. Ihre Kehle schnürte sich zu, als ihr die Tragweite der Situation bewusst wurde: Bente sollte gehen, dafür sollte Egge hier jeden Tag herumwuseln. Das konnte und durfte nicht sein.

»Wo ist Papa?«, fragte sie heiser, kannte die Antwort aber schon.

»Nach der Arbeit ist er nach Hause gekommen und ist dann mit deinem Opa ins Krankenhaus, um den Untersuchungstermin wahrzunehmen.«

»Mist.« Nervös schlug Maje nach einer Mücke, die um sie herumschwirrte. Das Fenster stand auf Kipp, damit mehr Luft ins Wohnzimmer kam, aber die Leselampe neben der Couch zog Insekten an. Es klingelte an der Tür, und Maje und Emma schauten sich an. »Egge«, sagten sie gleichzeitig.

»Soll ich ihm sagen, dass es dir wieder schlechter geht?«, fragte Emma leise.

»Nein. Ich rede mit ihm. Ich muss wissen, ob er das Jobangebot annehmen wird. Und warum er mit mir sprechen möchte.« Sie holte tief Luft und nickte ihrer Freundin zu. »Ich mach das schon.«

Als sie die Tür öffnete, lehnte Egge lässig an der Hauswand. Er trug ein eierschalenfarbenes Hemd, dessen oberste drei Knöpfe offen standen und den Blick auf seine haarlose Brust freigaben – Egge hatte sich schon als Teenager die Brust gewachst. Über dem Arm trug er eine weiße Strickjacke mit dem Logo einer Edelmarke.

Maje betrachtete sein Gesicht. Im gelben Abendlicht wirkte seine Haut noch gebräunter als gestern im Stall, die Brille saß etwas zu weit unten auf seiner Nase. In der Hand hielt er wieder einen Tulpenstrauß. Dieses Mal in Orange. »Hi, Maje«, sagte er betont freundlich und reichte ihr den Strauß, den sie zögernd annahm.

»Moin, Egge.« Der starke Blumenduft kitzelte in ihrer Nase und brachte sie zum Niesen. »Hatschi! 'tschuldigung«, murmelte sie. »Und danke.« Ihre Nase schien innerlich anzuschwellen, seit wann war sie denn gegen Tulpen allergisch?

»Ich dachte, wir gehen eine Runde spazieren«, schlug Egge vor.

Das war ihr recht, denn dann konnten sie ungestört reden, und sie konnte sich vorher des Straußes entledigen.

»Warte, ich bringe den eben in die Küche – hatschi«, sagte sie entschuldigend, schloss die Tür, atmete kurz durch. War es ein

Fehler gewesen, den Strauß anzunehmen? Sie wollte auf gar keinen Fall den Eindruck erwecken, käuflich zu sein. Aber sie wollte auch nicht unhöflich sein.

»Könntest du dich darum kümmern?«, fragte sie Emma, die nur ein paar Meter weiter hinter ihr stand, die Arme verschränkt und mit so verbissener Miene, dass Maje grinsen musste. Im Gegensatz zur sanftmütigen und vernünftigen Janine, die stets die Fassung bewahrte, kämpfte Emma mit sich und konnte sich kaum zurückhalten. »Du magst ihn wirklich nicht, stimmt's?«, fragte sie. Als Antwort knirschte Emma mit den Zähnen wie eine wütende Wildkatze. »Mach dir keine Sorgen«, beruhigte sie ihre Freundin.

Kurz darauf führte sie Egge um die Scheune herum und den Feldweg entlang.

»Dein Vater hat mir von deinem Unfall mit Matteo erzählt. Wie geht es deinem Kopf und deiner Schulter?«, fragte er unvermittelt. Maje schaute ihn überrascht an. Das war mehr Einfühlungsvermögen, als sie von ihm erwartet hätte. Früher hatte er sie nie nach ihrem Befinden gefragt, und selbst als sie mit einer schweren Grippe im Bett gelegen hatte, hatte er sich nicht die Mühe gemacht, sie zu umsorgen. Damals hatte sie sich eingeredet, dass er sich schlichtweg nicht anstecken wollte, heute wusste sie, dass er auch hätte anrufen können.

Aber jetzt klang seine Stimme ehrlich besorgt. Sie hatten sich lange nicht gesehen – vielleicht hatte er sich ja entgegen aller Wahrscheinlichkeit verändert?

»Ich hatte Glück, bis auf ein bisschen Kopfschmerzen ist alles im Lot. Die Schulter ist nur leicht geprellt. Und bei dir? Ich habe gehört, du musstest deine Pferderennen aufgeben.«

Egge ließ den Blick über die Felder wandern, in denen die zarten Blütenköpfe der Kornblumen mit den langen Halmen der hohen Gräser um das Licht kämpften. Wie fast überall in Ostfriesland konnte man weit schauen – so weit, dass es manchmal schwerfiel, sich von der Weite nicht einfangen zu lassen und seinen Gesprächspartner nicht zu vergessen.

»Ich hatte nicht so viel Glück«, sagte er leise. »Ich bin einen der Vollblüter von Walter Hinrichs auf der Horner Rennbahn geritten. Die sind gut, aber auch für ihr Temperament berüchtigt. Meine Stute hat gescheut, ist aus der Bahn geraten und gestürzt. Dabei haben wir uns beide ein Bein gebrochen. Die Stute wurde eingeschläfert, und für mich war es das Karriereende.«

»Das ist ja schrecklich.« Seit sie denken konnte, hatte Egge nur den einen Traum gehabt – Jockey zu werden. Und darin war er gut gewesen, hatte ein Pferd nach dem anderen zum Sieg geführt. Ein mutiger Reiter, der bereit war, alles zu geben. Schnell hatte sich sein Talent herumgesprochen, und die Rennstallbesitzer hatten sich um ihn gerissen. »Das tut mir leid – für dich und die Stute.«

»Du hast noch nie viel von Pferderennen gehalten«, sagte Egge, aber ohne einen Vorwurf in der Stimme. »Ich kann mittlerweile verstehen, warum. Alles im Leben hat einen Preis. Und auf der Rennbahn bezahlen den oft die Pferde.«

Maje schwieg. Wo er recht hatte, hatte er recht.

»Naja, ich weiß, was dir das Reiten bedeutet hat. Das muss schwierig für dich gewesen sein.« Sie horchte in sich hinein und war zufrieden damit, dass sie sich erstaunlich gut unter Kontrolle hatte. Den Egge, in den sie so verliebt gewesen war, und den vom Schicksal gezeichneten Egge, der heute neben ihr lief – die beiden konnte sie gut voneinander trennen.

»Ich kann sehr wohl noch reiten. Nur keine Rennen mehr. Nicht wegen meines Beins, aber meine Wirbelsäule hat auch einen Schlag abbekommen. Intensives Renntraining mit jungen Vollblütern und halsbrecherische Stürze sind nicht mehr drin.« Er zupfte an einem Grashalm, der in den Weg hineinwuchs. »Dein Vater hat mir angeboten, dass ich für ihn arbeite. Als Reitlehrer auf eurem Hof.«

Seine Aussage enttäuschte Maje. Sie hatte gehofft, dass Egge sich zuerst mit ihr aussprechen wollte. Sein Auftauchen, seine schicken Outfits, die Blumen – das alles hatte in ihr die Erwartung geweckt, dass sie die Vergangenheit gemeinsam aufarbeiten konnten. Als er das erste Mal im Stall aufgetaucht war, hatte er noch nichts von dem Job gewusst – jetzt schien der aber wichtiger zu sein als ihre Geschichte.

Sie riss sich zusammen und fragte betont neutral: »Und? Wirst du das Angebot annehmen?« Sag Nein, sag Nein!, ging es ihr durch den Kopf.

»Ich denke schon.«

Mist. Das machte es um einiges komplizierter, denn nun lag es an ihr, ihm klarzumachen, dass sie es bevorzugte, wenn er dem Hof fernblieb.

»Hast du dir das gut überlegt? Der Hof ist heruntergewirtschaftet, die Halle zu dunkel, der Platz braucht einen neuen Belag«, versuchte sie es zunächst mit Ausflüchten.

»Und außerdem willst du mich nicht in deiner Nähe haben, nachdem ich mich damals wie ein Arschloch verhalten habe«, ergänzte Egge, blieb stehen und drehte sich langsam zu ihr herum. »Meinst du, das ist mir nicht klar?« Er griff nach ihrer Hand, aber Maje entzog sich seiner Berührung sofort und funkelte ihn wütend an. »Maje, ich bin vor allem hier, um mich zu entschuldigen. Ich war damals naiv, bin auf Hannah reingefallen, weil sie … na, weil sie halt total scharf war. Aber ich weiß, dass ich einen Fehler gemacht habe, ich bin nicht mehr so oberflächlich wie früher. Es tut mir wirklich leid.«

Sie verschränkte die Arme. »Soso«, sagte sie. Die Entschuldigung, die sie sich jahrelang gewünscht hatte, war zwar befreiend, aber nicht so befriedigend, wie sie erwartet hatte. »Du hast mich damals sehr verletzt. Ich habe nicht verstanden, warum du mich von einem Tag auf den anderen nicht mehr sehen wolltest.« Dass sie sich monatelang in den Schlaf geweint hatte, behielt sie lieber für sich. »Weißt du eigentlich, dass Hannah sich überhaupt nicht für dich interessiert hat, bis ich die Torwart-Position in unserem Handballteam bekam, auf die sie so scharf war? Sie hat mir schwere Vorwürfe deswegen gemacht. Und du warst meine erste große Liebe, und ich habe seither …«

Sie verschluckte den Rest des Satzes. Es ging Egge nichts an, dass sie sich seither nie wieder in einen Mann verliebt hatte. »Ich habe lange gebraucht, um zu verarbeiten, dass du mich betrogen hast. Weil ich es echt ernst mit dir gemeint habe. Meine Güte, ich hätte dich damals sofort geheiratet.«

Egge schaute sie traurig an. »Was soll ich dazu sagen, Maje? Wir waren noch Teenager, und du warst mehr in mich verliebt als ich in dich. Hannah war vielleicht nicht ernsthaft an mir interessiert, aber ich an ihr. Sie war genau mein Typ, so eine richtige Traumfrau –« Er stoppte und setzte noch einmal an. »Das kam jetzt blöd rüber. Jedenfalls war es falsch, dich zu hintergehen. Aber ich habe erst mit ihr geschlafen, nachdem ich mit dir Schluss gemacht hatte. Ich hätte es vielleicht nicht am selben Tag tun sollen, aber das hat mich bereits alles an Disziplin gekostet.«

Damit meinte er wohl den Brief, den er ihr unter der Tür durchgeschoben hatte, nachdem er sich tagelang nicht gemeldet hatte und nicht erreichbar gewesen war.

»Vielleicht hast du nicht mit ihr geschlafen, aber du hast heftig mit ihr rumgemacht – Emma hat dich gesehen.«

»Ach, Maje. Ich kann die Zeit nicht zurückdrehen, aber ich kann versuchen, die Gegenwart besser zu gestalten. Weißt du, seit meinem Unfall ist mir vieles klar geworden – plötzlich interessieren sich die Frauen nicht mehr für mich. Mein Ruhm ist weg, ich bin arbeitslos, und wie du siehst, humpele ich beim Laufen, was nicht besonders attraktiv ist. Man sollte meinen, das spiele keine Rolle, aber die Realität sieht anders aus. Ich habe gemerkt, wie weh es tut, wenn andere sich davon blenden lassen. Gerade deshalb möchte ich auch den Job auf eurem Hof haben. Nicht nur, weil ich unbedingt Arbeit brauche, sondern weil ich mit der Vergangenheit aufräumen möchte und weil ich weiß, wie dringend ihr einen kompetenten Reitlehrer braucht. Lass mich euch helfen, Maje. Als Entschuldigung für das, was ich dir angetan habe.«

Während seines Vortrags hatte sie ihn genau beobachtet. Die Art, wie er unsicher durch sein Haar fuhr, der schuldbewusste Blick an ihr vorbei, die Schultern, die mit jedem Satz weiter nach unten sanken. Anscheinend war es ihm ernst. Sie dachte nach. Natürlich brauchten sie einen Reitlehrer, ihr Vater hatte ihm schon zugesagt, und wenn sie es sich recht überlegte, konnte sie ihm bei dieser Tätigkeit auch gut aus dem Weg gehen. Die Sache mit ihnen lag schließlich lange zurück, und es lohnte sich selten im Leben, nachtragend zu sein. Vielleicht war es keine schlechte Idee, wenn Egge auf dem Hof arbeitete – und wenn er sich danebenbenehmen würde, konnte sie ihn jederzeit rauswerfen.

»Na gut«, entschied sie. »Wir können es mal versuchen. Tamme gibt morgen mehrere Reitstunden, da kann er dich gleich einweisen. Und mein Vater möchte sicherlich einen provisorischen Arbeitsvertrag mit dir aufsetzen.«

Sie hielt ihm die Hand hin, und er zögerte, dann griff er zu und schüttelte sie. »Auf gute Zusammenarbeit, Maje«, sagte er und wirkte dabei erleichtert. Sie hingegen hatte gemischte Gefühle, hoffte, dass sie die Entscheidung nicht bereuen würde. Aber irgendetwas in ihr sagte, dass dies der richtige Schritt sei, und sie vertraute ihrem Instinkt.

Sie liefen weiter bis zum Meer und blieben an der Deichkante stehen, um dem Rauschen der Wellen zu lauschen. Maje deutete auf eine Treppe, die hinunter ins Watt führte, und sie setzten sich dorthin und schwiegen. Maje schlang die Arme um die Knie und beobachtete ein paar Vögel, die in die Ferne flogen, bis sie zu winzigen Punkten wurden, um endlich ganz zu verschwinden. Die Sonne sank tiefer, ließ das Licht erst tiefgelb, dann orange und rot werden, und schließlich versank sie als glühender Ball hinter dem Horizont. Es war ein schöner Anblick, der in Maje Erinnerungen an ihre Jugendzeit weckte, an die Grillabende mit Janine und Emma, an das gemeinsame Zelten mit den beiden, als sie die ersten Male diese unglaubliche Freiheit verspürten, weil sie sich langsam aus ihren behüteten Elternhäusern herauswagten. Egge war der einzige schwarze Fleck in den Erinnerungen, aber ihr war nie klar gewesen, dass ihre Liebe so einseitig gewesen war. Das machte es irgendwie einfacher zu ertragen.

Über ihnen zogen Dutzende Gänse von ihren Äsungsgebieten zu ihren Schlafplätzen in den geschützten Binnengewässern. Ihr Schnattern übertönte die Wellen, und als sie fort waren, hatte auch der Wind nachgelassen, und es war ruhig.

»Tut mir wirklich leid, Maje«, sagte Egge. »Ich war ein Volltrottel.«

Maje nickte. Sie pustete sich warme Luft in die Hände und rieb sie zusammen, weil sie mittlerweile fröstelte. Egge rutschte etwas näher an sie heran und legte seine Strickjacke um ihre Schultern. Er tat es so liebevoll, dass Maje sich auf einmal daran erinnerte, dass sie schon einmal gemeinsam abends am Meer gesessen hatten, als ihr furchtbar kalt gewesen war. Oben am Strand von Norddeich war das gewesen, und er hatte ihr eine Decke umgelegt, bevor er sie geküsst hatte.

Er ließ die Hände auf ihrer Schulter liegen und kam näher an sie heran. »Ich verspreche dir, dass ich dir nie wieder wehtun werde«, flüsterte er.

Maje versteifte sich, seine plötzliche Nähe war ihr unangenehm.

Da räusperte sich jemand laut. »Maje?«

Das Blut schoss ihr in die Wangen, und sofort löste sie sich von Egge. Im Halbdunkel der beginnenden Nacht stand Bente, ragte auf wie ein Fahnenmast auf hoher See, mit wildem Haar und hohlen Augen. Sein blasses Gesicht wirkte unnatürlich hell in der Dämmerung.

Kapitel 8

Maje sprang auf und klopfte sich die Hose ab. »Bente! Was machst du hier? Wo warst du den ganzen Nachmittag?«, rief sie aufgeregt. Sie konnte erkennen, dass er Sportklamotten trug, außerdem roch er nach Schweiß.

»Ich war laufen«, antwortete er. »Ich musste über vieles nachdenken. Aber Emma hat angerufen, der Fohlenalarm ist losgegangen, und ich muss sofort zurück, um zu helfen.«

»Manukas Fohlen, so ein Mist! Wo ist mein Vater? Und Opa Heinrich?«

Auch Egge war aufgesprungen, und sie reichte ihm seine Strickjacke zurück, während sie gespannt auf Bentes Antwort wartete.

»Emma meint, die beiden wollen über Nacht in einer Pension neben dem Krankenhaus bleiben, weil Heinrich sich morgen weiteren Tests unterziehen soll. Und Janine ist ausgerechnet heute Abend nach Emden auf einen Geburtstag gefahren. Mann, bin ich froh, dir hier über den Weg zu laufen – ich habe doch keine Ahnung, wie man ein Fohlen zur Welt bringt.«

»Hat Emma den Tierarzt gerufen?«

»Sie hat es versucht, aber der ist im Urlaub, und seine Vertretung ist nicht erreichbar.«

»Wir müssen sofort los.« Sie wandte sich an Egge. »Danke für das offene Gespräch. Ich sehe dich morgen früh.«

Sie wollte ihm professionell die Hand reichen, aber er schüttelte den Kopf. »Ich kann mitkommen und helfen. Ich habe bei Dutzenden Fohlengeburten assistiert.«

»Ich glaube nicht –«, wandte Bente ein, aber Maje unterbrach ihn schnell.

»Gern!« sagte sie. »Wenn was schiefgehen sollte, können wir jede Unterstützung gebrauchen.« Sie wusste, dass Bente ihr nur helfen wollte, und Manukas Wohlbefinden und das des Fohlens waren ihr wichtiger als alles andere.

In aller Eile machten sie sich auf zum Neßmersieler Hof. Bente schwieg und starrte stumm geradeaus, als sie an einer Ecke hielten, um auf Egge zu warten. Der hatte durch sein verletztes Bein Mühe, mit ihrem Tempo Schritt zu halten.

Bente wirkte so unglücklich, dass Maje ihn am liebsten in den Arm genommen hätte – der Streit mit ihrem Vater schien ihn tief getroffen zu haben. Aber jetzt war nicht der richtige Zeitpunkt, um darüber zu diskutieren. Sie mussten sich beeilen!

Als sie endlich Manukas Box betraten, stand die Stute schweißgebadet vor ihnen. Ihre Nüstern bebten vor Anstrengung, das Stroh war plattgetreten vom rastlosen Gehen.

»Sie tritt ständig in Richtung ihres Bauches«, sagte Emma, die bei der Stute Wache gehalten hatte, atemlos. »Ist das normal?«

Kaum hatte sie den Satz zu Ende gesprochen, da drehte Manuka den Hals mühsam in Richtung ihres Bauches, als könnte sie den Schmerz kaum ertragen.

»Das kommt drauf an. Hast du mittlerweile einen anderen Tierarzt erreicht?«, fragte Maje. Während sie den Bauch und die Zitzen der Stute untersuchte, legte Egge ihr ein Halfter an.

»Ja, Frau Dr. Mittermeier ist unterwegs«, bestätigte Emma.

Maje schaute sie erschrocken an. »Mist. Die wohnt hinter Großefehn und braucht mindestens eine Dreiviertelstunde bis hierher. Wollen wir hoffen, dass alles gut geht.«

Manukas Schweif war angehoben, die Geburt stand unmittelbar bevor.

»Lass mich mal.« Egge zog sich Handschuhe über und untersuchte die Stute fachmännisch. Seine Stirn bewölkte sich, als er sich wieder zu ihnen herumdrehte. »Das Fohlen liegt quer. Manuka wird es nicht ohne unsere Hilfe auf die Welt bringen können. Da muss ich ran.«

»Kann ich irgendwie helfen?«, fragte Bente.

Maje öffnete den Mund, um zu verneinen, aber als sie ihn ansah, erkannte sie den tiefen Wunsch in seinen Augen, aktiv dabei zu sein. »Ja, Bente. Könntest du die Geburt filmen? Das wäre super. Es ist unser einziges Fohlen dieses Jahr, und außerdem wäre es gut, die Aufzeichnung zu haben, falls was schiefgeht.«

Bente nickte und eilte ins Haus, um seine Kamera zu holen. Es dauerte keine drei Minuten, bis er zurück war, die Kamera zum Filmen bereit.

In der Zwischenzeit hatte Manuka zweimal geäppelt, war nervös im Kreis gestiefelt und hatte sich anschließend hingelegt.

»Bleibt bitte vor der Box stehen«, bat Maje Bente und Emma. Sie hockte sich neben den Kopf der Stute, die sie aus schmerzerfüllten Augen anschaute und leise wieherte.

»Alles gut«, beruhigte sie Manuka. Die Geburtswehen hatten eingesetzt, die Stute fing an zu pressen. Egge ließ sich am hinteren Ende der Stute nieder, um das Fohlen zu drehen. Sein Arm verschwand tief im Inneren des Pferdes.

»Wird sie es schaffen?«, flüsterte Emma ihnen zu, und Maje nickte aufmunternd in ihre Richtung. Dabei sah sie, wie Bente konzentriert die Kamera schwenkte, um den ganzen Prozess festzuhalten. Seine Wangen wirkten hohl, Schlammspritzer waren auf seinem Shirt zu sehen. Ob er den ganzen Nachmittag gejoggt war? Endlich spürte Maje, wie etwas im Inneren von Manuka nachgab.

»Es ist geschafft«, flüsterte Egge, »es ist da.«

Sie strich der Stute noch einmal zärtlich über die Wange, gab ihr einen Kuss und krabbelte dann hinüber zu Egge, der auf das neugeborene Fellbündel vor ihm deutete. »Die Nabelschnur hatte sich um seinen Hals gewickelt. Das war eine fiddelige Angelegenheit.«

Mit dem Blick verfolgte Maje den Verlauf der Nabelschnur, die vom Fohlen zu Manuka führte. »Sie hat gehalten, so ein Glück.« Vorsichtig griff sie nach den Vorderbeinen des feuchten Fohlens und zog es um die Stute herum, soweit es die Nabelschnur erlaubte. Manuka drehte erschöpft den Kopf und schnupperte an ihrem Fohlen. Jetzt riss die Nabelschnur an der vorgesehenen Stelle, und Maje tastete nach dem Becher mit Jod, den sie bereitgestellt hatten. Sie tunkte einen Lappen hinein und tupfte vorsichtig den Nabel des Kleinen ab. »Ein kleiner Hengst«, sagte sie leise. Das Fohlen wirkte platt und glitschig, atmete aber regelmäßig, und seine Beine bewegten sich zuckend.

»Die ersten Minuten nach der Geburt sind besonders wichtig für die Mutter-Kind-Bindung«, erklärte Maje in Richtung der Kamera, während Manuka anfing, ihr Kleines abzuschlecken.

Emma quietschte leise, als das Fohlen den Kopf hob und ihn an dem seiner Mutter rieb. »Wir haben es geschafft«, flüsterte sie aufgeregt.

Egge richtete sich auf, zog die Handschuhe aus und hielt sie weit von sich. »Noch mal alles gut gegangen.«

Majes Bauch war voller Glücksgefühle, sie hatte den kleinen Hengst jetzt schon in ihr Herz geschlossen. »Emma, Bente, ihr könnt kommen«, raunte sie. Ihre Freunde traten vorsichtig heran und hockten sich zu ihr. Gemeinsam beobachteten sie die liebevolle Interaktion zwischen Manuka und ihrem Fohlen. Bente filmte immer noch, aber Maje erkannte, dass seine Züge jetzt ganz weich waren, es war ihm anzusehen, dass ihn das winzige neue Leben ebenso bewegte wie sie selbst. »Möchtest du ihm einen Namen geben?«, fragte sie ihn.

Er ließ die Kamera sinken und schaute sie überrascht an. »Ich?«

»Ja, warum nicht? Muss nicht sofort sein, sag mir Bescheid, wenn dir etwas Passendes einfällt.«

Die Stute schaute in ihre Richtung, und Maje bedeutete ihren Freunden, dass es Zeit war, die Box zu verlassen.

»Komm mit, Egge.« Sie führte ihn zum Badezimmer, in dem Opa geduscht hatte, und sie wuschen sich gemeinsam die Hände. Egge beugte sich weit über das Waschbecken, und Maje blickte nachdenklich auf sein Haar, das hinten dünn geworden war. Egges Vater, ein schmal gebauter Elektriker, hatte bereits mit dreißig eine Platte gehabt und versucht, sie unter Panama-Hüten zu verstecken.

Sie reichte Egge ein Handtuch, bevor sie zu den anderen zurückgingen.

Emma hatte bereits eine Sektflasche entkorkt und goss Bente ein Glas ein, das sofort überschäumte. »Prost – auf den hübschen Stöpsel!«, rief sie und stieß mit ihm an.

Bente war wie verwandelt – auf seinen Wangen lag ein zartes Rosa, er wirkte so glückselig, als wäre es sein Fohlen, das eben das Licht der Welt erblickt hatte.

»Wollt ihr auch einen Sekt?«, fragte Emma strahlend.

Maje und Egge nickten.

»Der Kleine sieht seinem Vater zum Verwechseln ähnlich, findet ihr nicht auch?«, fragte Bente. Jetzt verstand sie, warum er sich so über den Kleinen freute – Bente und Matteo hatten vom ersten Moment ihrer Begegnung an eine fast unnatürliche Bindung zueinander.

Emma füllte zwei weitere Gläser und reichte eins davon Egge, der sich zu Maje drehte, um anzustoßen. Die Gläser klirrten. Dankbar lächelte Maje ihn an. »Mann, was bin ich froh, dass du helfen konntest! Allein hätten wir das nicht geschafft.« Nach all den Jahren, in denen ihre gemeinsame Vergangenheit wie ein dunkler Schatten über ihren Erinnerungen gelegen hatte, hatte sie endlich das Gefühl, dass sie Frieden damit schließen konnte. Egge reichte ihr die Hand, die sie annahm und schüttelte. »Auf gute Zusammenarbeit. Willkommen auf dem Neßmersieler Hof!«

»Was?«, hörte sie Emma flüstern und ihr wurde klar, dass Emma und Bente beide noch nichts davon wussten, dass Egge als Reitlehrer aushelfen würde. Als sie ihre Freundin anschaute, erschrak sie. Ihr Gesicht wirkte eiskalt und starr, wie gefroren. Bente hingegen zeigte keinerlei Emotion, und das verwirrte sie noch mehr.

Draußen fuhr ein Auto auf dem Hof vor. »Das muss Dr. Mittermeier sein«, sagte Maje erleichtert.

»Ich geh sie holen!«, rief Emma tonlos und lief aus dem Stall. Bente folgte ihr stumm.

Kurz darauf stand die Tierärztin vor Maje und Egge, aber ihre Freunde blieben verschwunden. Dr. Mittermeier untersuchte Mutterstute und Fohlen und gab endlich die gute Diagnose: »Alles in Ordnung. Ein prachtvolles Fohlen!« Sie packte ihre Sachen wieder in den braunen Lederkoffer zurück.

Erleichtert atmete Maje auf. Der kleine Hengst stand mittlerweile wackelig neben seiner Mutter und saugte an ihren Zitzen. Ihr Vater würde begeistert sein von dem hübschen Kleinen – er konnte momentan jede gute Nachricht gebrauchen.

»Wenn es irgendwelche Probleme geben sollte, rufen Sie mich jederzeit an«, sagte die Tierärztin, lächelte Maje zu und ließ die Schnallen ihres Koffers zuklappen.

»Vielen Dank für Ihre Hilfe«, erwiderte sie und nickte auch Egge zu, der Anstalten machte zu gehen.

»Bis morgen dann!«, rief er, zog sich die Strickjacke über das Hemd, das nach seinem Einsatz bei der Geburt völlig ruiniert war, und tippte sich an die Stirn. »Ich komme um elf Uhr zu euch, wenn Arne zurück ist.«

Er lief aus dem Stall, und Maje war mit Manuka und dem Fohlen allein. Erschöpft ließ sie sich ins Stroh gleiten. Was für ein Tag! Wie es wohl Opa und Papa ergangen war? Wie hatte Bente den Streit mit ihrem Vater verarbeitet? Das Pochen in ihrem Kopf, das die letzten Stunden verschwunden gewesen war, setzte nun wieder ein, ein rhythmisches Klopfen, wie das Geräusch eines Spechts, der unermüdlich mit dem Schnabel gegen einen Baumstamm schlug. Ihre Augenlider wurden schwer. Sie warf einen letzten Blick auf das friedlich saugende Fohlen, dann schlief sie ein.

Kälte kroch Maje in die Glieder, und etwas pikste sie am Arm. Müde drehte sie sich um und spürte, wie sich etwas unter ihr bewegte. Erschrocken fuhr sie hoch, schaute sich um und entdeckte eine winzige Maus, die durchs Stroh weghuschte. »Was –?«, setzte sie an, dann sah sie Manukas Hinterteil vor sich und daneben einen winzigen Pferdepopo. Sofort war die Erinnerung wieder da. Mit steifen Armen und Beinen erhob sie sich und taperte aus dem Stall. Stroh klebte in ihren Haaren, und ihr Rücken schmerzte von der Kälte der frühen Morgenstunden.

»Moin, Maje«, begrüßte Thobe, der gerade seinen Wallach Heigo putzte, sie verwundert. »Wo kommst du denn her?«

Sie winkte ab. »Ist eine lange Geschichte«, murmelte sie. In der Küche setzte sie sich einen starken Kaffee auf und horchte, um herauszufinden, ob Bente schon wach war. In seinem Zimmer war alles still. Allerdings hörte sie ein unruhiges Tapern im Wohnzimmer, und als sie mit der Kaffeetasse in der Hand nachschaute, entdeckte sie Urs, der gerade auf die Couch sprang. Er legte sich auf den Rücken, streckte alle viere von sich und schubberte sich auf dem Bezug. Die Zunge hing ihm seitlich aus dem Maul. Als er Maje bemerkte, drehte er den Kopf schuldbewusst weg, denn er wusste genau, dass er nicht auf die Couch durfte. Aber sie war mit den Gedanken im Moment woanders. Abwesend setzte sie sich zu ihm, stellte die Tasse ab und kraulte ihm den Bauch. Wie konnte sie Bente seinen Aufenthalt angenehmer gestalten? Vielleicht mit einer Fahrradtour am Meer? Oder einem Besuch in der neuen Seehundstation bei Greetsiel? Er sollte merken, dass er mehr als willkommen war.

Urs schleckte über ihre Hand und bedeckte sie mit Sabber. »Du bist ein ganz schöner Frechdachs, weißt du das eigentlich?«, fragte sie ihn. Jetzt hörte sie ein Knarren, dann Schritte. Bente war wach!

Erfreut sprang sie auf, und Urs tat es ihr nach. Gemeinsam liefen sie in die Küche, in der sich Bente, gekleidet in einen dunkelblauen Pyjama mit Schafen, einen Kaffee eingoss.

»Moin!«, rief sie und erstarrte, als er sich umdrehte. Seine Augen lagen tief in den Höhlen und waren gerötet, die Wangen wirkten blutleer.

»Bist du krank? Was hast du?«, fragte sie erschrocken.

Er zuckte mit den Schultern. »Hab schlecht geschlafen«, murmelte er und blickte an ihr vorbei. »Und du – wie geht es deinem Kopf?«

»Um einiges besser. Aber im Ernst, Bente, du siehst furchtbar aus.«

»Na, danke.« Er warf zwei Stückchen Zucker in seine Tasse, dachte nach, warf ein drittes Stückchen hinterher und rührte dann um. Maje verzog das Gesicht. In diesem Zustand konnte sie ihn weder zu einer Radtour noch sonst einem Ausflug einladen.

»Du weißt, wie ich das meine.« Sie atmete tief aus und deutete auf die Küchenecke. »Ich weiß, dass mein Vater nicht besonders nett zu dir war. Möchtest du darüber reden?«

»Nein, das brauchen wir nicht. Ich habe schon verstanden, was er sagen wollte.« Bente ließ sich auf die Bank gleiten und trank einen Schluck. »Bäh, ist das süß.«

Maje verkniff sich einen Kommentar und goss ihm stattdessen eine neue Tasse ein. Dann holte sie Geschirr aus dem Schrank, um den Tisch zu decken. Urs machte es sich derweil direkt vor Bentes Füßen bequem, wahrscheinlich in der Hoffnung, dass bald ein paar Krümel vom Tisch fielen, die er mit seiner langen Zunge aufschlecken konnte.

Fieberhaft dachte Maje nach. Auch wenn Bente es nicht zugab, hatte das Verhalten ihres Vaters ihn offensichtlich ziemlich mitgenommen, aber was konnte sie sagen oder tun, damit es ihm besser ging?

»Ich würde mich gern bei dir bedanken«, setzte sie an. »Dein Einsatz hier ist großartig, und ich bin enorm dankbar dafür, dass du uns hilfst. Und du bist ein echt guter Arbeiter. Es ist schön, dich ...« Sie hielt kurz inne. Ja, es war wunderbar, Bente um sich zu haben. Daran hatte sie sich in der kurzen Zeit gewöhnt. Mehr als das, sie genoss jede Minute mit ihm, und wenn er nicht da war, wie gestern Nachmittag, wurde sie nervös. Aber konnte sie das zugeben? »... dich kennengelernt zu haben«, fuhr sie möglichst neutral fort.

Bente schaute sie nachdenklich an, wischte sich eine wirre Strähne aus der Stirn und trank einen weiteren Schluck. Vielleicht war die ganze körperliche Arbeit zu viel für ihn gewesen und er brauchte eine Pause?

Sie fasste einen Entschluss. »Ich glaube, du solltest dir mal freinehmen und zu Kräften kommen. Du siehst wirklich nicht gut aus.«

»Soso«, sagte er, während sich seine Augen zu Schlitzen verengten. Dann schaute er zur Küchenuhr. »Um wie viel Uhr kommt Egge?«

Maje biss sich auf die Lippen. Den hatte sie ganz vergessen! Aber jetzt wollte sie erst einmal in Ruhe mit Bente reden. »Mein Vater ist aufbrausend, das war er schon immer«, erklärte sie. »Bitte nimm den Streit mit ihm nicht persönlich. Es war nicht richtig, wie er sich dir gegenüber verhalten hat, aber ich bin mir sicher, dass er dich zu schätzen weiß. Die Sache mit Opa belastet ihn sehr.«

»Ist schon klar«, behauptete Bente. Bisher hatte er sie nicht einmal richtig angeschaut, und er wirkte überhaupt recht abwesend. Unter dem Tisch fing Urs an zu zappeln. Maje schaute nach – er hatte eine große Staubfluse gefunden, mit der er spielte.

»Eine Pause ist eine gute Idee«, sprach Bente weiter. »Ich würde gern über das Wochenende nach Berlin fahren. Wenn ich nach dem Frühstück losfahre, bin ich gegen Mittag zu Hause. Ich brauche das Ladekabel für meine Kamera und ein paar andere Sachen«, sagte er hohl. »Außerdem möchte ich eine kleine Tour mit Lara unternehmen, um den Kopf freizubekommen. Geht das in Ordnung?«

Maje spürte, wie sich ihre Brust schmerzlich zusammenzog. Lieber wäre es ihr gewesen, sie hätte ihm dabei helfen können, zu Kräften zu kommen, und nicht Lara. »Natürlich, Bente. Du bist doch freiwillig hier, du kannst kommen und gehen, wie du möchtest.« Das klang so hölzern, dass sie hinterherschob: »Ich wünsche dir ganz viel Spaß mit Lara und freue mich darauf, dich dann am Sonntagabend wiederzusehen.« Einfach würde das aber nicht werden, denn am Wochenende würde sie allein arbeiten: Emma musste einige Kundentermine nachholen, und Janine hatte am Wochenende längere Wattwanderungen. Erst nächste Woche hatten die beiden wieder Zeit, um auf dem Hof auszuhelfen. Bis dahin musste sie doppelt so hart ranklotzen.

Bente nickte. »Eine Bitte hätte ich aber. Könntest du so lange auf Urs aufpassen? Er hasst lange Fahrten, und wenn ich mit Lara unterwegs bin, kann er eh nicht mit.«

»Kein Problem.« Jetzt war sie es, die grübelnd in ihrem Kaffee rührte – obwohl sie keinen Zucker nahm. Wieso war es für Lara ein Problem, wenn Bente seinen Hund mitbrachte? Hatte sie eine Tierhaarallergie?

»Ich liebe Urs, er darf gern bei mir im Zimmer schlafen.« Sie schaute in die treuen Augen des Berner Sennenhunds, der seinen mächtigen Kopf auf den Pfoten abgelegt hatte und sie flehentlich ansah, als würde er gerade verhungern. »Aber in seinem Körbchen. Ich möchte morgens nicht von einer schlabberigen Zunge geweckt werden.«

»Danke.« Bente stand auf und räumte sein ungenutztes Brettchen und das Messer weg. »Ich packe gleich meine Sachen und mache mich auf den Weg.« Er schaute Maje an, als wartete er auf eine Antwort, aber sie wusste nicht, was sie sagen sollte.

Unglücklich blickte sie ihm hinterher, als er die Küche verließ. »Warum verhält er sich so distanziert?«, fragte sie Urs, bückte sich hinunter und kraulte ihn hinter den Ohren. Ihr Handy vibrierte, und sie richtete sich auf, wobei sie mit dem Kopf gegen die Tischplatte stieß. »Autsch, verdammt!«, rief sie und schüttelte sich, um den stumpfen Schmerz loszuwerden, der sich in ihren Schädelplatten ausbreitete. »Ja?«

»Hi, Maje!«, rief Thies fröhlich ins Telefon. »Na, Schwesterherz, schön, dass ich dich mal erreiche. Ich sitze gerade auf dem Dach des Marina Bay Sands und schaue über die Stadt. Es ist echt traumhaft hier, genau so, wie ich es mir erhofft hatte.« Ein Lachen erklang im Hintergrund, es klirrte, als Gläser angestoßen wurden.

»Hi, Flinnerke, gut, dass du dich meldest. Es freut mich, dass dir Singapur gefällt. Bist du mit Kollegen unterwegs?«

Thies zögerte kurz, dann sagte er: »Ja, mit Kollegen und Freunden. Wie geht's dir? Wie läuft es auf dem Hof?«

»Ähem«, fing sie an, »das ist eine lange Geschichte.« Sie erzählte ihm ausführlich von den Ereignissen der letzten Tage, dem Ausritt, dem Sturz, von Bentes Abreise, von Opas Dusche und seinem Krankenhausbesuch. »Heute kommt Opa nach Hause, und dann wissen wir mehr«, schloss sie ihren Bericht.

»Mannomann, Maje. Das ist echt viel auf einmal. Und das

mit Opa erklärt einiges. Er hat im letzten Jahr öfter komische Sachen gebracht, aber nichts so Krasses. Er kam mit leeren Tüten vom Einkaufen wieder oder konnte sich nicht an Dinge erinnern. Ich habe mir aber nichts weiter dabei gedacht, weil ich selbst auch manchmal verpeilt bin. Wie geht es dir denn, hast du alles so weit unter Kontrolle, oder soll ich mich in den nächsten Flieger setzen und nach Hause kommen?«

»Nein!«, rief sie sofort. »Auf gar keinen Fall. Du scheinst dich in Singapur wohlzufühlen, und ich will nicht, dass du das aufgibst. Wir kommen schon klar.« Es war Jahre her, dass Thies so beschwingt geklungen hatte, das wollte sie ihm nicht nehmen. »Ich wollte dich nur informieren. Mach dir aber bitte keine Sorgen, es wird für alle Prob... Herausforderungen Lösungen geben.«

»Wenn du meinst. Aber zögere nicht, mir Bescheid zu geben, wenn ich eingreifen soll. Einen Moment.« Sie wartete, während Thies die Bestellung für sein Getränk aufgab. »Hier bin ich wieder. Weißt du, dafür bin ich dir echt dankbar. Ich habe nämlich jemanden kennengelernt und würde deshalb nur ungern weg.« Er kicherte unsicher und fuhr dann fort: »Kay ist echt etwas Besonderes, ich glaube ich habe mich bis über beide Ohren verliebt.«

Maje lächelte. Ihr Bruder war nicht gerade ein Draufgänger, ganz im Gegenteil: Er war ebenso schüchtern wie sie, hatte eindeutige Hinweise des anderen Geschlechts und das Prinzip des Flirtens nie richtig verstanden. Über seine Gefühle hatte er sowieso nie geredet. Das mit Kay musste eine ernsthafte Sache sein!

»Ich freue mich für dich, Thies. Du klingst glücklich, und das wurde auch mal Zeit.«

»Ja, das bin ich wirklich. Es tut verdammt gut, mal etwas anderes zu sehen. Hier ist alles so sauber und läuft in geordneten Bahnen, das mag ich. Auf dem Hof ist alles so durcheinander.«

Sie schnackten weiter, über Thies' Arbeit, die Sehenswürdigkeiten in Singapur und das wechselhafte Wetter auf der Krummhörn, als Maje noch etwas einfiel: »Sag mal, welchen Gefallen hast du Bente eigentlich getan? Ich meine, es ist außergewöhnlich, dass jemand alles stehen und liegen lässt, um Vollzeit auf einem Reiterhof auszuhelfen, da muss es sich ja um eine große Sache gehandelt haben.«

Während des Telefonats war sie nach draußen getreten und hatte sich auf die Bank vor Opas Einliegerwohnung gesetzt. Der Himmel war mit einer grauen Wolkendecke verhangen, es war kühl und windig. Zum Glück trug sie einen warmen Kapuzenpulli, der die Kälte weitgehend abhielt. Jetzt sah sie, wie Bente mit einer Tasche in der Hand zu seinem Auto schritt.

»Das musst du Bente schon selbst fragen. Es ist ziemlich persönlich, das kann ich nicht einfach weitererzählen. Ich hoffe, du verstehst das.«

»Natürlich.« In dem Moment startete Bente seinen Wagen, und Maje winkte ihm zum Abschied hinterher. Sein dunkelblauer Toyota rollte die lange Einfahrt hinunter, und eine traurige Leere breitete sich in ihr aus.

Nach dem Telefonat sammelte Maje die Post ein. Darunter war auch ein parfümierter Brief ohne Briefmarke, auf dem nur *An meinen lieben Heinrich* zu lesen war.

Der ist bestimmt von Nele, dachte Maje und legte ihn in die Box, in der sie Opas Post sammelten. Dann kümmerte sie sich um die Pferde. Natürlich waren zuerst Manuka und ihr Fohlen dran – beiden ging es gut. Der kleine Hengst versteckte sich hinter seiner Mutter, bis seine Neugier überhandnahm und er vorsichtig unter ihrem Bauch hervorlugte. Seine Beine waren weit gespreizt wie bei einer trinkenden Giraffe am Wasserloch.

Maje betrachtete die Sprunggelenke des Kleinen und seinen gut gebauten Hals. »Du bist ein richtig patenter Kerl und hübsch dazu!«, entschied sie. Er sah seinem Vater wirklich sehr ähnlich, und vielleicht würde er wie Matteo einmal die Hengstleistungsprüfung mit Bravour bestehen. Weiter ging es zum Gemüsegarten. Dort musste sie die Pflanzen wässern.

Die Wolkendecke riss auf, und binnen weniger Minuten wurde es so warm, dass Maje ihren Kapuzenpulli auszog und im T-Shirt weiterarbeitete. Aber sie kam nicht gut voran. Neben der Sorge um den Hof beschäftigte sie nun auch die Angst um Opa – was sollte aus ihm werden, wenn diese Schübe häufiger kamen oder heftiger wurden? Und was würde passieren, wenn Bente es sich anders überlegte und nicht wieder aus Berlin zurückkam? Der Gedanke schnürte ihr die Kehle zu, und sie musste die Schaufel absetzen, mit der sie gerade den Misthaufen bearbeitete, um tief Luft zu holen. Der Schweiß lief ihr in den Nacken, und sie entschied, eine kurze Pause einzulegen. Sie holte sich eine kühle Limo aus dem Haus und tippte auf ihrem Handy herum, um eine Nachricht von Janine zu lesen, die sie zum Töpfern am Sonntagnachmittag einlud.

Mal sehen, wie es hier läuft, antwortete sie, *kann ich dir am Sonntagmorgen Bescheid geben?*

Kaum war die Nachricht abgeschickt, fuhr der Jeep ihres Vaters vor. Maje wartete, bis Opa Heinrich blass und mit unbewegtem Gesicht vom Beifahrersitz geklettert war. Dann nahm sie ihn vorsichtig in den Arm.

»Opa«, hauchte sie und unterdrückte ein Schluchzen.

Er tätschelte ihr liebevoll den Rücken. »Na, na.«

»Wie geht es dir?«

»Hach, ich denke, ich kaufe vorsorglich keine grünen Bananen mehr.«

»Was?«, fragte Maje entsetzt.

»Nur Spaß.« Opa Heinrich setzte ein schiefes Grinsen auf, aber ihr fiel es schwer, es zu erwidern.

»Moin, Maje, hast du gleich mal ein paar Minuten Zeit?«, fragte ihr Vater, der ebenso blass wie Opa aussah und dessen große blaue Augen zusätzlich leer und traurig wirkten.

Gemeinsam brachten sie Opa in seine Wohnung, und Maje sorgte dafür, dass eine Flasche Wasser und ein belegtes Brot neben seinem Sessel standen.

»Könntet ihr bitte Nele Bescheid geben?«, fragte er matt und schrieb deren Telefonnummer auf einen Zettel.

»Natürlich, wird gemacht. Moment, sie hat dir auch einen Brief geschrieben.« Maje holte das parfümierte Kuvert von Nele und legte es ihrem Opa auf den Schoß.

Dann zog sie sich mit ihrem Vater in den Garten zurück, wo sie sich auf der moosbewachsenen Steinmauer niederließen. Urs war ihnen gefolgt und platzierte sich vor Majes Füßen, wo er sofort einschlief. »Der kann überall pennen«, brummte Arne fast neidisch, »während unsereins nie Ruhe findet.«

Maje griff nach einem Stöckchen und stocherte zwischen den Steinen herum, während ihr Vater auf die Weide schaute, die hinter dem Garten lag.

»Es ist offiziell: Dein Opa hat Demenz«, sagte er schließlich. »Der Arzt meinte, das kommt in Schüben, mal ist er ganz normal, dann wieder nicht. Heute Morgen war er ganz der Alte. Hat mit einer Krankenschwester über die Jugend von heute geflucht und sich über das schlechte Essen beschwert. Aber es kann jederzeit zu Ausbrüchen kommen.«

»Was können wir tun, um ihm zu helfen?«, fragte Maje leise.

Ihr Vater sah sie ausdruckslos an. »Er wird einmal die Woche an einem speziellen Programm in Emden teilnehmen. Dort gibt es Gedächtnistraining, Bewegungsförderung und so weiter. Der Arzt meinte, dort wird auch viel mit den Patienten geredet, weil Demenz oft mit Verunsicherung und Angst einhergeht.«

Majes Magen zog sich zusammen, Letzteres konnte sie sich gut vorstellen. Opa Heinrich hatte sein Berufsleben damit verbracht, sein Schiff und seine Mannschaft zu führen. Hatte die Weltmeere besegelt und die Stürme bezwungen, während ihre Oma den Hof geführt hatte. Erst als Oma Janne gestorben war, hatte er die Seefahrt aufgegeben, bis er den Hof an ihre Mutter weitergab. Dass er jetzt die Kontrolle über sich selbst verlieren würde, musste unerträglich schwer für ihn sein.

»Wir müssen einfach vorbereitet sein. Brauchen Geduld mit ihm, dürfen ihn nicht überfordern, sollen darauf achten, dass er genug trinkt und sich nicht in Gefahr begibt. Und wenn es zu schlimm wird, braucht er einen Pfleger.«

Maje war dankbar dafür, dass er nicht vorgeschlagen hatte, Opa ins Heim zu schicken. Ihr freiheitsliebender Opa hätte sich bestimmt geweigert, seine Wohnung zu verlassen. »Gut, Papa. Ich habe tagsüber ein Auge auf ihn. Und ich werde mich in das Thema einlesen, damit ich besser verstehe, was wir zu erwarten haben.«

Arne hielt sich die Hand vor den Mund und gähnte. Er wirkte furchtbar erschöpft. »Maje, das ist mir alles zu viel im Moment. Ich weiß gar nicht mehr, um was ich mir am meisten Sorgen machen soll. Hoffentlich kommen bald bessere Zeiten.«

Sie nickte zaghaft. »Das geht mir genauso.«

»Du gibst dir große Mühe mit dem Hof. Aber eins sage ich dir: Geführte Ausritte sind keine gute Idee. Du hast ja gesehen, wie risikoreich das ist, wenn einem die passenden Pferde dazu fehlen, und unsere Versicherung würde das sicherlich nicht abdecken.«

»Ich stimme dir zu.«

»Außerdem möchte ich nie wieder ... oh, okay.« Ihr Vater fuhr sich durchs Haar und blinzelte, als ob es ihm schwerfallen würde, die Augen offen zu halten. »Dann sind wir uns ja einig.«

»Papa?«, fragte Maje und rutschte ein Stück näher zu ihm heran, um ihn sanft anzustupsen. »Warum warst du wütend auf Bente?«

Er starrte sie an, dann zog er eine schuldbewusste Miene. »Ach, keine Ahnung. Ich war einfach allgemein wütend, und er hat mir erklären wollen, dass ich nicht entscheiden darf, wer für mich arbeiten soll.« Sein Ausdruck veränderte sich, als er verstand. »Mist, ich glaube, ich habe meinen Frust an ihm ausgelassen. Es tut mir leid, ich rede nachher mit ihm.«

»Das geht nicht. Er ist heute Morgen nach Berlin gefahren. Er meinte, er kommt Sonntagabend wieder, aber so sicher bin ich mir da nicht.« Sie deutete auf den schlafenden Berner Sennenhund vor ihren Füßen. »Er hat Urs dagelassen, aber das will nichts heißen. Den kann er auch später noch holen, oder vielleicht hofft er, dass wir ihn übernehmen.« Sie spürte, wie sich ihr Inneres verknotete.

»Du magst ihn sehr, nicht wahr?«, brummte ihr Vater, und eine steilte Falte tauchte zwischen seinen Augenbrauen auf, die ihm etwas Strenges, aber auch Fürsorgliches gab.

Statt zu antworten, biss Maje sich auf die Unterlippe und starrte auf ihre Fußspitzen.

Kapitel 9

»Da seid ihr ja!«, rief Egge schon von Weitem, als er auf Maje und ihren Vater zukam. Heute trug er ein kariertes Kragenhemd über einer schicken beigen Reithose, dazu braune Schnürstiefel, ein Outfit wie aus einem Reiterkatalog. Über seiner Schulter hing eine Männerhandtasche mit goldenen Schnallen. Eindeutig zu aufdringlich für Majes Geschmack, aber Mode interessierte sie nicht besonders. Außerdem wusste sie es zu schätzen, dass Egge pünktlich kam.

Sofort nahm Arne eine andere Haltung ein, richtete sich gerade auf und strich sich durchs Haar. Er räusperte sich und sagte dann mit betont tiefer Stimme: »Moin, mien Jung. Komm, wir gehen ins Haus und setzen deinen Arbeitsvertrag auf. Danach muss ich schnell ins Büro, ohne mich sind meine Kollegen aufgeschmissen. Möchtest du dabei sein, wenn der Vertrag aufgesetzt wird?«, fragte er Maje, aber diese schüttelte den Kopf.

»Danke der Nachfrage. Aber Personalverträge sind nicht meine Expertise, und ich glaube, Urs muss eine Runde drehen.«

Ihr Vater hob eine Augenbraue, als der Berner Sennenhund sich demonstrativ im Kreis drehte und nach seinem eigenen Schwanz schnappte.

»Komm, Hübscher«, sagte Maje zu dem wolligen Hund, »lass uns eine Runde spazieren gehen.«

Sie liefen zum Meer, vorbei an Kindern, die bunte Drachen steigen ließen, und dann eine ganze Weile am Deich entlang, verfolgt von Wolkenbergen, die sich stets neu formierten, nur um sich gleich darauf wieder in flauschige Fähnchen aufzulösen. Immer wieder riss der Wind ihr die Kappe vom Kopf.

»Das Wetter weiß nicht, was es will«, erklärte sie dem Hund, der sich mit der Nase voran gegen den Wind vorwärtskämpfte, während sein Fell nach hinten wehte. So angenehm das raue Wetter auch war und so schön die Spiegelungen der Wolken im Meer anzusehen waren, fiel es Maje doch schwer, den Spaziergang zu genießen. Ihre Beine schienen schwer wie zwei Schiffsanker, sie fühlte sich leer und lustlos.

»Was Bente wohl gerade macht?«, fragte sie Urs, der gierig das Wasser schlabberte, das Maje ihm aus ihrer Trinkflasche in eine faltbare Schüssel goss. Sie schaute auf die Uhr und rechnete nach. »Na ja, wahrscheinlich sitzt er noch im Auto, betrachtet die Landschaft und freut sich auf Lara«, seufzte sie. Urs drückte seine nasse Nase gegen ihren Oberschenkel, als verstünde er, wie einsam sie sich gerade fühlte. Dankbar streichelte sie ihm das zerzauste Fell.

Zurück auf dem Hof, lief sie in die Reithalle, um Egge bei seiner ersten Reitstunde zuzuschauen. Hinter der Bande, direkt vor dem Reiterstübchen, entdeckte sie Tamme, der es sich auf einem Plastikstuhl bequem gemacht hatte. Konzentriert verfolgte der alte Mann jede von Egges Bewegungen. Er hatte die Fingerspitzen beider Hände zusammengepresst und saß vornübergebeugt, als wäre er der Wortführer in einem wichtigen Geschäftsmeeting, dem gerade entscheidende Informationen zugespielt wurden.

Um Egge herum trabte Meike auf ihrem Pferd Weert. Maje erkannte sie erst auf den zweiten Blick, denn sie schien wie verwandelt, saß locker auf ihrem Trakehnerwallach, hatte den Rücken gerade durchgedrückt, die Schultern erhoben.

»Wie macht er sich?«, flüsterte sie Tamme zu, als sie sich einen weiteren Stuhl heranzog.

»Er versteht, worauf es ankommt«, antwortete der. »Das überrascht mich, denn früher war er ja nicht so gut mit anderen Menschen. Aber schau dir mal an, was er mit Meike macht. Die hat sonst so viel Angst vor ihrem Pferd, dass sie sich kaum zu atmen traut.«

»Und jetzt Schlangenlinien durch die ganze Bahn!«, rief Egge gerade. »Super machst du das, immer schön nach vorn schauen und die nächste Kurve planen. Ganz wunderbar!«

Meike führte ihren Wallach im Trab durch die Halle und klopfte ihm den Hals, als er brav am anderen Ende ankam.

»Ich wusste gar nicht, dass er so nett sein kann«, murmelte Maje. In ihrer Erinnerung war Egge eher der kühle Typ, der wenig Einfühlungsvermögen besaß.

»Er hat ein Händchen für Reiter und Pferd. Er ist ein würdiger Nachfolger. Das ist gut, das beruhigt mich.«

Sie nickte dankbar. »Mich auch. Du brauchst wirklich kein schlechtes Gewissen zu haben, dass du dich zurückziehst, Tamme. Du wirst uns allen fehlen, aber wir kriegen das schon hin. Und wenn dir mal langweilig werden sollte vom vielen Reisen und Sonnenbaden, dann bist du hier jederzeit willkommen.«

Er lächelte sie an, und die Falten in seinem Gesicht lächelten mit. »Meine Frau hat mich bereits für einen Tai-Chi- und einen Yoga-Kurs in Lloret de Mar angemeldet. Sie hat viele Pläne mit mir, ich glaube, langweilig wird mir erst mal nicht. Aber wenn mir alles zu viel wird, komme ich zurück!« Er hielt Maje die Hand zum High Five hin, und sie schlug lachend ein.

Nach der Reitstunde lief sie in den Stall, um mit Egge zu reden. Sie sah, wie er Meike half, ihren Wallach abzusatteln, und ihr dabei ein paar Tipps mit auf den Weg gab. »Du und Weert, ihr habt großes Potenzial, das spüre ich. Ihr seid beide talentiert und könnt es weit bringen. Was du dafür lernen musst, ist, innerlich ruhig zu werden.«

»Es ist schwierig, zu relaxen, wenn Weert so nervös ist.«

»Je ruhiger du wirst, desto ruhiger wird Weert. Pferde können deinen Herzschlag aus einem Meter Entfernung hören. Das liegt daran, dass sie als Fluchttiere in der Wildnis ihren Herzschlag mit den anderen Tieren in der Herde synchronisieren, um beim Auftauchen von Raubtieren besser und schneller reagieren zu können. Kontrolliere dich selbst, dann wird dein Pferd dir vertrauen.«

Meike schaute Egge mit großen Augen an. »Ich versuche es«, versprach sie. Dann holte sie eine Möhre aus ihrer Putzbox, reichte sie Weert und streichelte ihm über den Nasenrücken. »Ich möchte, dass wir ein Team werden.«

»Und ich helfe euch dabei.«

Maje hörte fasziniert zu. Egge hatte es nicht nur geschafft, eine neue Verbindung und ein besseres Verständnis zwischen Pferd und Reiter zu fördern, er zeigte Meike auch, dass sie den Weg nicht allein gehen musste. Sie war beeindruckt.

»Gut gemacht«, raunte sie Meike zu, als diese mit Weert an ihr vorbeischritt, um ihn zur Box zu führen.

»Hi, Maje«, begrüßte Egge sie und schaute auf seine goldene Armbanduhr, die er über dem Hemd trug. »Ich habe jetzt eine Stunde Pause bis zur nächsten Stunde, möchtest du mit mir eine Runde spazieren gehen? Ich gebe uns auch einen Cappuccino im Bickbeernbuschcafé aus.«

»Das ist sehr lieb, aber ich war gerade mit Urs spazieren. Jetzt muss ich erst mal weiterarbeiten.« Sie schaute sich um, aber von Urs war keine Spur zu sehen. Wahrscheinlich hatte ihn das Laufen gegen den Wind so angestrengt, dass er es sich in irgendeiner Ecke gemütlich gemacht hatte und nun fröhlich vor sich hin schnarchte. »Eigentlich wollte ich dir auch nur kurz sagen, dass es toll war, dir bei der Reitstunde zuzusehen. Dass du reiten kannst, weiß ich ja, aber es jemand anderem beizubringen ist eine andere Nummer.«

Egge warf den Kopf in den Nacken und lachte. »Tja, ich bin halt multitalentiert. Darf ich dich denn zur Feier des Tages heute

Abend zum Essen einladen?« Er lehnte sich vor, zog seine Sonnenbrille aus dem Haar und steckte sich einen Bügel in den Mund, nur
um Maje dann so bittend anzuschauen, dass es ihr unangenehm
wurde. »Es gibt da diese neue Austernbar namens Oyster Heaven
in Emden, die einen herrlich frischen Sémillon serviert. Hat 'ne
schnuckelige Candlelight-Atmosphäre mit Blick über den Hafen«,
fuhr er fort. Dabei hob und senkte er die Augenbrauen mehrfach.

Die Röte stieg ihr ins Gesicht, und sie brauchte ein paar Sekunden, um sich zu fangen. Dann sagte sie bestimmt: »Nein,
Egge. Das ist mir zu schnell zu viel. Ich bin damit einverstanden,
mit dir zusammenzuarbeiten und nach vorn zu sehen, aber ich
möchte, dass es ganz klare Grenzen gibt, und dazu gehört auch,
dass ich nicht mit dir nach Feierabend in eine Austernbar gehe.«
Sie schwitzte, während sie das sagte, und hoffte, dass er ihre Antwort respektierte.

Beleidigt zog er den Brillenbügel aus dem Mundwinkel, und
der eben noch verschwörerisch wirkende Ausdruck in seinem Gesicht verschwand. »War doch nur Spaß«, brummte er und schob
sich die Sonnenbrille zurück in die Haare. »Ich habe heute Abend
eh schon etwas anderes vor.«

Maje schluckte, war aber erleichtert.

Nur wenige Stunden später fuhr ein Taxi vor, und eine weiß
gekleidete Frau stieg aus, um Egge ein in Papier verpacktes Tablett zu überreichen. Zuerst achtete Maje nicht weiter darauf, da
sie damit beschäftigt war, einen Eimer zu schrubben und diesen
von einem widerspenstigen Belag zu befreien. Dann aber hielt
Egge ihr das Tablett plötzlich vor die Nase.

»Ausgetrickst!«, sagte er schelmisch. »Ich habe uns Kuchen
bringen lassen. Dieses Mal kannst du nicht ablehnen, denn es ist
weder ein Abendessen noch ein Treffen außerhalb deiner Arbeitszeiten, und wir könnten beide eine Pause gebrauchen. Außerdem
ist es so viel Kuchen, das schaffe ich niemals allein. Riech mal, wie
der duftet!«

Hilflos schaute Maje auf ihre gelben Plastikhandschuhe, suchte fieberhaft nach den richtigen Worten. Schaum klebte ihr an den Wangen, im Haar, ihre Jeans waren feucht durchtränkt. Es passte ihr überhaupt nicht, dass Egge glaubte, sie austricksen zu müssen. Aber er schaute sie weiterhin freundlich an, die Arme mit dem Tablett, von dem tatsächlich ein angenehmer Gebäckgeruch ausging, weit ausgestreckt. Hach, was soll's?, dachte sie. Wahrscheinlich war es keine gute Idee, sich gleich am ersten Tag mit ihm zu streiten. Wahrscheinlich wollte er sich gut mit ihr stellen, und Hunger hatte sie auch, weil sie keine Zeit für ein Mittagessen gehabt hatte. Aber mit ihm allein sein, das wollte sie nicht. Wäre Bente doch nur hier …

»Das ist nett, Bente«, sagte sie und zog die Handschuhe aus. »Geh ruhig schon mal ins Haus. Ich hole Opa dazu, der liebt Kuchen. Und ich übernehme die Kosten dafür, immerhin ist das dann ein Arbeitsessen.«

Egge öffnete den Mund und schloss ihn wieder. Dagegen konnte er nichts sagen. Erst als er ein paar Schritte gegangen war, drehte er sich noch einmal um und fragte: »Hast du mich gerade Bente genannt?«

Den Rest des Tages versuchte Maje, so viel wie möglich zu erledigen. Das half, um sich abzulenken, und sorgte für schnelle Fortschritte auf dem Hof. Sie pflanzte neue Blumen in die blauglasierten Tonkübel, gab Opas Bank einen neuen Anstrich, befreite das Metallschild in Form eines Pferdes, das neben dem Stalleingang hing, vom Rost. Abends fiel sie müde ins Bett und schlief sofort ein. Auch am nächsten Tag arbeitete sie im Akkord, fegte, wischte, fütterte, reparierte und schaute gelegentlich nach dem neuen Fohlen. Immer wieder erwischte sie sich dabei, wie sie sehnsüchtig zur Einfahrt schaute, in der sich Bentes Toyota einfach nicht blicken lassen wollte.

Zum Abendessen machte sie einen überbackenen Gemüseauflauf und zum Nachtisch Vanillepudding. Aber Bente blieb fort. Opa Heinrich erzählte Geschichten über das Krankenhauspersonal, ihr Vater brummte etwas über das Wetter und dass es jedes Jahr wärmer wurde und scherzte mit Egge über die neuen schottischen Hochlandrinder des Nachbarn, die nicht so recht in die ostfriesische Landschaft passen wollten. Maje hörte nur mit einem Ohr hin und schielte auf die immer leerer werdende Schüssel mit dem Vanillepudding, den sie Bente so gern serviert hätte. Sie verspürte ein Nagen an ihrem Herzen, als hätte ein Biber sich in ihrem Brustkorb eingenistet.

»Kommst du mit auf ein Bier in die Mühlenkneipe?«, hörte sie Arne wie aus weiter Ferne fragen.

»Ich? Was? Nein.« Erstaunt blickte sie ihren Vater an, der sich bereits erhob und nach seinem leeren Teller griff.

»Ist schön da. Dein Bruder war auch öfter dort.«

Ja, dachte Maje bitter, und hat dort versucht, seine Depressionen in Alkohol zu ertränken. Aber dann sah sie in das hoffnungsvolle Gesicht ihres Vaters und verstand, dass er sich mit Egge gut stellen wollte, in den er anscheinend große Hoffnung setzte.

»Geht ihr zwei ruhig. Ich bin mit Janine im Töpferschuppen verabredet.«

Sie war heilfroh, als sie eine halbe Stunde später mit Urs den kleinen Bungalow betrat, in dem ein Kaminfeuer eine wohlige Wärme verströmte. Janine knetete bereits fleißig an einem Klumpen herum, der ungefähr die Form eines breiten, aber flachen Seehundes hatte. »Irgendwie ist der nicht mopsig genug«, fand sie und knetete den Seehund zurück zu einem Ball.

»Ach, manchmal braucht man mehrere Anläufe«, sagte Maje und schnappte sich den Eimer mit dem Ton. »Ich habe richtig Lust zum Formen. Das ist jetzt genau das Richtige. Schade, dass Emma keine Zeit hat.« Sie krempelte sich die Ärmel hoch und legte los. »Heute mache ich einen Ton-Urs.«

Janine grinste sie vielsagend an und nickte in Richtung des

Beistelltischs. »Leckerlis sind in der blau gepunkteten Metalldose. Dein Modell hat bestimmt Appetit.«

Maje holte einen Hundekeks hervor und reichte ihn Urs, dessen Rute vor Freude so wild hin und her wedelte, dass er dabei ein paar Werkzeuge von der Bank fegte.

»Wie waren deine Wattwanderungen, kamt ihr gut durch?«, fragte sie Janine, die mittlerweile am Drehteller saß, um die Grundform für einen Leuchtturm herzustellen.

»Ja, es war ziemlich nebelig heute Morgen, aber das hat es interessant gemacht. War eine lustige Rentnertruppe aus München, alle um die achtzig, aber topfit. Und bei dir – benimmt Egge sich?«

»Ja, er hat seine ersten Reitstunden gegeben und macht das gut. Es ist nur ... Er versucht, sich mit mir gut zu stellen, aber dabei ist er so aufdringlich, dass es mir zu viel und zu persönlich ist. Ich brauche mehr Zeit, um mich mit dem Gedanken anzufreunden, dass er in einer anderen Rolle als früher in meinem Leben präsent ist. Mein Vater hält große Stücke auf ihn. Dabei merkt er nicht, dass er Bente viel mehr zu verdanken hat.«

»Ist Bente schon zurück?«

Maje schüttelte unglücklich den Kopf.

Als sie später wieder zu Hause war, entschied sie sich, eine Nachtschicht einzulegen und auf dem Computer aufzuräumen. Sie wollte verstehen, wie die wöchentlichen Bestellungen aufgegeben wurden, und eine Übersicht über die Finanzen erstellen. Aber vor allem wollte sie am Fenster sitzen und mitbekommen, wie Bente zurückkam. Urs lag auf einem Sessel neben ihr, und auch er wirkte unruhig.

»Er steckt bestimmt im Stau fest«, behauptete sie und reichte ihm ein Spielzeug, das der Hund ins Maul nahm und dann dort vergaß. Maje nahm es ihm wieder weg. Ein Blick auf die Verkehrs-App zeigte ihr, dass die Straßen frei waren. Gegen Mitternacht gab sie auf und ging ins Bett.

»Komm, heute darfst du ausnahmsweise mal mein Fußwärmer sein«, sagte sie zu Urs. Sie war müde, frustriert und traurig. »Er kommt bestimmt wieder, schon allein, um dich abzuholen.« Doch mittlerweile glaubte sie nicht mehr recht daran. Auch Urs schaute sie resigniert an, als wüsste er mehr als sie. Ihre Hoffnung auf Bentes Rückkehr zersprang wie Ton bei zu hoher Hitze.

Urs hüpfte mit einem riesigen Satz aufs Bett und legte sich quer darüber. »He, ich brauche auch ein bisschen Platz«, sagte Maje, quetschte sich zu ihm und umarmte den großen Hund. Sie klammerte sich an sein weiches Fell, versuchte, die Sehnsucht nach Bente zu verdrängen, die sie ganz auszufüllen schien, und schlief ein.

Maje hockte auf dem Deck eines Kajütboots, in dem Wasser durch ein Loch im Boden sprudelte. Um sie herum tobte ein wilder Sturm, haushohe Wellen türmten sich auf und warfen das Boot herum wie eine Nussschale. Die eisige Kälte brannte in ihren Gliedern, während sie mit einem Plastikbecher Wasser über die Reling schaufelte – vergebens allerdings. Das Wasser kam von unten, oben und von der Seite, raubte ihr den Atem und die Sicht. Es war nur eine Frage der Zeit, bis das Boot volllief, falls es nicht vorher vom Sturm auseinandergerissen wurde.

Ein Donnergrollen riss sie aus dem unruhigen Schlaf. Der Himmel vor ihrem Fenster war grau und düster, in der Ferne zuckte ein Blitz. Der Wecker zeigte sechs Uhr. Maje erhob sich und rieb sich die Augen. Ihr Körper fühlte sich schlapp an, und das Gefühl, allein im Sturm zu stecken, zog sich nur langsam zurück. Zitternd tastete sie nach ihrer Decke, die vom Bett gerutscht war, aber entschied sich dann aufzustehen. Urs neben ihr schlief noch und sabberte dabei das Kopfkissen voll. Also angelte sie sich ihren Bademantel vom Haken, schlüpfte in ihre Schlappen und schlurfte zur Küche.

Im Flur roch es nach frisch gebackenen Brötchen, in der Küche spielte das Radio. Hatte Opa sich etwa an den Ofen gewagt? Sie beschleunigte ihren Schritt und machte eine Vollbremsung in der Tür, als sie Bente sah, der mit übergroßen Ofenhandschuhen ein Backblech balancierte.

»Moin!«, rief er fröhlich, als er sie sah. »Frühstück ist gleich fertig.« Sein Blick blieb für einen Moment an ihrem kreischblauen Bademantel hängen, der über und über mit weißen Wölkchen bedeckt war und dessen Kapuze zwei Giraffenhörnchen zierten. Maje starrte zurück, denn Bente sah nicht weniger lustig aus: Um den Bauch hatte er ihre rosafarbene Schürze gebunden, die ihm etliche Nummern zu klein war. Aber ihr war nicht zum Scherzen zumute, im Gegenteil, sie spürte, wie die Erleichterung sie überrumpelte.

»Du bist zurückgekommen«, sagte sie stocksteif. Ihre Augen füllten sich mit Tränen, aber die Energie kehrte in ihren Körper zurück und die Kälte wich aus ihrem Körper.

»Natürlich, was denkst du denn?«, antwortete er belustigt, griff nach einer Zange und hob die Brötchen auf einen Rost zum Abkühlen. »Und ich habe selbst gemachte Erdbeermarmelade mitgebracht, die ist superlecker.« Er roch zufrieden an einem der Brötchen. »Mhm, perfekt. Schick, wie wir beide gekleidet sind, reicht das schon an ein Luxusfrühstück im Fünf-Sterne-Resort ran.« Er hielt ihr ein Brötchen hin, dann stutzte er. »Sag mal, weinst du? Was ist denn los?«

Maje wischte sich genierlich über das Gesicht. Die Freude, Bente wiederzusehen, war einfach zu groß. »Nee, ich habe nur etwas ins Auge bekommen«, behauptete sie. »Ich liebe Erdbeermarmelade. Und die Brötchen sehen toll aus.«

»Okay …«, sagte er skeptisch und hob die Augenbrauen. Er trat einen Schritt auf sie zu, hielt aber inne, als Opa Heinrich in die Küche kam.

»Oh, das riecht aber gut!«, rief dieser erfreut. »Moin Bente. Läuft dein Auto wieder?«

Maje schaute von Opa zu Bente und wieder zurück. »Was?«

»Na, Bentes Motor ist doch gestern nicht angesprungen«, sagte Opa, als wäre das eine Selbstverständlichkeit. »Das habe ich dir erzählt, weißt du das nicht mehr?«

Maje starrte ihren Opa an. »Nein, das hast du mir nicht erzählt«, sagte sie, bereute es aber sofort, als er sie bedröppelt anschaute.

»Der Keilriemen ist gerissen«, erklärte Bente. »War schwierig, an einem Sonntag einen neuen aufzutreiben. Aber mein Kumpel Jan hat mir ausgeholfen, der ist Automechaniker. Hat die halbe Nacht gedauert, ich bin erst vor zwei Stunden zurückgekommen.«

Ein braunschwarzweißes Fellknäuel fegte um die Ecke und rannte auf Bente zu. »Urs!«, rief er erfreut und ging in die Knie, um seinen Hund zu umarmen. Der schleckte ihm einmal quer durch das Gesicht und hechelte dann aufgeregt. Bente verlor das Gleichgewicht und landete auf dem Hosenboden. Er lachte und wuschelte Urs durch das dicke Fell. »Du bist zu stürmisch, mein Freund.«

Maje reichte ihm eine Hand zum Aufstehen. »Was hältst du davon, wenn du dich nach dem Frühstück erst mal von der Fahrt erholst und ich dich heute Nachmittag zu einem Picknick mit Pferden einlade?«, schlug sie vor. »Anstatt zu reiten, führen wir die Pferde zum Osterweiher und machen es uns dort gemütlich. Ich schmiere uns ein paar leichte Schnittchen, schneide Obst auf und besorge einen Knochen für Urs. Ich habe das ganze Wochenende gearbeitet und kann gut bis fünfzehn Uhr fertig sein. Wir müssen dann nur abends zum Füttern der Pferde wieder hier sein.«

»Das Füttern kann ich übernehmen«, mischte sich Opa ein. »Macht ihr euch einen schönen Nachmittag. Wenn du die gefüllten Eimer vor die Boxen stellst, ist das kein Problem.«

Sie schaute ihn erstaunt an, denn Opa hatte schon lange nicht mehr im Stall gearbeitet. Aber es war ein tolles Angebot, denn es bedeutete, dass sie sich Zeit lassen konnten.

»Danke, Opa«, freute sie sich. »Was meinst du, Bente, hast du Lust?«

Er klopfte sich die Hände an der rosafarbenen Schürze ab. »Klar. Klingt super. Ausruhen muss ich mich bis dahin aber nicht, ich bin froh, wenn ich etwas zu tun habe. Es war zwar ein anstrengendes Wochenende, aber ich habe den Hof auch vermisst. Man gewöhnt sich schnell an die gute Landluft!«

Es war, als hätte Maje einen Rucksack mit Steinen abgenommen, als sie an die Arbeit ging. Die Schubkarren füllten sich wie von selbst mit Stroh und Einstreu, die Wassereimer schienen leichter.

Im Laufe des Vormittags kam Emma vorbei, um ihr ein Glanzshampoo für Urs zu überreichen, dessen Fell stark nach Pferdeäpfeln roch. »Na, du bist aber gut gelaunt«, schlussfolgerte ihre Freundin und schielte dann hinüber zu Bente, der einen großen Trog auffüllte, um Urs darin zu baden. »Woran das nur liegen mag?« Ihr Grinsen wurde noch breiter, als Maje rot anlief.

»Liegtamwetter«, nuschelte sie.

Gegen Mittag fuhr sie Opa zu seinem Therapietermin nach Emden. Zu ihrem Erstaunen nahm er es ganz gelassen hin und meckerte nur ein ganz kleines bisschen.

Der Weg zum Osterweiher führte sie an blühenden Wiesen und akkurat bepflanzten Feldern vorbei, die immer wieder von schnurgeraden Kanälen unterbrochen wurden. Vor Jahren war Rysum mal zum schönsten Dorf Niedersachsens gekürt worden – es war mit Sicherheit etwas Besonderes unter den ohnehin schon sehr idyllischen Ortschaften der Krummhörn.

Bente summte ein Lied vor sich hin, während er Matteo führte, der völlig entspannt neben ihm herschritt. An Chenilles Sattel hatte Maje breite Ledertaschen befestigt, in denen sich ihr Picknick befand. Sie suchten eine schattige Stelle am Weiher aus, an der sie die Pferde anbinden konnten. Auch Urs hatte sie begleitet und machte es sich auf einem kühlen Plätzchen unter einem Sanddornstrauch gemütlich. Maje reichte ihm einen Knochen, den er mit Begeisterung anknabberte. Dann räumte sie die Taschen aus, während Bente die Picknickdecke ausbreitete.

»Sprudel oder Saft?«, fragte sie und hielt zwei Flaschen hoch.

»Sprudel, bitte.«

Die Wasseroberfläche des Weihers war spiegelglatt und schwarz, so anders als die ewig aufgewühlte grünblaue Nordsee, auf deren Wellen unermüdlich Schaumkronen tanzten. Hier und da quakte ein Frosch in den Binsen oder zwitscherte ein Vogel in den Ästen. Eine rot gepunktete Libelle flog im Zickzack über das Wasser.

Die Pferde standen mit angewinkeltem Hinterbein unter dem Baum und genossen das schöne Wetter.

Seufzend legte sich Bente auf die Decke, stützte sich auf den Armen ab und schaute in den Himmel. »Es ist herrlich friedlich hier. So ganz anders als in Berlin.« Seine Worte spiegelten sich in seinen entspannten Zügen wider.

»Konntest du alles in Berlin erledigen, was du dir vorgenommen hast?«

»Ja, schon«, bestätigte er. »Aber ich habe auch gemerkt, wie hektisch es in der Stadt zugeht, und es hat mich genervt. All die gehetzten Menschen, die vielen Autos und Abgase, puh.« Er angelte sich einen Kieselstein und ließ ihn über die Wasseroberfläche flitschen. »Die Krummhörn tut mir gut. Ich würde ganz gern länger hierbleiben, und von meiner Arbeit her geht das auch, aber ich fürchte, dein Vater hätte ein Problem damit.«

Maje spürte, wie ihr bei der Vorstellung warm wurde. Ja, bitte bleib, dachte sie. Ihr Herz pumpte so schnell wie die Pumpen auf dem Dampfschiff, das Ausflugsfahrten in den Emdener Gewässern anbot. »Das mit Papa war ein Missverständnis«, sagte sie schnell. »Er weiß deine Arbeit zu schätzen, und er wollte sich ohnehin bei dir entschuldigen. Wir können dich ganz bestimmt brauchen.«

»Bist du dir sicher?«

»Ja, klar. Aber natürlich geht das nur bezahlt, wenn du weiter bei uns arbeitest. Ich denke mir etwas aus.« Fieberhaft überlegte sie, was sie ihm anbieten könnte, was ihn überzeugen könnte, auf dem Hof zu bleiben. Der Gedanke daran war … unglaublich!

»Na, dein Vater scheint in Ordnung zu sein, er ist nur schwer einzuschätzen. Aber ich brauche keine Bezahlung, ich will einfach nur eine Weile bei praktischer Arbeit entspannen. Wenn du dich revanchieren möchtest, kann ich dir einen Deal anbieten.«

»Ja?« Jede einzelne Faser in ihrem Körper spannte sich an. Egal, was es war, Bente würde es bekommen. Und wenn sie ihre langen Locken dafür verkaufen oder freitagabends im Fast-Food-Restaurant jobben müsste.

»Ich habe dir doch von meiner Tante Bille in Ramsloh erzählt, bei der ich als Kind eine Weile gewohnt habe. Die führt mittlerweile das Hotel Zur Post in Emden, das sie renovieren möchte. Tja und ich habe zwar ein Gefühl für Ästhetik und Fotografie, aber überhaupt keine Ahnung von Inneneinrichtung und Design. Vielleicht könnten wir gemeinsam hinfahren und einen Plan für sie ausarbeiten? Es eilt auch nicht, es reicht, wenn das im nächsten Jahr passiert.«

Erleichtert atmete Maje aus – das war einfacher als gedacht. »Natürlich, das ist gar kein Problem. Da kann ich sicherlich behilflich sein. Upgrades im Gastgewerbe sind eine spannende Sache, bei der man ein gutes Händchen braucht. Da kann ich meine Erfahrung einfließen lassen und mich natürlich auch den Vorstellungen deiner Tante anpassen.«

»Wunderbar, danke. Zu exotisch wird sie es nicht mögen, sie ist schon etwas älter und sehr konservativ. Das ist echt nett von dir, ich wollte ihr immer etwas dafür zurückgeben, dass sie mich damals aufgenommen hat.« Er schloss die Augen und legte den Kopf in den Nacken. Ein einzelner Sonnenstrahl durchbrach das Blätterdach und tanzte auf seiner Nase, was seinem Gesicht etwas Verspieltes gab.

»Ich verstehe.« Bente blieb anderen ungern etwas schuldig – das war wohl seine Art, mit sich im Reinen zu sein und seine Vergangenheit zu bewältigen. Obwohl sie sich freute, wusste sie, dass es schwierig für sie werden würde, ihn für einen längeren Zeitraum täglich um sich zu haben, denn eins war sicher: Sie würde ihre Gefühle für ihn zurückhalten müssen, denn sie wollte seine Beziehung mit Lara nicht zerstören. Dafür hatte sie ihn viel zu gern.

Sie packte Weintrauben und Erdbeeren aus, aber als sie ihm welche anbieten wollte, war er bereits eingeschlafen. Sie betrachtete seine ebenmäßigen Züge, die langen Wimpern und wedelte schließlich eine Fliege weg, die auf seiner Wange landen wollte.

»Lara muss die glücklichste Frau der Welt sein«, murmelte sie und erschrak, als er ein Auge öffnete und sie fragend anschaute.

»Was?«, fragte er irritiert. »Welche Lara?«

Maje stieg die Hitze in die Wangen. »Entschuldigung, ich dachte, du schläfst, das ist mir so herausgerutscht …«

Bente richtete sich auf. Langsam hob er eine Augenbraue. »Du denkst, dass Lara eine Frau ist?«

Maje hatte das Gefühl zu schrumpfen. Ihr war die Sache so peinlich, dass sie sich am liebsten unter der Picknickdecke versteckt hätte. Aber Bente stand auf und öffnete seinen Gürtel.

»Was machst du da?«

Wortlos zog er die Hose bis zu den Knien herunter und stand nun in Boxershorts vor ihr. Auf seinem Oberschenkel prangte ein Tattoo von einem Motorrad, aus dem Flammen aufstiegen, daneben stand in geschwungenen Buchstaben *Lara*.

Majes Augen weiteten sich. »Lara ist dein Motorrad?«

»Meine Ducati Streetfighter V4.« Es zuckte belustigt um seine Mundwinkel. »Ich bin Single, genau wie du.«

Maje schüttelte ungläubig den Kopf, während Bente sich wieder anzog. »Ah, ja?« Ihre Stimme schien zu versagen, und in ihr arbeitete es. Die Nachricht kam so überraschend, dass sie es kaum fassen konnte. Ein überwältigendes Glücksgefühl breitete sich in ihr aus. All die Zeit über hatte sie sich Bente gegenüber aus Respekt vor seiner Freundin zurückgehalten, hatte sich so sehr gewünscht, ihm nahe sein zu können. Und ganz plötzlich war alles anders. Das musste sie erst einmal verarbeiten.

Bente hockte sich wieder zu ihr, aber seine Miene hatte sich verändert. Er schaute ihr in die Augen, als würde er etwas suchen. Maje versank in seinem Blick, unfähig, sich zu bewegen. Der Boden schien zu wanken, als er ein kleines Stückchen näher an sie heranrückte, sodass ihre Nasenspitzen nur noch wenige Zentimeter voneinander entfernt waren.

»Du verrücktes Cowgirl«, flüsterte er und schob ihr eine Locke aus der Stirn. »Was meinst du denn, warum ich unbedingt hierbleiben möchte?«

Sie legte die Arme um seine Schultern, sog seinen herrlich frischen Duft ein, der ihr so vertraut vorkam. Ihre Lippen kamen sich näher, sein Mund öffnete sich. Da ertönte ein herzzerreißendes Jaulen. Erschrocken schielte sie über Bentes Schulter und sah, wie Urs mit einem unsichtbaren Feind kämpfte und sich dabei immer mehr verhedderte.

»Mist«, fluchte sie. »Ich glaube, dein Hund braucht Hilfe.«

Gemeinsam befreiten sie den Berner Sennenhund, der es geschafft hatte, sich in einer im Unterholz entsorgten Angelleine zu verwickeln. Maje entknotete die Schnur, die Bente zusammenrollte und in den Picknickkorb packte, um sie später zu entsorgen.

»Zeig mal her, Krümel«, bat sie den Hund. Auf dessen Pfote zeigte sich eine tiefe Druckstelle, aber zum Glück hatte die Leine nicht in die Haut geschnitten.

»Armer Urs«, tröstete sie ihn, und er rollte sich auf die Seite, um seinen großen Kopf in ihren Schoß zu legen. »Streichel mich«, hieß das. Sie kitzelte ihn am Bauch, das lenkte ihn ein wenig ab, und er beruhigte sich wieder. Dabei spürte sie Bentes Schulter an der ihren. Die romantische Stimmung zwischen ihnen war verflogen, aber etwas Neues war da, etwas, was sich noch besser, noch kostbarer anfühlte: das Wissen, dass Bente Single war, dass er ihr nicht abgeneigt war, verbunden mit einer neuen Hoffnung, dass sich zwischen ihnen etwas entwickeln könnte.

Zaghaft tastete sie nach seiner Hand, und es prickelte, als er ihre Berührung erwiderte und sich ihre Finger umeinander schlossen.

Spätabends, als die Sterne am Himmel funkelten und die Eule ihr Nachtlied rief, kehrten sie auf den Hof zurück, der friedlich im Dunkeln lag. Gemeinsam versorgten sie ihre Pferde, und Maje prüfte, ob Opa die anderen wie versprochen gefüttert hatte. »Sieht gut aus«, schlussfolgerte sie, als sie in den Boxen die mittlerweile leer gefutterten Eimer einsammelte.

»Sollen wir kurz bei ihm vorbeischauen?«, fragte Bente, als sie den Stall verließen.

»Ich glaube, er schläft um die Uhrzeit schon«, erwiderte sie und blieb dann überrascht stehen. In Opas Einliegerwohnung brannte Licht. Als sie näher kamen, hörte Maje leise Jazz-Musik spielen.

»Ich glaube, er hat mal wieder Damenbesuch«, raunte sie und kicherte. »Bestimmt ist Nele bei ihm.«

»Ja, sieht ganz so aus. Schön, dass dein Opa sein Leben so sehr genießt.«

Kurz darauf standen sie vor dem Eingang des Haupthauses, und Maje fingerte den Schlüssel hervor, der sich in ein paar Haargummis in ihrer Tasche verfangen hatte. Bente stand dicht neben ihr, und auf einmal spürte sie, wie die Nervosität in ihr aufstieg. Der Mond war hinter einer Wolke verschwunden, aber dennoch lag ein silbriges Licht über ihnen, das eine nahezu magische Atmosphäre schuf. Einzelne Grillen zirpten, in der Ferne war der schnurrende Balzruf des Ziegenmelkers zu hören. Es war der perfekte Moment, um sich zu küssen und dann gemeinsam, Hand in Hand, in einem ihrer Schlafzimmer zu verschwinden. Und das brachte Maje aus der Fassung. Verlegen fuhr sie sich über die erhitzte Stirn und brauchte zwei Anläufe, bis sie den richtigen Schlüssel ins Loch bugsiert hatte. Aber Bente machte keine Anstalten, sie zu küssen. Er lehnte einfach nur neben ihr und spielte mit den Bändern seines Kapuzenpullis. Dafür war sie ihm dankbar – sie würden genug Zeit für- und miteinander haben, da mussten sie nichts überstürzen.

In den nächsten Tagen herrschte rege Hektik auf dem Neßmersieler Hof. Maje fand kaum Zeit für Bente, aber das war in Ordnung – er war immer nah bei ihr, half ihr, wo er konnte, und das reichte ihr für den Moment. Bente schien es genauso zu sehen, denn er war fröhlich und freute sich über jede neue Herausforderung.

Auch der Reitbetrieb lief gut. Egges Anwesenheit hatte sich herumgesprochen, und mehrere neue Reitschüler meldeten sich für den Unterricht bei dem bekannten Ex-Jockey an.

»Der ist bis auf den Theologen halt die einzige Berühmtheit, die Rysum je hervorgebracht hat«, meinte Arne. Mit dem Theologen bezog er sich auf Karl Eduard Immer, der als einer der bekanntesten Wortführer der Bekennenden Kirche galt. »Es hat sich jetzt schon gelohnt, Egge einzustellen.«

»Mag sein«, antwortete Maje, die nur Augen für Bente hatte und verstohlen beobachtete, wie er gerade im Tanktop einen Zaunpfosten in die feuchte Erde trieb. Sein Oberkörper war durchtrainiert, aber auch nicht übermäßig muskulös, genau richtig für ihren Geschmack.

»Das heißt auch, dass wir den Schlepper öfter einsetzen müssen, um den Hallenuntergrund zu pflegen … Hörst du mir überhaupt zu?«

»Mhm.« Sie drückte ihrem Vater eine Harke in die Hand und schnappte sich die Tasche, die sie vor sich abgestellt hatte. »Ich muss mal kurz etwas erledigen.«

»He …«

Aber Maje war schon zu Bente hinübergelaufen und half ihm, den Pfosten gerade auszurichten, bevor sie gemeinsam den Boden festtraten. »Puh, das ist anstrengend«, sagte sie und schielte auf seine Brust, auf der sich Schweißperlen gebildet hatten.

Er merkte es und grinste. »Ja, mein Puls ist auch oben. Möchtest du mal fühlen?«

Sie schluckte. Dann hob sie zaghaft den Arm und legte ihre Handfläche links neben sein Brustbein. Sein Herz war deutlich zu spüren. Das Klopfen schien durch ihren Arm zu wandern und ihr eigenes Herz zu erreichen. Sie fühlte sich ihm so nahe wie nie zuvor und horchte in sich hinein, um herauszufinden, ob ihre Herzen synchron schlugen. Da traten Nils und Enno aus dem Reitstall, und sie ließ instinktiv den Arm sinken. Bente zu berühren war eine intime Sache, die keinen etwas anging.

»Ich habe übrigens etwas für dich. Nur eine Kleinigkeit«, sagte sie heiser und holte den Ton-Urs aus ihrer Tasche. Janine hatte ihn über Nacht gebrannt, und er schien gut geraten zu sein. »Ich hoffe, er gefällt dir.«

Bente betrachtete den kugelförmigen Hund und hielt ihn dabei dicht vors Gesicht, um ihn genau anzusehen. Der winzige Urs machte Sitz und schleckte sich dabei eine Pfote ab. Ein Lächeln huschte über Bentes Lippen. »Der ist toll«, fand er. »Und er sieht genauso aus wie der echte Urs. Hast du den wirklich selbst gemacht?«

Maje nickte.

»Total süß. Die gleichen treuen Augen und die unverkennbare Schlabberzunge. Den stelle ich mir an einen ganz besonderen Ort.

Danke!« Er trat auf sie zu und umarmte sie unsicher, berührte sie nur ganz leicht und ließ sie gleich wieder los. Seine Gesichtsfarbe nahm einen rötlichen Ton an, und das wiederum ermutigte Maje. Manchmal ist er genauso schüchtern wie ich, dachte sie.

»Ich werde mich bei Gelegenheit revanchieren«, versprach er, aber sie winkte ab. »Nein, das musst du nicht. Ich wollte dir einfach eine Freude machen. Du ...« Sie atmete tief durch, denn diese Diskussion führte weit und tief, bis in seine Vergangenheit. »Es ist nur eine Kleinigkeit, und Urs war ein braves Modell.«

»Bestimmt hast du ihn mit Hundekeksen bestochen. Anders kann ich mir nicht erklären, dass er für dich stillgesessen hat.«

Maje grinste. »Erwischt!« Aber ohne Leckerlis wäre es nicht gegangen. Entweder Urs schlief oder lag irgendwo faul herum oder er rannte mit Vollspeed durch die Gegend und hatte nur Unsinn im Kopf.

Die Woche verflog so schnell, dass Maje es kaum glauben konnte, als sie am Samstagmorgen mit Bente über den Hof schlenderte und dem emsigen Treiben der Einsteller zuschaute. »Was hältst du davon, wenn wir uns heute gemeinsam Opas Einliegerwohnung vornehmen?«, schlug sie Bente vor. Der war einverstanden, aber als sie bei ihrem Großvater klopften, sträubte der sich gegen die Idee.

»Wir räumen nur ein bisschen auf und machen sauber«, erklärte Maje, aber ihr Großvater wuselte mürrisch um sie herum und beobachtete jeden ihrer Schritte.

»He, die brauche ich noch«, beschwerte er sich, als sie einen Stapel leerer Keksdosen unter dem Wohnzimmertisch hervorzog.

»Wofür?«

»Na, um Dinge darin aufzubewahren.«

Zweifelnd schaute sie auf die aufgeweichten Papp-Packungen.

»Und das kann auch nicht weg.« Opa nahm Bente einen zerbrochenen Holzlöffel weg und presste ihn wie einen Schatz an sich.

Bente warf ihr einen vielsagenden Blick zu. »Was hältst du davon, Heinrich, wenn wir eine Runde spazieren gehen?«, schlug er vor. »Komm, wir lassen Maje das machen und laufen derweil zum Friedhof. Ich helfe dir, Annikas Grab zu gießen.«

»Aber nichts Wichtiges wegschmeißen!«, rief Opa und nahm den Hut entgegen, den Bente ihm reichte. »Und fass mein Piano nicht an!«

Maje versprach es. Aber es war gar nicht so einfach zu entscheiden, was Müll war und was nicht – vieles in der Wohnung war alt und schäbig, aber manches hatte einen sentimentalen Wert, den nur ihr Opa kannte. Dazu gehörte zum Beispiel die Sammlung bunter Flaschen, die oben auf einem Regal stand, und auch die alte Kanonenkugel, von der Opa behauptete, dass sie aus einem echten Piratenschiff stammte. Maje rollte sie hinter einen Blumentopf, damit sie nicht als Stolperfalle im Weg herumlag. Trotzdem leerte sich die Wohnung schnell.

Bente hat ein gutes Gespür für Menschen, dachte sie und war dankbar, dass er sich so gut mit ihrem Großvater verstand.

»Was meinst du, Opa?«, fragte sie gespannt, als dieser von seinem Friedhofsbesuch mit Bente zurückkam.

»Mhm, mhm, mhm«, brummte er und schaute sich suchend im Wohnzimmer um. »Wo ist meine Meerschaumpfeife?«

Maje deutete auf die Holzkiste im Regal, die sowohl Pfeife als auch Stopfer enthielt. »Dein Piano habe ich nur etwas entstaubt«, versicherte sie ihm.

»Dann ist ja gut«, sagte er und sank erschöpft in einen Sessel. »Mir fehlt die Musik, ich sollte mal wieder spielen. Und nun lasst mich schlafen, Kinder«, brummte er, und Maje und Bente zogen sich zurück.

»Ich glaube, das ist ganz gut gelaufen«, flüsterte Bente ihr zu. »Er schien nicht unzufrieden mit dem Ergebnis. Vielleicht wurde es ihm am Ende selbst zu viel Kram.«

Später am Nachmittag schichtete Maje den Komposthaufen um und bemerkte dabei, dass Bente mitten auf der Pferdekoppel kniete. »Was macht er da?«, fragte sie Urs, der angeleint und deshalb äußerst beleidigt neben ihr stand. Er hatte mithelfen wollen, im stark riechenden Komposthaufen zu buddeln, und das hatte sie sofort unterbunden.

»Wuff«, bellte er gekränkt.

Maje kniff die Augen zu. Sie legte die Schaufel weg und lief zum Zaun, um erkennen zu können, was Bente dort trieb. Er hielt etwas vor sein Gesicht – eine Kamera! Eine der Stuten trat auf ihn zu und schnupperte neugierig an dem langen Objektiv, aber Bente rührte sich nicht. »Er hat überhaupt keine Angst vor Pferden«, murmelte Maje und kehrte zu ihrer Arbeit zurück.

Bald war der Komposthaufen fertig, und Urs durfte wieder frei laufen. Bente fotografierte immer noch, dieses Mal auf der Nachbarkoppel, auf der Manuka graste, während ihr Fohlen um sie herumtobte und die tollsten Bocksprünge vollführte. Auch Bente war ganz in seinem Element, verfolgte das Kleine ruhig mit der Kamera und ließ es ganz nahe herankommen. Maje beobachtete verzückt, wie das Fohlen mit seiner Schnute durch Bentes Haare wuschelte. Dieser ließ die Kamera sinken und streichelte ihm über die Nase. Das löste in Maje gluckernde Glücksgefühle aus, die wie Sprudelwasserblasen in ihr aufstiegen. »Ich werde ihn nie wieder hergeben«, versprach sie Urs, der brav neben ihr saß und auf einem Stöckchen kaute.

Sie brachte die Schaufel zurück in die Scheune und überlegte. Jetzt duschen oder später? Später, entschied sie mit einem Blick auf den mit Stroh bedeckten Boden.

»Warst du das, Urs?« Aber der Hund schaute sie nur unschuldig an.

Sie kehrte gerade das Stroh zusammen, als Bente die Scheune betrat. Vorsichtig legte er die Kamera auf einen niedrigen Querbalken. Urs galoppierte bereits auf ihn zu, versuchte zu bremsen, schaffte es aber nicht und rannte Bente um, der auf dem Hosenboden landete. Dabei riss er die Kamera vom Balken, die krachend neben ihm landete.

»Hey!«, schimpfte Bente und schob den Hund von sich weg. »Das war zu stürmisch, Urs! Du musst lernen, vorsichtiger zu werden.« Schuldbewusst zog der Berner Sennenhund seine Rute zwischen die Beine und machte sich ganz klein.

Maje schlug sich die Hand vor den Mund und betrachtete Bente, der sich im Sitzen das Stroh aus den Haaren zupfte. Seine Augen funkelten verärgert, und seine Stirn lag in Falten. So aufgebracht hatte Maje ihn noch nie gesehen. »Alles heil? Hast du dir wehgetan?«

Bente schaute durch das Objektiv und drehte die Kamera dann noch einmal herum. »Mir geht es gut. Meiner Kamera anscheinend auch. Puh, das hätte auch schiefgehen können! Das wäre teuer geworden.«

Erleichtert atmete Maje auf. Sie wartete, bis er die Kamera auf dem Balken verstaut hatte und auf sie zukam.

Dann griff sie nach einer Handvoll Stroh und bewarf ihn damit. Die Halme landeten sanft auf seiner Schulter, bevor sie auf den Boden rieselten. Bente schaute sie empört an.

»Ich war's nicht«, behauptete sie schulterzuckend.

»Wuff«, bekräftigte Urs ihre Worte.

Jetzt guckte Bente verdutzt, bevor sich sein Blick erhellte. Er grinste, stand auf und ließ die Fingerknöchel knacken. Bevor Maje reagieren konnte, hatte er sie bereits mit einer Ladung Stroh beworfen, und sie taumelte überrascht zurück. Aber sie brauchte nicht lange, um sich zu erholen, stopfte ihm lachend Stroh ins T-Shirt. Urs sprang bellend um sie herum. Versehentlich traf er Maje am Knie, die stolperte und Bente mit sich zu Boden riss. Sie nutzte die Gelegenheit und setzte sich auf ihn, aber er schubste sie herunter. Gemeinsam rollten sie durchs Stroh, rangen um die Oberhand. Maje war kräftig, aber gegen Bente hatte sie keine

Chance. Nach ein paar Minuten lag sie heftig atmend auf dem Rücken und spuckte ein paar Halme aus. Bente drückte ihre Arme herunter und sagte: »Ergib dich!«

»Niemals«, keuchte sie und sah ihm provozierend in die Augen.

Er beugte sich weiter herunter, und sie versank in seinem Blick. Seine Hände auf ihren, sein Gewicht auf ihrem Körper, das weiche Stroh unter ihnen, das war gar nicht mal so schlecht. Ihr wurde warm, als er den Griff leicht lockerte und flüsterte: »Was machst du nur mit mir?«

»Was ist denn hier los?«, unterbrach sie eine Stimme.

Schnell ließ Bente sie los und kletterte von ihr herunter. »Hi, Egge«, sagte er ruhig. »Nur eine kleine Strohschlacht, nichts weiter. Alles klar bei dir?«

Egge schaute von Bente zu ihr und wieder zurück. Maje wischte sich den Schweiß und eine Menge Staub aus dem Gesicht. Sie tastete nach dem Haargummi, das sie in dem Strohberg verloren hatte. Egge schüttelte den Kopf, schnaubte und sagte: »Du hast dich verändert.« Dann verließ er die Scheune ohne ein weiteres Wort.

»Der hat aber schlechte Laune«, meinte Bente.

»Jaa«, bestätigte Maje. »Wer weiß, vielleicht liefen seine Reitstunden heute nicht gut. Ich rede mal mit ihm.«

Sie schüttelte sich, und er half ihr, die goldgelben Halme aus ihren Haaren zu sortieren. »Deine Locken ziehen das Stroh an wie ein Magnet«, behauptete er.

Als sie wieder einigermaßen ordentlich aussah, lief sie Egge hinterher, der bereits in der Halle verschwunden war. Dort dirigierte er Meike, die heute einen neuen Sattel probierte. »Mit diesem Monoblatt sitzt du viel näher am Pferd«, erklärte er und klang dabei viel freundlicher als eben. Meike war völlig auf ihr Pferd konzentriert, daher entschied Maje, die beiden nicht zu stören und die Sache auf sich beruhen zu lassen.

Dennoch ging ihr Egges Vorwurf den Rest des Tages durch den Kopf. Natürlich war sie nicht mehr dieselbe Person wie früher, und das war auch gut so. Aber seine Worte hatten so geklungen, als wäre er damit nicht einverstanden.

»Meint ihr, dass ich mich stark verändert habe?«, fragte sie Emma und Janine, mit denen sie sich nach Feierabend auf eine Cola in der Mühlenkneipe verabredet hatte.

»Na klar«, antwortete Emma sofort. »Früher warst du super schüchtern, das bist du irgendwie zwar immer noch, aber du bist gleichzeitig um einiges selbstbewusster.«

Maje nickte. Sie hatte zwar in den letzten Jahren kein Problem gehabt, in einem Meeting eine Präsentation zu halten, aber wenn ein Mann sie auf einen Kaffee einlud, wusste sie nicht, was sie antworten sollte. »Ich glaube, ich weiß mittlerweile, was ich will.« Sie dachte an Bente und den süßen Ausdruck in seinem Gesicht, als er das Stroh unter seinem T-Shirt hervorgezogen hatte.

»Ich erinnere mich noch gut daran, dass du immer aus der Krummhörn wegwolltest. Alles kam dir hier beengend vor«, warf Janine ein, und bei ihr klang das wie eine Frage.

Wieder nickte Maje. »Ja, dahingehend habe ich mich wohl auch verändert. Zuerst fand ich Köln spannend, aber am Ende fühlte ich mich dort sehr verloren. Alles war hektisch, nie stand die Stadt still. Es gab wenig Rückzugsorte, wenig Natur. Jetzt fühlt sich Ostfriesland weit und frei an. Mhm, aber nicht jeder scheint Veränderungen gegenüber aufgeschlossen.« Sie erzählte ihnen, wie enttäuscht Egge reagiert hatte, als er feststellte, dass sie nicht mehr dieselbe wie früher war.

»Nimm seine Worte nicht so ernst. In seiner Erinnerung bist du noch ein Teenager, jetzt stehst du mitten im Leben. Du solltest nicht an deiner Persönlichkeit zweifeln, sondern er muss seine Wahrnehmung anpassen«, meinte Emma.

»Ja, wahrscheinlich hast du recht. Aber es ist gut, dass Egge wieder in mein Leben getreten ist. Denn eins ist mir durch ihn klar geworden ...« Sie spielte mit ihrem Trinkglas und merkte nicht, wie Janine sich räusperte und Emma unauffällig ihren Finger auf die Lippen gelegt hatte. Wieder dachte sie an Bente und daran, wie gut sich seine Nähe anfühlte. »Durch Egge weiß ich nun, was ich wirklich möchte. Nämlich eine gute Beziehung, in der ich ich selbst sein kann. In der ich keine Angst haben muss, mich zu verstellen oder meinen Freund an eine andere zu verlieren, die hübscher ist. Dafür bin ich Egge dankbar.«

»Moin, Mädels«, hörte sie Bentes Stimme hinter sich. Erschrocken fuhr sie herum. Wie viel von ihrem Monolog hatte er mitbekommen? Aus dem Kontext gerissen kam ihr letztes Statement bestimmt falsch herüber!

Bente schaute sie mit grauen, undurchdringlichen Augen an. Seine Miene wirkte distanziert und kühl. »Ich wollte nur kurz Hallo sagen, ich bin mit meinen Jungs verabredet.« Er deutete in Richtung eines runden Tischs in der Nähe des Tresens, an dem vier junge Männer über einen Ordner gebeugt saßen und quatschten. Einer winkte, und Bente gab sich einen Ruck.

Maje versuchte, in seinem Gesicht zu lesen. Täuschte sie sich, oder standen dort Enttäuschung und Traurigkeit geschrieben? Bente nickte seinen Jungs zu und lief dann zu ihnen hinüber. Sie biss sich auf die Lippen. »Mist«, murmelte sie.

Kapitel 10

Am nächsten Morgen suchte Maje ein offenes Gespräch mit Bente, aber der reinigte gerade die modrige Fassade des Hauses mit dem Hochdruckreiniger und stand inmitten von wild spritzendem Wasser und Schmutz. Also konzentrierte sie sich erst einmal auf die Arbeit, tauschte eine Glühbirne in der Futterkammer aus, pflanzte Blumen auf dem breiten Streifen neben dem Parkplatz und striegelte Matteos seidiges Fell. Ein Taxi fuhr vor, aus dem Nele ausstieg, einen großen Picknickkorb im Arm. Er war so üppig mit Gemüse, Baguette und Flaschen bestückt, dass sie Probleme hatte, ihn aus dem Wagen zu wuchten.

»Moment, ich helfe dir!«, rief Maje und unterbrach ihre Arbeit.

»Danke.« Ein angenehmer Duft nach Vanille und Zimt ging von Nele aus, der gut zu ihrem hellbeigen Kleid mit den braunen Punkten passte. »Hach, was für ein wunderschöner Tag«, sagte sie fröhlich und blieb kurz stehen, um Matteo zu bewundern. Zaghaft tätschelte sie den Hals des Hengstes. »Oh, du Guter«, murmelte sie, bevor sie Maje folgte, die den Korb bis zu Opas Haustür trug, um ihn dort abzustellen. Zwischen den Leckereien lugte auch eine Packung mit herzförmigen Pralinen hervor.

»Danke, dass du dich so gut um Opa kümmerst«, sagte Maje.

»Das mache ich gern. Dein Opa und ich, wir sind ein Team.«

Sie senkte die Stimme, als sie weitersprach: »Wir waren nie füreinander bereit, aber so langsam begreifen wir, dass uns die Zeit wegläuft.« In ihren hellblauen Augen lag eine tiefe Sehnsucht, die Maje gut verstehen konnte. Auch sie hatte ihre Gefühle für Bente verstecken müssen, und das hatte sie gequält.

Opa öffnete die Tür und strahlte, als er Nele entdeckte, und sein Lächeln verbreitete sich beim Blick auf den Korb. Seine spärlichen Haare waren zu einem akkuraten Seitenscheitel gekämmt, der Bart war gestutzt. Maje zog sich zurück, um den beiden Freiraum zu geben. Sie lief ins Reiterstübchen, um dort in Ruhe einen Müsliriegel zu essen. Aber als sie eintrat, blieb sie wie angewurzelt stehen und erstarrte. Etwa ein Dutzend Kerzen waren im ganzen Raum verteilt. Die Platte des alten Eichentisches war unter einer gestärkten Tischdecke verschwunden, darauf stand neben einer Vase mit Nelken ein Kuchen auf einer Silberplatte. Der Nelkenduft wurde vom intensiven Wachsgeruch übertönt, der sich im Zimmer ausgebreitet hatte.

Egge saß auf einem Stuhl und faltete gerade eine Stoffserviette in die Form einer Strelitzienblüte. Dabei summte er vor sich hin, bis er Maje bemerkte, die mit verschränkten Armen vor ihm stand.

Er hatte sie mit einem romantischen Stallpicknick überraschen wollen! Das ging eindeutig zu weit. Maje spürte, wie die Wut in ihr aufstieg. Sie hatte ihm klar gesagt, dass sie die Vergangenheit hinter sich lassen wollte, und für sie war ihre jetzige Arbeitsbeziehung in Ordnung. Anscheinend hatte er mehr Gefühle für sie, als er zugeben wollte. Und das machte ihre neue Freundschaft kaputt. Das durfte nicht sein! Sie ballte die Hände zu Fäusten und schrie los, bevor Egge sie auch nur begrüßen konnte.

»Was denkst du, was das hier wird? Das ist ein Reitstall, in dem ein Funke genügt, damit hier alles abfackelt. Du räumst jetzt sofort die Kerzen weg, und dann will ich so etwas nie wieder sehen, sonst brauchst du den Neßmersieler Hof nie wieder zu betreten! Und was mich betrifft, ich hoffe, du weißt, dass ich längst über dich hinweg bin.«

Egge starrte sie entgeistert an. Er fuhr sich durch die zurückgegelten Haare, als er leise antwortete: »Maje, du verstehst alles falsch –«

»Nein, das tue ich nicht. Und ich wiederhole mich auch nicht gern. Kerzen aus und dann raus hier!«

»Okay, mache ich, aber –«

Demonstrativ pustete sie die erste Kerze aus, schaute Egge noch einmal böse an und lief dann aus dem Reiterstübchen und zurück ins Haus, wo sie sich in ihrem Zimmer verkroch. Wütend biss sie in ihren Müsliriegel, bevor sie Emma anrief, um ihr von der Sache zu erzählen.

»Na, nimm es doch als Kompliment. Damals hat er dich nicht gewollt – jetzt weiß er, was er verpasst hat. Er hat eine lange Leitung, wird aber bestimmt verstehen, dass du kein Interesse mehr hast«, wagte Emma einen optimistischen Ansatz, ruderte aber gleich zurück: »Aber ich verstehe, warum es dich nervt. Und das mit den Kerzen geht natürlich wirklich nicht.«

Das Gespräch mit ihrer Freundin beruhigte Maje ein wenig, und sie ging wieder zurück an die Arbeit, pflanzte neue Strauchmargeriten und Zauberglöckchen in die Blumenkästen vor den Fenstern der unteren Etage des Hauses und beschnitt die niedrige Hecke um den Außenplatz. Das dauerte länger als gedacht, weil die Hecke krumm und schief gewachsen war und Maje den Ehrgeiz verspürte, ihr eine schöne Form zu verpassen. »Es ist wichtig, sich mit schönen Dingen zu umgeben, das hilft, innere Ausgeglichenheit zu schaffen«, erklärte sie Urs, der sie bei jedem Schritt verfolgte. Seine großen dunklen Augen ruhten unablässig auf ihr, als würde er ihre innere Zerrissenheit spüren.

Beim Mittagessen leisteten ihr Opa und Bente Gesellschaft. Egge blieb verschwunden. Sie überlegte, ob sie Bente von Egges Picknickversuch erzählen sollte, entschied aber, ihn da rauszuhalten, weil es nur unnötige Spannungen auf dem Hof schaffen würde und sie außerdem erst mit ihm über das Missverständnis am vergangenen Abend reden wollte.

»Ich muss jetzt Medikamente schlucken«, beschwerte Opa sich. »Jeden Morgen zwei rote Pillen und abends eine rote und eine blaue. Ich habe mein ganzes Leben lang noch keine Medizin zu mir genommen. Das ist viel zu viel, da wird man doch krank von.«

»Ich hoffe, die schmecken nicht bitter?«, fragte Bente zwischen zwei Bissen. Er saß Maje schräg gegenüber, und zu ihrem Schrecken vermied er es, in ihre Richtung zu schauen. Kein Wunder, dachte sie. Wahrscheinlich zweifelte er an ihren Gefühlen.

»Nee, das sind Kapseln, da schmeckt man gar nichts. Aber man muss dazu ein Glas Wasser trinken, das nervt. Ich fühle mich bereits wie ein vollgesogener Schwamm.«

»Das wird dir aber guttun, Opa«, warf Maje ein und schaufelte ihrem Opa eine weitere Portion Auflauf auf den Teller. »Der Arzt hat deutlich darauf hingewiesen, dass du mehr trinken musst.«

In den letzten Wochen war ihr Großvater dünn geworden, seine Augen lagen tief in den Höhlen, und die Haut auf seinen Wangen warf deutlich mehr Falten als früher, was ihn noch ein paar Jahre älter erscheinen ließ.

»Ja, wenn ich immer gemacht hätte, was ich sollte, dann hätte ich nicht die sieben Weltmeere besegelt. Hätte weder Rum in Jamaika getrunken noch den besten Tabak in Brasilien kennengelernt. Mein Vater wollte nämlich, dass ich Kaminkehrer werde. Pah!«, rief er und griff nach dem Ketchup. »In engen schmutzigen Röhren stecken und Staub zu husten, statt die frische Meeresbrise zu spüren, während man in der Takelage herumklettert!«

»Das klingt tatsächlich nach deutlich mehr Spaß«, stimmte Maje ihm zu. Auch sie hatte sich damals gegen den ausdrücklichen Willen ihres Vaters dafür entschieden, die Krummhörn zu verlassen und Innenarchitektur zu studieren. Und auch, wenn der Job anschließend um einiges unromantischer war als gedacht, so hatte sie die Entscheidung nie bereut. Es war wichtig gewesen zu gehen. Und ebenso wichtig zurückzukehren, denn erst jetzt wusste sie, wie schön ihre Heimat war, konnte sie richtig schätzen und genießen.

Es klingelte an der Tür, und Maje sprang auf. »Das sind Emma und Janine. Wir wollten uns beraten, um Ideen für den Hof zu sammeln. Möchtest du auch dabei sein, Bente?« Hoffnungsvoll schaute sie ihn an, aber er schüttelte den Kopf.

»Ich wollte noch die Regenrinnen reinigen«, erklärte er. »Die sind voller Blätter und Äste, da fließt nichts mehr ab.«

»Ich halte dir die Leiter, Junge«, warf Opa sofort ein. »Und ich zeige dir, wie man das richtig macht.«

Unwillkürlich musste Maje lächeln. Nicht nur, weil ihr Opa ihn so offensichtlich mochte, sondern auch, weil Bente schnell dazugelernt hatte. Sie war sich sicher, dass dies die erste Regenrinne in seinem Leben war, die er reinigte. Er fügte sich gut auf dem Hof ein, machte seine mangelnde Erfahrung mit Neugier und Fleiß wett. Schade nur, dass er ihr offensichtlich aus dem Weg ging – aber das Missverständnis vom vergangenen Abend konnte sie ohnehin nicht klären, wenn Emma und Janine dabei waren.

Es klingelte wieder, und dieses Mal stürmte sie in den Flur und riss die Tür auf. Janine hielt ein Klemmbrett unter dem Arm, Emma hatte eine kleines, aber dralles Alpaka aus Filzwolle dabei.

»Oha«, sagte Maje überrascht und bedeutete den beiden, ihr zu folgen.

»Wir stecken voller Ideen und haben viel zu besprechen«, verkündete Emma. Sie machten es sich im Reiterstübchen bequem, und Maje zauberte eine Packung Schokoladenkekse hervor, die sie zwischen ihnen auf den Tisch stellte. Die Kerzen, das Geschirr, der Kuchen – das alles war aus dem Raum verschwunden. Nur ein süßer Geruch von Bienenwachs lag noch in der Luft und erinnerte an Egges Aktion. Maje schüttelte den Kopf, um den Gedanken zu vertreiben.

»Dann lasst mal hören«, sagte sie an ihre Freundinnen gewandt.

»Also«, begann Emma und stellte das Alpaka vor Maje, »mich hat Gunda auf eine Idee gebracht, als ich ihren Schnauzer Fido scherte. Gunda macht alle Arten von Handarbeiten, unter anderem filzt sie gern. Dafür nutzt sie die Wolle von Suri-Alpakas, die sie von einer Farm aus Ostdeutschland bezieht.«

»Aha?«, fragte Maje und ahnte bereits, worauf Emma hinauswollte.

»Suri-Alpakas sind einfach zu halten und haben feine Wolle, die sich gut und teuer verkaufen lässt. Die sind eine echte Goldgrube. Ihr könntet euch eine Herde davon anschaffen, Platz genug habt ihr. Fühle mal, wie weich die Wolle ist.«

Zweifelnd hob Maje das gefilzte Alpaka hoch, das sich tatsächlich angenehm weich anfühlte. »Interessant ...«, sagte sie und spielte die Idee in Gedanken durch. Eine völlig neue Tierart bedeutete eine Menge Recherche, viel Risiko und unglaublich viel Arbeit. Es müssten Ställe gebaut und Koppeln angepasst werden, außerdem müsste eine komplett neue Infrastruktur für die Tiere geschaffen werden, um die Wolle zu gewinnen und zu verkaufen. Und was würde Thies davon halten? Zwei Monate würden nicht mal für die grobe Planung dieses Projekts ausreichen, überlegte sie.

»So, jetzt bin ich dran.« Demonstrativ klappte Janine den Ordner auf und deutete auf eine fein säuberlich geschriebene Liste. »Idee Nummer eins: Ihr kauft einen neuen Hengst und lasst die Zucht wieder aufblühen. Idee Nummer zwei: Ihr holt Heinrich ins Haus und richtet die Einliegerwohnung für Gäste her. Ist da schon etwas dabei?«

Maje dachte nach. »Ich finde alle diese Ideen ganz interessant. Was sie alle gemeinsam haben, ist jedoch, dass sie viel Arbeit bedeuten und auch eine ordentliche Investition benötigt wird, damit es funktioniert. Wir haben aber kaum Rücklagen. Und damit es langfristig klappt, muss Thies damit einverstanden sein. Ich denke, ich muss mit ihm über eure Vorschläge reden.« Nun holte Maje ihr Notizbuch hervor. »Ich habe mir auch Gedanken gemacht. Was haltet ihr zum Beispiel von einem zweiten Reitlehrer, der speziell Kinder unterrichtet? Die meisten unserer Reiter sind Jugendliche und Erwachsene, aber wir haben immerhin zwei gute Ponys, die man wieder in den Reitbetrieb integrieren könnte. Und es gibt durchaus Kapazitäten in der Halle und auf dem Platz.«

»Auch nicht schlecht«, fand Janine. »Die Frage ist, wo man so einen Reitlehrer herbekommt. Da müsste man überregional Anzeigen schalten.«

Sie diskutierten und überlegten, besprachen pro und contra und wägten ab. Mit jeder Idee und jedem Gedanken wurde Maje optimistischer. Es gab viele Wege und Möglichkeiten, die Zukunft in Angriff zu nehmen – man musste nur schlau wählen und sich dahinterklemmen! Sie würde den Grundstein setzen, auf dem Thies dann aufbauen konnte.

Am Ende ihres Meetings drückte sie ihre beiden Freundinnen fest an sich. »Vielen Dank, ihr zwei! Das war sehr produktiv heute, und die ein oder andere gute Idee war dabei.«

Sie brachte die beiden zum Parkplatz, als ihr plötzlich ein beißender Geruch in die Nase stieg. Sie hielt inne und schnüffelte. »Riecht ihr das auch?«

Emma krauste die Nase. »Nee, was denn?«

Aber Janine wurde kreidebleich. »Oh nein!«, rief sie und deutete auf Opas Einliegerwohnung, aus deren gekipptem Wohnzimmerfenster Rauch quoll.

»Es brennt bei Opa!« Auf Majes Haut breitete sich eine Gänsehaut aus. Der Rauch kräuselte sich in einer wabernden Fahne aus dem Fenster und löste sich nach ein paar Metern im Wind auf. Sofort musste sie an die Kerzen denken, die Egge im Reiter-stübchen aufgestellt hatte. Er hatte doch nicht schon wieder mit Kerzen gespielt? Sie ließ die leere Kekspackung fallen und stürmte los, hielt dann inne und rief über ihre Schulter: »Ruft sofort die Feuerwehr!«

Janine hatte ihr Handy bereits gezückt, während Emma ihr zur Haustür folgte. Maje erreichte die Tür und drehte den Knauf – es war abgeschlossen.

»Verdammt, die Haustür ist abschlossen!«, schrie sie und ru-ckelte verzweifelt am Knauf. »Bist du da, Opa?«

Drinnen rührte sich nichts. Der Rauch wurde nun stärker, es roch nach verbranntem Plastik. Emma hinter ihr hustete.

»Mach auf!«, schrie Maje nun und trommelte gegen die Tür. Kalter Schweiß trat ihr auf die Stirn. Panisch sah sie sich um, suchte nach einem Stein, mit dem sie die Scheibe einwerfen konnte.

»Ich hole eine Metallstange, die wir als Brecheisen nutzen können!«, rief Emma und war schon auf dem Weg in Richtung Scheune. Der Rauch verdichtete sich, wurde nun grau und bei-ßend. Endlich hatte Maje einen Ziegelstein entdeckt und hob den Arm, bereit, ihn gegen das Glas zu schmeißen. Da aber stürzte Bente an ihr vorbei und warf sich mit aller Wucht gegen die Tür.

»Au, verdammt!«, fluchte er und rieb sich die schmerzende Schulter. Aber die Tür bewegte sich keinen Zentimeter.

Besorgt schaute Maje ihn an. »Alles klar mit dir?«

»Ja«, ächzte er.

Plötzlich hatte sie eine Idee ... konnte es so einfach sein? Sie bückte sich und hob die Fußmatte an – tatsächlich lag dort ein einzelner Schlüssel.

»Ha!«, rief sie, als die Tür quietschend aufschwang.

Gemeinsam liefen sie ins Wohnzimmer und entdeckten dort inmitten des Rauchs ein Bügelbrett, auf dem eins von Opas hell-beigen Hemden lag, das lichterloh brannte. Auch der Bezug des

Bretts und die Gardine hatten bereits Feuer gefangen. Von Opa selbst war nichts zu sehen.

»Er hat vergessen, das Bügeleisen auszuschalten!«, rief Maje, gleichzeitig entsetzt und erleichtert, weil es bedeutete, dass Egge den Brand nicht durch Fahrlässigkeit verursacht hatte. Jetzt fiel ihr auch wieder ein, dass der heute seinen freien Tag hatte.

Sie stürmte zur Steckdose, um das Kabel herauszureißen. Der Rauch griff ihre Lungen an, und sie schnappte sich ein Tuch, das sie sich vor den Mund presste. Bente griff derweil hustend nach einer Decke, um die Flammen zu ersticken. Auch Emma und Janine waren hinterhergekommen und halfen, das Feuer zu löschen.

Es klirrte, als Bente mit der Decke eine Vase von der Vitrine herunterriss. »Mann, steht hier viel Kram rum«, beschwerte er sich, kurz bevor er mit dem Knie gegen einen rostigen Anker stieß, der am Piano lehnte. Für einen Moment stützte er sich auf die Tasten, brachte sie damit zum Klimpern. Blut rann sein Knie hinunter, aber er schien es nicht zu bemerken.

Janine zerteilte derweil eine brennende Zeitung auf dem Teppich, auf dem sich sofort schwarze Flecken bildeten.

Der Rauch brannte in den Augen und Atemwegen, aber gemeinsam dauerte es nicht lange, bis die Flammen erloschen waren und die letzten Glutnester aufhörten zu schwelen. Jetzt erst rissen sie die anderen Fenster auf, um frische Luft hereinzulassen. Hustend und schwer atmend lehnten sie sich nach draußen, um Sauerstoff zu tanken. Wenige Minuten später erscholl das Horn der Feuerwehr auf dem Hof.

»Die brauchen wir jetzt wohl nicht mehr«, bemerkte Janine. Aschefetzen segelten zu Boden, der bedeckt war von Büchern und Dekorationsgegenständen, die heruntergerissen worden waren, als sie die Decken auf die brennenden Möbel und Gardinen geworfen hatten. Immerhin schien Opas Eichenkiste, in der er seine Halstuchsammlung aufbewahrte, unbeschädigt.

»Wo ist Heinrich?«, fragte Emma und drehte sich einmal im Kreis. Maje lief in sein Schlafzimmer, um sicherzustellen, dass er nicht eingeschlafen war. Dort war er nicht, aber im Flur entdeckte sie, dass seine braunen Lederschuhe im Schuhregal fehlten und der beige Trenchcoat nicht wie sonst am Jackenständer hing.

»Es scheint, als wäre er unterwegs«, sagte sie, nicht sicher, ob das eine gute Nachricht war.

Ein Feuerwehrmann mit hellen grauen Augen kam auf sie zu. »Haben Sie uns angerufen?«, fragte er und zückte einen Schreibblock.

»Nein, aber ich bin für die Wohnung zuständig. Kommen Sie mit.« Maje führte ihn ins Wohnzimmer, und er sah sich alles genau an, machte Fotos und Notizen.

»Dein Opa wird hier wohl erst mal nicht wohnen können, so wie es hier aussieht und stinkt«, flüsterte Janine ihr zu, als der Feuerwehrmann niederkniete und die Schnur des Bügeleisens begutachtete.

»Ich hole ihn ins Haus«, antwortete Maje matt.

»Er kann mein Zimmer haben, und ich suche mir etwas anderes«, bot Bente an.

Maje warf ihm einen dankbaren Blick zu – für Bente schien es selbstverständlich, selbstlos zu handeln, aber für sie war das etwas völlig Ungewohntes und unglaublich beruhigend. Auf ihn war Verlass.

»Das ist lieb«, sagte sie mit kratziger Stimme. Ihr Magen schien sich umstülpen zu wollen, und vor ihren Augen drehte sich alles.

»Komm mit.« Janine nahm ihre Hand und führte sie hinaus, vor die Wohnung, wo sie sich Arm in Arm auf die Bank setzten und die frische Luft tief in ihre Lungen strömen ließen. Auch ihre Freundin stand leicht unter Schock, ihr Atem ging schnell und klang rasselnd.

»Bitte fahr nachher ins Krankenhaus und lass dich durchche-

cken, ja? Ich glaube, dich hat der Rauch am heftigsten erwischt.«
Maje strich ihr besorgt über den Rücken.

»Mach ich, versprochen.«

Kurz darauf fuhr ihr Vater auf dem Hof mit quietschenden
Reifen vor, gefolgt von einem Taxi, das ebenso schnell die Einfahrt hochraste. Arne stürmte auf Maje zu, hinter ihm kam erstaunlich schnell Nele auf sie zugelaufen.

»Wie geht es euch? Wie ist die Lage?«, rief er.

»Wo ist Heinrich?«, fragte Nele besorgt, die sich lediglich eine
Strickjacke über ihren pinken Jogginganzug gezogen hatte, zu
dem sie ein farblich passendes Stirnband trug.

»Ich weiß nicht, wo Opa ist. Kommt rein, und schaut euch
den Schaden an.«

Nele schüttelte den Kopf. »Ich mag mir gar nicht ausdenken,
was wäre, wenn ihm etwas passiert wäre. So geht das nicht weiter.« Obwohl ihr Outfit und die Flecken unter ihren Armen verrieten, dass sie gerade von einer Sportstunde kam, war sie stark geschminkt. Allerdings war das Make-up um ihre Augen verschmiert,
und ihre Wangen glühten rot. Maje führte sie in die Wohnung.

»Ach, du meine Güte!«, rief Nele, als sie das zerstörte Bügelbrett sah und die tiefen Brandflecken im Teppich. Kaum hatte
die Feuerwehr die Wohnung verlassen, holte Nele Putzzeug aus
dem Wandschrank und fing an sauberzumachen. Emma half
ihr, währenddessen fuhr Janine ins Krankenhaus, und Maje und
Bente mussten los, um die Pferde zu versorgen. Das konnte leider
nicht warten, denn Matteo hatte ein lockeres Hufeisen, und auf
dem Maul von Kaltblut Alea waren rote Pusteln zu sehen – wahrscheinlich die Folge einer ungeklärten Allergie. Gemeinsam as-
sistierten sie erst dem Hufschmied, dann dem Tierarzt. Anschließend machten sie sich zurück auf den Weg zu Opas Wohnung.

»Wo Opa nur steckt?«, fragte Maje mit einem beklemmenden
Gefühl in der Brust. »Vielleicht ist ihm etwas passiert und wir
sollten ihn suchen?«

»Er ist bestimmt nur spazieren gegangen«, antwortete Bente, aber auch ihm war die Sorge anzusehen. »Wenn er nicht innerhalb der nächsten Stunde zurückkommt, sollten wir ihn suchen gehen.«

Majes Handy klingelte. »Das ist Egge«, sagte sie verdutzt. Was der wohl an seinem freien Tag wollte? Hoffentlich hatte er nicht wieder eine unpassende romantische Idee …

»Hi, Maje, hast du einen Moment Zeit?«, rief Egge aufgebracht. Im Hintergrund hörte sie Opa Heinrich schimpfen, und ihr Herz machte einen Sprung. »De kriggt van mi Wind van vörn de Spoekekieker!«, hörte sie ihn rufen, bevor Egge ihn beruhigte: »Es ist alles gut, Herr Joken, ich spreche gerade mit Maje.«

»Mit wem?«, antwortete Opa.

Egge seufzte und wandte sich wieder dem Handygespräch mit ihr zu. »Ich habe gerade deinen Großvater an der Bartshauser Straße aufgesammelt. Er hat seine Reisetasche dabei und behauptet, er würde zu einem Seniorenausflug abgeholt werden, aber hier fahren überhaupt keine Busse. Ich denke«, er senkte die Stimme, »er ist verwirrt. Soll ich ihn nach Hause bringen?«

»Beim Klabautermann! Auf jedem Schiff, das schwimmt und schwabbelt, ist einer drauf, der dämlich sabbelt!«, skandierte Opa laut.

»Ach du Schande. Na klar. Geht es ihm ansonsten gut?«

»Ja, er ist unversehrt, wenn du das meinst.«

Der schwere Kloß in Majes Kehle löste sich auf. »Gott sei Dank. Ich warte am Parkplatz auf dich, Opa muss zu uns ins Haus. In seiner Wohnung hat es gebrannt, aber erzähl ihm das bloß nicht.«

»Was, es hat gebrannt?«, schrie Egge in den Hörer.

»Ja. Ich sagte doch gerade, Opa soll das nicht –«

»Was ist passiert? Geht es euch allen gut? Und warum zur Hölle hat es gebrannt?«

Maje erzählte ihm die Geschehnisse in Kurzfassung. Egge

hörte zu und atmete am Ende erleichtert auf. »Das ist ja gerade noch mal gut gegangen. Und, Maje ...« Er räusperte sich, bevor er weitersprach, und seine Stimme klang nun kleinlaut. »Das mit den Kerzen im Reiterstübchen tut mir leid. Die standen alle auf sicherem Untergrund, ich habe mir nichts dabei gedacht. Ich will einfach nur vernünftig mit dir zusammenarbeiten, als Kollege und als Freund, kriegen wir das hin?«

»Ich denke schon. Hängt davon ab, ob du einen gesunden Abstand wahren kannst.«

»Es war alles nur –«, fing Egge an, aber Maje unterbrach ihn: »Ein Missverständnis, ich weiß.« Überzeugt war sie davon aber nicht.

Keine zehn Minuten später brachte er Opa Heinrich vorbei, der sich mittlerweile einigermaßen abgeregt hatte und nur noch leise vor sich hin schimpfte. »Neunmal verfluchtes Seemannsgarn«, raunte er, den Blick fest auf den Boden gerichtet. Seine Reisetasche umklammerte er mit beiden Händen, dabei wirkte er wie ein Häufchen Elend. Sein Mantel war falsch zugeknöpft, der Hut saß schief, und sein Gesicht war so kreidebleich und zerknautscht wie die zerklüfteten Felsen an der Küste Rügens.

Sie hatte mit Nele allein gewartet. Ihr Vater war wieder zur Arbeit gefahren, Emma nach Hause aufgebrochen, und Bente redete mit Katja über den Ausgang des Tierarztbesuches ihrer Stute Alea.

»Heinrich, mein Liebster!«, rief Nele und brach damit den Bann. Sie umarmte ihn so heftig, dass ihm die Tasche aus der Hand fiel. Dann küsste sie ihn auf beide Wangen, auf denen ihr Lippenstift rote Spuren hinterließ. Tränen liefen ihr über das Gesicht. Opa Heinrich schaute auf und sah zu Maje herüber, die ihn aufmunternd anlächelte. Es kostete sie alle Kraft, aber es funktionierte, denn seine resignierte Miene verwandelte sich in eine hoffnungsvolle, und er atmete tief durch.

»Mien Hartenskralloog«, sagte er, nahm Neles Gesicht vorsichtig zwischen seine faltigen Hände und küsste sie auf die Nase. »Nun wein doch nicht.« Dann knöpfte er umständlich seinen Mantel auf und tastete nach dem Taschentuch, das in seiner Brusttasche steckte. »Hier.«

Nele schniefte und schnäuzte sich. Maje griff nach der Reisetasche auf dem Boden. »Komm, Opa. Ich bringe dich ins Haus. Du schläfst ab heute im Gästezimmer.«

»Ich schlafe in meinem eigenen Bett.«

»Dann tragen wir dein Bett ins Gästezimmer«, sagte Maje bestimmt.

»Heinrich kann bei mir wohnen, solange es notwendig ist. Ich habe viel Zeit, um mich um ihn zu kümmern«, schlug Nele vor. »Ihr habt genug um die Ohren«, fügte sie hinzu und tupfte sich mit dem Taschentuch die verschmierte Mascara von den Wangen.

Gedankenverloren massierte Maje sich die Schläfen. Sie hätte Opa gern in ihrer unmittelbaren Nähe gewusst, aber unter Neles Aufsicht war er sicherer. »Okay, ich rede mit Papa. Das ist eigentlich keine schlechte Lösung, wenn es dir wirklich recht ist.«

Auch Opa strahlte, als Nele nach seiner Hand griff und sie liebevoll drückte. Dann jedoch fiel ihr etwas ein. »Das geht aber erst ab morgen. Ich muss Bettwäsche raussuchen und waschen, einen Zweitschlüssel anfertigen lassen und einkaufen gehen. Hach, ich habe nichts im Haus. Eine Nacht im Gästezimmer schaffst du, Heinrich, oder? Dafür mache ich dir morgen Abend Snirtjebraa«, versprach sie ihm. »Das magst du doch so gern. Und morgen ziehst du dann bei mir ein.«

Opa nickte zögernd. »Ich mache nur ungern Umstände.«

Zu spät, dachte Maje, aber nickte ihm aufmunternd zu.

Nele schniefte und tätschelte Opas Arm. »Ach, Heinrich, das sind keine Umstände, das mache ich doch gern. Und wenn es dir unangenehm ist, bei mir unterzukommen, darfst du dafür ein paar Sachen im Haus reparieren, davon gibt es genug. Zum Beispiel müssen die Silikonfugen im Badezimmer erneuert werden.«

Sofort richtete Opa sich auf und straffte die Schultern. »Oh, das mache ich gern.«

Maje nickte anerkennend – Nele wusste, wie wichtig ihm sein Stolz war.

Den Rest des Tages rotierte sie zwischen der Arbeit auf dem Hof und Opas Wohnung. Zwischendurch telefonierte sie mit Handwerkern – der Wohnzimmerteppich musste ausgetauscht werden. Dafür würden sie die gesamte Einrichtung ausräumen müssen. Kein angenehmer Gedanke bei den Unmengen an Kram, die Opa angesammelt hatte, aber immerhin eine gute Gelegenheit, die Wohnung weiter auszumisten. Er brauchte neue Vorhänge und einen neuen Sessel. Die Couch roch unangenehm, war aber unversehrt. Mit einer intensiven Reinigung konnte sie sicherlich gerettet werden. Zwischendurch kamen Jan und Gerrit – zwei von Bentes neuen Freunden – vorbei, um Opas Piano ins Reiterstübchen zu tragen.

»Wollt ihr das nicht verkaufen?«, fragte Jan, als er das Instrument vorsichtig auf dem Teppich absetzte. »Meine Frau sucht gerade nach einem Klavier.«

Maje schüttelte den Kopf. »Opa spielt zwar seit Jahren nicht mehr, aber er hängt an dem Piano. Musik war neben der Seefahrerei seine größte Leidenschaft.«

Nach Feierabend kam ihr Vater nach Hause und schaute sich den Schaden in der Wohnung genauer an. Maje erzählte ihm davon, dass Opa Heinrich ab morgen bei Nele unterkommen wollte.

»Bei Nele ist er gut aufgehoben«, brummte Arne missmutig und schnippte einen verbrannten Papierfetzen von der Sessellehne. »Warst du mal bei ihr?«

Maje schüttelte den Kopf.

»Ihr gehört das Hortensienhaus in der Marktstraße unweit der alten Bäckerei. Da kann er den ganzen Tag auf der Bank vor dem Haus sitzen, Pfeife rauchen und schnitzen und dabei mit den Fußgängern und Nachbarn quatschen. Das wird ihm gefallen.«

Sie nickte. Das ehemalige Landarbeiterhaus mit dem schmucken Vorgarten, das inmitten der vielen engen Gassen Rysums stand, war ihr gut bekannt.

»Ich glaube, Nele versteht es, ihn beschäftigt und bei Laune zu halten«, bestätigte sie und lächelte.

Abends zog Opa in Bentes Zimmer, und Maje verschwand mit Bente in Matteos Box, um sich in der Gegenwart des sanften Friesen von dem Schrecken des Tages zu erholen. Bedächtig ließ sie die Bürste durch Matteos Mähne gleiten. Es war ruhig im Stall, die Einsteller waren alle längst nach Hause gefahren, nur das Geräusch der kauenden Pferde aus den Nachbarboxen war zu hören. Die friedliche Abendstimmung im Stall half ihr, sich zu entspannen und die Ereignisse des heutigen Tages loszulassen. Opa konnte nicht mehr allein leben, so viel war klar.

Bente stand dicht neben ihr und kreiste mit dem Striegel über Matteos Bauch. Obwohl sie beide geduscht hatten, ging ein leichter Rauchgeruch von Bentes feuchten Haaren aus. Es war das erste Mal, dass sie heute unter sich waren und Zeit füreinander hatten.

»Gestern Abend in der Mühlenkneipe …«, begann sie.

»Das war ein Missverständnis, ich weiß«, kam Bente ihr zuvor. »Mach dir keine Gedanken deswegen. Mir ist klar, was du damit sagen wolltest.«

»Aha?«, hakte sie nach. »Das sah vorhin aber noch anders aus.« Für ihren Geschmack gab es momentan zu viele Missverständnisse – Egge hatte ja auch darauf bestanden, dass sie die Situation im Reiterstübchen falsch gedeutet hatte.

»Janine hat mir alles erklärt. Was du sagen wolltest, war, dass deine Beziehung zu Egge dir als abschreckendes Beispiel dient, richtig? Janine war es wichtig, dass ich das verstehe.« Er sah sie schräg an und lächelte. »Du hast gute Freundinnen, die hundertprozentig hinter dir stehen. Von wegen Keramikhasen – ihr seid eher wie drei Galloways mit starker Herdenbindung.«

»Soll das heißen, dass wir ein Haufen Kühe sind?« Sie lachte und knuffte ihn in den Arm. Aber ihr wurde warm im Bauch, weil er nicht mehr böse auf sie war. »Du hast recht, Janine, Emma und ich halten zusammen, das war schon immer so, und seit ich wieder hier bin, sind wir uns besonders nahe«, gestand sie. Bente schien das genaue Gegenteil von ihr zu sein: Er hatte keinen besten Freund, verstand sich aber mit fast jedem und fand ständig neue Kumpels. »Was machen wir jetzt eigentlich mit dir? Du brauchst einen guten Schlafplatz.«

»Das ist kein Problem, ich schlafe im Stall«, sagte er prompt. Seine sonst so akkurat gestutzten Bartstoppeln waren länger als gewöhnlich, versteckten das Grübchen neben seinem Mund und hoben dafür seine Lippen hervor, die weich und einladend wirkten. Gern hätte Maje sich an ihn geschmiegt und herausgefunden, wie seine Lippen schmeckten, aber sie wusste nicht, wie sie anfangen sollte. Der Gedanke wühlte sie so sehr auf, dass ihre Hände zitterten. Ihr Herz flatterte wie eine vom Wind erfasste Plastiktüte und wirbelte dabei schutzlos in ihrer Brust umher. Sie drehte sich weg, um die Mähnenbürste an der Wand abzuklopfen und auch, um ihre Aufregung vor Bente zu verstecken.

»Nee, das kann ich dir nicht zumuten. Hier gibt es viel zu viele Mücken«, sagte sie entschieden. »Aber du kannst mein Bett haben, und ich rolle mich auf der Couch ein. Wenn ich mich ganz klein mache, passe ich da gerade noch drauf.« Sie wandte sich ihm wieder zu. Bente ließ den Striegel sinken und sah sie an. Seine langen Wimpern warfen Schatten über seine Augen, aber sie erkannte das Funkeln in ihnen, das ihren Puls sofort wieder beschleunigte.

»Oder«, sagte er leise, »oder ich nehme dein Angebot an, aber du bleibst in deinem Bett.«

Majes Atem stand still. Hatte er gerade …? »Ja, das könnte auch gehen«, sagte sie scheu und schluckte.

Im nächsten Moment zog er sie auch schon an sich und nahm

sie in die Arme. In Maje wurde alles weich, ihre Knie gaben nach. Sie war froh, dass er sie hielt, ansonsten, da war sie sicher, wäre sie einfach davongeflossen wie Vanilleeis auf der Sonnenbank. Er beugte sich ein Stückchen hinunter, und sie kam ihm entgegen und stellte sich auf die Zehenspitzen. Ihre Nasen berührten sich, und es war, als ginge ein winziger elektrischer Schlag durch Majes Körper.

Er suchte ihr Einverständnis in ihren Augen, und sie nickte benommen. Seine Lippen legten sich fragend auf ihre, und sie öffnete den Mund leicht, schmeckte ihn. Ihre Zungen trafen sich und umspielten einander. Erst langsam und zart, dann küssten sie sich immer wilder.

Matteo schnaubte entrüstet, als Maje ihn sanft wegstupste, um sich an die Boxenwand zu lehnen. Ihre Hände wanderten über Bentes Rücken, während er seine auf ihre Hüften legte. Nur seine Daumen berührten ihren Bauch und sandten ein verhei-ßungsvolles Kribbeln durch ihre Adern. Seine Nähe weckte ein Verlangen in ihr, das übermächtig erschien.

Für einen kurzen Moment löste er sich von ihr, nur um sie dieses Mal richtig in den Arm zu nehmen. »Ich bin so verliebt in dich«, murmelte er. »Ich kann nicht glauben, dass das endlich passiert.«

»Wir sollten in mein Zimmer gehen«, keuchte sie. Kleine Wellen des Glücks schwappten durch ihren Körper, als er ihre Hand nahm und sie gemeinsam ins Haus liefen.

Die Nacht wurde genauso wundervoll, wie Maje es sich vorher so oft ausgemalt hatte. Bente war liebevoll, aber nicht zögerlich. Stürmisch, aber einfühlsam.

Kaum waren sie in ihrem Zimmer, zog er sich das T-Shirt über den Kopf und küsste sie wieder. Seine Haut war weich und duftete nach einem frischen Aftershave, gemischt mit seinem na-türlichen Duft, der in Maje einen Sturm der Erregung auslöste.

Wie berauscht strich sie über seine straffen Bauchmuskeln, seine Brust, tastete über die breiten Schultern und half ihm, den Gürtel zu öffnen. Ein Zittern ging durch Bentes Körper, das ihre Lust noch mehr schürte. »Oh, Maje«, keuchte er.

Für einen Moment wurde sie unsicher, als ihr klar wurde, dass diese Nacht Konsequenzen haben würde, aber als sie ihm in die Augen sah, fiel ihr letztes bisschen Scheu ab, denn sie erblickte in ihnen eine aufrichtige Zärtlichkeit, die sie tief berührte. Bente mochte sie wirklich, respektierte sie, und sie respektierte ihn. Er war der Richtige, der Mann, nach dem sie ihr Leben lang gesucht hatte. Neues Selbstvertrauen durchströmte sie, ließ sie mutig werden. Mit einem Zwinkern drückte sie ihre Hand gegen seine Brust und schob ihn so in Richtung ihres Bettes. Er ließ sich auf die Matratze gleiten, während sie sich vor ihm auszog.

»Du bist so schön«, sagte er leise und streckte den Arm aus, um ihren Bauch zu berühren.

Kurz darauf kletterte Maje zu ihm aufs Bett. »Darf ich?«, fragte sie, als sie sich auf ihn schob und seine Mitte suchte. Er nickte und verdrehte stöhnend die Augen, als sie nach vorn rutschte und ihre Hüfte drehte, sodass er in ihr versank. Rhythmisch bewegte sie sich vor und zurück, erst langsam, dann immer schneller. Sie spürte, wie ihre Nippel steif wurden, als ihre Erregung sie übermannte. Es dauerte nicht lange, bis sie sich ihr hingab und kam, kurz bevor auch er nicht mehr an sich halten konnte.

Am nächsten Morgen riss Majes Handywecker sie aus dem Schlaf. Sie brauchte einen Moment, um zu verstehen, warum Bente nackt neben ihr lag, mit Haaren so wild wie ein Vogelnest und zwischen zerwühlten Bettlaken. Sie betrachtete seine friedlichen Züge und seinen wohlgeformten, schlanken Körper. »Mein Bente«, seufzte sie und hielt einen Freudenschrei zurück, denn sie konnte nicht recht fassen, dass dies kein Traum gewesen war. Nach dem ersten Mal hatten sie ein weiteres Mal miteinander geschlafen, hatten sich viel Zeit dabei gelassen und ihre Körper ausgiebig erkundet. Bente hatte sie oral befriedigt, eine völlig neue Erfahrung für Maje, die in ihr Gefühlsexplosionen ausgelöst hatte, die sie vorher nie für möglich gehalten hatte. Seine Zunge hatte in kreisenden Bewegungen ihre Klitoris umspielt, während seine Finger an ihren Schamlippen streichelten. Das hatte sie völlig verrückt gemacht, und sie hatte sich dafür bei ihm revanchiert, hatte sich führen lassen und herausgefunden, was ihm gefiel und ihn erregte.

In Gedanken versunken kreiste sie mit einem Finger über seinen Hals. Das kitzelte ihn offenbar, denn er öffnete die Augen und sah sie an. »Moin, moin«, sagte er verschlafen und fuhr sich über das Gesicht.

»Ein doppeltes Moin? Sei nicht so geschwätzig«, sagte sie und kicherte. »Wir sind hier in Ostfriesland, da quatscht man nicht wild drauflos.«

Er rieb sich die Augen. »Kaum wach und schon so frech.« Dann aber huschte ein liebevoller Ausdruck über sein Gesicht. »Ich glaube, so einen hübschen Anblick hatte ich noch nie beim Aufwachen. Komm her, du!« Er gähnte und streckte die Arme nach ihr aus. »Lass uns noch ein paar Minuten kuscheln«, bat er, und Maje glitt wieder zu ihm.

Er küsste sie zärtlich, und es fühlte sich einfach nur perfekt an. Seine Zunge spielte sanft mit ihrer, sein Mund war warm und schmeckte nach mehr. Seine Lippen wanderten weiter, liebkosten ihr Gesicht, ihren Hals.

Es war schön, seinen Atem in ihrem Nacken und seinen warmen Körper an ihrem zu spüren. Seine Barthaare kitzelten auf ihrer Haut, als er sie sanft am Hals küsste. Sie hätte ewig so liegen bleiben können, aber sie spürte auch eine innere Unruhe, das Tageswerk zu beginnen. Draußen vor ihrem Fenster klackerten Hufe auf dem Boden. Das musste Egge sein, der gern frühe Reitstunden für die Einsteller gab, bevor diese zur Arbeit, in die Schule oder wie Meike zur Uni mussten.

Sie spielte mit Bentes Fingern und legte ihre Handinnenfläche gegen seine. Im Vergleich zu seinen wirkten ihre Hände winzig. »Und jetzt?«, fragte sie ihn und drehte sich zu ihm um. »Wie geht es mit uns weiter?«

Er küsste sie auf die Wange. »Mhm, du schmeckst so gut«, sagte er.

»Lenk nicht ab.«

Bente seufzte. »Na ja, was möchtest du denn?«

Maje runzelte die Stirn. Es fiel ihr schwer, über ihre Gefühle zu ihm zu sprechen. »Ich möchte«, setzte sie an und atmete tief aus. Jetzt oder nie, dachte sie. »Ich möchte dich immer bei mir wissen. Mit dir zusammen sein und dich kennenlernen, all deine Stärken und all deine Schwächen. Ich möchte mit dir in den Sonnenuntergang reiten und dir Tee kochen, wenn du mit Grippe im Bett liegst.« Unsicher biss sie auf ihre Unterlippe. »Und du?«

Bente lachte und zwinkerte ihr zu. »Ja, damit kann ich leben.« Er bedeckte ihr Gesicht mit Küssen, und Maje spürte, wie die Lust wieder in ihr aufstieg. Doch es wartete viel Arbeit auf sie, und die Pferde wollten gefüttert werden. Unmotiviert angelte sie nach ihrem BH, im Bett mit Bente war es viel schöner als anderswo.

Im Flur ertönten schlurfende Schritte, und Rollen klapperten über den Boden – das Geräusch des alten Lederkoffers auf dem Kachelboden kannte Maje gut. Im nächsten Moment hörte sie die dröhnende Stimme ihres Vaters durchs Haus schallen: »Heinrich, was soll denn das? Es ist gerade mal Viertel nach sechs. Jetzt frühstücke erst mal in Ruhe. Ich fahre dich nachher zu Nele, wenn ich zur Arbeit muss.«

Maje legte den Finger auf die Lippen. Sie warteten, bis Opa sich wieder grummelnd zurückgezogen hatte, und standen dann leise auf. Sie warf einen letzten Blick auf Bentes gestählten Oberkörper, den sie in der vergangenen Nacht so intensiv ausgekundschaftet hatte. Den – und alles andere.

»Vielleicht sollten wir die Sache mit uns beiden erst mal eine

Weile geheim halten«, schlug sie vor. »Opa ist verwirrt genug, Papa hat gerade genug Stress, und Egge braucht es nicht zu wissen.«

Bente legte die Stirn in Falten. »Du und Egge – das ist für dich aber Vergangenheit, richtig? Da sind keine Gefühle mehr?« Auf einmal wirkte er verletzlich, als machte der Gedanke ihm ernsthaft Angst.

»Nein, Bente. Egge war meine erste große Liebe, und er hat mir das Herz gebrochen. Ich habe lange gebraucht, um das zu verarbeiten, aber ich bin mehr als darüber hinweg.«

Er öffnete den Mund, als wollte er etwas hinzufügen, überlegte es sich aber anders. Erst als sie sich ihre Jacke schnappte und aus dem Zimmer schlüpfen wollte, wandte er sich noch mal an sie: »Wenn du es dir anders überlegst, sagst du es mir aber ganz offen, ja? Ich bin ... ist auch egal. Sei einfach ehrlich zu mir.«

»Natürlich.« Es klackerte in der Küche, und sie lief hastig den Flur entlang. Dabei überlegte sie, was sie antworten sollte, falls Opa oder ihr Vater fragten, wo Bente übernachtet hatte.

Dazu kam es aber nicht, denn Bente schlich zur Haustür und gesellte sich ein paar Minuten später wieder zu ihnen ins Esszimmer – mit Stroh im Haar und einer Decke unter dem Arm. »Ganz schön pieksig, in der Scheune zu übernachten«, behauptete er und klaubte sich einen widerspenstigen Halm vom Kopf. Maje verkniff sich ein Grinsen.

»Magst du auch?« Arne hob fragend die Pfanne mit dem Rührei hoch.

Eigentlich mochte sie das nicht zum Frühstück, aber ihr Vater stand so selten am Herd, dass sie ihn nicht vor den Kopf stoßen wollte. »Gern«, sagte sie und schielte in Richtung Bente, aus dessen Hemdkragen ein kaum sichtbarer Knutschfleck hervorlugte. Es kribbelte auf ihren Armen, als sie daran dachte, wie warm sich sein Hals angefühlt, wie gut er geduftet hatte und welch Feuerwerk es in ihr auslöste, an ihm zu saugen ...

»Jetzt iss halt auf, Heinrich«, beschwerte sich Arne, als Opa den halb leeren Teller von sich schob und nach dem Stock griff, der zusammen mit seinem Mantel und dem Hut auf der Bank neben ihm lag. »Wenn wir jetzt losfahren, darf ich mindestens eine halbe Stunde vor dem verschlossenen Amtsgebäude warten.«

Widerwillig schob sich Opa eine weitere Gabel voll in den Mund.

»Wie läuft es bei euch?«, fragte Arne nun und sah Bente und Maje erwartungsvoll an.

Sie wurde rot. »Äh«, sagte sie ratlos.

»Wir haben den Heuanbieter gewechselt. Das spart uns knapp hundert Euro pro Monat«, warf Bente schnell ein und lächelte ihr zu, während sie erst jetzt verstand, dass die Frage ihres Vaters sich nicht auf die Beziehung zwischen Bente und ihr bezog.

»Das ist ein Anfang«, befand Arne. »Stellt nur sicher, dass die Qualität dieselbe ist. Verdorbenes Heu zieht teure Tierarztkosten nach sich.« Er zerknüllte seine Serviette und stand auf. »Dafür sieht es bei mir zappenduster aus. Die Verbeamtung wurde um ein weiteres Jahr verschoben. Angeblich hat die Renovierung des Gebäudes höhere Priorität. Dabei wäre das eine schöne Absicherung gewesen. Hinzu kommt, dass man mein Büro aufgrund der Baumaßnahmen in den Keller verlegt hat, das heißt, dass ich auf Tageslicht vorerst verzichten darf.«

Nach dem Frühstück brachte Maje ihren Opa nach draußen, um ihn zu verabschieden. Immer wieder fuhr er sich nervös durchs Haar. »Sitzt alles korrekt?«, fragte er und fummelte sich nun am Kragen herum.

»Ja, Opa, du siehst umwerfend aus. Du wirst es gut bei Nele haben, da bin ich sicher. Und wenn was ist, sagst du jederzeit Bescheid, versprochen?«, fragte sie mit einem Knoten im Hals.

Opa Heinrich tätschelte ihre Wange. »Ich bin nur einen halben Kilometer von euch entfernt. Aber ich freue mich auf Nele, die ist eine super Frau. Ich dachte immer, man kann sich nur einmal im Leben richtig verlieben, aber da lag ich wohl falsch.« Sein Blick wanderte in die Ferne, dort, wo am Horizont ein Vogelschwarm in Richtung Nordsee flog.

In den nächsten Tagen schafften Maje und Bente viel auf dem Hof. Sie renovierten den alten Offenstall und flickten die Dächer der Unterstände auf den Koppeln, redeten mit neuen Einstellern und setzten Verträge auf. Zwischendurch gab sie ihm Reitstunden. Egge mochte zwar die nötigen Qualifikationen dafür haben, aber das ließ sie sich nicht nehmen. Und Bente lernte schnell dazu, hatte weder Angst vor Trab noch Galopp.

Maje genoss es, ihn um sich zu haben, noch mehr, seit sie wusste, dass sie nach Feierabend in seinen Armen liegen würde. Es war so erfrischend, einen Mann zu lieben, der in Gummistiefeln Mist schaufelte, der Schweißflecken unter den Armen hatte und sich nicht genierte, mit bloßen Händen ein Loch auszubuddeln. Bente war ein natürlicher Typ, der sich nicht verstellte – aber wenn er wollte, konnte er jederzeit duschen und sich in einen sportlich-lässigen Mann verwandeln, der umwerfend aussah und gut roch.

Immer wieder trafen sie sich heimlich in einer stillen Ecke, küssten sich verstohlen oder hielten sich verliebt an den Händen, während sie sich gegenseitig Dinge ins Ohr flüsterten.

»Du magst dir gar nicht vorstellen, was ich mir für heute Nacht für dich ausgedacht habe«, wisperte sie ihm zu. Sie stand nicht nur auf einer Putzbox, sondern auch noch auf Zehenspitzen, um an ihn heranzureichen.

»Oh, das stelle ich mir aber sehr gern vor«, antwortete er und hob sie hoch, um sie im Kreis herumzuwirbeln. »Hat es etwas mit Massageöl und meinen Füßen zu tun, meine Belle?«

Maje quietschte vor Lachen, bis sie Schritte in der Ferne hörte. »Pscht«, machte sie, legte den Finger auf die Lippen und ließ sich von Bente sanft absetzen.

Geheimniskrämerei lag Maje eigentlich nicht, aber das Versteck-spiel mit Bente machte ihr Spaß. Selbst Emma und Janine wuss-ten nichts von ihrem neuen Glück. Denen wollte sie es zwar gern sagen, es hatte sich bisher jedoch keine passende Gelegenheit er-geben. Aber als sie die beiden an einem Nachmittag im Eiscafé traf, beobachtete Janine sie argwöhnisch und sagte nach einer Weile: »Mit deinem Gesicht stimmt was nicht.«

»Wie meinst du das?« Instinktiv drehte Maje sich zur Spie-gelwand und fuhr sich über die mittlerweile deutlich gebräunten Wangen. Mit ihrem Gesicht schien alles in Ordnung zu sein.

»Du siehst glücklich aus«, sagte Janine trocken, und Emma prustete los. Dann wischte sie sich über den Mund und stimmte ihrer Freundin zu. »Janine hat recht. Ohne die dunklen Ringe unter deinen Augen bist du viel hübscher.«

Verlegen schielte Maje auf ihren Schoko-Krokant-Becher. Ja, mit Bente war das Leben schöner. Und seit sie in seinen Armen einschlafen konnte, hatte sie auch keine Albträume mehr. Die Nächte mochten kürzer sein als zuvor, aber morgens wachte sie trotzdem erholt und ausgeruht auf.

Auch Egge ahnte nichts von ihrer heimlichen Liebe. Er war nun deutlich reservierter, aber er schien weiterhin daran interes-siert, Zeit mit Maje zu verbringen. Mal lud er sie zum Angeln ein – Maje lehnte dankend ab –, ein anderes Mal verbrachte er seine Mittagspause damit, ihr beim Unkrautzupfen hinterherzu-laufen und ihr von den Junghengsten zu erzählen, die er auf der Rennbahn geritten hatte. Sie achtete darauf, sich ihm gegenüber möglichst diplomatisch zu verhalten, damit er nicht in Versu-chung geriet, sich Hoffnungen auf etwas zu machen, das niemals passieren würde.

An einem Abend war Bente mit seinen Jungs beim Blacklight-Sport im Fitnessstudio, bei dem unter Schwarzlicht trainiert wurde. Maje telefonierte mit Thies, der ihr vorher per WhatsApp mitgeteilt hatte, dass es Neuigkeiten gab. Sie hatte es sich mit einem Sandwich auf der Mauer vor dem Gemüsegarten gemütlich gemacht und hörte ihm gespannt zu. »Kay und ich sind jetzt ein Paar«, erzählte Thies stolz. »Es ist phänomenal. Jedes Wochenende machen wir gemeinsame Ausflüge, und mit jeder Stunde, die wir zusammen verbringen, merke ich, dass ich es nie mehr anders haben möchte. Ich war so lange Single, und erst jetzt weiß ich, wie gut es tut, zu lieben und geliebt zu werden.« Thies sprach ihr aus der Seele – auch sie wollte nicht mehr ohne Bente sein. »Leider ist es in Singapur nicht gern gesehen, dass wir zusammen sind«, fuhr er fort. »Es ist offiziell sogar illegal. Deshalb überlegen wir jetzt, ob wir uns gemeinsam nach New York versetzen lassen.«

Maje horchte auf. »Wie meinst du das, es ist illegal?«

Es folgte eine Stille in der Leitung.

»Kay ist ein Mann, das hast du schon mitbekommen, oder?«

»Was? Nein, das habe ich nicht. Ich meine, mich stört es nicht, es ist nur ... überraschend?« Sie starrte auf den letzten Rest des Sandwiches und packte es zurück in die Box. Thies hatte nie eine Freundin mit nach Hause gebracht oder auch nur von einem Mädchen geschwärmt. Sie hatte es auf seine Schüchternheit geschoben und darauf, dass er immer sehr mit sich selbst beschäftigt war, aber nun, da sie drüber nachdachte ... In seinem Zimmer hingen Poster von Basketballspielern, obwohl er keinen Bezug zu diesem Sport hatte, und er hatte sich geweigert, sich ein Date für den Abschlussball zu suchen. Es hatte viele Anzeichen gegeben, dass er sich nicht für Mädchen interessierte, aber sie war blind dafür gewesen.

»Mhm«, sagte sie, und dann: »Ich freue mich für dich. Du hast jedes Glück der Welt verdient.« Hoffentlich würde ihr Vater sich ebenso freuen, sicher war sie da nicht. Dann fiel ihr noch etwas auf. »Sagtest du New York?«

Jetzt wurde Thies' Stimme leiser. »Ja, Maje. Wir müssen reden. Ich will nicht mehr nach Ostfriesland zurück. Ich wollte zuerst mit dir sprechen, bevor ich mich an Papa wende. Es wird schon schwierig genug werden, wenn er erfährt, dass ich schwul bin. Du weißt ja, wie altmodisch er sein kann.« Letzterem konnte Maje nichts entgegensetzen. Ein Moment der Stille verstrich, dann fügte Thies hinzu: »Ich denke, es ist Zeit, den Hof zu verkaufen.«

Als ihr Vater ihr vor nicht allzu langer Zeit den Vorschlag gemacht hatte, war Maje entsetzt gewesen. Jetzt war sie um einiges gefasster. »Oh, Thies. Dass du erleichtert bist, vom Hof wegzukommen, kann ich verstehen. Ich glaube, ich habe verstanden, dass er für dich nur eine Last war. Und ich unterstütze deine Pläne mit Kay aus vollem Herzen! Aber ich denke, mit der Entscheidung, was mit dem Hof passiert, sollten wir noch warten. Gib mir ein paar Monate, damit ich entscheiden kann, ob ich langfristig in Ostfriesland Fuß fassen kann. Ich wollte meinen Aufenthalt ohnehin verlängern, und mittlerweile läuft der Hof auch etwas besser. Mir gefällt die Arbeit.«

»Hm«, brummte ihr Bruder. »Warte mal ab, bis die erste Romantik verflogen ist. Ich war es am Ende so satt, Mistkarren zu schieben. Es sei denn, du hast einen bestimmten Grund zu bleiben. Du hast dich nicht etwa auch verliebt, Schwesterherz, oder?«

Maje schwieg. Sollte sie ihn einweihen? Bente war immerhin ein guter Freund, den er seit Jahren kannte.

»Na, erzähl schon. Ich freue mich doch für dich. Das heißt, solange du dich nicht wieder auf Egge eingelassen hast oder dich etwa in Bente verguckt hast.«

Majes Herzschlag setzte einen Moment aus. »Nein, keine Sorge«, murmelte sie. »Egge interessiert mich nicht mehr.« Sie rutschte auf der Mauer herum und warf dabei aus Versehen die Sandwichbox herunter. »Mist. Entschuldige. Ich habe mir jemand richtig Soliden rausgesucht, der mich wirklich mag. Aber Bente ... was wäre denn so schlimm an dem?«

»Ach, Bente ist total beziehungsunfähig seit der Sache mit Justine.«

»Was? Du musst mir sofort alles erzählen!«, quiekte Maje in

den Hörer und sprang dabei so schnell auf, dass sie mit dem Fuß umknickte. »Autsch, Mist. Hörst du, Thies? Keine Ausreden, ich will jetzt wissen, was mit Bente los ist.«

»Uiuiui«, machte Thies überrascht. »Es ist also Bente? Mach das nicht, Maje.«

»Ich bin ganz Ohr.«

Thies seufzte. »Na gut, aber ich erzähle dir das unter dem Siegel der Verschwiegenheit, bevor du einen Fehler begehst. Bente war bis vor zwei Jahren mit einem angesagten Model zusammen. Justine hat erfolgreich für verschiedene Agenturen gejobbt und wurde für sämtliche Modekataloge und Fashion-Shows gebucht. Eine hübsche Frau, vollbusig, langbeinig ...«

»Thies!« Schmerzliche Erinnerungen an Hannah kamen in Maje hoch, Erinnerungen, die sie gern vergessen wollte.

»Ja, ist ja gut. Sie sah nun mal gut aus, und das sage ich, obwohl mich Frauen überhaupt nicht interessieren, aber es gehört zur Geschichte dazu. Justine hat sich nämlich ziemlich viel auf sich selbst eingebildet, sie war überzeugt davon, dass sie einmal ganz groß rauskommt. Und für ihre Karriere hat sie alles getan. Bente war ernsthaft verliebt in sie, aber sie hat ihn schamlos ausgenutzt. Es war grauenhaft mitanzusehen, aber er wollte es nicht wahrhaben. Sie hat sich ihre ständig neuen Designer-Outfits und Friseurbesuche von ihm bezahlen lassen, und er hat sich in jeder Hinsicht für sie verbogen. Wenn Justine gepfiffen hat, kam er angedackelt. Er hat für sie sogar seinen Traum, Landschaftsfotograf zu werden, aufgegeben und ist nach Berlin gezogen, obwohl er Großstädte hasst!«

Maje hatte sich mittlerweile wieder hingesetzt. Unruhig wippte sie mit dem immer noch schmerzenden Fuß auf und ab, während ihre Gedanken Karussell fuhren.

»Aber als er mit dem Umzugswagen ein paar Stunden früher als verabredet vor ihrer Wohnung stand, war Justine nicht allein. Er hat sie in flagranti mit ihrem Chef im Bett erwischt.«

»Oh.« Maje verzog schmerzlich das Gesicht. Das musste verdammt wehgetan haben. Sie erinnerte sich nur zu gut daran, wie sehr es sie zerrissen hatte, als sie erfahren hatte, dass Egge mit Hannah rummachte. Aber er hatte wenigstens den Anstand besessen, erst mit ihr Schluss zu machen, bevor er – am selben Abend – mit Hannah schlief.

»Wie du dir denken kannst, ging es Bente reichlich beschissen. Er war zu nichts zu gebrauchen, wollte sich einigeln und war nicht in der Lage, klar zu denken. Ich habe ihm damals geholfen, eine neue Wohnung zu finden, Bewerbungen zu schreiben und neuen Lebensmut zu fassen. Erinnerst du dich daran, dass ich vor zwei Jahren den Sommer in Berlin verbracht habe? Das war der Grund. Und ich habe das für mich behalten, weil ihm die ganze Sache peinlich genug war.«

»Das ist also der Gefallen, den Bente glaubt, dir schuldig zu sein.«

»Ja, das ist natürlich Blödsinn, ich hoffe, du weißt das. Ich habe das gern für ihn gemacht und ihn nie um etwas dafür gebeten. Ehrlich gesagt war ich froh, vom Hof wegzukommen, auch wenn es sich nur um Berlin handelte. Da habe ich übrigens zum ersten Mal gemerkt, dass ich Großstädte liebe. Jedenfalls hat Bente seither versucht, sich bei mir zu revanchieren, und jetzt hat es prima gepasst.«

»Hm.« So ganz gefiel Maje das nicht, aber sie verstand, dass es Bente anscheinend wichtig war, einen Gefallen zu erwidern. Vielleicht, so dachte sie, liegt es an seiner Vergangenheit. Die Vermutung hatte sie ja schon einmal gehabt.

Nach dem Telefonat blieb sie noch lange auf der Mauer sitzen und puhlte mit einem Stöckchen Moos aus den Ritzen zwischen den Steinen. Bente war ihr nicht vorgekommen wie jemand, der ein Problem mit Vertrauen und Nähe hatte. Ganz im Gegenteil, bei ihr wirkte er locker und aufgeschlossen, und sie genoss die Zweisamkeit ebenso. Aber vielleicht war das ja der Schlüssel zwischen ihnen, der Grund, warum sie sich so gut verstanden – beide waren sie in der Vergangenheit von ihren Partnern enttäuscht worden, und das hatte sie geprägt, aber miteinander fühlten sie sich sicher, spürten das Vertrauen des anderen und gaben es zurück.

In den nächsten Tagen versuchte Maje immer wieder, Zeit zu finden, um mit Bente Ausflüge zu unternehmen – und wenn sie noch so kurz waren. Es war wichtig, gemeinsame Erinnerungen zu schaffen und Zeit miteinander zu verbringen, zu reden und herauszufinden, wo der andere im Leben stand und wo er abgeholt werden wollte. Sie radelten in den Süden zum Wybelsumer Leuchtturm und in den Norden zum legendären Pilsumer Leuchtturm, vor dem Touristenscharen ihre Selfies schossen. Zu Majes Erheiterung brachte Bente ein kleines Schloss mit, auf das die Namen *Bente, Maje & Urs* gedruckt waren, und befestigte es an der Wand mit den anderen Schlössern, die im Wind klickten und klackerten. Viele von ihnen waren verrostet und die Inschriften verblasst, dennoch war es ein romantischer Anblick, denn jedes dieser Schlösser erzählte eine eigene Liebesgeschichte.

»›Bente, Maje und Urs‹ – das klingt schön, findest du nicht? Wie in einer romantischen Liebeskomödie«, ereiferte sich Bente und nahm sie spontan in den Arm.

Sie versenkte ihre Nase in seinen weiten Pulli und atmete tief ein. »Jeder, der das sieht, wird denken, dass Urs ein Kerl ist und wir in einer komischen Dreiecksbeziehung stecken«, sagte sie kichernd und kuschelte sich enger an ihn, nur um ihm dann sanft in das Ohrläppchen zu beißen.

Sie aßen Scholle in einem Gartenrestaurant in Greetsiel und Krabbenbrötchen frisch vom Kutter in Emden. Sie küssten sich im strömenden Regen an der Schleuse Leysiel, trotzten dabei dem heftigen Wind, der an ihren Friesennerzen riss, und ignorierten die Kälte, die in ihre Glieder kroch, während sie eng umschlungen ihre Lippen aufeinanderlegten.

Manchmal standen sie eine Stunde früher auf, um mit Urs zum Meer zu laufen und auf einer der Wiesen mit ihm zu trainieren. Nach den anfänglichen Schwierigkeiten gehorchte der stürmische Berner Sennenhund nun besser. Er konnte bis zu einer halben Minute ausharren und warten, während sich Maje rückwärtsgehend entfernte. »Bleib – bleib«, wiederholte sie, während Urs heftig mit dem Schwanz wedelnd und mit bebenden Vorderpfoten dasaß und es kaum abwarten konnte, bis sie das erlösende »Komm her!« rief. Dann stürzte er zu ihr hin und hüpfte mit schlackernder Zunge um sie herum.

»Kaum zu glauben, dass du noch nie einen Hund hattest«, meinte Bente, der es sich auf einem umgestürzten Baumstamm bequem gemacht hatte und schnitzte.

Maje lächelte ihn an. »Das habe ich mir bei dir und Matteo auch gedacht.«

Einmal sprach sie Bente vorsichtig auf seine Vergangenheit mit Justine an, ohne zu verraten, wie viel sie bereits wusste. »Mit wem warst du vorher zusammen?«, fragte sie und war erleichtert, dass er, wenn auch nur kurz und knapp, von Justine erzählte.

»Das war eine furchtbare Zeit, und ich will das einfach nur vergessen«, gestand er ihr. »Ohne deinen Bruder wäre ich ganz schön aufgeschmissen gewesen.«

»Was ist mit deiner Tante in Emden, konnte die dir nach der Trennung nicht helfen?«

Bente schüttelte den Kopf. »Bille hat das alles zwar mitbekommen, aber ich habe sie weitestgehend mit meinen Sorgen verschont. Sie ist alleinstehend, kümmert sich um das Hotel, das ihr über die Ohren gewachsen ist, und sie macht sich ohnehin immer zu große Sorgen um mich.«

Zwischendurch schaute Maje öfter bei Opa Heinrich vorbei. Der hatte deutlich zugenommen und schien äußerst zufrieden mit der neuen Situation zu sein. Wie ihr Vater vorausgesagt hatte, hatte er die Bank auf dem Neßmersieler Hof gegen die vor Neles

Haus ausgetauscht, las dort Pfeife rauchend Zeitschriften oder schnitzte seinen hundertsten Gartenzwerg. Auch Nele blühte in ihrer neuen Rolle auf, umsorgte Opa liebevoll und kochte ihm seine Lieblingsgerichte. Um ihren Hals hing neuerdings eine silberne Kette mit einem Herzanhänger. »Die hat Heinrich mir geschenkt«, verriet sie Maje mit geröteten Wangen. »Er ist ein Gentleman der alten Schule und weiß, was Frauen gefällt.«

Am Wochenende campten Maje und Bente direkt am Meer, bis eine Sturmbö die Heringe aus dem Boden riss und sie in ihr Zelt wickelte. Der Regen durchnässte sie bis auf die Haut, als sie eilig ihr Zelt abbauten und mitten in der Nacht nach Hause fuhren, um sich mit einer Kanne Tee vor dem Kamin aufzuwärmen und anschließend gemeinsam in Majes schmales Bett zu kuscheln. »Mit dir erlebt man die verrücktesten Abenteuer«, sagte Bente und drückte ihr zum Schlafengehen einen dicken Kuss auf die Wange.

Manchmal verschwand er abends, um mit den Jungs aus dem Dorf boßeln zu gehen, und Maje nutzte die Zeit, um sich mit Emma und Janine zu treffen. Die beiden hatten mittlerweile spitzbekommen, dass Maje und Bente mehr als nur Freunde waren.

»Du machst mir Angst«, beschwerte sich Emma, ohne von ihrem Tonklops aufzusehen, der langsam die Form einer Silbermöwe annahm. »So viel wie du in den letzten Wochen gelächelt hast, werden deine Gesichtsmuskeln bald wegen Überarbeitung den Geist aufgeben, und dann hast du den Salat.«

Sofort versuchte Maje eine ernste Miene aufzusetzen, doch es wollte ihr nicht gelingen.

»Du magst ihn wirklich«, stellte auch Janine fest. »Was hältst du davon, wenn ihr beiden am Wochenende mit auf eine Wattwanderung kommt? Ich habe noch Plätze in der Gruppe frei, und es ist eine sehenswerte Strecke nach Baltrum. Zurück geht es mit der Fähre, das ist auch ein Highlight. Was meinst du?«

Tatsächlich stapften Bente und Maje am Samstagmorgen über den Dünenpfad in Norddeich, der direkt ins Watt führte, wo Janine bereits mit einer kleinen Gruppe wartete. Die Ebbe hatte vor Kurzem eingesetzt und gab ihnen den Weg zur Insel frei. Eine sanfte Brise umspielte Majes Locken und hinterließ einen salzigen Geschmack auf den Lippen.

»Was für ein herrlicher Morgen!«, rief Janine und klatschte in die Hände. »Willkommen zu diesem wunderschönen Naturspektakel!«

Und schön, das war es wirklich. Die letzten Fetzen des Morgennebels lösten sich auf, gaben den Blick auf den von Rillen durchzogenen Sandboden frei, der bis an den Horizont reichte. Winzige Krebse krochen in ihre Höhlen zurück, blaue, braune, weiße Muscheln säumten den Boden, und zwischen ihnen lagen Schneckengehäuse, von denen einige leer und manche bewohnt waren.

Maje band ihre Haare zu einem Zopf zusammen. Der Wind war mild und erfrischend, schaffte es aber trotzdem noch, einige widerspenstige Locken aufzuwirbeln.

Von hier aus gesehen war die Insel nur ein dünner Streifen ohne Konturen.

»Diese Weite ist einfach unglaublich«, fand Bente. Er zupfte an seinen Wattschuhen, die sie auf Janines Anraten extra für die Wanderung gekauft hatten. Diese Schuhe waren vielmehr Socken mit einer extradicken Gelsohle, saßen wie angegossen und wurden einem nicht vom tiefen Schlick wie Gummistiefel von den Füßen gesaugt. Eine gute Entscheidung – denn wie sich später zeigen sollte, waren sie die Einzigen, die nicht mit immer schwerer werdenden Schuhen zu kämpfen hatten, an denen der klebrige Schlick haftete. Bentes Wangen leuchteten rot, als er die Arme ausbreitete und die Luft tief in seine Lungen sog. »So frei hier«, murmelte er.

Kurz darauf stiefelten sie los und ließen sich von Janine die geheimen Wege entlangführen, die nur für erfahrene Wattwanderer

218

sichtbar waren. Auch wenn der Boden eben und leer wirkte, gab es viel zu beachten. Priele und Wattrinnen stellten Hindernisse dar, es gab besonders schlickige Stellen, die man vermeiden sollte, und spitze Muschelbänke, die man besser umrundete. Bente half einer etwa sechzigjährigen Engländerin durch einen Wasserlauf, der erstaunlich viel Strömung besaß. Die Dame genoss seine Aufmerksamkeit sichtlich. »Kann jemand mal ein Foto von uns machen?«, rief sie neckisch in die Runde und kicherte, als Bente sie daraufhin hochhob und die letzten Meter trug.

»Leider breitet sich die pazifische Auster im Wattenmeer immer weiter aus und ist zu einem echten Problem geworden«, erklärte Janine und wies vage in Richtung Nordwesten, in der mehrere graubraune Erhebungen erkennbar waren. »Die stammen ursprünglich aus einer Sylter Aufzucht, aus der sie ausgebrochen sind. Passt auf, dass ihr nicht drauftretet, die sind unglaublich scharfkantig.«

Als es für eine Weile langsamer voranging, weil der Schlick tiefer wurde, liefen Bente und Maje Hand in Hand. Bei der Berührung durchströmte Maje ein tiefes Glücksgefühl, und sie hoffte, dass diese Wanderung ewig dauern würde. Als sie stolperte, fing er sie geschickt auf. Zwischendurch halfen sie der älteren Engländerin, die es immer wieder schaffte, mit ihren Gummistiefeln im Boden stecken zu bleiben. »Hach, ich wollte ja nicht hören, es ist meine eigene Schuld«, gab die Dame zu. »Ich dachte wirklich, Gummistiefel sind die beste Wahl.«

Auf Baltrum marschierten sie alle gemeinsam zur Duschstelle, um sich die Füße zu reinigen, und kehrten dann im Café an der Anlegestelle ein.

Bente lehnte sich in seinem Korbstuhl zurück, schloss die Augen und drehte das Gesicht in Richtung Sonne. Maje betrachtete ihn verliebt, als er ein Auge öffnete und sie anblinzelte. »He, was schaust du mich denn so an?«, fragte er, und sie rutschte etwas näher zu ihm hin.

»Ich kann es nicht glauben, dass ich dich gefunden habe«, flüsterte sie so leise, dass die anderen es nicht hörten. »Und ich frage mich, ob wir auch langfristig in Ostfriesland glücklich sein könnten.«

Bente setzte sich auf und griff nach seiner Cola. Er nippte an der Dose, bevor er nickte. »Da muss ich drüber nachdenken«, antwortete er. »Ich mag das Meer, es ist beruhigend. Wenn es sich bei Ebbe zurückzieht, weiß man, dass es bald wiederkehrt. Es weiß, wo es hingehört.«

»Na, ihr Turteltauben, wollt ihr noch Nachtisch?«, unterbrach die Kellnerin ihr Gespräch, und Bente verstummte.

Nach dem Essen zogen sie allein los, erkundeten die schmalen Wanderpfade, liefen an Willis Utkiek vorbei und schafften es bis ans Ostende der Insel, an dem sie eine weite Sandebene erwartete. Hier gab es nichts, was ablenkte, nur einen unendlich scheinenden Horizont und Möwen, die sich verträumt im Wind wiegten. Hand in Hand schauten sie in die Ferne, in der die Silhouette eines Schiffes erkennbar war.

»Es ist so schön hier, dass es fast wehtut«, sagte Bente leise. »Berlin war nicht meine erste Wahl, und davor … Lassen wir das. Ich war immer unruhig und getrieben, aber hier fühle ich mich zum ersten Mal in meinem Leben an einem Ort wirklich wohl. Wenn du hierbleiben möchtest, dann möchte ich das auch.«

Ein paar Tage später passierten mehrere Dinge gleichzeitig. Maje staubsaugte und hörte dabei laute Musik. Deshalb bemerkte sie Bente erst, als er direkt vor ihr stand und ihr einen Vogel entgegenhielt. Entgeistert stellte sie die Musik aus.

»Wir brauchen einen Tierarzt«, erklärte Bente.

»Oh nein.« Entsetzt starrte sie auf die verletzte Möwe in seinem Arm, an deren Flügel verkrustetes Blut klebte. Bente hielt den Vogel so, dass die Flügel eng an seinem Körper festlagen und er nicht flattern konnte. »Wo hast du die denn gefunden?«

»Urs hat sie gefunden.«

Erschrocken schlug Maje sich die Hand vor den Mund. Sie konnte es sich nicht vorstellen, dass Urs einen Vogel angefallen hatte. Dafür war er viel zu faul und mochte andere Tiere zu gern. Aber Bente beruhigte sie: »Sie ist anscheinend gestern im Sturm gegen das Fenster des Reiterstübchens geflogen, denn sie lag unterhalb der Scheibe im Blumenbeet. Ich glaube, der Flügel ist gebrochen. Urs hat sie gefunden und auf sie aufgepasst. Er hat sich einfach neben sie gelegt und darauf geachtet, dass ihr niemand zu nahe kommt.«

»Ach so.« Erleichterung durchströmte Maje. »Guter Hund! Wir sollten sie sofort zu einem Tierarzt bringen.«

Maje fuhr und schielte dabei immer wieder zum Beifahrersitz, auf dem Bente mit der Möwe im Arm saß, die in ein Handtuch gewickelt ruhte. Er sah besorgt aus. »Wir kriegen dich wieder hin, du bist in Sicherheit«, versprach er der Möwe. Das wiederum löste in Maje einen Wirbelsturm der Gefühle aus. Die verletzte Möwe tat ihr leid – aber zu sehen, wie liebevoll Bente mit ihr umging und sie beruhigte, ließ ihr Herz höherschlagen. Das war ein Mann, mit dem man eine Familie gründen konnte, mit dem man Kinder in die Welt bringen und auf den man sich im Ernstfall verlassen konnte. Er wäre ein guter Vater, entschied sie.

Auf den Straßen herrschte viel Verkehr, und auch der Parkplatz vor der kleinen Praxis war belegt. Also sprang Bente mit der Möwe aus dem Auto, während Maje ein paar Straßen weiter fuhr, bis sie endlich eine Parklücke fand. Als sie ausstieg, fuhr ein weißer Porsche an ihr vorbei, bremste mit quietschenden Reifen und parkte dann rückwärts auf dem Behindertenparkplatz vor ihr. Heraus sprang eine Frau in einem beigen Kleid, die sofort auf den Schusterladen zueilte, der ein paar Häuser entfernt lag. Maje beachtete die Frau nicht weiter, sondern tastete ihre Taschen ab. Wo war ihr Portemonnaie schon wieder hin? Sie öffnete den Kofferraum ihres Autos und wühlte durch den Rucksack, den sie dort verstaut hatte. Plötzlich hörte sie eine kreischende Stimme. »He, was machen Sie da?«

Erschrocken hob sie den Kopf und stieß sich an der Kofferraumklappe. Aber der Schrei hatte nicht ihr gegolten, sondern der Politesse, die neben dem weißen Porsche stand und etwas auf einen Notizblock schrieb.

»Ist das Ihr Wagen? Könnte ich bitte Ihren Behindertenausweis sehen, der Sie dazu berechtigt, hier zu parken?«

»Wie bitte?«

Maje rieb sich den schmerzenden Hinterkopf und lugte um ihr Auto herum. Die Stimme der blonden Frau und auch ihre hohe, schlanke Figur kamen ihr vertraut vor. Aber sie trug eine riesige schwarze Sonnenbrille, sodass sie ihr Gesicht nicht erkennen konnte.

»Meine Güte, ich wollte nur kurz meine Schuhe abholen, das hat keine fünf Minuten gedauert«, schimpfte die junge Frau und baumelte mit den lackierten Halbschuhen vor dem Gesicht der Politesse. »Das schadet doch niemandem, stellen Sie sich nicht so an.«

Die Politesse hob die Augenbrauen, schrieb aber unbeirrt ihren Zettel weiter.

»Das wird Konsequenzen für Sie haben. Wissen Sie eigentlich, wer ich bin?«

»Ja, das weiß ich«, sagte die Politesse ruhig. »Sie sind die Fahrerin dieses Wagens, der unberechtigt auf einem Behindertenparkplatz parkt, und wenn ich das richtig sehe«, bei diesen Worten hockte sie sich hin und klopfte gegen die Reifen des Porsches, »erhöht sich das Bußgeld, weil die Profiltiefe Ihrer Reifen nicht ausreichend ist.«

Wütend schob sich die junge Frau ihre Sonnenbrille in die Stirn und polterte los. Aber Maje hörte nicht mehr, was sie sagte, denn nun erkannte sie die Fahrerin: Das war Hannah! Die Frau, die ihr damals Egge ausgespannt hatte. Die Erkenntnis schnürte ihr die Kehle zu – Hannah war genauso neurotisch und unsympathisch wie früher, aber wenn man von ihrem teuren Outfit und dem Wagen ausgehen konnte, ging es ihr zumindest in finanzieller Hinsicht gut.

Majes Handy klingelte, und sie ging hinter ihrem Wagen in Deckung. Ihre Finger zitterten so sehr, dass sie es kaum schaffte, abzuheben. »Wo steckst du, Bente?«, flüsterte sie ins Telefon.

»Ich habe die Möwe beim Tierarzt abgegeben. Der meinte, er übergibt sie an seinen Kollegen in Neuharlingersiel. Der ist wohl eine Koryphäe auf dem Gebiet der Vogelpflege.«

Maje schielte um ihr Auto herum. Hannah machte keine Anstalten, ihren Wagen zu bewegen. Stattdessen tippte sie wütend auf ihrem Handy herum und drohte dabei mit ihrem Anwalt. Auch die Polizistin telefonierte, forderte anscheinend Verstärkung an. Wenn Bente jetzt kommen würde, dann würde Hannah sie entdecken – und Bente auch. Das musste aber nicht sein. Ihr Herz klopfte so schnell, dass es ihr schwerfiel, sich zu konzentrieren.

»Das ist gut. Sag mal, hast du Lust auf ein Eis? Ich lade dich ein. Wir treffen uns in fünf Minuten beim Venezia.«

»Okay, sehr gern. Bis gleich.«

Maje fand eine Pudelmütze im Rucksack, die sie sich weit über die Ohren zog, um ihre Haare darunter zu verstecken. Dann wartete sie, bis eine Gruppe Fußgänger an ihr vorbeikam, und schloss sich ihnen an, bewegte sich schnell und entschlossen von Hannah weg.

Als sie Bente vor dem Eiscafé Venezia stehen sah, fiel der Stress wieder von ihr ab. Hannah war Vergangenheit – Bente war Gegenwart, und hoffentlich auch die Zukunft. Ihn würde Hannah ihr nicht ausspannen können. Schnell zog sie sich die Mütze vom Kopf, bevor Bente Fragen dazu stellte.

Sie wählten einen Tisch in der hintersten Ecke und bestellten ein XXL-Spaghettieis zum Teilen.

»Mhm«, machte Bente, nachdem er probiert hatte, und verdrehte genüsslich die Augen. Dabei ließ er aus Versehen den Löffel fallen. Maje fischte ihn unter dem Tisch hervor und legte ihn zur Seite. Er war voller Staubfussel. Der Kellner war nirgends zu sehen, also nahm sie ihren Löffel und schaufelte ihn voll – genau die richtige Mischung aus Vanilleeis, Erdbeersauce und weiße Schokoflocken. »Kein Problem«, sagte sie verschmitzt, »ich übernehme das.« Sie führte den Löffel zu seinem Mund und fütterte ihn. Dabei kleckste ein wenig Eis auf seine Nase, und Bente verdrehte die Augen, um nach unten zu schielen. Das sah so witzig aus, dass sie lachen musste.

Gut gelaunt kamen sie wieder nach Hause, wo Arne sie bereits mit ernster Miene erwartete. Vor sich auf dem Küchentisch hatte er verschiedene Unterlagen und Kataloge ausgebreitet.

»Hi, Papa, was machst du denn hier? Solltest du um diese Uhrzeit nicht eigentlich im Büro sein?«, fragte Maje verwundert.

»Ob ich im Keller Akten schreddere oder in Wiesmoor ein Schaf auf einen Baum klettert – was macht das für einen Unterschied?«

Sie hob die Augenbrauen. Der Vergleich hakte und beantwortete ihre Frage nicht. Aber ihr Vater wandte sich bereits an Bente. »Könntest du dich bitte um die Pumpe hinter dem Stall kümmern? Die ist schon wieder ausgefallen. Ich würde gern etwas mit Maje besprechen«, bat er ihn, und sie merkte, dass er es vermied, Bente direkt anzusehen.

Der runzelte die Stirn. »Um die Pumpe habe ich mich bereits heute Morgen gekümmert. Aber ich wollte noch kurz zu Focke, um seine neue Fury zu begutachten.«

»Wer ist Focke?«, fragte Maje überrascht. »Und was ist eine Fury?«

»Focke Rhaude, Sohn von Bestattungsunternehmer Ammo Rhaude. Der wohnt seit ein paar Jahren mit seiner Familie in dem ehemaligen Landarbeiterhaus direkt hinter dem Gasthaus am

Markt. Wir sind in der Billardgruppe, die sich immer mittwochabends trifft. Und Fury, das ist seine neue Chopper mit Zweizylinder-Viertakt-V-Motor, Doppelschleifen-Stahlrohrrahmen, Einscheibenbremse vorn, Scheibenbremse hinten – ich erspare euch die Details. Jedenfalls eine ganz heiße Maschine.«

»Ah ja. Wusste gar nicht, dass du auch Billard spielst.« Und auch nicht, wer Focke ist, dass es hier überhaupt eine Billardgruppe gibt und wie du es schaffst, all diese Leute kennenzulernen, die mir total fremd sind, dachte sie weiter.

Bente zwinkerte ihr zu und hob die Hand an die Stirn. »Man sieht sich«, rief er ihr zu und schaute sie einen Moment besorgt an, bevor er den Raum verließ.

»Was gibt es denn, Papa?«, fragte Maje, als sie allein waren. Instinktiv griff sie nach dem Farbkatalog, der vor ihm lag. Er zeigte moderne Möbel und graubraune Teppiche, abstrakte Kunstwerke und Lampen mit entblößten Glühbirnen. Alles schön anzusehen, aber billig verarbeitet, auf Masse produziert, fand Maje.

»Kennst du den Laden?« Ihr Vater deutete mit einem Nicken auf den Katalog. Maje blätterte weiter und entdeckte eine erstaunlich günstige Couch, die fast identisch zu einem teuren Designerstück war, das sie von einem italienischen Hersteller kannte. Dort kostete sie allerdings das Zehnfache.

»Ja, Lovis ist das neue Möbelhaus in Emden. Die sind, glaube ich, recht erfolgreich. Aber das ist nicht mein Stil, alles viel zu Mainstream.« Sie sah ihren Vater nachdenklich an. Worauf wollte er hinaus? Wollte er mit diesen Sachen den Hof neu einrichten? Aber sein Pokerface verriet seine Gedanken nicht. Maje musste an Bentes Tante Bille denken, deren Hotel in Emden renovierungsbedürftig war. Darum würde sie sich auch noch kümmern müssen – sobald es die Zeit zuließ.

»Na, das ist Geschmackssache. Schau mal, die haben weitere Läden in Hamburg, Düsseldorf und Dresden. Ein vielversprechendes Unternehmen ist das.« Er klopfte nachdrücklich mit dem Zeigefinger auf eine ausgedruckte Firmenvorstellung. »Sie sind sogar an der Börse notiert.«

Maje ließ den Katalog sinken. »Worauf willst du hinaus, Papa?« Sie ahnte Schlimmes.

Er griff nach ihren Händen und schaute ihr direkt in die Augen. Seine Tränensäcke waren deutlich ausgeprägter als noch vor kurzer Zeit und gingen an den Augenwinkeln in tiefe Falten über. »Maje. Ich möchte, dass du ein erfülltes Leben führst, in dem dir alle Möglichkeiten offenstehen. Du hast großen Einsatz für den Hof gezeigt, aber langfristig ist das nichts für dich. Ich habe mit Thies telefoniert, und er hat mir erzählt, wie ihn der Hof kaputtgemacht hat. Deshalb habe ich mich umgehört und meine Beziehungen spielen lassen. Die Frau eines Arbeitskollegen arbeitet bei Lovis im Vorstand. Er meinte, bei dem jetzigen Personalmangel würden sie sich sehr über eine erfahrene Innenarchitektin freuen. Du könntest da bereits nächste Woche anfangen, wenn du möchtest.« Er versuchte ihr aufmunternd zuzulächeln, aber es sah so steif aus, als hätte er einen Krampf im Mundwinkel. Und auf Maje hatte es den gegenteiligen Effekt.

»Wie bitte?«, fragte sie. Langsam, um ihre Gedanken zu sammeln, klappte sie den Katalog zu und schob ihn auf einen Papierstapel. »Wie kommst du darauf, dass du für mich eine Arbeitsstelle finden sollst?« Der Vorschlag ihres Vaters mochte gut gemeint sein, aber er war auch wie ein Schlag ins Gesicht. Sie hatte mehr als einmal bewiesen, dass sie sich durchschlagen konnte, und sie hatte sich eine eigene Karriere aufgebaut, gegen die er sich damals ausdrücklich ausgesprochen hatte.

»Ach, jetzt sei nicht so. Ich wollte nur helfen. Damit du hier nicht aus Pflichtgefühl stecken bleibst und wie Thies in Depressionen versinkst.«

Ihre Finger zitterten. War es das, was ihr Vater von ihr dachte? Dass sie nur hier war, weil sie zu schwach war, rationale Entscheidungen zu treffen? Und dass sie nicht in der Lage war, den Hof zu führen? Gut, der Hof schrieb immer noch keine schwarzen Zahlen, aber er war deutlich besser aufgestellt als zuvor.

»Jetzt höre mir mal zu, Papa«, presste sie hervor. »Ich bin nicht Thies, und meine Situation ist eine andere. Er hat sich nicht freiwillig für den Hof entscheiden können, sondern es blieb an ihm hängen. Außerdem fälle ich meine Entscheidungen selbst und brauche sicherlich keine Hilfe dabei, einen Job zu finden. Ich bin sechsundzwanzig und habe mich viele Jahre allein in Köln durchgeschlagen. Das war harte Arbeit und alles andere als romantisch. Aber ich habe es durchgezogen, weil ich das wollte. Dass du hinter meinem Rücken versuchst, meine Zukunft zu planen, ist ehrlich gesagt sehr beleidigend.« Sie sprang auf und wedelte mit der Hand über dem Tisch. »Und bei so einem Billigmöbelhaus ohne Nachhaltigkeitskonzept würde ich nie arbeiten.« Sie spürte, wie das Blut in ihren Adern pumpte, sah den enttäuschten Blick ihres Vaters, der sie noch mehr anstachelte. »Eher gehe ich mit dem Neßmersieler Hof unter – ob es dir passt oder nicht!«, rief sie und trat einen Schritt zurück.

»Das ist doch Irrsinn!«, rief er zurück und sprang ebenso auf. Schweißtropfen standen ihm auf der Stirn, eine Ader pochte dort sichtbar – das passierte immer, wenn er sich aufregte. »Ich will nur dein Bestes. Verstehst du –«

»Was mein Bestes ist, entscheide ich selbst«, unterbrach Maje ihn bitter.

Ihr Geschrei hatte Egge und Meike angelockt, die verwirrt auf den Hof liefen und in Richtung des Hauses schauten. Auch Opa Heinrich, der heute zu Besuch war und draußen auf der Bank vor seiner Wohnung ruhte, schaute verwirrt herüber. Neben ihm parkte der Wagen einer Teppichfirma, die heute Maß nahm. Maje hatte nicht den Eindruck, dass er zurück in seine Wohnung ziehen wollte, aber er hatte es sich nicht nehmen lassen, die Firma bei jedem ihrer Schritte zu überwachen.

Sofort schloss Arne das Fenster. »Neugieriges Pack«, murmelte er und wandte sich ihr wieder zu. Doch sie schüttelte nur den Kopf und lief mit geballten Fäusten aus dem Zimmer. Wieso drängte er sie, den Hof aufzugeben? Ihn musste es doch am meisten treffen, ihn zu verlieren, denn hier hatte er mit seiner Frau glücklich bis zu deren Tod gelebt.

Sie eilte zur Gedenkstätte ihrer Mutter neben der alten Eiche und strich über den glatten Stein, in den eine Rose gemeißelt war. »Was würdest du wollen, Mama?«, fragte sie. Ihre Hand fuhr in die weiche Erde, die sich feucht und kalt anfühlte. Die Wut wich aus ihr, wie immer, wenn sie an diesem Ort verweilte. Vielleicht war dies der Zeitpunkt, an dem sie sich mit Bente aussprechen sollte. Es gab viele Alternativen zum Hof – sie konnte zu ihm nach Berlin ziehen und versuchen, in der Stadt Fuß zu fassen. Bei dem Gedanken gruselte ihr, aber für Bente würde sie es wagen. Sie malte mit dem Finger ein paar Linien in die Erde, die sich schnell in die Blütenblätter einer Rose verwandelten. Oder vielleicht war Bente sogar bereit für ein Abenteuer und würde mit ihr nach Irland ziehen? Dort konnte er die grünen Wälder mit ihren bemoosten Bäumen fotografieren und die Hügellandschaften, die durch die niedrigen Steinmauern in Weiden unterteilt waren. Oder aber sie fand endlich die zündende Idee, um den Neßmersieler Hof zu retten.

Kies knirschte auf der Einfahrt, kurz darauf ertönte ein Wiehern. Maje horchte auf. Hatte einer der Einsteller vor, sein Pferd zu transportieren? Sowohl Hufschmied als auch Tierarzt hatten ein mobiles Studio, auch die junge Sattlerin kam in den meisten Fällen zur Anprobe auf den Hof. Maje schüttelte den Kopf und malte der Rose einen Stiel, den sie mit Dornen verzierte. Metall klapperte, dann ertönten laute Stimmen, ihr Vater fluchte heftig, und ihr Opa rief: »Odt du leve Tied!«

Jetzt wurde Maje hellhörig. Schnell klopfte sie die Erde von ihrer Hose und rannte zum Hof, auf dem der Transporter von Schlachter Edzard parkte, der heute einen Pferdeanhänger zog.

»Er hat sie gekauft, es ist, wie ich es sage!«, rief der runde Mann ihrem Vater zu und tupfte sich das verschwitzte Gesicht ab.

»Soll ich umparken?«, fragte ein hagerer Mann, auf dessen Blaumann das Logo der Teppichfirma aufgedruckt war.

»Passt schon«, sagte der Schlachter.

»Das darf ja wohl nicht wahr sein, den Lütten knöpfe ich mir vor!«, wütete Arne außer sich. »Du kannst deine Fracht gleich wieder mitnehmen.«

Maje legte einen Zahn zu und erreichte die Gruppe. Schwer atmend beugte sie sich nach vorne – durch den Sprint war ihr schwindelig geworden.

»Na, na«, sagte Opa beruhigend zu Arne und klopfte mit seinem Stock gegen die Wand des Hängers. »Zeig mal her, Edzard, interessieren tut es mich schon.«

»Ich kann gern umparken, ist gar kein Problem.«

»Der Edzard hat gesagt, es passt schon!«, brüllte Arne, und der hagere Mann von der Teppichfirma zog sich erschrocken in Opas Wohnung zurück.

Mittlerweile war Maje wieder zu Atem gekommen. »Was ist hier los?«, fragte sie und starrte auf das ausgeblichene Logo auf dem Hänger, das ein Schwein, eine Gans, eine Kuh und ein Pferd zeigte.

»Ist der Junge denn nicht hier?«, fragte Edzard unglücklich und schob sich das feuchte Handtuch in seine Brusttasche.

»War das mit dir abgesprochen, Maje?« Ehe sie wusste, wie ihr geschah, funkelte ihr Vater sie wütend an. »Oder ist das ein Alleingang von Bente?«

Verwirrt schüttelte sie den Kopf. »Ich habe keine Ahnung, worum es hier geht.«

Arnes Zornesfalte lag tief über seinen Augen, die jetzt das tiefe Graublau des Meeres in einem Herbststurm angenommen hatten. Seine Wut sprang auf Maje über.

»Aber ich bin sicher, was immer Bente gemacht hat, hat seine Richtigkeit«, verteidigte sie ihn.

Opa zockelte zur Ladeklappe des Hängers und nestelte an dem Verschluss.

»Moment«, sagte Edzard und half ihm, den Riegel umzulegen. »Er hat die beiden Tiere zu einem mehr als fairen Preis gekauft. Kann gut verhandeln, der Junge. Die beiden sind jung und kerngesund, na ja, und ich war ehrlich gesagt froh, dass sie ein neues Zuhause gefunden haben. Die sind zu gut für die Wurst. Sie stammen von einem Züchter in Wixlum, der vor ein paar Tagen gestorben ist. Eine Stute und ein Wallach. Die Erben konnten nichts mit den Tieren anfangen.«

»Zwei junge unnütze Pferde, das kann sich der Hof nicht leisten. Das treibt uns vollends in den Ruin.« Arne zwirbelte seinen Schnurrbart, sodass die Spitzen wie wütende kleine Antennen nach oben standen.

Majes Schultern kribbelten. »Bente hat dir zwei Pferde abgekauft?«, fragte sie Edzard überflüssigerweise und spürte, wie ihre Knie weich wurden. Sie stellte sich vor, wie Bente auf dem Weg zu seinem Kumpel zufällig an der Schlachterei vorbeikam und die Geschichte mit den Pferden mitbekam. Natürlich hatte er nicht wegschauen können, dafür hatte er ein viel zu gutes Herz …

Obwohl ihr Vater aufgebracht vor sich hin fluchte, als würde die Sonne in ein paar Minuten für immer ausgeknipst werden, durchströmte Maje ein Glücksgefühl, das sich wie warmer Honig in ihr ausbreitete. Sie trat zur anderen Seite des Hängers, um auch hier den Verschluss zu lösen. Edzard ließ die Klappe hinunter, und sie starrten auf die Hinterteile zweier schwarzer Friesenpferde.

Kapitel 11

Arne lief unruhig vor der Scheunenwand auf und ab, die Hände hinter dem Rücken gefaltet, und fluchte ohne Unterlass. Mittlerweile hatte sich ein Trampelpfad unter seinen Füßen gebildet, der eine kleine Kurve machte, dort, wo er einen alten Pfosten umrunden musste.

Maje ließ sich nicht von seinem Unmut aus der Ruhe bringen. Ihre ganze Konzentration galt der neuen Friesenstute, die im Kreis um sie herumtrabte. Leider hielt diese wenig vom Longieren, warf den Kopf unruhig hin und her und schnaubte gelegentlich.

»Halt die Longe kürzer!«, rief Egge ihr zu, der es sich neben Opa Heinrich und Bente auf einem Klappstuhl gemütlich gemacht hatte.

Maje fasste nach. Das half, die Stute lief auf einem kleineren Zirkel, auf dem Maje sie besser kontrollieren konnte. Allerdings trabte das Pferd nun so nah an ihr vorbei, dass sie in Reichweite seiner Beine war.

»Pass auf, dass sie dich nicht tritt!«, rief Egge, der das auch bemerkt hatte, aber Maje achtete bereits darauf, sich so zu drehen, dass sie immer parallel zur Schulter des Tieres stand.

»Soll ich übernehmen?«, bot Egge an, aber sie schüttelte den Kopf.

»Das kann ich allein«, antwortete sie.

»Sie ist sehr schön«, meinte Bente, der an den Rand des Reitplatzes getreten war und die Stute mit verklärtem Blick anschaute. Maje legte die Stirn in Falten – Bente besaß ein unschuldiges Urvertrauen gegenüber allen Pferden, weil ihm die schlechten Erfahrungen mit ihnen fehlten. Sie selbst hatte zwar keine Angst, aber weitaus mehr Respekt vor den harten Hufen der Tiere. »Darf ich? Natürlich ohne Blitzlicht«, fragte er, und Maje nickte.

»Ja, aber bitte halte Abstand.«

»Natürlich.«

Nach einer Weile beruhigte sich das Tier und lief mit großräumigen Schritten einen Zirkel, den Maje auf knappe zwanzig Meter Durchmesser verbreiterte. Der Kopf der Stute senkte sich, der Rücken drückte sich nach oben, und Maje musste Bente recht geben: »Sie ist wirklich hervorragend gebaut. Die letzten Tage waren sicherlich nicht einfach für sie, aber sie hat sich schnell beruhigt, das ist ein gutes Zeichen. Und ihr Bewegungsmuster ist vielversprechend, sie hat weiche Gänge.« Sie bedeutete der Stute, zu halten und zu ihr zu kommen. »Außerdem ist sie aufgeweckt und hat eine starke, dominante Persönlichkeit, ohne dabei unfreundlich zu sein.«

Bente schlenderte zu den Stühlen zurück und wechselte dort sein Objektiv. Opa Heinrich schaute ihm dabei interessiert zu und stellte Fragen zu dem Apparat. Währenddessen führte Egge nun den Wallach auf sie zu.

»Du bist wirklich einfühlsam«, sagte er zu ihr, als sie die Pferde tauschten. Er senkte seine Stimme, damit Bente ihn nicht hörte. »Du verstehst Pferde und Menschen und schaffst es, in beiden das Gute zu sehen und das Beste aus ihnen herauszuholen. Das ist eine seltene Fähigkeit. Ich weiß erst jetzt, was ich mit dir verpasst habe. Hannah war kalt wie Stein.«

Der Name sandte eine Gänsehaut über Majes Körper. »Weißt

du, dass sie wieder in der Gegend ist?«, fragte sie ebenso leise zurück. »Ich habe sie neulich gesehen.«

Egge zuckte sichtlich zusammen. »Nein«, gestand er. »Das wusste ich nicht. Ich frage mich, was sie hier will.«

Der Wallach stellte sich als das genaue Gegenstück zur Stute heraus. Gelassen trabte er um Maje im Kreis, änderte die Richtung, als er gebeten wurde, und wechselte die Gangarten wie ein Profi. »Guter Junge«, sagte sie, ließ ihn langsamer werden und schließlich anhalten. Sie hatte genug gesehen. Wieder trat Egge zu ihnen und strich dem Wallach über Hals und Rücken.

»Mit den beiden kann man arbeiten«, stellte er zufrieden fest.

»Wir sollten sie Maria und Boing nennen«, schlug Maje vor. »Nach der letzten Regentin Maria der Herrschaft Jever und ihrem Liebhaber Boing von Oldersum.«

»Eine gute Idee«, stimmte Egge ihr zu. »Maria war für ihre souveräne Art bekannt, Boing war ihr ein guter Partner. Beides waren Friesen mit einer Leidenschaft für ihr Land. Sehr passend.«

Inzwischen hatte sich Bente vor den Wallach gehockt und fotografierte ihn aus der Froschperspektive. Immer wieder murmelte er »eindrucksvoll«, »formvollendet« oder »exquisit«.

»Was knipst du denn da so viel, Junge?«, mischte sich Opa Heinrich ein, der mühsam über den Reitplatz zu ihnen geschlurft kam. Dabei stützte er sich auf seinen Stock, der im tiefen Sand versank und kaum Halt bot. »Es sind Pferde. Vier Beine unten, Kopf vorn, Schweif hinten. Da reichen ein, zwei Fotos.«

Bente lachte und richtete sich auf. »Ich zeige dir nachher ein paar Bilder am Rechner. Ich habe Ganzkörperaufnahmen, Portraits, Close-ups, Fine Detail Shots und Action Shots gemacht. Da kann man einiges mit Schwarz-Weiß- und auch Sepia-Filtern reißen. Wirst schon sehen, ich glaube, da sind ein paar gute Aufnahmen bei.«

In dem Moment brüllte Arne: »Wie, heute Abend?«

Sie drehten sich um und sahen, wie er sich das Handy an den

hochroten Kopf presste und aufgebracht weitersprach: »Das passt mir überhaupt nicht, warum kündigst du das nicht früher an? Weißt du eigentlich, was hier los ist? Ach ja? Aha. Ich verstehe. Bis nachher. Wir holen dich vom Bahnhof ab.«

Maje schielte zu Bente hinüber, der sichtlich verlegen aussah. Noch hatte ihr Vater ihn nicht wegen der Pferde zur Rede gestellt, und jetzt nach dem Gespräch wirkte er umso aufgebrachter. Selbst sein Schnurrbart wippte gefährlich auf und ab und kam nicht einmal zur Ruhe, wenn er schwieg.

Arne marschierte auf sie zu, blieb vor ihnen stehen, schaute vom Wallach zu Maje, Egge, Opa, und schließlich blieb sein Blick an Bente hängen. Sofort ergriff sie Bentes Hand – so hatte sie ihrem Vater nicht beibringen wollen, dass sie ein Paar waren, aber sie musste ein Zeichen setzen, dass er sich gut überlegen sollte, welche Worte er an Bente richten wollte. Das zeigte Wirkung, denn Arnes Kinnlade klappte herunter, während seine Augenbrauen nach oben wanderten. »Aha«, sagte er. »Ihr also auch.« Er ließ das Handy in seine Brusttasche gleiten, während dunkle Wolkenberge über seine Züge wanderten. Er schaute bedauernd zu Egge und wieder zu Bente zurück, schüttelte den Kopf und sagte: »Thies kommt heute Abend nach Hause. Er kann nur zwei Tage bleiben, weil er zu einem Meeting in Hamburg muss, aber er bringt seine Freundin mit. Da kann er sich den Salat hier selbst anschauen.«

Freund, korrigierte Maje ihn in Gedanken, aber schwieg. Bente räusperte sich, aber sie drückte warnend seine Hand. Erst als ihr Vater sich ins Haus verzogen hatte, raunte sie ihm zu: »Komm mit, ich erkläre dir alles.«

Abends bestand sie darauf, Thies selbst vom Bahnhof abzuholen. Erst weigerte ihr Vater sich, aber als Opa Heinrich ihn bat, ihn zu Nele ins Hortensienhaus zu fahren, weil er seine Medikamente brauchte, willigte er ein. Opa zwinkerte Maje zu, die ihn dankbar anschaute. Er verstand sie einfach – auch ohne zu wissen, worum es ging.

Der Zug fuhr pünktlich vor dem Bahnsteig ein, auf dem ein paar einsame Tauben nach Krümeln suchten. Während Maje gespannt mit Bente wartete, blies ihnen der Wind frontal ins Gesicht. Der Himmel hatte sich zugezogen und die Temperaturen sinken lassen. Sie hatte ihre Hände in den Ärmeln versteckt und wippte vor und zurück, weil ihr eisig kalt war.

»Hier«, sagte Bente und legte seine Lederjacke über ihre Schultern.

»Da-danke«, stammelte sie und mummelte sich tief darin ein. Im Gegensatz zu ihr schien Bente die Kälte nichts auszumachen. Lässig lehnte er sich an den Pfeiler und beobachtete, wie sich die Zugtüren öffneten und eine Gruppe Touristen ausstieg. Koffer wurden herausgereicht, ein Hund kletterte hinaus, Menschen lachten und begrüßten einander. Endlich zeichnete sich Thies' Silhouette vor einer der hinteren Wagentüren ab. Hinter ihm stieg ein schlanker schwarzhaariger Mann aus, der eine große gelbe Sporttasche trug.

»Flinnerke!« Maje stürmte auf ihren Bruder zu, der seinen Koffer fallen ließ und sie umarmte. Dann hob er sie hoch und wirbelte sie einmal im Kreis, bevor er sie ächzend absetzte. »Du wirst immer schwerer, Schwesterherz.«

»Nee, du wirst immer schwächer«, konterte sie und reichte seinem Freund die Hand. »Hi, ich bin Maje«, sagte sie, und als Kay sie nur fragend anlächelte, fügte sie hinzu: »*Hi, I am Maje, how are you?*«

»*Fine, thanks. Nice to meet you, Maje.* Ich freue mich sehr, dich kennenzulernen«, antwortete Kay, gab ihr links und rechts ein Küsschen auf die Wange und begrüßte Bente auf dieselbe Art.

Maje betrachtete seine feinen Züge, die gerade Nase, die dunklen Augen mit den langen Wimpern. Kay war ein außergewöhnlich hübscher Mann und überaus gepflegt. Aber auch Thies wirkte vollkommen verändert. Unwillkürlich musste sie schmunzeln, denn sein Hemd war nicht nur gestärkt, sondern er trug über der schicken Bundfaltenhose auch einen teuren braunen Ledergürtel, der gut zu seiner Haarfarbe passte. Sie bemerkte, dass Kay und er dasselbe Modell eleganter Oxford-Schuhe trugen.

»Mann, Thies, toll, dich zu sehen, Bro«, sagte Bente lachend und klopfte ihm kumpelhaft auf den Rücken. Seine Hand hinterließ einen staubigen Abdruck auf dem teuren Jackett, aber niemand außer Maje bemerkte das.

»Wie geht es Papa?«, fragte Thies, als sie zum Auto schlenderten. »Am Telefon wirkte er ziemlich gestresst. Meinst du, er kann damit umgehen, dass Kay ein Mann ist?«

Maje schüttelte den Kopf. »Ich glaube nicht. Aber ich glaube auch nicht, dass es einen besseren Augenblick gibt, um ihm das beizubringen.«

Thies kratzte sich beunruhigt im Nacken, und sofort wurde Kay hellhörig. »*Is everything okay?*«, fragte er und verlangsamte seinen Schritt.

»*Yes, sure. Don't worry, Honey.*«

Als sie auf dem Hof ankamen, erwartete sie bereits eine aufgeregte Gruppe. Thobe, Katja, Meike, Greta, Anna und Nils und einige der neuen Einsteller waren gekommen, nachdem sich Thies' Besuch herumgesprochen hatte. Auch Egge stand inmitten der Truppe. Nur von Arne war weit und breit keine Spur.

»Wie läuft es in Singapur?«, rief Thobe und schob sich nach vorne.

»Mensch, was bist du schick«, meinte Katja, und Greta bemerkte kichernd: »Die Schuhe bleiben aber nicht lange so sauber.«

Thies strahlte und nahm sich die Zeit, ein paar nette Worte an alle zu richten und Kay vorzustellen. »Das ist mein Freund«, sagte er fest, aber Maje merkte, dass er angespannt war bei dieser Offenbarung, denn sein Kinn schob sich etwas zu trotzig nach vorn. Aber keinen der Anwesenden schien das zu stören. Vielleicht, dachte Maje, sind die Menschen auf der Krummhörn doch nicht so engstirnig, wie ich immer dachte.

Nur Greta wiegte bedenklich den Kopf. »Das ist nicht gut ...«, murmelte sie.

»Gibt's ein Problem?«, fragte Maje etwas zu scharf, und Greta zuckte zusammen. »Nein. Äh. Doch. Heute ist Freitag, der dreizehnte. Außerdem sind dreizehn schwarze Streifen auf Thies' Reisetasche. Wenn das mal alles kein Unglück bringt.«

Maje starrte sie an, dann lachte sie erleichtert auf. »Na, wenn das alles ist«, sagte sie.

Eine Viertelstunde später saßen sie in versammelter Runde im Reiterstübchen und stießen an. »Auf Thies und Kay!«, rief Maje.

Kay trank einen Schluck und verzog das Gesicht. »Oh, stark, euer Ostfriesenschnaps«, sagte er.

Wie aus einem Mund riefen alle anderen: »Das nennt sich Friesengeist!«

Kay lachte. »Viel zu lernen«, sagte er und leerte sein Glas.

Auch Urs hatte sich zu ihnen gesellt, rollte sich aber sofort auf dem flauschigen Teppich vor dem Kamin ein, denn ihm war die ungewohnte Menschenmenge nicht geheuer.

Er herrschte gute Stimmung. Sie tranken, lachten und lauschten Thies' Geschichten, die von Pannen bei Verhandlungen, chaotischen Karaokeabenden und der besonderen Atmosphäre Singapurs handelten. Auch Kay brachte sich immer wieder ein. Er sprach ein paar Worte Deutsch und bemühte sich um eine klare Aussprache. »Thies hat überzeugt Big Boss. Er ist nun befördert«, erklärte er stolz.

Plötzlich ging die Tür auf, und Arne trat mit verschränkten Armen ein. Alle Köpfe drehten sich zu ihm um, das Gespräch verstummte abrupt. Von draußen wehte eine Böe durch die offene Tür herein, ließ Servietten hochwirbeln. Thies erblasste, stand langsam auf, und Kay folgte ihm. Urs hob den Kopf – auch er spürte, dass sich die Atmosphäre im Raum deutlich abgekühlt hatte.

Arnes Augen schienen aus den Höhlen zu treten, rote Adern waren im Augenweiß erkennbar. Maje konnte seinen Blick nicht deuten – war er noch wütend oder einfach nur gestresst? Erst die beiden jungen Pferde und nun Kay …

Auch Bente neben ihr schien den Atem angehalten zu haben. Niemand rührte sich. Meike, die neben Egge saß, hielt ihr Pinnchen unbewegt auf halber Höhe zum Mund. Dann geschah etwas, mit dem niemand gerechnet hatte. Kay trat energisch vor und umarmte Arne, der sich umgehend versteifte. Er drückte ihm ein Küsschen links und rechts auf die Wange und rief herzlich: »Hi, Arne, it is fantastic to meet you. Thies has told me so much about you. Ich bin Kay und freue mich sehr, dich – wie sagt man? – I am so happy to get to know you!«

Arne drehte den Kopf wie in Zeitlupe und starrte ihn an, ihre Gesichter waren nur wenige Zentimeter voneinander entfernt. »Mhm«, sagte er unsicher, die Arme eng an die Seiten gepresst, als wüsste er nicht, wie er reagieren sollte. Dann ging ein Ruck durch seinen Körper, seine Mundwinkel wanderten nach oben, und schließlich lächelte er. Langsam löste er sich von Kay, reichte ihm die Hand und sagte: »Willkommen auf dem Neßmersieler Hof. Es ist mir eine Ehre. It is an honour to meet you.« Dann klatschte er in die Hände und zog sich einen Stuhl an den Tisch. »Habt ihr auch ein Glas für mich?«

Sofort schob Bente ihm ein Pinnchen hin und füllte es bis zum Rand mit Friesengeist.

»Auf Thies und Kay!«, rief Arne, hob das Glas und trank es in einem Zug aus. Maje lehnte sich zurück und atmete erleichtert aus. »Jedem das Seine«, schob er schulterzuckend hinterher, aber seine Worte gingen halb in dem Jubelgeschrei und dem Gläserklirren unter, das nun folgte. Es war, als hätte sich ein Tsunami, der auf sie zugerollt war, einfach in Luft aufgelöst. Maje war ihrem Vater unendlich dankbar für seine Reaktion, und als sie ihren Bruder beobachtete, war auch ihm die Erleichterung anzusehen.

Kay und Bente schienen sich gut zu verstehen, was wiederum Maje und Thies freute, die sich gegenseitig zu ihrem neuen Glück gratulierten. »Du siehst umwerfend aus«, sagte sie zu ihrem Bruder, »man sieht dir an, wie glücklich Kay dich macht.«

Später am Abend ging sie mit Bente in den Stall, um vor dem Schlafen bei den Pferden nach dem Rechten zu sehen.

»Mann, was bin ich froh, dass alles gut gelaufen ist«, sagte Bente, sobald sie allein waren.

Maje nickte, während sie leicht beschwipst in den Stall stiefelte. Sie liebte diese Abendrunden, bei denen es nach frischem Heu roch und die Pferde entspannt in ihren Boxen ruhten. »Ich hätte nicht gedacht, dass Papa so gut damit klarkommt, dass Thies mit einem Mann zusammen ist«, gestand sie. »Aber es ist auch schwer, Kay nicht zu mögen. Er hat viel Charme.« Sie brach eine Möhre in kleine Stücke und legte sie in Manukas Trog, aber ihr Fohlen war schneller und schob seinen kleinen Kopf zuerst hinein. Skeptisch kräuselte es die Oberlippe, während es an den Möhrenstücken roch.

»Wahrscheinlich hat ihn die letzte Zeit mit all ihren Herausforderungen an einen Punkt gebracht, an dem ihm das einfach egal ist. Oder er ist aufgeschlossener, als du denkst. Nur weil er seine Routine liebt und an Traditionen hängt, heißt es noch lange nicht, dass er ein Problem mit gleichgeschlechtlicher Liebe hat.«

»Da hast du auch wieder recht.« Das Fohlen biss versuchshalber in das Kraftfutter, verzog die Schnute und schüttelte sich. Der Anblick erfüllte Maje mit Zärtlichkeit und Zuversicht.

»Weißt du was? Ich denke, wir sollten den Kleinen Kay nennen«, schlug Bente vor. »Ich denke, das ist ein würdiger Name. Er scheint ebenso pfiffig und aufgeschlossen zu sein wie Thies' Freund.«

»Gute Idee«, pflichtete Maje ihm bei und schielte freudig in Bentes Richtung, während ein warmer Schauer ihren Rücken herunterrieselte. Er hätte dem Fohlen jeden Namen geben können, aber natürlich hatte er einen gewählt, der andere glücklich machte und ein Zeichen setzte – ein Zeichen für die Liebe.

Der nächste Morgen war ein Samstag. Früher hatte Maje die Wochenenden genutzt, um auszuschlafen – auf dem Reiterhof war das nicht ohne Weiteres möglich, denn die Pferde wollten gefüttert und dann auf die Weiden gebracht werden. Heute beeilte sie sich besonders, denn es hatte sich jede Menge Besuch angekündigt: Janine, Emma, Opa Heinrich und Nele, alle wollten Thies sehen und Kay kennenlernen.

Bente hatte den Esstisch im Reiterstübchen bereits für das gemeinsame Frühstück vorbereitet, da in der Essküche im Haus nicht genug Platz für alle war. Schon von Weitem hörte Maje Klaviermusik aus dem Reiterstübchen – sie war nicht wenig erstaunt, als sie ihren Opa dort entdeckte, der mit geschlossenen Augen eine Variation der *Kleinen Nachtmusik* von Mozart spielte. Dabei bewegte sich sein Oberkörper vor und zurück wie die rollenden Wellen bei der zurückkehrenden Flut. Seine Finger glitten geschmeidig über die Tasten, spielten mit ihnen und entlockten ihnen die schönsten Melodien. Dabei wechselte er die Tonstärke von zartem Pianissimo zum kräftigen Forte, ließ die Musik lebendig werden.

In Maje stiegen die Tränen auf, so sehr berührte es sie, ihn zu sehen, wie sie ihn aus ihrer Kindheit in Erinnerung hatte. Als der letzte Ton verklungen war, räusperte er sich und bat Nele: »Komm, wir zeigen den Kindern unser Lied.«

Neles Wangen röteten sich, aber sie stellte sich neben Opa und sang mit glasklarer Stimme *Lovesong* von Adele, während Opa spielte. Die beiden harmonierten gut und warfen sich zwischendurch immer wieder verliebte Blicke zu. Maje schwor sich, diesen Augenblick nie wieder zu vergessen.

Der Rest des Tages verging wie im Flug. Maje führte ihre Besucher über den Hof, zeigte ihnen all die kleinen Veränderungen, die sie vorgenommen hatte, und stellte ihnen das Fohlen namens Kay vor.

»*That is really cool*«, sagte Kay stolz und tätschelte dem Kleinen den Hals. Das Hengstfohlen ließ sich das bereitwillig gefallen. »*You are a sweetiepie,* ein richtiger kleiner Goldschatz.«

»Ich bin beeindruckt, wie ordentlich alles aussieht«, sagte Thies am Ende der Tour zu ihr. »Du scheinst alles im Griff zu haben. Trotzdem müssen wir heute Abend mit Papa über die Finanzen reden. Die Zahlen sind düster.«

Zu Majes Erstaunen ging ihr Vater entspannt und ruhig an die Sache, als Thies die wirtschaftliche Lage des Hofs ansprach. Maje hätte gern gewartet, bis sie zu dritt waren, aber Thies schien kein Problem damit zu haben, das Thema bei einer Kaffeepause anzusprechen. Missmutig schielte sie zu Egge hinüber, den sie bei dieser Diskussion lieber nicht dabeigehabt hätte.

»Mit unseren Rücklagen, den jetzigen Einnahmen und Ausgaben können wir uns ein halbes Jahr über Wasser halten«, erklärte Arne ausdruckslos, bevor er in seine Stulle biss. »Hm, der Senf ist herrlich scharf. *You should try that, Kay.* Guter deutscher Senf.« Er reichte ihm die Senftube, und Kay musterte sie verwirrt.

»Dass wir nun zwei weitere Pferde versorgen müssen, die keinerlei Gewinn einbringen, verbessert die Situation sicherlich nicht«, fuhr Arne fort. Seine Worte waren scharf, aber seine Stimme klang weiterhin sachlich.

Thies legte die Fingerspitzen aneinander und lehnte sich zurück. »Hast du einen Plan, Maje?«

»Wenn es darum geht, dass ihr nicht an irgendeinen ortsfremden Investor verkaufen wollt, dann kann ich vielleicht helfen«, warf Egge ein. Alle Augen richteten sich auf ihn, und Maje spürte, wie ihr Atem sich beschleunigte. Das war kein gutes Zeichen.

»Ich würde mir gern in Rysum eine Existenz aufbauen. Gespart habe ich auch genug. Ich wäre interessiert, den Neßmersieler Hof zu kaufen.«

»Nein!«, riefen Maje und Thies gleichzeitig, bevor sie sich überrascht anschauten. So viel Einigkeit herrschte sonst nie zwischen ihnen.

»*Do I eat that straight out of the tube?*«, fragte Kay währenddessen und leckte an der Senftube, bevor er angewidert das Gesicht verzog.

Thies nahm ihm die Tube weg und schüttelte den Kopf. »*That's mustard, you put it on your sandwich*«, erklärte er, bevor er sich böse funkelnd Egge zuwandte, der mit einem Unschuldsblick auf einem Stück Salami kaute.

»Das kommt überhaupt nicht infrage. Ich werde den Hof wirtschaftlich machen, ich brauche nur mehr Zeit«, erklärte Maje fest.

»Ein halbes Jahr ist eine lange Zeit«, stimmte Thies ihr zu. »Hast du einen Plan, Schwesterherz?«

Sie nickte, dann schüttelte sie den Kopf. »Ja, ich meine, nein, noch nicht. Aber aufgeben tue ich nicht.«

»Wir schaffen das schon – gemeinsam«, sagte Bente und lächelte ihr zu. Dabei legte er demonstrativ seine Hand auf ihre.

Arne hingegen goss sich unbeeindruckt ein Glas Wasser ein, trank es aus, tupfte sich seelenruhig mit einer Serviette die Mundwinkel ab und sagte: »Ich gebe euch einen Monat. Bis dahin braucht ihr einen Geschäftsplan und eine Lösung für die zwei neuen Pferde. Wenn ihr bis dahin nicht wisst, wie es weitergehen soll, darf Egge mir ein Kaufangebot vorlegen. Egge, ich sichere dir das Vorkaufsrecht zu.«

Langsam versank der rotglühende Sonnenball unter dem Horizont, ließ Licht und Farbe am Himmel tanzen, um schließlich einer schummrigen Abendatmosphäre zu weichen. Maje, Bente,

Thies und Kay saßen gemeinsam auf dem Deich hinter dem Diekskieler Denkmal und betrachteten das Spektakel. Es roch nach Algen und Salz, nach Wiese und Schaf. Und es war still, bis auf den Wind, der in einzelnen Böen über die Küste fegte.

»Opa hat mir heute nach dem Frühstück erzählt, dass er bei Nele wohnen bleiben möchte«, berichtete Maje. In ihrer Hand hielt sie eine Kombucha-Flasche, von der sie bisher aber nur einen Schluck getrunken hatte. Thies übersetzte jeden Satz für Kay, auch jetzt. Der hatte seinen Kopf an Thies' Schulter gelehnt und schaute verträumt in die Ferne. Jetzt aber nahm er den Grashalm aus dem Mund, auf dem er kaute, und sagte: »Mhm. Gutes Holiday Apartment.«

»Was? Nein, das ist Opas Wohnung«, sagte Maje verwirrt.

Aber Thies klatschte in die Hände. »Nein, Kay hat recht. Ihr müsst die Wohnung in eine Ferienwohnung umbauen. Ferien auf dem Land sind total in, und auch wenn es in Rysum genug Unterkünfte gibt – auf einem Reiterhof zu übernachten ist etwas Besonderes.«

Maje schüttelte den Kopf. »Darüber habe ich auch schon nachgedacht, aber das geht nicht. Die Wohnung müsste komplett neu eingerichtet werden. Das kostet zu viel Geld, das können wir uns nicht leisten.«

»Wir könnten einen Kredit bei der Bank beantragen«, schlug Bente vor. Maje kuschelte sich näher an seine Brust, die wohlige Wärme ausstrahlte und herrlich nach seinem frischen Duschgel roch.

»Oder ich leihe euch das Geld«, sagte Thies.

Maje hob skeptisch eine Augenbraue. »Du?«

»Ja, warum nicht? Ich habe einiges auf der hohen Kante liegen. Und bevor dieser Schmierlappen … Bevor Egge den Hof kauft, investiere ich es lieber in unseren Hof.«

»Das ist ein Risiko. Was ist mit deinem Ersparten, wenn der Hof pleitegeht?«

»Ein Risiko, das ich eingehe.« Er hielt Maje die Faust hin, und sie ballte ihre Hand ebenso und stieß dagegen.

»Abgemacht.«

Gleich am nächsten Tag lud sie Janine und Emma ein, und sie schmiedeten Pläne für Opas Wohnung. Thies und Kay waren bereits in den frühen Morgenstunden aufgebrochen, damit sie pünktlich zu Beginn des Arbeitstages bei ihrem Meeting in Hamburg eintrafen. Leider verabschiedete sich auch Bente – er musste spontan nach Berlin, weil sein Chef ihn für ein dringendes Projekt brauchte. Sie lauschte dem Telefonat, das Bente auf Lautsprecher gestellt hatte, und beobachtete dabei Urs, der mit einem Ball spielte, den er immer wieder in die Luft warf, jagte und durch die Gegend schleppte. Staub stob auf, wenn er mit seinen großen Pfoten auf dem Boden des Heuschobers landete.

»Ein exklusives japanisches Restaurant hat uns für seine gesamten Marketingmaterialien gebucht. Als mein Spezialist für Makrofotografie darfst du da nicht fehlen«, sagte Bentes Chef und fragte dann: »Wie schnell kannst du hier sein?«

Bente schaute Maje an, die nickte, bevor er zögernd sagte: »Wenn ich sofort ins Auto springe, in fünf bis sechs Stunden, es gibt leider mehrere Baustellen auf dem Weg. Ich kann aber wirklich nur für dieses eine Projekt kommen.«

Nach dem Telefonat fragte er Maje noch einmal: »Ist dir das wirklich recht? Das ist ein blödes Timing, ich bin für mindestens drei Tage weg.« Er zog sich den Tragriemen der Kamera über den Kopf und legte sie auf eine Holzbox neben sich.

Maje wartete, bis er fertig war, umarmte ihn dann und drückte ihm einen Kuss auf die Nasenspitze. »Das passt schon. Janine und Emma helfen mir mit der Wohnung, die hat momentan die höchste Priorität. Und dein Job ist auch wichtig.« Urs jagte an ihr vorbei, knurrte, als sein Ball unter ein Regal rollte. Er legte sich davor und tastete mit der Schnauze danach.

»Ich lasse dich ungern mit Egge allein, ich traue ihm kein Stück.«

»Sag mal, spinnst du?« Maje und Bente fuhren herum und entdeckten Egge, der mit einer Gießkanne in der Hand hinter ihnen stand. Er bebte vor Zorn, und seine Stimme überschlug sich fast, als er fortfuhr: »Für wen hältst du dich eigentlich? Ich reiße mir genau wie du jeden Tag den Arsch für den Hof auf, und mir liegt sein Schicksal ebenso am Herzen wie euch.«

Hinter Maje quietschte Urs, der seinen Ball endlich wieder hervorgefischt hatte.

»Beruhig dich, Egge«, sagte sie, aber der ballte erbittert die Fäuste, sein Gesicht war zu einer wütenden Fratze verzogen.

»Du brauchst dich nicht aufzuspielen, nur weil du Angst vor mir hast. Maje und ich haben unsere Vergangenheit bewältigt, du bist der neue Macker, das ist mir klar«, fauchte er.

In Bentes Augen spiegelte sich Ungläubigkeit. »Angst?«, fragte er.

Statt zu antworten, griff Egge nach Bentes Kamera und hob sie hoch. Er schwenkte das teure Objektiv hin und her, als wollte er damit einen unsichtbaren Feind abwenden. Maje hielt den Atem an. Jetzt bloß keine falsche Bewegung, dachte sie. Egge war unberechenbar.

»Du hältst dich für etwas Besseres, nur weil du aus der Stadt kommst und Karriere gemacht hast. Ja, meine Karriere ist im Eimer, ich humpele wie ein Fußballspieler nach einem Foul, und mein Einstieg auf dem Hof war alles andere als einfach. Aber du gehst mir echt auf den Keks mit deiner Art!«

Bente schüttelte entgeistert den Kopf. »Oh Mann«, sagte er.

Egges Kopf war mittlerweile knallrot. Er holte mit der Kamera aus und rief: »Manchmal würde ich am liebsten –!« Er wurde unterbrochen, als erst ein gelber Schatten an seinem Ohr vorbeiflog und dann Urs direkt auf ihn zusegelte, der seinem Ball folgte. Maje nahm die Situation wie in Zeitlupe wahr. Urs'

Zunge hing seitlich aus dem Maul, die Ohren wehten nach hinten, als er gegen Egge krachte. Der fiel nach vorn, die Kamera donnerte auf den Boden. Es splitterte. Urs wimmerte und verzog sich mit eingezogenem Schwanz hinter einen Stapel Heuballen.

Entsetzt starrte Maje auf das zerbrochene Objektiv. Sofort hockte Egge sich hin und sammelte die Teile der Kamera auf. Seine Hände zitterten, die Wut war Bedauern gewichen. »Verdammt, das wollte ich nicht!« Er schnitt sich an einer Scherbe und saugte an seinem Finger. »Bitte, das müsst ihr mir glauben, das war keine Absicht.«

Maje kniff die Augen zusammen und betrachtete die bizarre Situation. Blut tropfte auf den Boden. Egge war ihr ein Rätsel – einerseits hätte sie ihm gern geglaubt, andererseits war viel in letzter Zeit passiert, das ihr das erschwerte. Langsam atmete sie aus.

Bente hockte sich neben Egge hin und nahm die Kamera an sich. Im Gegensatz zu Egge wirkte er äußerst gefasst. »Ist schon okay. Ich weiß, dass du das nicht extra gemacht hast«, sagte er ruhig. »Ich mag dir nicht trauen, aber das war eindeutig ein Unfall.«

Egge schaute ihn überrascht an. »Ich komme für den Schaden auf«, versprach er blass.

»Das brauchst du nicht, die Kamera ist versichert«, erwiderte Bente betont freundlich. »Komm, wir gehen in die Sattelkammer, dort liegt irgendwo ein Erste-Hilfe-Kasten herum. Deine Hand muss desinfiziert und verbunden werden, das muss man zu zweit machen.«

Maje schaute fassungslos von Bente zu Egge zur Kamera und wieder zurück. Sie war froh, dass die beiden Jungs die Situation unter sich geregelt hatten, aber sie brauchte Abstand, um darüber nachzudenken, was sie davon halten und welche Schlüsse sie daraus ziehen sollte.

Kurz darauf verabschiedete sich Bente. Maje und er küssten sich innig vor seinem Auto, und er versprach, sobald es möglich war, zurückzukommen.

»Warum warst du so nett zu Egge?«, fragte sie ihn. »Alles andere hätte nichts gebracht«, antwortete er und schaute über ihre Schulter hinweg in die Ferne. »Hass bekämpft man nicht mit Hass.«

»Da hast du recht. Aber Egge macht es einem nicht einfach. Und das mit deinem Objektiv tut mir echt leid.«

Kaum war Bente weg, rief Maje ihren Opa an, um ihm von ihrem Vorhaben zu erzählen – immerhin hatte er viele Jahrzehnte in der Wohnung verbracht. Ohne seine Zusage würde die Idee mit der Ferienwohnung nicht funktionieren. Doch zu ihrer Freude war Opa Heinrich mehr als nur einverstanden.

»Bringt mir mein Klavier vorbei, der Rest ist mir egal. Neles olle Klimperkiste bringt keine guten Töne hervor.« Damit hatte sich die Sache für ihn erledigt. Begeistert lud Maje ihre Freundinnen ein, um loszulegen.

Janine konzentrierte sich auf die praktischen Sachen – die Ausstattung der Küche, die Einrichtung des Bades, während Emma gemeinsam mit Maje ein kreatives Gesamtkonzept ausarbeitete. Sie diskutierten, planten, trafen Entscheidungen. Das war nicht immer ganz einfach, denn sie hatten äußerst unterschiedliche Geschmäcker und Vorstellungen davon, wie eine moderne Ferienwohnung auszusehen hatte.

»Ich finde, es sollte alles im Westernstil eingerichtet sein. Mit viel Holz, breiten Ledersofas und Bildern von Cowboys, die ihre Lassos schwingen«, schwärmte Emma, aber Maje wiegte grüblerisch den Kopf hin und her.

»Ich dachte eher an etwas klassisch Zeitloses mit hellen Möbeln und einladenden Sitzecken.«

Es tat gut, ihre Freundinnen an ihrer Seite zu wissen, und auch, wenn die Ferienwohnung nicht die bahnbrechende Zukunftsvision für den Hof war, die sie sich gewünscht hatte, so war sie ein wichtiger Schritt in die richtige Richtung. Weder Egge noch irgendjemand anderes würde den Hof bekommen.

Abends war sie müde, aber von neuer Kraft erfüllt. Sie hatten viel geschafft. Als sie über den Hof schlenderte, um ein letztes Mal bei den Pferden vorbeizuschauen, begegnete sie Egge, der mit Meike in der Stallgasse vor Weerts Box stand.

»Geht es gut voran?«, fragte er sie. Maje schaute ihn prüfend an. Meinte er das ehrlich, oder wartete er darauf, dass sie Schwäche zeigte? Sie bemerkte, dass er stark schwitzte und dunkle Flecken unter den Armen hatte. Außerdem klang seine Stimme gehetzt. Das war merkwürdig. Sie konnte seine Züge nicht deuten, daher beließ sie es bei einem schlichten »Läuft alles«.

Meike hingegen starrte auf den Boden vor ihr. Sie hatte sich die ganze Zeit nicht bewegt, aber auch sie wirkte nervös, und das wiederum irritierte Maje. Argwöhnisch kniff sie die Augen zusammen. »Ist es nicht ein bisschen spät für eine Reitstunde?«

»Das Training liegt zwei Stunden zurück. Wir besprechen nur ein paar Dinge über Weert, wenn es recht ist. Wir machen nachher das Licht im Stall aus.«

»Okay, gute Nacht.« Maje lief an ihnen vorbei, streichelte Matteos Nase, prüfte sein Wasser und füllte seine Heuraufe nach. Hengstfohlen Kay bekam ein Küsschen auf die Nase – Manuka akzeptierte es bereitwillig, dass Kay von allen verhätschelt wurde, aber sie beobachtete Maje genau dabei. Ihr Handy vibrierte, als eine Nachricht von Bente sie erreichte.

Ich vermisse dich und kann es kaum erwarten, dich wiederzusehen, schrieb er und: *Wenn 't Glück in de Neers will, denn helpt kien Tokniepen.*

Ja, da musste Maje zustimmen, wenn einen das Glück ereilte, dann half kein Abwehren. Auch sie hatte versucht, ihre Gefühle für Bente zu unterdrücken, aber es war ihr nicht gelungen. Umso schöner war es, dass sie ihn nun lieben und ihm das zeigen durfte. Und diese Liebe erfüllte sie jeden Tag aufs Neue, beschwingte sie, ließ sie fliegen.

Sie wollte eine Antwort tippen, da entdeckte sie einen schwarzen Fleck an Manukas Hals und legte das Handy auf den Rand des Futtertrogs. War das eine Zecke? Vorsichtig strich sie über den Hubbel, und zu ihrer Erleichterung fiel er ab – es handelte es sich nur um etwas Dreck. Müde wischte sie sich über die Stirn, jetzt musste sie wirklich ins Bett. Sie lief an Egge und Meike vorbei, die immer noch nebeneinanderstanden und miteinander tuschelten, und hinaus auf den Hof. Sie tastete nach ihrem Handy, um Bente noch eine Antwort zu schreiben, da fiel ihr ein, dass sie es in der Box liegen gelassen hatte. Also öffnete sie die Stalltür wieder, aber hielt inne, als sie Meike fragen hörte: »Würde das nicht das Ende des Hofes bedeuten?«

Maje erstarrte. Worüber redeten die beiden da? Leise schob sie sich in die dunkle Ecke neben dem Eingang, direkt hinter den Spind, trat auf die Borsten eines Besens und schaffte es, ihn aufzufangen, bevor er auf dem Boden aufschlug.

»Ja, das würde es. Die bevorstehenden Änderungen des Flächennutzungsplans werden erlauben, die Wiesen in Baugrundstücke zu verwandeln. Das ist für jeden Investor eine Goldgrube.«

»Heißt das, dass hier alles plattgemacht werden würde?«

»Ja.«

Maje kochte vor Wut. Das also war Egges Plan. Ha! Von wegen, neue Existenz aufbauen. Nachdem er Bentes Objektiv kaputt gemacht hatte, war er so reumütig gewesen, dass sie ihm fast geglaubt hätte, aber er wollte Profit aus dem Hof schlagen, sein Schicksal war ihm egal! Sie überlegte. Jetzt aus ihrem Versteck zu stürmen und ihn zur Rede zu stellen wäre nicht klug. Bestimmt plante er irgendeinen Sabotageakt – es wäre besser, dieses Wissen für sich zu behalten und gezielt gegen ihn einzusetzen. Bente würde sie davon bei seiner Rückkehr erzählen, aber Janine und

Emma brauchten davon erst einmal nichts zu erfahren, sie würden sich nur über Egge ärgern. Und auch ihren Vater und Opa wollte sie erst mal aus der Sache raushalten.

Kompliziert wurde es am nächsten Morgen. Kurz nach Sonnenaufgang kam sie mit den Halftern beladen von der Weide zurück, auf die sie gerade Alea und Heigo geführt hatte, als ein weißer Porsche auf den Hof fuhr. Der Wagen drehte kurz vor ihr scharf ab, schleuderte Schlamm aus den Pfützen hoch, die sich beim Regenschauer in der vergangenen Nacht gebildet hatten. Majes Beine wurden mit braunen Spritzern bedeckt, und sie bremste ab, als sie verstand, wer sich in dem Auto befand. Ein heftiger Ruck ging durch ihren Körper, als wäre sie gegen eine Betonwand gelaufen. Hannah!, pochte es hinter ihrer Stirn.

Der Motor wurde abgestellt, die Autotür öffnete sich, und es kamen zwei schwarze hochhackige Schuhe mit roter Sohle zum Vorschein. Verdammt, diese Schuhe waren unbezahlbar ... Majes Blick wanderte hoch, über das enge Minikleid mit dem tiefen Ausschnitt, den langen bleichen Hals und das makellose, aber stark überschminkte Gesicht mit den künstlichen Wimpern, die weit über die Wangen reichten, wenn Hannah blinzelte.

Als sie Maje erkannte, breitete sich ein gehässiges Grinsen auf ihren Lippen aus. Mit einer perfekt manikürten Hand wischte sie ihre blonden Haare nach hinten, die andere Hand lag an ihrer Hüfte, als würde sie gleich über einen Laufsteg gehen wollen. Das grelle Pink ihrer Fingernägel biss sich mit den roten Schuhsohlen, aber die waren ja unter normalen Umständen nicht sichtbar. Vor allem jetzt nicht, da Hannah in einer Pfütze stand.

»So sieht man sich wieder«, säuselte Hannah und knallte die Autotür unnötig fest zu. »Ich bin hier, um mit Egge zu sprechen.«

Maje richtete sich zu ihrer vollen Größe auf. »Auch dir einen guten Morgen. Ich weiß nicht, ob Egge um diese Uhrzeit bereits —«

Weiter kam sie nicht, denn in diesem Augenblick schlenderte Egge aus dem Stall, in der Hand den Tagesplan mit den Reitstunden.

»Oh«, sagte er, ebenso überrascht wie Maje. Das wiederum beruhigte sie, denn es bedeutete, dass er nichts von Hannahs Besuch wusste und sie auch nicht hierher eingeladen hatte. Hannah lächelte ihn an und zeigte dabei zwei Reihen perlweißer Zähne, die mehr an das Gebiss eines Haifisches erinnerten.

Der Tagesplan rutschte Egge aus der Hand und fiel in eine Pfütze. Das Blut wich aus seinen Wangen, und er strich sich nervös über seine Kleidung. Er war immer noch auffällig gut für einen Reiterhof in der Provinz gekleidet, aber sein Hemd wies ein paar Falten auf, und ausgerechnet das schien ihn gerade zu verunsichern.

»Freust du dich gar nicht, mich zu sehen?«, fragte Hannah zuckersüß und kam mit schwingenden Hüften auf ihn zu. »Ich habe gehört, dass du jetzt hier arbeitest, und dachte, ich schau mal vorbei.« Ihre Wimpern klimperten in schnellem Rhythmus, und sie beugte sich etwas vor, damit Egge einen guten Einblick in ihren Ausschnitt bekam. »Auch wenn ich nicht verstehen kann, was du bei der hier willst.« Eine ihrer manikürten Hände wedelte vage in Richtung Maje, als wäre sie ein lästiges Insekt, das man verscheuchen musste.

Maje schnaubte. Keine Minute anwesend, und schon suchte Hannah Streit. Aber das war interessant, denn anscheinend war Hannah eifersüchtig darauf, dass Egge mit ihr zusammenarbeitete. Genauso wie damals, als sie sich an Egge rangeschmissen hatte, nur weil Maje den Platz als Torwart im Handballteam bekommen hatte.

»Äh«, sagte Egge und schaute fast hilflos zu Maje hinüber. Die wiederum wollte sich nicht einmischen. Diesen Konflikt durfte er selbst lösen, denn vor Hannah würde sie sich keine Blöße geben. Aber gehen würde sie auch nicht – das war ihr Hof, und sie wollte wissen, wie Egge auf diesen offensichtlichen Flirtversuch reagieren würde.

»Normalerweise halte ich mich nicht in diesem Kaff auf. Aber ich musste eine wichtige Angelegenheit in der Gegend regeln. Meine Güte, wie ich den Schmutz hier hasse.« Ihre Worte klangen wie Ironie, denn sie hatte sich direkt unter die Regenrinne gestellt, von der es tropfte. Ein feuchter Schimmer war in ihren Haaren zu sehen. »Ich dachte, wir zwei Hübschen könnten uns mal wieder treffen? Ich muss gleich zurück nach Emden, aber wenn du heute Abend vorbeikommst, führe ich dich ins Oyster Heaven aus. Das ist eine neue Bar direkt am Hafen.«

Als sie den Namen des Lokals hörte, hätte Maje fast aufgelacht – das war dieselbe Bar, in die Egge sie auch hatte einladen wollen. Hannah und Egge hatten immer noch denselben Geschmack. Aber zu ihrer Überraschung schien er wenig an dem Angebot interessiert zu sein. Er machte eine abwehrende Geste und sagte: »Es tut mir leid, Hannah, das geht nicht.«

Hannahs Fingernägel pressten sich so fest in ihre Hüfte, dass ihre Knöchel weiß hervortraten. »Und warum nicht?«, fragte sie scharf. Dabei drehte sie sich um und musterte Maje, die immer noch dastand und die Situation beobachtete. »Erinnerst du dich nicht mehr, wie viel Spaß wir zusammen hatten? Meine Güte, ich habe dir auf jedem verfickten Parkplatz zwischen Rysum und Moormerland einen geblasen. Das muss doch etwas wert sein.«

Mit den hohen Schuhen war sie größer als er und schaute auf ihn hinunter wie auf ein ungezogenes Kind. Egge war sichtlich eingeschüchtert und nahm eine geduckte Haltung an. Ob er sich von Hannahs dominanter Art beeindrucken lässt?, fragte Maje sich. Aber er schüttelte den Kopf. »Ich habe mich verändert, Hannah. Solche Sachen sind nicht mehr mein Ding. Und mein Herz gehört einer anderen.« Er trat ein paar Schritte weg von ihr und zu Maje hin. Das verwirrte Maje – warum suchte er Halt bei ihr, wenn er doch eigentlich vorhatte, ihr den Hof abspenstig zu machen?

Hannah wirbelte herum und deutete mit ausgestrecktem Zeigefinger auf Maje. »Du Schlampe! Ich wusste es! Jetzt hast du wohl endlich, was du wolltest. Ich hoffe, ihr beide werdet glücklich in diesem trostlosen Kuhdorf.« Sie stolperte, verlor einen Schuh, fluchte und fischte ihn aus einer Pfütze. Er war mit Wasser vollgelaufen, und sie goss ihn angewidert aus. »Du hast keine Ahnung, was du verpasst, Egge. Im Gegensatz zu diesem ... Bauernflittchen in Gummistiefeln hätte ich dir was bieten können.« Sie hüpfte auf ihr Auto zu, den Schuh in ihrer Hand.

Jetzt straffte Egge die Schultern und gab sich einen Ruck. »Hör auf, Maje zu beleidigen, nur weil dir meine Entscheidung nicht gefällt. Maje ist in Ordnung und hat feste moralische Prinzipien, im Gegensatz zu dir.«

»Pah!«, machte Hannah und ließ den Motor aufheulen. Mit quietschenden Reifen fuhr sie vom Hof. Maje sprang zur Seite, als der nächste Wasserschwall in ihre Richtung flog.

»Puh, das war krass«, sagte Egge mit zusammengesunkenen Schultern, was ihn noch kleiner wirken ließ, als er ohnehin schon war. »Die Frau macht mir Angst.«

»Mir nicht«, behauptete Maje, aber auch sie war erleichtert, dass Hannah ohne weitere Beleidigungen abgezischt war. Langsam beruhigte sich ihr Puls wieder. Skeptisch beobachtete sie Egge, der unruhig die Handflächen zusammenrieb, die sich rot färbten. Egge hatte sie gerade in Schutz genommen ... Warum? Sie wurde wirklich nicht schlau aus ihm. »Wie ist das damals eigentlich mit dir und Hannah zu Ende gegangen?«

»Na ja«, er bückte sich, um den Tagesplan aus der Pfütze zu fischen, der sich dabei in einzelne Fetzen auflöste. »Mist, da habe ich eine halbe Stunde dran gesessen. Also, wir waren etwa ein Jahr zusammen, dann hat ihr der Sohn eines Golffreundes ihres Vaters Avancen gemacht, und ich war passé. Zu dem Zeitpunkt war ich aber eh mehr auf meine Karriere fokussiert und nicht besonders unglücklich darüber.« Er wischte sich über die Stirn, an der einige Strähnen klebten. »Mann, ich hoffe, dass ich die nie wieder sehen muss. Zum Glück bin ich nicht oft in Emden.«

Emden ... Irgendetwas brachte Maje mit Emden in Verbindung, da war doch noch etwas? Genau, Bentes Tante Bille lebte dort, die mit dem Hotel Zur Post ... *Bente* ... Sehnsüchtig dachte sie daran, wie sie vor ein paar Tagen händchenhaltend über den Deich spaziert waren. Egal, wie schwierig die Zeiten waren, solange sie Bente an ihrer Seite hatte, war alles gut. Vielleicht sollte sie ihm eine Freude bereiten, ihn überraschen ... Ja, sie hatte eine Idee.

Einige Stunden später stand sie mit klopfendem Herzen vor dem Portal von Tante Billes Hotel in Emden, einem vierstöckigen Backsteinhaus, das eingepfercht zwischen einer Bank und einem Wohngebäude stand. Die verbreiterten Fenster der unteren Etagen wiesen halbrunde und äußerst ausgeblichene Markisen auf, darüber stand in goldenen Metalllettern *Hotel Zur Post*. Sobald Maje eintrat, wurde es ein paar Grad kälter und deutlich dunkler. Es roch nach Zitrone und Kaffee, eine intensive Mischung, die nicht zusammenzupassen schien. An der Rezeption saß eine junge Frau mit einem Pferdeschwanz, die in einem Magazin blätterte, das sie sofort unter dem Tresen versteckte, als sie Maje sah.

»Einen guten Tag wünsche ich Ihnen«, grüßte sie höflich, »was kann ich für Sie tun?«

Maje schaute sich in der düsteren Halle um. Der Boden war gefliest, mehrere Kacheln waren gesprungen, in einer Ecke lag ein ausgetretener Läufer. Die Lage des Hotels in der Innenstadt war gut, und es gab einige Parkmöglichkeiten in der Nähe, aber die Ausstattung schien eine Katastrophe zu sein. Sie musste an den Neßmersieler Hof denken, den sie auch in einer vernachlässigten Verfassung vorgefunden hatte.

»Ich würde gern mit Bille Tütken sprechen«, sagte sie, und als die junge Frau nicht gleich reagierte, fügte sie hinzu: »Der Besitzerin des Hotels.«

»Oh, ist irgendetwas nicht in Ordnung?«

»Nein, alles gut. Es geht um … eine Familienangelegenheit. Um Bente. Ist sie da?«

»Moment.« Die Rezeptionistin griff nach dem Telefon und wählte eine Nummer. »Frau Tütken? Besuch für Sie. Eine Frau mit lokalem Akzent sagt, es geht um Bente. Ja, okay, ich bringe sie hoch.«

Maje folgte der jungen Frau in den dritten Stock. Dort gingen sie bis zum Ende des Flures, an dem sich eine kleine Treppe befand. Dahinter lag eine Tür, die sich von den anderen in der Etage unterschied. Eine Keramikgans hing an einem Nagel, eine Fußmatte begrüßte den Besucher. Offensichtlich wohnte Bille in ihrem Hotel.

Die Rezeptionistin verabschiedete sich, und Maje klopfte an. »Frau Tütken?«, fragte sie, da ging die Tür schon auf. Vor ihr stand eine rundliche Frau mit roten Wangen, einer riesigen Hornbrille und einer geblümten Schürze. »Hi, mein Name ist Maje. Ich bin Bentes Freundin. Kann ich Sie kurz sprechen?«

»Ach, natürlich. Kommen Sie rein. Ich mach gerade Butterkuchen, mögen Sie Kaffee?«

Maje zog die Schuhe aus und folgte der Frau ins Wohnzimmer, in dem jede Oberfläche mit gehäkelten Deckchen belegt war. Egal, ob unter einer Lampe oder über der Sessellehne – Napperons überall. Aber es war blitzsauber und mit Liebe aufgeräumt – selbst die Kissen auf dem Sofa waren aufgeschüttelt und mit einem Knick versehen.

»Es ist doch wohl hoffentlich alles in Ordnung mit Bente? Und Sie sind seine Freundin, sagen Sie? Setzen Sie sich bitte.«

»Danke. Ja, Bente und ich sind sehr glücklich zusammen. Er hilft uns momentan auf unserem Reiterhof in Rysum aus.«

»Reiterhof, sagen Sie? Ach, das kann ich mir gar nicht vorstellen. Aber ich habe lange nichts mehr von dem Jungen gehört.
Wissen Sie, nachdem Justine ihn betrogen hat, ging es ihm so
schlecht, und er hat sich mir immer mehr entzogen.« Sie schob
sich die Brille von der Nase, die ständig herunterrutschte. »Ich
hoffe, jetzt habe ich mich nicht verplappert, Sie wissen doch von
Justine?«

»Ja, das tue ich.« Sie erzählte von ihrer Arbeit auf dem Neßmersieler Hof und wie nahe Bente und sie sich mittlerweile standen. »Jedenfalls bat Bente mich, dass ich mir als Innenarchitektin
Ihr Hotel anschaue und Sie, falls Sie das möchten, hinsichtlich
einiger Renovierungsmöglichkeiten berate. Kostenfrei natürlich
und ganz ohne Druck. Wäre Ihnen das recht?«

Tante Bille schaufelte sich das zweite Stück Kuchen auf den
Teller und hob den Kuchenheber fragend an. »Möchten Sie auch
noch eins? Nein? Na gut. Wissen Sie, ich würde gern renovieren,
da hat der Junge schon recht, aber ich wüsste nicht, wo ich anfangen soll. Hier ist einfach alles alt, und ich habe kein richtiges Gespür mehr dafür, was modern ist und was sich die Gäste heutzutage wünschen. Man könnte wohl sagen, ich bin da ein bisschen
in meiner Zeit stehen geblieben.« Bedeutungsvoll klopfte sie auf
eines der Häkeldeckchen.

»Möchten Sie mir das Hotel vielleicht einfach mal zeigen?
Dann kann ich mir eine Vorstellung von den Zimmern und den
Anlagen machen und habe eine Grundlage, um Ihnen Vorschläge
zu unterbreiten.«

Tante Bille erhob sich ächzend und schlüpfte dabei in ihre
rosa Schlappen. »Gern. Ich hole eben den Schlüsselbund.«

Gemeinsam wanderten sie durch die Etagen, schauten in leer-
stehende Zimmer und Badezimmer, das ausladende Frühstücks-
zimmer und die winzige Bibliothek, in der sich allerdings kaum
Bücher befanden, und betraten danach die versteckte Architektur
wie Lagerräume für Bettzeug und Reinigungsutensilien, die Kü-

che und den Keller. Hier standen reihenweise Regale, in denen allerhand Zeug aufbewahrt wurde.

»Wissen Sie, als ich noch in Ramsloh wohnte, hat Bente sich gern im Keller versteckt. Da hat er sich zwischen den Fässern und Kisten verschanzt und stundenlang gespielt. Und wenn ich ihn dabei störte, hat er mich mit Wasserbomben beworfen. Er war ein Lausebengel, aber er hat es nie übertrieben. Meine Schwester, seine Mutter, hat ihm so gefehlt, er hatte es nicht leicht.«

Sie klapperte mit dem Schlüsselbund, um eine Holztür zu öffnen, die nach hinten in den Garten führte. Dort standen ein paar wacklige Stühle um einen bemoosten Plastiktisch. »Der Garten wird leider nicht genutzt. Da könnte man viel mehr draus machen.«

Dem konnte Maje nur zustimmen. Sie stellte sich einen Pavillon vor, unter dem man im Sommer Schatten und bei Regen Unterschlupf finden konnte, eine runde Grillecke auf der anderen Seite, einen Rosengarten, einen Springbrunnen. »Was befindet sich in dem Schuppen?«, fragte sie und deutete auf die altersschwache Struktur, die einen Großteil des Gartens einnahm.

»Ach, da ist nur Krimskrams drin. Der könnte abgerissen werden.«

»Ja, das würde viel Platz schaffen. Der Garten hat Potenzial und könnte den Gästen einen Ort der Ruhe bieten.« Sie trat auf den Schuppen zu und schaute Tante Bille fragend an. »Darf ich?«

»Natürlich. Wissen Sie, ich bin wirklich dankbar, dass Bente eine so liebe Freundin gefunden hat, die sich so gut um ihn kümmert. Bei Justine, na ja, da habe ich mir eher Sorgen um ihn gemacht, die war nicht besonders nett zu ihm. Aber er hat sich so sehr jemanden gewünscht, der ihn liebt, dass ihm das, glaube ich, egal war.«

Bei diesen Worten musste Maje schlucken. Sie nahm sich vor, ihm ihre Liebe jeden Tag neu zu beweisen, damit er spürte, was sie für ihn empfand. Sie schob die Schuppentür auf, betrachtete den Gegenstand, der vor ihr stand, und riss die Augen auf. »Wow!«

Zwischen Kisten und Säcken, alten Möbeln und Ziegelsteinen stand eine Kutsche. Der Lack war rissig, das klappbare Verdeck war eingerissen, und das Seitenfenster wies einen Sprung auf. Aber die klassische Wagenform mit den gegenüberliegenden Sitzbänken war schwungvoll gearbeitet und strahlte immer noch Würde und Eleganz aus.

»Das ist ein echter Landauer«, verkündete Bille stolz. »Den habe ich von meinen Eltern geerbt, sie haben ihn für ihre Ausflüge verwendet. Ich habe es nie übers Herz gebracht, ihn zu entsorgen.«

Instinktiv legte Maje eine Hand auf das glatte Holz, glitt an ihm entlang, bis sie die Polster der Kutsche erreichte. »Sie ist wunderschön.« Tief in ihr regte sich ein Gedanke, wirbelte herum und kitzelte sie. Nachdenklich nagte sie an ihrer Unterlippe. »Hm«, machte sie, wischte mit dem Zipfel ihres T-Shirts über ein Metallschild an der Seite der Kutsche, um den Namen des Herstellers zu lesen.

Bille hüstelte. »Darf ich Sie um etwas bitten? Meine Schwester hat vor ein paar Monaten eine schwierige Operation überwunden, und seitdem steckt sie in einer Krise, hinterfragt ihr Leben und ihre Entscheidungen. Und sie macht sich schwere Vorwürfe wegen Bente. Immer wieder fragt sie nach ihm. Ich denke, sie ist nun bereit, Bente gegenüberzutreten und ihn um Verzeihung zu bitten. Wenn er es denn möchte. Und ich denke, es wäre besser, wenn ihm seine Freundin das vorschlägt und nicht seine alte Tante. Was meinen Sie?«

»Na ja, er hat gesagt, dass er sich Kontakt zu ihr wünschen würde, aber ich weiß nicht, wie ernst ihm das ist. Ich kann gern mit ihm reden.«

»Das wäre nett. Lara würde es viel bedeuten. Sie hat sich verändert, ist um einiges umsichtiger als früher.«

Ein Stich fuhr Maje ins Herz. »Bentes Mutter heißt Lara?«,

fragte sie erstaunt. Das erklärte einiges! Bente hatte sein geliebtes Motorrad also nach seiner Mutter benannt, und vielleicht hatte er das auch getan, damit er sich das Tattoo mit ihrem Namen hatte stechen lassen können, ohne zu viel von sich zu verraten und vor seinen Kumpels verletzlich zu sein. Das berührte Maje, denn es zeigte ihr, wie verzweifelt er versuchte, mit dem Verlust seiner Mutter umzugehen.

»Lassen Sie uns wieder ins Haus gehen«, bat sie Bille. »Ich denke, ich habe genug gesehen und kann Ihnen ein paar erste Hinweise geben. Aber ich komme wieder, wenn ich einen Fahrplan für das Hotel entwickelt habe.«

»Ich habe eine Überraschung für dich«, sagte Bente, strich ihr liebevoll über das Haar und den Hals, und in Majes ganzem Körper kribbelte es. Fünf Tage lang hatten sie sich nicht gesehen, fünf Tage, die ihr wie eine Ewigkeit vorgekommen waren. Aber sie hatte auch viel geschafft und konnte es nicht abwarten, ihm davon zu berichten.

»Ich auch«, sagte sie mit verschmitztem Grinsen, ohne ihren Kopf von seiner Brust zu nehmen. Es war schön, seinen Herzschlag zu spüren, ihn wieder nahe zu wissen. »Aber du darfst anfangen.«

»Na gut. Dafür musst du mich aber loslassen.«

Widerwillig ließ sie von ihm ab, stellte sich aber auf die Zehenspitzen und gab ihm einen Kuss auf den Mund, bevor sie nickte. »Okay, ich bin bereit.«

Bente nahm ihre Hand und führte sie nach draußen auf den Parkplatz. Anstelle seines klapprigen Toyotas parkte dort ein schnittiges Motorrad mit blutroter Verkleidung. An seinem Lenker baumelten zwei Helme. Er griff nach dem kleineren von beiden und hielt ihn Maje entgegen. »Tada«, sagte er beschwingt,

»darf ich vorstellen – das ist Lara.« Er wandte sich an das Motorrad. »Lara, das ist Maje.«

Sie setzte sich den Helm auf, er passte wie angegossen. Dann schritt sie, etwas unsicher, auf die Maschine zu. »Ich bin noch nie Motorrad gefahren«, gestand sie Bente.

»Na, dann wird es aber Zeit. Möchtest du eine Runde mit mir drehen?«

Sie nickte zaghaft. »Gern. Aber du musst mir genau erklären, wie ich mich in Kurven zu verhalten habe und so.«

»Kein Problem.« Er strahlte sie so glücklich an, dass ihre Angst vor der Fahrt einer zarten Vorfreude wich. »Aber vorher bist du dran. Was für eine Überraschung hast du?«

Maje nahm den Helm wieder ab und führte Bente zur Scheune hinüber. »Ich habe deine Tante Bille besucht«, gestand sie und tastete nach dem Lichtschalter. »Ich habe mir das Hotel angeschaut und denke, dass ich ihr helfen kann. Es ist eine lange Geschichte, die damit endet, dass Bille uns diese Kutsche geschenkt hat.« Die Lampen über ihnen zuckten und tauchten alles in helles Licht. Neben dem Traktor stand die alte Landauer-Kutsche, die Maje mithilfe von Emma in den letzten Tagen abgeschliffen und neu lackiert hatte. Es war viel Arbeit gewesen, aber es hatte sich gelohnt – die Kutsche erstrahlte in neuem Glanz.

»Sie ist noch nicht einsatzbereit, aber Papa meint, es handelt sich nur um kleinere Reparaturen, die notwendig sind. Ich wollte sie Bille abkaufen, aber sie war froh, dass die Kutsche nicht auf den Sperrmüll musste.« Sie erzählte Bente von dem Besuch und dem Vorhaben, den Garten des Hotels einladender zu gestalten. Indessen wanderte er fasziniert um die Kutsche herum, prüfte Schrauben und Scharniere und kletterte auf den Kutschbock.

»Das ist ein tolles Teil.«

Maje setzte sich zu ihm und seufzte. »Sie ist schön, nicht wahr?«

»Ja, das ist sie. Und ich denke, die kriegen wir wieder fit. Focke kann mir bestimmt dabei helfen.«

»Das war Ammo Rhaudes Sohn, richtig?«

»Genau. Der hat sich eine Heimwerkstatt für Autos und Motorräder eingerichtet und hat ein Händchen für solche Dinge. Aber eine Frage habe ich schon: Was willst du mit der Kutsche anstellen?«

Sie holte tief Luft. »Ich möchte die beiden jungen Friesen zu Kutschpferden ausbilden lassen. Papa meint, die beiden brauchen eine Aufgabe, und ich denke, sie eignen sich gut als Kutschpferde. Was ich dann genau mit ihnen mache, weiß ich noch nicht, aber vielleicht kann man mit Kutschfahrten ganz gut Geld verdienen. Oder ich trete mit denen auf Shows auf und bewerbe so unseren Hof. Mir wird schon etwas einfallen.« Sie lehnte sich an Bente und hakte sich dabei unter.

Er legte den Arm um ihre Schulter. »Ja, Hauptsache, es geht weiter«, sagte er leise.

»Das war aber noch nicht alles.« Maje schaute sich um, um sicherzustellen, dass niemand die Scheune betreten hatte – Egge schien die Eigenschaft zu besitzen, immer im unpassendsten Moment aufzutauchen. »Deine Tante meint, dass deine Mutter dich gern treffen würde. Sie war krank und musste operiert werden, das hat wohl einiges in ihr bewegt.« Sie spürte, wie Bente sich verkrampfte, und kuschelte sich enger an ihn. »Fühle dich nicht gedrängt. Du musst das nicht machen, wenn du es nicht möchtest. Egal, wie du dich entscheidest, ich werde bei jedem Schritt an deiner Seite und für dich da sein. Du wirst nie wieder alleingelassen, das verspreche ich dir.«

Sie saßen eine Weile schweigend da, und Maje spürte, wie er mit sich kämpfte. Er rieb sich mit drei Fingern über die Stirn, bis sie einen Abdruck hinterließen. Schließlich stieß er heftig den Atem aus. »Ich muss darüber nachdenken«, sagte er leise. »Lass uns eine Runde Motorrad fahren.«

Zu ihrem Erstaunen war es gar nicht so schrecklich, an Bente geschmiegt über die Landstraßen zu pesen. Die Bäume und Häuser flogen an ihnen vorbei, der Fahrtwind kühlte sie ab, und sie musste gar nicht viel machen, außer gelegentlich das Gleichgewicht zu verlagern. Aber anders als beim Reiten besaß die Maschine unter ihnen kein Eigenleben, und das fehlte ihr. Nach einer Stunde waren sie auf dem Hof zurück, und Bente zog sich den Helm ab. »Na?«, fragte er gespannt. »Wie hat es dir gefallen?«

»Ich glaube, ich könnte mich daran gewöhnen. Aber ein Pferd bevorzuge ich jederzeit!«

»Daran habe ich keine Zweifel«, lachte Bente. Sein Magen grummelte, und Maje spürte, dass auch sie Hunger hatte.

»Komm, ich mache uns etwas zu essen«, bot sie an.

Auf dem Weg ins Haus sah sie Egge, der die neue Stute Maria in Richtung des Reitplatzes führte. Er nickte grüßend in ihre Richtung, beeilte sich aber wegzukommen.

»Wie lief es mit Egge, als ich weg war?«, fragte Bente leise.

»Er hat sich unauffällig verhalten, aber ich glaube, er schmiedet Pläne gegen uns. Ich habe gehört, wie er Meike davon erzählt hat, dass die Stadt plant, unseren Hof in ein Baugrundstück umzuwandeln. Wenn er den Hof kaufen würde, könnte er alles abreißen, das Grundstück unterteilen und jede Parzelle für viel Geld verkaufen. Er weiß nicht, dass ich das mitbekommen habe, und ich denke, das ist auch gut so. Bisher hat er sich aber nichts zuschulden kommen lassen. Ganz im Gegenteil, er scheint mir aus dem Weg zu gehen.«

»Dann ist es wahrscheinlich besser, die Stimmung nicht weiter anzuheizen«, stimmte Bente ihr zu. »Aber wir sollten ihn beobachten, damit er keinen Unsinn anstellt.«

Maje bereitete ihnen einen Heringssalat zu, zu dem sie frisch aufgebackenes Brot reichte. Die Salatsauce hatte sie mit Zitrone und Kräutern aus Opas Garten verfeinert, es schmeckte herrlich sauer und belebend.

»Ich muss dir etwas gestehen«, sagte Bente zwischen zwei Bissen. »Ich muss in ein paar Tagen wieder nach Berlin. Ein letztes Mal, das verspreche ich. Ich habe gekündigt, aber ich möchte meine Kollegen und meinen Chef nicht hängen lassen. Deshalb habe ich ihm angeboten, in der nächsten Woche sämtliche Projekte abzuschließen und verfügbar zu sein, damit er sich in Ruhe nach einem geeigneten Ersatz umschauen kann. Danach komme ich wieder und bleibe hier bei dir. Falls du das möchtest.«

Die Nachricht freute Maje und machte sie traurig zugleich. Eine Woche war lang – aber danach konnten sie ihre gemeinsame Zukunft planen!

»Warte kurz.« Bente stand auf, lief in den Flur und holte seine abgewetzte Ledertasche. Urs taperte hinter ihm her und setzte sich schwanzwedelnd vor ihn hin. »Na gut«, sagte Bente, holte ein Leckerli aus der Tasche hervor und hielt es dem Berner Sennenhund vor die Nase. »Gib Pfote!« Sofort hielt Urs sein Vorderbein hoch, schielte dabei auf den getrockneten Hühnerstreifen in Bentes Hand.

»Braver Ursel«, lobte Bente stolz, reichte ihm das Leckerli und kraulte ihm den Hals. Dann holte er eine Mappe hervor und zog ein paar großformatige Fotografien heraus. »Die habe ich hier gemacht. Ich dachte, du würdest sie vielleicht gern sehen.«

Fasziniert hob Maje das erste Foto hoch. Es zeigte Matteo, der mit wehender Mähne über seine Weide galoppierte. Der Kopf und die Brust waren gestochen scharf, der Rest seines Körpers verschwamm mit dem farbenfrohen Hintergrund. Das nächste Bild zeigte Manuka, den Kopf tief in die Wiesenkräuter gesenkt, und davor ihr Fohlen, das seine Schnauze weit nach vorne reckte. Auf seiner Nase saß ein Schmetterling. Danach kamen ein paar Schwarz-Weiß-Aufnahmen, die einzelne Bereiche des Hofes zeigten. Ungläubig schüttelte Maje den Kopf. Auf den Fotos sah der Hof unglaublich idyllisch aus, wie aus einem Werbekatalog für

Ferien auf dem Land. Ja, sie hatte ordentlich aufgeräumt und viel geschafft, aber ihr wurde erst jetzt klar, was für eine traumhafte Kulisse der Hof bot ... so schön, dass man hier heiraten konnte ... Sie sah ein Hochzeitspaar vor sich, das aus Opas alter Wohnung trat und in die Kutsche kletterte, um damit zur Kirche zu fahren, vorbei an blühenden Hortensienbüschen und Rosenstauden, das Hufgeklapper der Friesenpferde auf dem Asphalt, das frisch gestrichene Willkommensschild am Eingang des Neßmersieler Hofes ...

»Ich habe sie«, sagte Maje, so aufgeregt, dass ihre Hände zitterten. »Ich habe endlich die Idee, die den Hof retten wird.«

In den nächsten Tagen arbeiteten sie ohne Unterlass. Bente hielt sein Versprechen und verbrachte die meiste Zeit mit der Restaurierung der Kutsche. Focke half ihm, und auch einige andere junge Männer aus dem Dorf schauten vorbei, um die Achsen und Federn zu prüfen und auszubessern. Als Bente zurück nach Berlin musste, war sie so gut wie einsatzbereit – es fehlten nur ein paar Ersatzteile, die bereits bestellt waren, und die Geschirre für die Pferde.

Auch wenn Maje ihn sofort vermisste, war sie gut beschäftigt. Jeden Tag longierte sie die beiden jungen Friesen, begutachtete ihre Bewegungen und baute nach und nach ihre Muskeln auf. Außerdem bat sie Frau Dr. Mittermeier, die beiden Tiere zu untersuchen. »Sie sind kerngesund und als Kutschpferde geeignet«, lautete ihre beruhigende Einschätzung.

Es gab nur ein Problem: Maje konnte junge Pferde am Boden vorbereiten, sie konnte gut reiten und ein Pferd trainieren. Aber ein Kutschpferd hatte sie noch nie ausgebildet. Und dabei konnte auch ihr Vater nicht helfen, denn der hatte ebenso wenig Ahnung davon.

»Ich müsste die beiden mindestens für ein halbes Jahr ins Trainingszentrum nach Oldenburg schicken«, erzählte sie Janine, als die beiden gemeinsam im Reiterstübchen saßen und Erdnussflips futterten.

»Oder du bittest Egge um Hilfe«, warf Janine ein und warf sich eine ganze Hand voller Flips in den Mund.

»Was?«, fragte Maje baff. »Wieso Egge?«

Ihre Freundin kaute seelenruhig zu Ende. Es kam Maje wie eine Ewigkeit vor. »Weil ich weiß, dass Egge das kann. Vor ein paar Jahren, lange vor seinem Unfall, habe ich einen Artikel darüber gelesen, dass er ein Kutschpferd ausgebildet hat. Es kam in die Zeitung, weil es sich um ein bekanntes Vollblut gehandelt hat, das seine Karriere auf der Rennbahn frühzeitig beendet hatte. Also nicht gerade das klassische Kutschpferd, aber Egge hat das wohl gut hingekriegt und dem Pferd dadurch zu einer zweiten Chance verholfen.«

Maje rümpfte die Nase. Ausgerechnet Egge um Hilfe bitten zu müssen gefiel ihr nicht. Andererseits war es eine unkomplizierte Lösung, und sie konnte ihn damit auf die Probe stellen. Wenn er sich weigerte oder das Projekt in irgendeiner Art behindern würde, hatte sie einen stichfesten Grund, um ihn zur Rede zu stellen.

Tatsächlich war Egge aber sofort begeistert von der Idee. »Ich bin dabei«, sicherte er ihr zu. »Ich fange sofort mit der Ausbildung an. Maria hat viel Temperament, ist aber sanft im Umgang, und ihr Tatendrang wird durch Boings Müßiggang wieder ausgeglichen. Die beiden werden ein absolutes Traumpaar vor der Kutsche sein.« Dann hielt er inne und fragte: »Warum sollen sie eigentlich als Kutschpferde ausgebildet werden?«

Auf die Frage war Maje gut vorbereitet. »Weil der Neßmersieler Hof zu einer Hochzeitslocation werden soll. Ich stelle mir vor, dass wir Hochzeitspaare mit der Kutsche zur Rysumer Kirche bringen und abholen und die Feiern nach den Trauungen bei uns auf dem Hof ausrichten. Platz genug haben wir, und schön ist es auch.«

Egge nickte anerkennend. »Das ist ein guter Plan«, bekräftigte er, »endlich eine richtige Vision. Bei gutem Wetter könnten die Trauungen sogar in der kleinen Dünenkapelle direkt hinter dem Friedhof stattfinden. Für manche ist das karge Ambiente der Kirche vielleicht zu schlicht.«

Maje suchte nach Anzeichen von Missgunst in seinem Gesicht, aber da war nur ehrliche Freude zu sehen.

Jetzt musste sie noch ihren Vater von der Idee überzeugen. Dafür fing sie ihn nach Feierabend vor seinem Büro ab und lud ihn zum Abendessen in sein Lieblingsfischrestaurant ein. Dieses hatte ein romantisches Ambiente, die Tische waren mit Stofftischdecken eingedeckt, auf denen Kerzen brannten, im Hintergrund spielte leise italienische Musik. Ihr Vater bestellte für sie beide Krabbensuppe, gefolgt von Skantjes mit Petersilienkartoffeln. Obwohl ihr Magen knurrte, hatte Maje keinen Appetit, dafür war sie zu aufgeregt. Während ihr Vater seinen Teller bereits halb geleert hatte, blätterte sie in einem Ordner.

»Die Feiern könnten bei gutem Wetter im Garten stattfinden, und falls es regnet, ziehen wir in die Scheune um. Dafür müssten wir nur den Traktor anderswo parken, aber das sollte kein Problem sein. Wir müssten ein wenig investieren, aber es ist rentabel.«

Ihr Vater winkte einem Kellner zu, der ihn allerdings übersah und an ihm vorbeimarschieren wollte. Arne räusperte sich laut. »He, stopp!«

Sämtliche anderen Besucher sahen sich pikiert nach ihnen um, auch der Kellner war sofort bei ihm. Maje hielt in ihrem Monolog inne.

»Kann ich bitte etwas Salz haben?«, fragte Arne nun in normaler Lautstärke.

Der Kellner brachte es ihm, ihr Vater würzte sein Essen nach und murmelte: »Ich habe Skantjes bestellt, nicht Ignoranz. Bitte fahr fort, Maje.«

Diese kratzte sich am Kopf. »Äh, ja. Also, ich habe alles ausgerechnet und die Zahlen Thies gemailt, der mir das bestätigt hat. Vor allem müssten wir mehr Blumen pflanzen, Sitzgelegenheiten schaffen, eine Webseite aufbauen und Opas Einliegerwohnung einen romantischen Schliff verpassen. Die Hochzeitspaare könnten das Rundum-Paket mit Übernachtung auf dem Friesenhof, Kutschfahrt und Fotoshooting buchen.« Sie reichte ihrem Vater das Foto vom galoppierenden Matteo. »Wie du siehst, versteht Bente etwas von seiner Arbeit, Hochzeitsfotos wären genau sein Ding.«

Ihr Vater pikte die letzte Kartoffel mit der Gabel auf und biss herzhaft hinein. Bisher hatte er stumm zugehört und nur einen halbherzigen Blick auf das Foto geworfen. Jetzt legte er das Besteck weg und wischte sich mit der Serviette über die Mundwinkel.

»Aha«, sagte er und faltete die Hände vor der Brust. Maje wartete einen Moment, aber mehr kam nicht.

»Und?«, fragte sie angespannt.

Er hob eine Augenbraue und ließ sie wieder sinken.

»Ja, was meinst du? Sicherlich gibt es viele Gründe, warum du das Projekt nicht gut findest und denkst, dass es zum Scheitern verurteilt ist. Schieß los, ich bin auf alles vorbereitet. Teste mich.«

Aber er beugte sich nach vorn und schaute ihr tief in die Augen. »Maje«, sagte er. »Und was dann? Würde es etwas bringen, wenn ich versuchte, dir das auszureden?«

»Hm«, entgegnete sie, »nee?«

»Gut, das sehe ich nämlich genauso. Ich habe lange genug versucht, dein Leben in Bahnen zu lenken, die ich für vernünftig erachte, und ehrlich gesagt hat das noch nie gut funktioniert. Im Kindergarten wollte ich mit dir zum Friseur, weil dein Pony über die Augen hing, aber du hast dich mit Händen und Füßen geweigert, dir die Haare schneiden zu lassen. In der Grundschule wollte ich dich in den Chor schicken, und du hast dich stattdessen für die Fußball-AG entschieden. Ich habe dir verboten, Matteo zu reiten, und er wurde zu deinem Lieblingspferd. Es wird Zeit, dass ich dich dein Leben leben lasse. Du machst eh, was du willst.«

Sie sank in ihren Stuhl zurück und hatte das Gefühl, zu schrumpfen. Kleinlaut umklammerte sie ihren Ordner, um Halt zu suchen. Natürlich hatte ihr Vater recht – sie war dickköpfig und eigenwillig, aber welche andere Wahl hatte sie gehabt? Sie war in einem reinen Männerhaushalt aufgewachsen, in dem der gewann, der sich am besten durchzusetzen wusste. Am liebsten wäre sie ganz in den Polstern des Stuhls versunken.

Da griff ihr Vater nach ihrer Hand und hielt sie fest. »Aber weißt du was? Das ist auch gut so. Du bist eine patente junge Frau. All deine Entscheidungen haben dich zu dem Menschen gemacht, der du heute bist. Und ich bin verdammt stolz auf dich. Was meinst du, wie oft ich mit dir vor meinen Kollegen angebe?« Er seufzte tief. »Puh. Diese Art von Gespräch liegt mir nicht. Sei dir einfach gewiss, dass ich hinter dir stehe, auch wenn ich gelegentlich meckere – und meckern werde ich! Das ist ein Teil meiner Persönlichkeit, und den gebe ich nicht her. Davon abgesehen: Die Idee, den Neßmersieler Hof in eine Hochzeitslocation umzuwandeln, finde ich richtig gut. Komm mal her, mein Schatz.«

Maje stand auf und ging um den Tisch herum, um ihren Vater zu umarmen. Als sie ihn wieder losließ, bemerkte sie, dass seine Wangen gerötet waren und er sich verstohlen eine Träne aus dem Augenwinkel wischte.

»Das war ein guter Abend«, sagte Maje, als sie gemeinsam auf dem Hof vorfuhren. »Danke für dein Verständnis.«

»Jaja«, brummte Arne und machte eine wegwerfende Handbewegung. Maje grinste – er hatte all seine zärtliche Vaterliebe für einen Tag aufgebraucht.

»Ich schaue kurz nach den Pferden«, sagte sie und schnallte sich ab. Doch als sie über den Hof lief, hörte sie ein leises Geräusch aus der Scheune. Es war eine Art Rascheln, verbunden mit einem Ächzen. Instinktiv schaute sie ihrem Vater hinterher, der allerdings schon im Haus verschwunden war. War das ein Fuchs oder ein anderes Tier?

Das Ächzen erklang wieder, und dieses Mal war es von einem Aufstampfen begleitet. Eine Gänsehaut bildete sich auf Majes Armen. Kurz überlegte sie, ob sie ihren Vater zur Verstärkung holen sollte, entschied sich dann aber dagegen. Sie tastete nach ihrem Handy und schaltete die Taschenlampe ein. Dann trat sie in die Scheune und schwenkte das Handy. Der Lichtpegel glitt über den Traktor, die Kutsche, das Heu – und blieb an dem bleichen Gesicht eines alten Mannes hängen. Dieses war halb unter einem Schlapphut versteckt, der ebenso schmutzig war wie die weite Lederjacke und das zerrissene Hemd darunter. Um ihn herum verstreut lagen Bierdosen und ausgebeulte Plastiktüten. Abwehrend hob der Mann eine Hand vor das Gesicht.

»Was machen Sie hier?«, fragte Maje verdutzt, aber bereit, nach hinten zu springen und hinauszulaufen.

»Tu das Licht weg, verdammt«, fuhr der Landstreicher sie an. »Siehste doch, dass ich hier pennen will!« Er nahm den Hut vom Kopf, um sich an seiner Halbglatze zu jucken. So kahl er oben war, so dicht war sein grauer Bart, der bis zum Brustbein reichte.

»Aha. Da fragt man aber eigentlich vorher.« Neben ihr stand eine Forke, damit konnte sie sich notfalls verteidigen, falls der Obdachlose aggressiv werden sollte. Sie hielt das Handy weiterhin auf ihn gerichtet, betrachtete sein Gerümpel, die Packung mit dem Tabak … und das Feuerzeug. Sofort schnürte sich ihre Kehle zu, und sie sah die Flammen in Opas Einliegerwohnung vor sich, erinnerte sich an die Angst, die sie um ihn gehabt hatte, und den Schaden, der entstanden war.

»Hau ab, Mädchen«, brummte der Mann nun und griff sich in seine speckigen Taschen. Dort fingerte er etwas hervor, und zu Majes Schreck waren es Zigarettenhülsen, die dort zum Vorschein kamen.

»Nein«, sagte sie fest. »Hier drin wird Heu und Stroh gelagert. Ich habe kein Problem damit, wenn Sie hier übernachten wollen, solange Sie nichts kaputt machen. Aber hier drin wird nicht geraucht.«

Der Landstreicher kniff die Augen zusammen und blitzte sie gefährlich an. »Von dir lasse ich mir nichts sagen.« Er packte in Seelenruhe eine Hülse aus und stopfte sie mit dem Tabak.

»Ich habe gesagt, hier drin wird nicht geraucht!«, schrie Maje nun. »Packen Sie Ihre Sachen und gehen Sie. Und zwar sofort!« Um ihren Worten Gewicht zu verleihen, griff sie nach der Forke. »Raus hier!«

Der Landstreicher leckte ungestört über das Zigarettenpapier. Dann schob er sich die Kippe in den Mund und tastete nach dem Feuerzeug.

»Was ist denn hier los?«

Maje seufzte erleichtert auf, als ihr Vater die Scheune betrat – im Flanellpyjama wirkte er wenig bedrohlich, aber seine Anwesenheit reichte, um den Landstreicher davon zu überzeugen, dass seine Zeit auf dem Hof abgelaufen war. Arne baute sich breitbeinig vor dem Mann auf und verschränkte die Arme. Als eine leere Dose auf ihn zurollte, kickte er sie weg.

»Ist ja schon gut.« Der Mann stopfte seine wenigen Habseligkeiten in die Tüten und schimpfte dabei vor sich hin. »Verdammte Bourgeoisie, dieses Land ist dem Untergang geweiht, nieder mit der Politik, nieder mit den Mauern.«

Maje bückte sich nach der weggerollten Dose und schob sie dem Mann wieder hin. »Den Müll nicht vergessen«, sagte sie. Im nächsten Moment spuckte der Landstreicher ihr vor die Füße, schulterte seine Taschen und verzog sich grummelnd nach draußen.

Arne folgte ihm, um sicherzustellen, dass er den Hof verließ. Maje hingegen lehnte sich an die Kutsche und betrachtete das zusammengepresste Stroh, wo der Landstreicher gelegen hatte.

Sie zitterte leicht, und ihr Puls ging immer noch schnell. Aber sie war auch erleichtert, dass sie den Landstreicher entdeckt hatte, bevor er durch eine Unachtsamkeit alles in Brand setzen konnte. Als ihr Vater zurückkehrte, räumten sie gemeinsam auf, und das beruhigte Maje wieder.

»Komm, wir schauen vor dem Schlafengehen noch gemeinsam nach den Pferden«, schlug er vor und legte den Arm um sie.

In dieser Nacht träumte Maje schlecht. Flammen züngelten um sie herum, leckten an ihrer Kleidung, verwandelten sich in Wellen und raubten ihr den Atem. Unruhig wälzte sie sich hin und her, bis die Sonne aufging und sie schweißgebadet aufstand. Ihr Blick fiel auf die Sachen, die sie am vorigen Tag getragen hatte, und sie musste an den Landstreicher denken. Die Begegnung wühlte sie immer noch auf, ebenso wie der Gedanke an das Unglück, das sie gerade noch hatte verhindern können.

Urs schnarchte laut auf seinem Platz neben dem Bett. Er schlief tief und fest und wachte auch nicht auf, als sie sich ihre Strickjacke von einem Haken angelte und hinaus in den kühlen Morgen schlich. Ein Pferd schaute aus seinem Fenster heraus und scharrte, als es Maje entdeckte, aber sie eilte weiter bis zur Scheune. Die Tür stand einen Spaltbreit offen, und auf dem Boden waren ein paar rote Tropfen zu sehen. Hatte der Landstreicher gestern geblutet?

Ein ungutes Gefühl breitete sich in ihr aus, etwas stimmte nicht. Als sie die Tür aufschob, sah sie, dass die Kutsche, die sie so liebevoll restauriert hatten, über und über mit roter Farbe bedeckt war. Klumpiger Lehm und Heu war in die Farbe gemischt, sie klebte am Gehäuse, dem Verdeck, den Reifen, einfach überall. Die gepolsterten Sitze waren aufgeschlitzt, eine Axt steckte in der Seitenwand und spaltete das Holz. Entsetzt schlug sie die Hand vor den Mund – die Kutsche war ruiniert.

Kapitel 12

Fassungslos wanderte Maje um die Kutsche herum. Probeweise strich sie mit dem Finger über die rote Farbe, die größtenteils getrocknet war, der Zwischenfall musste mitten in der Nacht stattgefunden haben. Die Axt war mit Wucht in das Holz geschlagen worden, entweder von einem starken Mann oder von einer Person, die unglaublich wütend war.

Sie verzog das Gesicht, als sie sah, dass auch das Verdeck einen breiten Schlitz aufwies. Sie beugte sich unter die Kutsche, betrachtete die roten Spritzer, die weit über den Scheunenboden verteilt waren, in der Hoffnung, eine Fußspur zu entdecken. Aber diese fehlte, ebenso wie der Farbeimer. In einer Ecke fand sie eine leere Whiskyflasche, die ihr vorher nicht aufgefallen war. Daran klebte ein roter Tropfen, aber das konnte auch Zufall sein. Sie seufzte und wählte die Nummer der Polizei.

Die kam innerhalb einer Viertelstunde. In der Zwischenzeit hatte Maje ihren Vater geweckt. Auch Nils gesellte sich zu ihnen. Der Lehrer hatte Schlafprobleme und schaute häufig schon in aller Frühe nach seinem Wallach. Kopfschüttelnd betrachteten sie das ruinierte Fuhrwerk, während die Polizei Fotos machte.

»Der Kerl ist bestimmt noch in der Gegend. Es sollte nicht schwierig werden, ihn zu fassen«, schimpfte Arne. Als Nils ihn fragend anschaute, erzählte er ihm von dem Landstreicher, den sie in der vergangenen Nacht des Hofes verwiesen hatten.

»Oje, das wird jedes Jahr schlimmer. Früher war Rysum eine sichere Gegend, aber es treiben sich immer mehr kriminelle Gestalten hier herum«, bekräftigte Nils seine Worte.

Maje hörte nur mit einem Ohr hin und tippte dabei eine Nachricht nach der anderen. Sie berichtete Bente von der Sache, informierte Janine und Emma, und auch Opa und Nele. Um diese Uhrzeit bekam sie keine Antworten, aber sie würde im Laufe des Tages Rückhalt brauchen, wenn das Adrenalin nachließ, das gerade durch ihre Venen pumpte. Es tat gut zu wissen, dass sie nicht allein war – ein Gefühl, das sie in Köln oft vermisst hatte. Kurz überlegte sie, dann schickte sie auch Egge eine Nachricht. Der antwortete sofort. »Bin gleich da.«

Bevor er eintraf, rief Emma sie zurück. Sie regte sich furchtbar auf und fragte wiederholt, ob sie irgendetwas für sie tun könne.

»Danke, aber ich wüsste nicht, was. Ich muss die Sache erst mal verarbeiten und überlegen, ob und wie man die Kutsche retten kann. Immerhin ist den Tieren nichts passiert, das wäre viel schlimmer gewesen. Dieser Übergriff macht mich echt fertig, aber Egge kommt gleich vorbei, der kann mir heute sicherlich etwas unter die Arme greifen.«

»Egge? Ist der schon wieder auf den Beinen?«

Maje horchte auf. »Wie meinst du das?«

»Na, ich passe gerade auf den Hund einer Kundin auf, weil die sich die Weisheitszähne ziehen lässt, und Buddy musste gegen Mitternacht raus. Wir sind an der Mühlenkneipe vorbei, und da torkelte Egge gerade sturzbetrunken heraus. Er konnte kaum gerade gehen und lallte etwas von Liebe und Verderben. Aber er konnte anscheinend nicht genug bekommen, weil er immer noch eine Whiskyflasche in der Hand hielt.«

Eine eisige Kälte breitete sich in Maje aus, als sie verstand, was Emma da gerade gesagt hatte. Die Whiskyflasche in der Scheune … Aber Egge würde nicht … Er würde doch nicht … Das Blut wich aus ihren Fingern und ließ sie taub werden.

»Du, ich muss kurz mit der Polizei sprechen, bis später«, schwindelte sie, legte auf und ließ sich auf den Boden gleiten. Ja, Egge war scharf auf den Hof, er war ein aalglatter Typ, und sie konnte sich keinen Reim auf ihn machen – aber er hatte sich auch Mühe gegeben, den Schulbetrieb zu schmeißen, und er hatte sie auch ansonsten gut unterstützt. Trug er seine wahren Gefühle hinter einer Maske versteckt? Hatte er multiple Persönlichkeiten? Oder war das alles, wie Egge immer wieder behauptete, doch ein Missverständnis?

»Da steckst du ja.«

Langsam hob Maje den Kopf und schaute in Egges wässrig blaue Augen, deren Pupillen unnatürlich groß wirkten. Seine blasse Haut hob sich hell vor dem Hintergrund ab, nur die graugefärbten Augenringe traten dunkel hervor. Sofort versteifte Maje sich, suchte in seiner Mimik ein Bekenntnis, eine Erklärung oder Reue. Aber ihr Sehvermögen schien ihr einen Streich zu spielen, denn mal war Egge scharf gestellt, mal verschwamm sein Gesicht. Auch ihr Gleichgewichtssinn spielte verrückt, denn als sie sich aufrichten wollte, knickte sie zur Seite weg. Egge griff ihr unter die Arme und versuchte, sie zu stützen, aber sie stieß ihn weg.

»Lass mich dir helfen«, bat er sie, aber Maje griff nach dem Pfosten hinter sich und zog sich hoch.

»Nein«, sagte sie fest. »Wo warst du letzte Nacht?«

Egge schaute sie betroffen an. Auf seinem Hals bildeten sich rote Flecken, die in seinem Ausschnitt verschwanden. »Wie meinst du das? Zu Hause natürlich. Warum … Denkst du etwa, ich habe etwas mit der Sache zu tun?«

Anstatt zu antworten, klopfte Maje sich die Kleidung sauber und presste die Lippen zusammen.

»Maje, das kann nicht dein Ernst sein. Warum sollte ich so etwas tun?«

Als sie nicht antwortete, wischte er sich über die Stirn, auf der Schweißperlen standen. »Ich war gestern Abend einen trinken und bin dann –« Er stockte kurz und fuhr dann fort: »Nach Hause gefahren.«

Jetzt kniff Maje die Augen zusammen. Seine Unsicherheit verlieh ihr Stärke. »Das stimmt nicht«, sagte sie. »Emma hat dich gestern aus der Kneipe kommen sehen. Du warst nicht mehr in der Lage, Auto zu fahren. Und als sie später an deinem Haus vorbeikam, stand dein Auto nicht in der Einfahrt.« Den letzten Satz hatte sie sich ausgedacht, aber es war offensichtlich, dass Egge nicht die Wahrheit sagte.

Tatsächlich wurde er noch blasser, als er ohnehin schon war. Seine Wangen zuckten, und seine Augen schienen aus den Höhlen zu treten, als er verzweifelt nach einer Erklärung suchte. Dann atmete er tief durch und sagte: »Maje. Du musst mir einfach glauben. Es stimmt, ich war nicht zu Hause, aber ich habe auch nicht eure Kutsche zerstört. Dafür habe ich keinen Anlass. Und wenn ich das gemacht hätte, hätte ich dafür gesorgt, dass ich ein Alibi habe.«

Flehend hob er ihr seine Handflächen entgegen, und diese kleine Geste verwirrte Maje, denn Egge hatte recht – es wäre ein Einfaches für ihn gewesen, sich ein Alibi zu besorgen. Und seine verzweifelte Mimik … So verhielt sich niemand, der schuldig war und seine Tat zu verstecken suchte. Es sei denn, er war ein Profi in diesen Sachen.

»Lass es mich dir beweisen, Maje. Ich werde den Schuldigen für dich finden, und alles wird sich aufklären. Und dann lassen wir das alles hinter uns, und du akzeptierst, dass ich heute ein anderer Mensch als früher bin. Ich halte große Stücke auf dich, auch wenn du mir nicht vertraust.«

Maje zauderte. Wenn Egge die Kutsche zerstört hatte, war er

zu weitaus mehr fähig, doch sein Angebot klang verlockend. Und was hatte sie schon zu verlieren? Die Kutsche war bereits hinüber, und als Hauptverdächtiger neben dem Landstreicher würde er es nicht wagen, weitere Sabotageakte zu begehen.

»Angenommen, ich glaube dir – wie willst du das anstellen?«, fragt sie unverblümt. »Selbst die Polizei hat keine Spuren gefunden.« Bewusst verschwieg sie die Whiskyflasche, die sie selbst entdeckt hatte. Ob sich daran Fingerabdrücke befanden? Sie konnte der Polizei auf jeden Fall einen Tipp geben, schaden würde es nicht.

»Weißt du, ich konnte Bente nicht leiden«, gab Egge nun zu. »Ich war eifersüchtig, weil er etwas in dir gesehen hat, was ich nie sehen konnte. Weil ihr zusammen glücklich seid. Aber darüber bin ich hinweg. Und ich war froh, dass du mir die Arbeit auf dem Hof ermöglicht hast, obwohl ich mich früher wie ein Arschloch verhalten habe. Der Job als Reitlehrer gefällt mir, das ist um einiges entspannter, als auf jungen Hengsten durch die Gegend katapultiert zu werden und sich alle Knochen zu brechen. Jedenfalls hatte ich ein Problem mit Bente, und er wusste das. Aber er hat sich trotzdem fair verhalten, selbst als ich versehentlich sein Objektiv kaputt gemacht habe. Das hat mir gezeigt, was echte Souveränität ist, und ehrlich gesagt hat es mich auch beeindruckt. Ich werde weder dich noch ihn enttäuschen.« Er setzte seine Sonnenbrille auf und holte den Autoschlüssel hervor. »Und ich glaube, ich habe auch schon eine Idee, wo ich anfangen muss.«

Maje erzählte niemandem von ihrem Gespräch mit Egge. Nicht, um ihn zu schützen, sondern weil sie ernsthaft daran interessiert war, ob er den Täter ausfindig machen würde oder ob sein Verhalten als Ablenkungsmanöver diente, weil er sich ertappt fühlte. Aber als Egge ihr abends eine Nachricht schrieb, bildete sich ein Kloß in ihrem Hals.

Komm heute Nacht um 22 Uhr in die Kate im Moorwäldchen.
Dann wird sich alles aufklären. Komm allein, das ist wichtig.

Damit hatte Maje nicht gerechnet. Ihre Kehle war wie zuge-schnürt bei dem Gedanken, nachts mit Egge im Wald zu sein, weit weg von der nächsten Behausung. Aber die Neugier über-wog, und sie entschied sich, seiner Aufforderung zu folgen. Erst rief sie Bente an, um ihm von ihrem Vorhaben zu erzählen, aber er ging nicht dran. Sie hinterließ ihm eine detaillierte Nachricht auf WhatsApp. Zusätzlich legte sie einen Brief auf ihren Schreib-tisch, der an ihren Vater gerichtet war. Falls sie am Morgen nicht zurück war, würde er den Brief finden und sofort die Polizei ru-fen.

Emma und Janine erzählte sie nichts, denn die beiden würden sofort vorbeikommen und sie entweder begleiten oder von der Idee abbringen wollen. Um sich tagsüber abzulenken, stürzte sie sich auf die Arbeit, mistete die Ställe aus, fegte die Stallgasse und putzte das Reiterstübchen. Dann besuchte sie Opa, der auf der Bank vor Neles Haus saß und Pfeife rauchte. Seine Strickjacke spannte über seinem Bauch, der deutlich runder wirkte als noch vor wenigen Wochen. Es roch angenehm nach dem Salbei, der in zwei Töpfen neben ihnen wucherte und dessen Blütenkerzen wie violette Segelmasten aus dem Grün hervorschauten.

»Maje!«, rief ihr Großvater erfreut und klopfte auf den Platz neben sich. »Wie geht es dir?«

Sie setzte sich zu ihm und stützte den Kopf auf die Arme. »Hm«, seufzte sie. Dann griff sie nach seiner faltigen Hand, die in seinem Schoß ruhte. »Opa, was tust du, wenn du vor einer Sa-che Angst hast, aber weißt, dass du sie zu Ende bringen musst?«, fragte sie ihn leise.

Er paffte an der Pfeife und schaute dem Rauch nach, der schneller vom Wind davongetragen wurde, als dass er sich auf-lösen konnte. »Vierzig Jahre ist das jetzt her, da sind wir mit un-

277

serem Schiff in einen Sturm geraten«, begann er. »Das war kurz vor Aberdeen, und wir hatten wertvolle Fracht an Bord: zwanzig Rennpferde, jedes von ihnen ein Vermögen wert. Die Wellen schlugen über Deck, unter ihnen richtige Kaventsmänner. Das Ruder war außer Kontrolle, die Planken ächzten, und der Mast schien auseinanderzubrechen. Die Gischt raubte uns die Sicht, wir mussten uns anbinden, um nicht weggespült zu werden. Die Lage kam uns aussichtslos vor, aber wir gaben nicht auf. Schaufelten Wasser, flickten die Lecks, kämpften uns durch die Nacht, und irgendwann hatten wir es geschafft, und wir befanden uns in ruhigeren Gewässern.«

Während er sprach, gestikulierte er mit dem Arm, malte ein unsichtbares Schiff in die Luft, das hin und her geworfen wurde. »Maje, ich habe mich nie wieder so lebendig gefühlt wie in dieser Nacht. Im Nachhinein werden Schicksalsschläge zu Abenteuern, zu Geschichten, die man weitererzählt. Und wenn man sich tapfer geschlagen hat, dann ist man stolz auf sie. Verstehst du, was ich meine?«

Sein Arm kam zur Ruhe, und er legte ihn nun um Majes Schultern. Sie dachte nach – wenn ihr Großvater einem Sturm trotzen konnte, dann würde sie auch in der Lage sein, Egge die Stirn zu bieten.

Gegen einundzwanzig Uhr machte sie sich bereit, packte Handy, Taschenlampe und Pfefferspray ein. Urs schaute sie fragend an, und sie gab ihm einen Kuss auf die Nase, bevor sie sich nach draußen schlich.

Es nieselte, und ein heftiger Wind wehte. Sie fuhr mit dem Auto in Richtung Pewsum, bog aber einige Kilometer vorher ab und folgte dem Groothuser Tief, bis sie an die Stelle kam, wo die drei alten Eschen standen. Ab hier würde es zu Fuß weitergehen. Sie schob sich die Kapuze tief ins Gesicht und lief über die Wiese, bis sie die ersten Bäume des Moorwäldchens erreichte.

Das Moorwäldchen war nicht besonders groß, aber es war jedem Ostfriesen bekannt, denn in den Achtzigerjahren hatte ein Mörder hier seine Opfer begraben. Drei eiserne Kreuze, die mitten auf einer Lichtung am Ostende standen, zeugten von den grauenvollen Taten. Maje kannte das Wäldchen gut, denn sie hatte hier in ihrer Jugend öfter Blaubeeren gesammelt. Jetzt jedoch kam ihr der Hain wenig einladend vor.

Nebel lag über dem Waldboden, waberte hin und her und verdichtete sich, als würde er nach Maje greifen wollen. Ein Nachtfalter streifte ihre Stirn und hinterließ ein kribbelndes Gefühl. Im Gebüsch raschelte es, und etwas hopste davon. In der Ferne schrie ein Käuzchen.

Sie beschleunigte ihre Schritte, um zur Kate zu kommen, sank tief mit dem Schuh ein, als sie eine sumpfige Stelle passierte. Endlich sah sie das kleine Haus, das windschief zwischen zwei Birken lehnte. »Hexen stehen immer zwischen Birken«, schoss es ihr durch den Kopf. Wo hatte sie das nur gelesen? Der Wind heulte auf, riss an ihrer durchnässten Kleidung, und sie beeilte sich, zur Tür zu kommen. Vor dem Häuschen hielt sie inne. Noch gab es ein Zurück. Nein, dachte sie, die Sache muss ein Ende haben. Entschieden klopfte sie an, und Egge öffnete binnen weniger Sekunden. Er sah noch abgespannter aus als am Morgen, aber gleichzeitig wirkte er auch sehr bestimmt.

»Du bist spät. Ich habe angefangen zu zweifeln, ob du meiner Einladung folgst. Komm rein.«

Das Wort »Einladung« jagte Maje einen eisigen Schwall über den Rücken, es schien nicht zu passen. Sie schaute sich um. In der Kate stand ein selbstgezimmerter Tisch mit zwei Stühlen, es gab einen Kamin mit Herdfeuer, ein Bett und einen Nachttisch, neben dem eine Leiter nach oben in eine weitere Etage führte, in der anscheinend Brennholz gelagert wurde. Auf dem Tisch stand eine Flasche Wein, daneben zwei Gläser.

Die bullernde Hitze in der Hütte ließ sie unter ihrem Regenmantel schwitzen. Aber als sie den Reißverschluss öffnen wollte, winkte Egge ab. »Klettere erst da hoch«, sagte er und deutete auf die Leiter. »Ich weiß, dass du dich fragst, was das alles soll, aber du musst mir vertrauen. Versteck dich zwischen dem Holz, und beweg dich nicht, sei ganz leise, egal, was passiert. Komm erst runter, wenn ich dich rufe.«

Maje zögerte, aber Egge schaute auf seine Armbanduhr und fügte hinzu: »Los, beeil dich.«

Also griff sie nach der Leiter, die einen stabilen Eindruck machte. Oben angekommen, quetschte sie sich zwischen zwei Holzstapeln durch und suchte sich einen freien Fleck, auf dem sie sich hinsetzen konnte. Endlich zog sie den Regenmantel aus und nahm ihn als Unterlage. Der Staub kitzelte ihr in der Nase, und überall lagen kleinere Holzstückchen, an denen man sich Splitter holen konnte.

Kaum hatte sie ihren Platz eingenommen, klopfte es wieder an der Tür. Egge räusperte sich und wartete einen Moment, bevor er öffnete. Maje hörte gedämpfte Stimmen, bis Schritte näher kamen und sie verstehen konnte, was gesprochen wurde.

»Du siehst umwerfend aus«, säuselte Egge mit honigsüßer Stimme. »Ich nehme dir deinen Mantel ab, und dann machen wir es uns gemütlich. Ich habe uns einen Château de Beaucastel besorgt.«

Es raschelte, und jemand kicherte. Was sollte das alles? Maje schaute sich um. Zwischen zwei Planken neben ihrem Oberschenkel schien Licht durch. Sie presste ihr Gesicht nahe an den Spalt, und ihre Augen weiteten sich: Schräg unter ihr schaute sie auf Hannahs blonden Haarschopf, der trotz des schlechten Wetters perfekt frisiert war. Fast hätte sie aufgeschrien und sich damit verraten. Während Hannah ihr hautenges Kleid zurechtzupfte, schielte Egge unauffällig nach oben. Warnend hob er eine Augenbraue. Jetzt erst bemerkte sie, dass durch ihre Bewegung ein dünner Staubfaden auf ihn herabrieselte.

»Und ich dachte, du hättest den Verstand verloren, als du mich abgewiesen hast.«

»Ja, das tut mir wirklich leid. Ich habe es dir ja bereits erklärt. Maje ist meine Chefin, und sie ist furchtbar eifersüchtig auf dich. Ich musste so tun, als ob ich dich nicht wiedersehen wollen würde, damit ich meinen Job nicht verliere. Aber du ahnst nicht, wie sehr ich dich begehre.« Mit einer theatralischen Geste trat er auf Hannah zu und griff nach ihrer Hand. »Niemand kann mit dir mithalten, du bist die Göttin der Liebe, die Anmut in Menschenform, die Sirene, die mein Meer zum Tosen bringt.« Er küsste sie auf den Handrücken, seufzte und schaute ihr tief in die Augen.

Majes Magen drehte sich um. Was sollte das alles? Sie hatte erwartet, dass Egge ihr eine Erklärung für die Kutsche bot, nicht, dass er vor ihren Augen mit seiner alten Flamme flirtete.

Hannah lachte und ließ sich in den Stuhl gleiten. »Up oll Ies früst dat licht«, sagte sie selbstzufrieden.

»Ja, alte Liebe flammt leicht wieder auf«, bestätigte Egge, »oder sie rostet erst gar nicht, sondern bleibt ewig stark.«

Maje schürzte nachdenklich die Lippen. Ja, es tat weh, die beiden zusammen zu sehen, zu beobachten, wie Hannah ihre weiblichen Reize ausspielte und sich in Egges Komplimenten suhlte. Aber es berührte sie nicht richtig, fühlte sich weit weg an, denn ihr Herz gehörte Bente, und da war kein Platz für verflogene Liebe.

Es ploppte, als Egge den Korken aus der Weinflasche zog. Er füllte die beiden Gläser halb voll, schwenkte seins und roch daran. »Ein vorzüglicher Tropfen«, lobte er den Wein.

Maje verzog das Gesicht. »Göttin der Liebe«, »vorzüglicher Tropfen«, das waren alles unpassend gestelzte Formulierungen, wie aus einer Bachelor-Show, in der sich die Kandidaten als gebildet und avantgardistisch präsentieren wollten, es aber nicht ganz schafften. Und es kam ihr wirklich vor wie eine Fernsehshow, was da unter ihr passierte. Hannah, die sich verführerisch über die Lippen leckte, Egge zuzwinkerte, als er ihr Glas nachfüllte. Gespannt verfolgte sie, wie er aufstand, an einem CD-Player herumnestelte, bis Dean Martins *That's Amore* erklang und er Hannah zu einem Wiener Walzer aufforderte. Eng umschlungen bewegten sich die beiden durch die kleine Hütte, wichen Stühlen und der Leiter aus, bis Hannah sich schließlich erschöpft auf das Bett sinken ließ.

»Oh, Egge, du hast nichts verlernt«, flötete sie und beugte sich nach vorn, um ihre Schuhe abzustreifen. Aber er war schneller, hockte sich galant vor sie hin und nahm ihr die Arbeit ab. Dann küsste er ihr nacktes Bein und strich mit einem Finger von ihrem Knie bis hinunter zu ihren Zehen.

»Das liegt an dir, du machst jeden Mann zu einem Lover«, hauchte er.

Hannah legte den Kopf in den Nacken, und Maje konnte nun direkt in ihre eisblauen Augen sehen. Auch wenn sie ein paar Meter trennten, konnte sie Hannah aus ihrem Versteck genau betrachten. Ja, sie war attraktiv mit ihren hohen Wangenknochen und der reinen Haut, die einen gebräunten Teint aufwies. Ihre Lippen glänzten voll und rosig, aber sie wirkten verkniffen, als wäre Hannah nicht ganz mit sich im Reinen. Egge ließ seine Hand wieder an ihrem Bein hochwandern, bis zu ihrem Oberschenkel. Hannah stöhnte. »Mach weiter«, bat sie ihn.

Aber er lächelte nur, erhob sich und reichte ihr die Hand. »Geduld«, sagte er. »Die Nacht ist lang. Ich habe uns iranischen Kaviar besorgt. Der gilt als äußerst anregend.«

»Mhm, da kann ich nicht widerstehen. Du kennst mich einfach zu gut«, sagte Hannah und ließ sich hochziehen. »Ich habe wirklich geglaubt, du wärst diesem kratzbürstigen Mauerblümchen verfallen. Du ahnst gar nicht, wie sehr mich das aufgeregt hat.«

Maje hielt den Atem an. Damit war offensichtlich sie gemeint. Na, danke.

Egge lachte. »Doch, das weiß ich. Und ich kann es verstehen. Maje ist unerträglich.« Er führte sie zum Tisch und zog den Stuhl für sie zurück. »Aber du hättest die Kutsche nicht zerstören müssen, das hat mir nur Ärger eingebracht.«

Hannah sprang sofort wieder auf und wedelte mit ihren pinken Fingernägeln vor seinem Gesicht. »Woher weißt du das mit der Kutsche?«, rief sie aufgebracht. Egge hob eine Augenbraue. »Wie kommst du darauf, dass ich das war?«, korrigierte Hannah sich, aber er zuckte nur mit den Schultern und machte sich daran, den Kaviar zu öffnen.

»Ach, Hannah, das war offensichtlich, ich kenne deinen Stil. Außerdem weiß ich von Meinert, dass du einen Eimer mit roter Farbe in seinem Baumarkt gekauft hast. Aber mach dir keine Sorgen. Du hast Maje zwar großen Schaden zugefügt, aber sie verdächtigt einen Landstreicher, den sie am Abend vorher aus der Scheune geworfen hat.«

»Der Teufel soll dieses Weib holen!«, fluchte Hannah mit puterrotem Gesicht, das jetzt an die Farbe erinnerte, mit der sie die Kutsche besudelt hatte.

»Sch, entspann dich.« Egge stellte sich hinter sie und massierte ihre Schultern. »Gefällt dir das? Ja? Warum hast du so einen tiefen Hass auf Maje, was ist dein Problem mit ihr?«

Aufgewühlt klopfte Hannah mit ihren pinken Fingernägeln auf den Tisch. »Sie regt mich einfach auf, schon seit der Schulzeit. Ich meine, sie war nur ein olles Pferdemädchen – nichts gegen Pferde, Egge, du weißt, was ich meine. Sie hatte überhaupt keinen Ehrgeiz, aber trotzdem stand sie mir immer im Weg. Mein Vater hat mir die besten Nachhilfelehrer besorgt, trotzdem hatte sie bessere Noten. Die Sportteams haben sich um sie gerissen, bei unseren Mitschülern war sie beliebter. Und das, obwohl ich alles darangesetzt habe, die besten Partys für alle zu schmeißen. Als ich mitbekommen habe, dass du jetzt für sie arbeitest, dachte ich, ihr seid ein Paar. Da sind die Nerven mit mir durchgegangen. Aber die entscheidende Sache war, dass ich erfahren habe, dass unsere beiden Friesen auf dem Neßmersieler Hof gelandet sind. Der Gedanke, dass Maje etwas anfasst, was mal mir gehört hat, war unerträglich.«

Maje konnte nicht fassen, was sie da gerade hörte. Maria und Boing hatten Hannahs verstorbenem Vater gehört und … die war eifersüchtig auf sie? Das ergab überhaupt keinen Sinn. Hannah hatte die Pferde nicht gewollt und sie zum Schlachter bringen lassen, obwohl sie jung und trainierbar waren. Ja, vielleicht wäre es Arbeit gewesen, ein gutes Zuhause für die beiden Friesen zu suchen, aber das rechtfertigte ihr Verhalten nicht.

Hannahs bodenloser Hass traf sie zutiefst, weil sie sich nie etwas hatte zuschulden kommen lassen und es auch nie eine direkte Konfrontation gegeben hatte – selbst als Egge ins Spiel gekommen war, hatte Maje keinen offenen Streit gesucht. Dennoch hatten Hannahs Wut und Neid ausgereicht, um nachts bei ihnen einzubrechen und die Kutsche zu zerstören.

»Du musst sie wirklich verabscheuen«, sagte Egge. »Ich meine, die Farbe, okay, das war krass. Aber die Axt im Holz, das war unheimlich.« Hannah wollte auffahren, aber er drückte sie sanft nieder. »Du hast halt Temperament.«

»Ja, das stimmt. Das wiederum habe ich von meiner Mutter.« Sie lachte zynisch. »Immerhin habe ich eine, im Gegensatz zu Maje. Auch wenn sie kälter als der Nordwind und ihre Seele schwarz wie der Torf bei Wiesmoor ist. Weißt du, Mama hat mich als neue Vorsitzende ihrer Wohltätigkeitsorganisation Fleitpiep e. V. eingesetzt, weil sie denkt, dass ich dem Verein Renommee und Spenden einbringe. Ein junges hübsches Gesicht lässt die Portemonnaies der alten Großunternehmer aufspringen, sagt sie.«

Am liebsten wäre Maje aus ihrem Versteck geklettert und

hätte ein ernstes Wort mit Hannah geredet – und ihr vorher eine geklebt –, aber Egge hatte gesagt, sie solle ruhig warten, und jetzt vertraute sie ihm, wahrscheinlich zum ersten Mal seit ihrem Wiedersehen. Plötzlich klingelte sein Handy. Umständlich fischte er es hervor und schaute auf den Bildschirm. »Oh verdammt«, fluchte er. »Das ist Arne, bestimmt ist der Fohlenalarm losgegangen. So ein Mist.«

Für einen Moment war Maje verwirrt – Manuka hatte ihr Fohlen bereits bekommen, von den anderen Stuten war keine mehr trächtig. Dann verstand sie, dass es sich um ein Ablenkungsmanöver handelte. Aber wer rief ihn da gerade an?

Egge marschierte hinter Hannah auf und ab, während er in den Hörer rief: »Ja, kein Problem, ich mache mich sofort auf den Weg! Es dauert nicht lange. Ja, ich bin gleich da.«

Sobald er aufgelegt hatte, kniete er sich vor Hannah hin und beschwor sie: »Das ist echt ein blödes Timing, die Stute ist erst in ein paar Tagen fällig. Aber ich muss da hin, damit wir nicht auffliegen. Ich verspreche dir, wir holen unser Treffen nach, meine Schöne.« Dann holte er Hannahs Schuhe und ihren Mantel und bugsierte sie zur Tür. »Hast du deine Taschenlampe? Ich rufe dich an.«

Hannah zog einen Schmollmund und wollte ihn umarmen und küssen, aber er drückte sie sanft weg und murmelte: »Das machen wir, wenn wir uns wiedersehen.« Dann schob er sie hinaus und schloss die Tür. Im nächsten Augenblick schienen seine Beine wegzuknicken, und er sackte in sich zusammen. »Puh«, stieß er aus und raufte sich die Haare. »Scheiße, das war hart.«

Maje wartete geduldig, dass er ihr ein Zeichen gab. Er schien ein paar Minuten zu brauchen, und sie wollte ihm die Zeit geben. Da klingelte sein Handy bereits wieder. »Sicher, dass sie abgefahren ist?«, fragte er den Anrufer. »Gut. Du kannst jetzt kommen.«

Dann hob er den Kopf und rief in Richtung Majes Versteck: »Und du kannst auch herauskommen!«

Ein paar Minuten später saßen sie gemeinsam am Tisch. Egges Charme war verflogen, er wirkte elendig und erschöpft. »Hier«, sagte er kraftlos und reichte ihr ein Tonbandgerät. »Ich habe das alles aufgezeichnet. Aber es gibt auch ein Video.« Er deutete auf einen ausgestopften Hirschkopf, der an der Wand hing. »Da drin ist eine Kamera versteckt. Ich muss die aber erst wieder ausbauen, ich schicke dir das Band morgen.«

Maje nickte. »Ich habe dir furchtbar unrecht getan«, sagte sie. »Das tut mir leid. Ich habe wirklich gedacht, du versuchst, uns zu boykottieren. Ich habe gehört, wie du mit Meike darüber gesprochen hast, dass du den Hof kaufen möchtest, weil die Stadt den Flächennutzungsplan ändern will. Und nachdem ich deine Annäherungsversuche abgewiesen habe, dachte ich, dass du das mit deinem Gewissen vereinbaren könntest. Und auch wenn du Interesse an dem Hof hast –«

»Und da liegst du falsch!«, unterbrach Egge sie. »Du wolltest mir nicht zuhören und hast einiges missverstanden. Ich habe mit Meike darüber gesprochen, weil ihr Vater im Stadtrat sitzt. Ich wollte wissen, ob sie mit ihm reden kann, damit das nicht passiert. Denn jede Änderung des Flächennutzungsplans bedeutet, dass es für mich schwieriger ist, einen Hof in dieser Gegend zu kaufen. Das treibt die Preise hoch.«

Maje schluckte. Betreten senkte sie den Kopf.

»Versteh mich nicht falsch, klar hätte es mich interessiert, den Neßmersieler Hof zu kaufen. Ich möchte schließlich wieder in der Gegend leben und arbeiten. Aber ich bin nicht skrupellos und hätte den Hof nicht um jeden Preis haben wollen. Ehrlich gesagt, hat mich deine Reaktion auf mein Angebot schockiert: Ich dachte, du freust dich, wenn der Hof nicht an einen ortsfremden Investor geht.«

»Ich möchte, dass der Hof gar nicht verkauft wird.«

»Ja, das verstehe ich mittlerweile.«

»Ich glaube, da ist einiges schiefgelaufen. Ich wusste nie, was ich von dir halten soll, was du von mir und dem Hof möchtest.«

»Ach, Maje, das wusste ich lange selbst nicht.« Er senkte die Stimme. »Und du hast recht – am Anfang hatte ich tatsächlich den Gedanken, mit dir anzubändeln. Aber nur kurz. Es hat nicht lange gedauert, bis ich verstanden habe, dass du in Bente verliebt bist. Erinnerst du dich an mein romantisches Kaffeetrinken, das ich im Reiterstübchen vorbereitet habe? Das war gar nicht für dich.«

Ungläubig hob sie eine Augenbraue und schaute ihn wieder an. »Nein? Für wen war es dann?«

»Für mich.« Mit diesen Worten trat Meike in die Hütte. Ihre Trainingsklamotten waren von oben bis unten vom Regen durchnässt und klebten an ihrem zierlichen Körper. Aber ihre grünblauen Augen funkelten so energisch, wie Maje es ihr nicht zugetraut hätte.

Egge stürzte auf Meike zu und küsste sie. »Ich bin so erleichtert, dich zu sehen«, sagte er und tastete nach dem Handtuch hinter sich. »Hier, trockne dich ab.«

Sie schälte sich aus der Jacke und rubbelte sich das Gesicht trocken. Dann setzte sie sich hin und vertraute Maje an: »Nur damit du es weißt: Egge hat die Nacht, in der die Kutsche ruiniert wurde, bei mir verbracht.«

Anscheinend war Maje ihre Überraschung anzumerken, denn Meike lachte leise. »Wir wollten unsere Beziehung geheim halten, deswegen hat er dir das nicht gleich erzählt.«

»Mann, ich habe mich wie eine Idiotin verhalten«, sagte Maje und griff nach der Weinflasche, um einen tiefen Schluck daraus zu nehmen. »Ich war viel zu sehr mit mir selbst und dem Hof beschäftigt, um zu sehen, was um mich herum passiert.« Dabei hatte es viele kleine Anzeichen gegeben, angefangen damit, dass sie Meike und Egge auch außerhalb ihrer Reitstunden ständig zusammen gesehen hatte.

»Mach dir keinen Vorwurf«, versicherte Egge, der Meike mittlerweile mangels eines weiteren Stuhls auf seinen Schoß gezogen hatte. »Wir sind jetzt quitt. Ich bin dir nicht böse, ich weiß, wie hart du um den Hof gekämpft hast, und davor habe ich Respekt. Und, na ja, ich kann manchmal etwas aufdringlich sein. Und früher war ich echt nicht nett zu dir. Aber Menschen können sich verändern – ich bin ein anderer, und das bist du auch. Jetzt geht es darum, wie wir alle in eine Zukunft schauen können, auf die wir uns freuen können.« Er streichelte über Meikes Haar. »Hast du alles gehört, was Hannah und ich besprochen haben, Schatz?«

Meike nickte und schmiegte sich enger an ihn. »Ja, die Übertragung per Funk hat gut geklappt, ich habe jedes Wort verstanden. Ich kann nicht glauben, dass du mal mit der zusammen warst. Hannah ist total gemein und berechnend. Ich hatte echt Angst um dich«, gestand sie.

»Keine Sorge, es lief alles nach Plan.«

Maje lachte. »Mann, Egge. Danke, dass du die Sache aufgeklärt hast. Und ich freue mich für euch beide.« In der Tat musste sie zugeben, dass die zwei ein süßes Paar waren. Hätte sie das doch nur früher gewusst! Aber eins war sicher: Der Weg in die Zukunft führte nur nach vorn. »Du bist wirklich in Ordnung, lass uns noch mal neu anfangen.« Sie reichte Egge die Hand, und er schlug ein.

Dann holte er eine zweite Flasche Wein hervor und sagte: »Und jetzt sollten wir anstoßen und die Vergangenheit ein für alle Mal hinter uns lassen.«

Maje kam erst im Morgengrauen nach Hause, und das Erste, was sie tat, war, in ihr Zimmer zu laufen, um den Brief für den Notfall von ihrem Schreibtisch zu entfernen. Sie zerriss ihn in kleine Fitzel und ließ diese in den Papierkorb rieseln. Ihr Kopf dröhnte vom Wein, und sie war unendlich müde, aber schlafen konnte sie nicht, denn heute galt es, Hannah mit ihrer Tat zu konfrontieren. Sie hatte lange mit Egge und Meike beraten und einen Plan ausgearbeitet. Sie hatten die Videoaufzeichnungen, in denen Hannah alles offen zugegeben und sich selbst belastet hatte – es wäre ein Einfaches, mit den Beweisen zur Polizei zu gehen. Aber sie hatten eine bessere Idee.

Erst einmal musste jedoch ein starker Kaffee her. Sie brühte sich einen Espresso auf und fand dazu ein paar sauer eingelegte Heringe im Kühlschrank. Dann setzte sie sich an den Esstisch und prüfte ihre Nachrichten. Sie erschrak, als sie ein Dutzend verpasste Anrufe von Bente sah. Klar, im Moorwäldchen hatte sie ihr Handy in den Flugmodus gestellt und bei der ganzen Aufregung vergessen, es später wieder einzuschalten.

Wo steckst du jetzt? Brauchst du Hilfe? Bitte antworte, Maje, hatte er geschrieben und zuletzt: *Ich bin auf dem Weg.*

Sie wählte seine Nummer, und er hob sofort ab. Im Hintergrund waren Motorgeräusche und ein Hard-Rock-Song zu hören. »Wie geht es dir?«, schrie er sie an, bevor er die Musik leiser stellte.

»Es ist alles gut, Bente«, antwortete sie und berichtete ihm von der letzten Nacht. Es kam ihr vor wie ein Traum, und sie brach mehrfach ab, weil es ihr so unwirklich erschien.

»Ich bin in zwanzig Minuten bei dir«, versprach er, und sie hörte, wie das Ticken seiner Blinker einsetzte. »Und dann knüpfen wir uns Hannah vor.«

Gegen Mittag hatten sich Maje, Bente, Egge, Meike, Arne und auch Opa Heinrich und Nele vor dem Haus der Wohltätigkeitsorganisation Fleitpiep e. V. versammelt. Auch Urs war dabei, denn er hatte gespürt, dass etwas nicht stimmte, war Maje nicht von der Seite gewichen und hatte gejault, als sie ihn im Haus zurücklassen wollte. In den Stunden zuvor hatte es viele Gespräche gegeben, und alle waren sich einig gewesen, dass sie dabei sein wollten. Nur Hannah ahnte nichts von ihrem Besuch. Egge hatte sie angerufen, um sicherzustellen, dass sie in ihrem Büro war.

»Seid ihr bereit?«, fragte Maje und schaute in die Runde.

»Ja«, kam es wie aus einem Mund. Bis auf Opa hatten alle eine ernste Miene aufgesetzt. Opa hingegen hob kampfeslustig seinen Stock und sprudelte über vor Energie. »Stürz den Becher – Störtebeker!«, rief er, und Maje fragte sich, ob er gerade wieder eine Episode hatte und ob es eine gute Idee war, ihn mitzunehmen. Aber da war Nele bereits bei ihm und flüsterte ihm etwas ins Ohr. Opa nickte und beruhigte sich sofort, der Stock wanderte zurück auf den Boden.

Maje atmete ein letztes Mal durch und schob die Tür auf. Die Räumlichkeiten von Fleitpiep lagen am Ende des Ganges hinter denen einer Versicherungsgesellschaft. Im Eingangsbereich stand eine unbesetzte Rezeption, an der vorbei sie in ein modern eingerichtetes Großraumbüro marschierten. Hier saßen zwei Frauen und ein Mann vor ihren Rechnern und schauten erschrocken auf, als die Gruppe sich vor ihnen aufbaute. Die ältere der beiden Frauen stand auf und bahnte sich ihren Weg hinter einem verwelkten Ficus Benjamina durch. Ihr roter Bubikopf war akkurat in Form geföhnt und biss sich farblich mit dem violetten Strickkleid. »Was kann ich für Sie tun?«, fragte sie.

»Wir möchten mit Hannah Joken sprechen.« Maje gab sich Mühe, möglichst neutral zu klingen, aber ihr Gesicht musste Bände sprechen, denn die Frau zuckte leicht zusammen, ehe sie sich an ihre Kollegen wandte. Die jüngere Frau nickte, der Mann zuckte mit den Schultern.

»Sie sind doch angemeldet?«, fragte die Rothaarige jetzt.

»Nein.«

»Oh.« Verlegen rieb sich die Frau die Hände. »Äh«, sagte sie. »Hunde sind im Gebäude nicht erlaubt«, fuhr sie fort, aber ihr Tonfall war leise geworden.

Maje schaute sich um und entdeckte die Tür, die zu einem einzelnen Büro führte. Und dort auf dem Schild stand Hannahs Name.

»Eine Anmeldung ist gar nicht nötig«, sagte Maje, »wir kennen den Weg. Ich rate Ihnen allen allerdings, Ihre Mittagspause anzutreten. Es könnte gleich sehr laut hier drin werden.«

Sie warteten, bis die drei Mitarbeiter eilig ihre Taschen zusammengepackt und das Büro verlassen hatten – große Loyalität gegenüber ihrer Chefin schien hier keiner zu besitzen. Dann schritt Maje auf Hannahs Büro zu und trat ein, ohne anzuklopfen.

»Was zur –?«, rief Hannah entsetzt. Sie saß hinter einem Hochglanzschreibtisch, der ebenso weiß wie ihr Kostüm war.

Maje trat vor, damit auch alle anderen sich in den Raum quetschen konnten.

»Maje? Egge? Was soll das?« Totenbleich rollte Hannah mit ihrem Stuhl zurück bis an die Wand und verlor dabei einen Schuh. Abwehrend riss sie die Hände hoch, an denen die künstlichen Fingernägel wie Krallen überstanden. »Verschwindet sofort, sonst rufe ich die Polizei.«

»Gern«, sagte Maje. »Denen kannst du sicherlich so einiges erzählen.« Sie holte einen USB-Stick hervor und schob ihn in den Schlitz von Hannahs Rechner. »Allerdings habe ich hier etwas, was du dir vorher unbedingt anschauen solltest.«

»Was ist das? Was wollt ihr von mir?«

Maje bewegte die Maus, klickte ein paarmal. Dann spielte sie das Video ab, das damit begann, wie Hannah die Hütte im Moorwäldchen betrat. Sie ließ es ein paar Minuten laufen, bis

Hannah, vollkommen in sich zusammengesunken, kleinlaut bat: »Mach das aus.«

Sofort kam Maje der Bitte nach, zog den USB-Stick aus dem Rechner und verstaute ihn wieder sicher in ihrer Tasche.

»Das dürft ihr niemandem zeigen«, sagte Hannah mit schwacher Stimme. »Sonst bin ich ruiniert.«

»Das liegt ganz an dir«, entgegnete Maje, und Egge trat vor. Der kleine Jockey stemmte die Hände in die Hüften und baute sich breitbeinig vor Hannah auf.

»Du bist das Allerletzte, Hannah. Du denkst, Liebe kann man kaufen, und du gehst davon aus, dass du unwiderstehlich bist. Beides stimmt nicht.«

»Aber Egge –«, setzte sie an und brach sofort wieder ab, als Meike sich mit grimmigem Gesichtsausdruck neben ihn schob und sich räusperte. Ihre sonst so schüchterne Art schien verflogen. »Du wirst die Reparatur der Kutsche bezahlen und dazu als Schadenersatz das passende Geschirr für die beiden Pferde übernehmen.«

»Außerdem darfst du die neue Hochzeitspergola für den Neßmersieler Hof sponsern, in der sich Paare trauen lassen können«, fügte Egge hinzu. Maje nickte anerkennend. Diese Idee war nicht abgesprochen, aber sie gefiel ihr.

»Ich hasse euch«, schluchzte Hannah nun, mit Wangen so blass wie die Wand hinter ihr. »Wie könnt ihr mir das antun?« Tränen liefen ihre Wangen hinunter und verschmierten ihr Make-up. Als sie mit einem Ärmel darüberwischte, machte sie es nur noch schlimmer.

»Das hast du dir ganz allein selbst zuzuschreiben. Aber ich warne dich, Hannah. Wir geben dir eine Chance auf Wiedergutmachung. Solltest du es wagen, uns weiter zu sabotieren oder einem von uns auch nur ein Haar zu krümmen, gehen wir geschlossen zur Polizei und übergeben den Beamten das Tape. Es liegt in deiner Hand, was passiert. Hast du das verstanden?«

Hannah zögerte, dann nickte sie. »Ich habe eh nichts mehr in der Provinz verloren. Dieser gottverdammte Gestank nach Kuhfladen und Algen macht mich krank! Meine Mutter kann ihre verfluchte Organisation gefälligst allein führen. Ich gehe zurück nach Emden.«

Dann schaute sie verständnislos in Richtung Egge, der seinen Arm um Meike gelegt hatte. »Eins will ich aber wissen, Egge. Warum Meike? Warum ziehst du sie mir vor, was hat sie, was ich nicht habe?«

Verächtlich rümpfte er die Nase. »Ein Herz«, sagte er.

Kapitel 13

Bagger fuhren auf dem Neßmersieler Hof vor, Landschaftsgärtner luden Erde und Pflanzen ab, Dachdecker, Fliesenleger und andere Handwerker gingen ein und aus. Sehr zu Urs' Vergnügen, der ein Meister darin war, sich Streicheleinheiten bei allen Besuchern abzuholen. Er marschierte einfach auf jemanden zu, machte Sitz und ließ seine Augen immer größer werden, bis er schließlich auch das kälteste Herz erwärmte.

Bente kontrollierte alle Ausgaben und arbeitete unermüdlich am Marketingmaterial, während Maje die Einnahmen vorantrieb. Der Reitschulbetrieb musste weiterlaufen, ein paar der Zuchtstuten wurden an einen anderen Reiterhof verkauft, von dem Maje wusste, dass es den Tieren dort gut gehen würde. Egge gab sich die größte Mühe, weitere Kunden zu gewinnen, und trainierte nebenher die jungen Kutschpferde. Jetzt funktionierte die Zusammenarbeit mit ihm wunderbar. An diesem Nachmittag gesellte er sich nach dem Training kurz zu Maje.

»Irgendwann, wenn ich genug Eigenkapital habe, werde ich mir einen eigenen Hof kaufen«, erklärte er. »Oben im Norden, irgendwo in der Nähe vom Wangerland. Aber bis ich genug gespart habe, bleib ich hier. Jetzt habe ich erst mal andere Prioritäten.« Dabei sah er in Richtung Meike, die Weert nach einem Ausritt abduschte. Der Wallach stand still und entspannt da.

»Weert scheint ihr endlich zu vertrauen«, sagte Maje. »Die beiden sind weit gekommen.«

»Das sind wir doch alle.«

Maje hob die Hand zum High Five, und er schlug ein. Sie gönnte sich eine kurze Pause, um aufzutanken. In letzter Zeit kam sie selten zur Ruhe, aber es hatte sich gelohnt. Opas Einliegerwohnung war in eine romantische Suite verwandelt und ein Bereich der Scheune für Glamping-Übernachtungen hergerichtet worden. Gelegentlich kamen Opa und Nele vorbei, um im Garten nach dem Rechten zu sehen, neue Blumen zu pflanzen oder die niedrigen Hecken zu schneiden. Auch Emma und Janine verbrachten ihre Freizeit gern auf dem Hof, und wenn es gerade wenig zu tun gab, verzogen sich die drei Freundinnen zum Töpfern ins Keramikreich Drei Hasen. Ab und an fuhr sie zum Hotel Zur Post, um Bentes Tante Bille mit ihrem Hotel zu helfen, das mittlerweile frisch renoviert war und viele neue Kunden anzog.

Zwischen all diesen Aufgaben stellte Maje sicher, dass genug Zeit für Bente und sie übrig blieb, in der sie ausreiten, spazieren oder joggen gehen konnten, Zeit, die nur ihnen gehörte. Das war wichtig und schweißte sie noch mehr zusammen. Die häufigen Albträume, die Maje so lange verfolgt hatten, wurden weniger und hörten schließlich ganz auf – wenn sie morgens erholt aufwachte, wusste sie Bente neben sich, und das war das schönste Geschenk für sie.

Selbst ihr Vater schien mit den Fortschritten zufrieden zu sein und zeigte es, indem er sich nicht mehr ständig in alle Angelegenheiten einmischte. Im Gegenzug fragte Maje ihn gelegentlich um Rat.

»Langsam kommt alles zusammen, Maje. Es sieht anders aus als früher, aber es gefällt mir«, sagte er und strich sich zufrieden über den Schnurrbart.

»Diese Veränderung ist ein Schritt in die Zukunft. Vertrau mir«, antwortete sie.

»Das tue ich. Ich habe nie daran gezweifelt, dass du es schaffen kannst, den Hof zu führen«, behauptete ihr Vater. »Ich wusste nur nicht, ob du das wirklich willst. Du kannst dir sicher sein, dass ich den Hof niemals ohne deine Zustimmung an Egge verkauft hätte, aber ich glaube, der Gedanke daran hat dich motiviert.«

Alles verlief friedlich und ohne große Unterbrechungen. Auch Hannah ließ sich nicht mehr blicken, aber als Maje ihr die Rechnungen für die Kutsche und das Geschirr der Pferde schickte, bezahlte sie umgehend. Einmal begegnete Maje ihr in der Emdener Einkaufsstraße. Als ihre Blicke sich kreuzten, schien Hannah zu schrumpfen und gleichzeitig in sich zusammenzusacken. Maje grüßte sie höflich, in dem Wissen, dass Hannah ihre Lektion gelernt hatte und keine Gefahr mehr darstellte. Nicht für sie und hoffentlich auch für niemand anders.

»Maje«, sagte ihr Vater eines Abends im Herbst, als er sie auf ein Bier in den Garten einlud, in dem gerade Glühwürmchen um den neuen Springbrunnen tanzten, »ich war zu hart zu dir, und ich würde es gern wiedergutmachen. Gibt es irgendetwas, das du dir wünschst?«

Die Mondsichel strahlte wenig Licht aus, aber Maje konnte trotzdem erkennen, dass ihr Vater sie hoffnungsvoll ansah. Sie lehnte sich an seine Schulter und sagte: »Ja, das tue ich. Wenn ich Bente heirate, möchte ich, dass du mich als Kutscher zur Kirche bringst.«

Und so fuhr an einem Augustmorgen im nächsten Jahr die weiße Kutsche auf dem Neßmersieler Hof vor. In ihren Fenstern spiegelte sich die Morgensonne, auf dem polierten Holz funkelten Lichtschimmer wie tausend Diamanten. Arne sprang vom Kutschbock und stellte sich neben Maria und Boing, die brav pausierten. Maje sah ihrem Vater seine Nervosität an, die er unter dem hohen Zylinder und dem frisch gezwirbelten Schnurrbart zu verstecken versuchte. Und auch ihre Knie zitterten, als sie auf ihn zutrat, den Brautstrauß in ihren schwitzenden Händen. Sie hatte sich für eine Mischung aus Wildkräutern entschieden, das passte besser zu ihr als Rosen oder andere Zuchtblumen. Um den Strauß war ein dünnes Band aus Pferdehaar geflochten, das aus Matteos Schweif stammte.

»Du siehst umwerfend aus, Maje«, sagte ihr Vater heiser und half ihr in die Kutsche. Das gestaltete sich gar nicht so einfach, denn das bauschige Brautkleid war dabei im Weg.

»Bist du bereit dafür?«, fragte er, bevor er den Pferden das Zeichen gab, sich in Bewegung zu setzen.

»Ja!«, rief Maje übermütig. »Das bin ich. Bereiter kann man gar nicht sein.«

Brav verfielen Maria und Boing in einen rhythmischen Trab. Ihre schlanken schwarzen Körper glänzten im Sonnenlicht und funkelten mit der Kutsche um die Wette.

Der Fahrtwind umspielte Majes nackte Schultern und ließ ihren Schleier fliegen. Sie war aufgeregt, ja – aber auch unendlich glücklich darüber, dass ihre Geschichte ein gutes Ende genommen hatte. Seit die Renovierungsmaßnahmen beendet waren, war der Hof fast jedes Wochenende ausgebucht, und die Gäste kamen nicht nur aus ganz Norddeutschland, um sich trauen zu lassen, sondern auch aus dem Ausland. Sogar ein Paar aus Neuseeland hatte sich eingemietet und sich an einem traumhaften Sommerabend das Eheversprechen gegeben. Der Neßmersieler Hof mit seiner schönen Kulisse und den stattlichen Kutschpferden hatte sich schnell als Geheimtipp herumgesprochen.

Während sie den kurzen Weg zur Kirche fuhren, kamen sie an vielen Nachbarn vorbei, die ihr jubelnd zuwinkten. Ein kleines Mädchen rannte neben der Kutsche her und warf Maje einen Kranz aus Schlüsselblumen zu, den sie geschickt auffing. Die Kleine klatschte freudig, als Maje sich den Kranz über dem Schleier aufsetzte. Es gab Sachen, die waren wichtiger als ein durchgestyltes Outfit und elegantes Auftreten.

Der Rysumer Kirchturm tauchte vor ihnen auf, und in Majes Brust schienen alle Glocken gleichzeitig zu läuten. Vor lauter Aufregung setzte ihr Atem kurzzeitig aus, und sie schüttelte sich, um wieder klar denken zu können. Die Hochzeitsgäste, die der Neßmersieler Hof in den letzten Monaten empfangen hatte, entschieden sich oft dafür, sich in der maßgefertigten Pergola auf dem Hof trauen zu lassen – aber sie war sich mit Bente einig gewesen, dass sie die Kirche bevorzugten. Einerseits, weil Hannah die Pergola bezahlt hatte, aber noch wichtiger war für sie, dass auch Majes Eltern in der roten Backsteinkirche ihre Ehegelübde gesprochen hatten.

Das Klappern der Hufe verstummte, es war so weit. Arne half ihr beim Aussteigen und bot ihr seinen Arm an. Liebevoll tätschelte er ihr Handgelenk und raunte ihr zu: »Auf geht es, ins nächste Abenteuer.«

Zaghaft setzte Maje einen Schritt vor den anderen. Ihre Beine schienen weich wie friesische Teecreme zu sein, aber ihr Vater gab ihr den Halt, den sie brauchte.

Als sie sich dem Kircheneingang näherten, setzte das Hochzeitslied ein – *River Flows in You* von Yiruma, ein Vorschlag von Kay, gespielt von ihrem Opa. Wochenlang hatte dieser das Lied in Abstimmung mit Pfarrer Olerk an der großen Orgel geübt, die als eine der ältesten spielbaren Orgeln der Welt galt.

Janine und Emma begrüßten sie und umarmten sie vorsichtig, bevor die Tür geöffnet wurde und die beiden in ihren hellblauen Kleidern den Kirchgang vor ihr entlangschritten, bis sie den Altar erreicht hatten. Und dort wartete Bente auf sie, breitschultrig, gut aussehend und mit einem Leuchten im Gesicht, das sie tief berührte. Er war ganz auf sie fokussiert, schien wie in Trance, als sie ihn erreichte und schüchtern anlächelte.

Die nächsten Minuten vergingen wie im Traum, und endlich sagte Pfarrer Olerk: »Hiermit erkläre ich euch, Maje Behrends und Bente Allmen Tütken, zu Mann und Frau.«

Sie küssten sich, und das löste die gediegene Stimmung – Janine und Emma jubelten auf und rissen damit auch die anderen Gäste aus ihrer feierlichen Lethargie. Plötzlich setzte ein Lied ein, das laut durch den hohen Kirchenraum schallte. Maje sah sich verwundert um, da sah sie, wie die Gäste der vorderen Reihen aufstanden und im Gleichschritt mit den Armen kreisten. Einige kletterten aus den Bänken heraus und fingen an zu tanzen – ein Flashmob! Maje sah ihre Freunde, Verwandten und Nachbarn, selbst Thies und Kay waren für die Feier zu Besuch gekommen. Auch Tante Bille, die zwar etwas langsamer als der Rhythmus des Liedes war, hopste energisch vor und zurück. Urs, der bis dahin brav neben ihrem Opa gesessen hatte, bellte freudig, sodass die Blumengirlande um seinen Hals auf und ab wippte.

Bente umarmte Maje, hob sie hoch und wirbelte sie im Kreis, sodass ihr Kleid flog. Sie quietschte vor Glück.

»Maje, ich werde dich immer lieben, in guten wie in schlechten Zeiten!«, rief er ihr zu und setzte sie wieder ab. Dann löste er sich von ihr und trat zu den Tanzenden hinzu. Maje bekam große Augen, als er sich aus dem Jackett schälte und mittanzte. Seine Schritte saßen perfekt, er hatte also von dem Flashmob gewusst!

Weiter hinten in der Kirche saßen Egge und Meike neben den ganzen Einstellern des Neßmersieler Hofes. Diese packten nun weiße Tauben aus Pappe aus, die sie auf lange Stiele geklebt hatten, und verteilten sie an die anderen Gäste. Langsam bewegten sich die Tauben hin und her, als würden sie fliegen. Es war ein unglaublich schöner Anblick. Tränen der Freude strömten Maje über die Wangen, und sie wusste, dass hier der Ort war, an dem sie sein wollte, an den sie gehörte. Alle Sorgen und Zweifel hatten sich aufgelöst, so wie es jetzt war, konnte es immer bleiben.

Es gab nur eine letzte Sache, die es zu klären galt, und sie hoffte, dass sie sich nicht verkalkuliert hatte. Der Flashmob löste sich auf und verwandelte sich in eine Polonaise. Die Gäste tanzten aus der Kirche hinaus, aber Maje blieb zurück. Bente schaute sie fragend an, und als sie nicht reagierte, lief er zu ihr zurück.

Ohne Jackett, mit verschwitztem Hemd und halb zerstörter Frisur – so gefiel er ihr noch besser.

»Was ist?«, fragte er außer Atem. Dann drückte er ihr einen Kuss auf die Wange. »Du siehst so gut aus, ich könnte dich glatt hier –«

Maje hüstelte. »Bente«, sagte sie leise. »Ich liebe dich mehr als alles andere auf der Welt, und ich hoffe, dass ich ganz gut verstanden habe, wie du denkst und fühlst. Auch wenn ich noch längst nicht alles über dich weiß. Das habe ich eben gemerkt, als ich zum ersten Mal deinen zweiten Vornamen gehört habe ... Bente *Allmen* Tütken ... das gefällt mir! Wenn ich dich also mal falsch einschätze, dann verspreche ich dir, werde ich weiterhin dazulernen. Ich hoffe, dieses Mal lag ich richtig ...«

Steile Falten bildeten sich auf Bentes Stirn. »Was ist los, Maje? Gibt es ein Problem?«

Sie lächelte ihn an, fasste ihn sanft an den Schultern und drehte ihn um. Eine Frau trat aus dem Schatten der Kirchensäulen hervor. Sie trug ein elegantes Chiffonkleid, das ihre schlanke Taille umspielte und sie größer erscheinen ließ, als sie war. Zögernd kam sie näher, tupfte sich dabei mehrfach mit einem Tuch über die verweinten Augen, die gleichzeitig freudig strahlten. Maje hatte sie bereits zweimal getroffen, aber hier und jetzt war die Ähnlichkeit zu Bente unverkennbar. Dieselbe markante Nase, die hohen Wangenknochen, das Grübchen neben dem Mund ...

Bente starrte die Frau an, unfähig sich zu bewegen. Würde er sich freuen? Für einen Moment zweifelte Maje an ihrem Plan, hoffte, ihm nicht den Tag kaputt gemacht zu haben. Aber da gab Bente sich einen Ruck und schaute sie dankbar an. Kurz schloss er die Augen, schien Kraft zu tanken.

»Geh schon«, raunte Maje, »du hast so lange darauf gewartet.«

Er nickte. Erst ging er ein paar Schritte, dann lief er los, bis er seine Mutter erreichte. Lara breitete die Arme aus, und er umarmte sie so stürmisch, dass er sie fast umgerissen hätte.

»Mein Junge«, hörte sie Lara sagen. »Ich habe dich so vermisst.«

»Ich dich auch, Mama.« Bentes Stimme bebte. Nun konnte auch Maje nicht anders. Die Tränen rannen ihr die Wangen hinunter, bis sie Salz auf ihren Lippen schmeckte. Während ihre Gäste draußen weiterfeierten, schien die Welt hier drin stehen zu bleiben. Sie versuchte sich durch den Tränenschleier hindurch jedes Detail zu merken – dies war ein kostbarer Augenblick, einer, von dem sie ihren eigenen Kindern noch oft an den langen ostfriesischen Winterabenden erzählen würde.

– Ende –

Sommer, Sonne, Strand – und jede Menge Seehunde

Marieke Hansen
SEEHUNDSOMMER
Roman

288 Seiten
ISBN 978-3-404-18783-6

Nach einem arbeitsreichen Jahr als Konditorin auf einem Kreuzfahrtschiff hat Fenja eine Auszeit dringend nötig. Wie schön, dass Oma Lotti ihr anbietet, den Sommer bei ihr in Ostfriesland zu verbringen! Hier könnte sie endlich zur Ruhe kommen. Wäre da nicht Sven, Omas Mitarbeiter in der Seehundstation, mit dem Fenja von der ersten Minute an aneinandergerät. Sie hält ihn für einen eingebildeten Schnösel, er sieht in ihr die tollpatschige Großstädterin. Als Oma Lotti plötzlich krank wird und die Seehundstation in Schwierigkeiten gerät, ist jedoch schnell klar: Fenja und Sven müssen sich wohl oder übel zusammenraufen ...

Reisen Sie mit Marieke Hansen an die deutsche Nordseeküste!

Lübbe

*Manchmal braucht das Schicksal ein biss-
chen Nachhilfe ...*

Marie Merburg
LEUCHTTURMSOMMER
Ostsee-Roman

384 Seiten
ISBN 978-3-404-18838-3

Nach einer Lebenskrise zieht Eva mit ihrer Tochter an die
Ostsee, um sich dort ihren Traum zu erfüllen und neu zu star-
ten. Doch ihr Optimismus wird auf die Probe gestellt, denn
ihre Teenagertochter scheint Probleme magisch anzuziehen,
und die Übernahme des örtlichen Cafés läuft alles andere als
rund. Besonders der brummige Standesbeamte Jakob sieht die
Neuzugänge im Ort kritisch. Dabei benötigt Eva für das Café dringend die Hochzeitsempfänge, um Geld in ihre Kasse zu spülen.
Erst als Eva Jakob näher kennenlernt, erkennt sie, wie es gelingen könnte, seine harte Schale zu knacken. Aber dann geschieht
etwas, das nicht nur Evas Herz ein zweites Mal zu brechen droht ...

Lübbe